文学宁夏

守护风沙中的一盏灯

郎伟 著

作家出版社

郎伟，男，回族，1962年出生，浙江杭州人。1991年毕业于北京大学中文系中国现当代文学专业，获文学硕士学位。现任宁夏师范学院副院长，二级教授，博士生导师，宁夏大学“西北民族地区语言文学与文献”博士点负责人。2015年获得宁夏首届“塞上名师”称号。已经出版文学评论著作六部。曾获国家级文学大奖——全国第八届少数民族文学创作“骏马奖”、宁夏社会科学优秀成果论文一等奖、宁夏文学艺术作品奖文学评论一等奖等。

文学是这块土地上最好的庄稼

崔晓华

塞上金秋，天高云淡，风清月明，“稻花香里说丰年，听取蛙声一片”。在这诗情画意的美好季节，我们满怀喜悦的心情，迎来宁夏回族自治区成立六十周年。

宁夏地处祖国西部，是中华远古文明发祥地之一、丝绸之路重要节点，优秀传统文化遗存丰厚，自然历史内蕴丰富多样，历朝历代文人墨客留下数以千计的诗词文赋，譬如人们耳熟能详的“大漠孤烟直，长河落日圆”“蝉鸣空桑林，八月萧关道”等，表达了诗人或豪迈或忧伤的爱国情怀；宁夏是革命老区，1936 年，红军长征途经这里，留下灿烂的革命文化，毛泽东书写了脍炙人口的光辉诗篇《清平乐 · 六盘山》。古往今来，文学的特质、精神的象征、家园的意识，深刻地嵌入其中，并且流传至今，仍在流传。“长风破浪会有时，直挂云帆济沧海。”岁月蹉跎，沧桑巨变，伴着九曲黄河悠远的涛声，我们回顾自治区走过的历程，一幅幅画面徐徐展开：艰辛、曲折、繁荣、辉煌。“思理为妙，神与物游”。宁夏大地半个多世纪所发生的翻天覆地的变化，回汉各族人民日新月异的生活，以及改革开放四十年，特别是党的十八大以来取得的新成就，让我们感慨、激动、振奋。对于宁夏文学，对于宁夏作家，这既是记忆，也是现实，更是根植人民、观照时代、承接历史、面向未来，而“出人才出作品”是最丰盛最具正能量的“活性因素”。

文艺的春天阳光普照。二十世纪八十年代之初，宁夏文学事业步入繁荣发展的快车道，宁夏文坛开始呈现人才辈出的可喜局面，其显著标志便是——“宁夏出了个张贤亮”（著名评论家阎纲语），脱毛之隼搏击长空，成为享誉中国和世界文坛的著名作家。与此同时，以张贤亮为代表的一代作家，用自己的成就和影响有力地带动和促进了宁夏的文学创作，以及宁夏作家群的形成，这是一支颇为壮观的、以青年作家为主力军的队伍，并且呈现出良好的势头；他们的作品给文学界增添了异彩，给广大读者留下了深刻印象；他们突破地域的局限，向全国文坛迈进，终于实现了宁夏当代文学的跨越式发展。

2016 年 5 月，中国作协主席铁凝以《文学照亮生活》为题，将公益大讲堂的首课放在宁夏西吉县。原因是宁夏西吉县是中华文学基金会命名的全国首个“文学之乡”。宁夏的作家，有相当部分出自西吉，形成密集之势。西吉的作家们有这样一句话：文学就是西吉这块土地上生长得最好的庄稼。铁凝主席掷地有声地补充了一句：文学不仅是西吉这块土地上生长得最好的庄稼，西吉也应该是中国文学最宝贵的一个粮仓！表明了中国作协对宁夏文学的高度关注和重视。

生活滋养文学，文学照亮生活。

关于宁夏作家的成长，很有必要进行一次简要的回顾。宁夏作家大多数来自基层，出生于二十世纪六十至八十年代。众所周知，那时的农村和乡镇偏远落后、艰苦寂寞，长期生活在这样的环境中，经历的困苦和磨难充满了他们的记忆，在这样的记忆里，似乎是苦难多于欢乐，乃至重叠着父辈们流浪、迁徙的背影和脚印。但是，他们也有独特的优势，脚下是历史文化积淀深厚的塞北大地，这样的地气会潜移默化地影响他们的性格和气质，后来伴随着解放思想、改革开放的步伐，他们又接受了良好的文化教育，强烈地产生了精神生活的基本需要和诉求，而这种需要和诉求必须通过心灵劳作得以实现，他们因此怀有宗教般神圣和虔诚的文学梦想。于是，从二十世纪九十年代开始，宁夏青年作家经过多年的艰苦跋涉和磨砺，终于营造出一道亮丽的文学景观——以其朴实的生活经验和历史记忆、独特的生命感悟和言说方式，发出本真的、诗性的、充满灵智的声音，显露出文学突围的意义和价值。改革开放以来，宁夏的中青年作家，一方面由于长期浸淫于西部的人文气候和特殊的历史文化环境，另一方面本着对传统文学资源的信仰和坚守，使得他们的作品在书写和表达上，继续保持着古典文学特有的诗意，以及民族语言特殊的美质。尤其重要的是，在全球化语境下，宁夏作家不跟风、不时尚、不焦躁，内心安静，他们通过带有浓厚的地域性、本土化的写作，以及对西部整体的文化关怀和持续不断的挖掘，呈现出来的是西部大地上的传统与现代、历史与现实、敏感与顽固、苦难与信念、理想与追求，是西部人的宽厚、隐忍、执著、抗争、牺牲，等等。同时，他们的作品由于客观、真实的叙写，因此又有着社会学、历史学、民俗学的意义和价值。正是他们对传统文学资源的坚守和继承，从而取得了令人瞩目的文学成就。宁夏作家群的形成和崛起，以及他们的人文立场、精神向度、情感因素和创作风格，不仅预示着西部文学的广阔前景，也不断丰富着当代中国文学的意义系统。

概括地讲，这六十年是宁夏经济社会发展取得辉煌成就的六十年，也是宁夏文学不断繁荣兴盛的六十年。作家队伍生机勃勃，新人不断涌现；文学创作空前活跃，高潮迭现；文学作品硕果累累，产生了一大批记载历史、见证变迁、叙写西部、反映时代、宣传宁夏的独具特色的优秀作品。

庆祝宁夏回族自治区成立六十周年之际，我们编辑了这套二十卷本的“文学宁夏”丛书。这套丛书的出版，是宁夏文学事业的一件大事。宁夏文联高度重视，几经酝酿，广泛征求意见，本着好中选优的原则，给予确定。入选该丛书的作家系“60后”“70后”和“80后”，既有作家、诗人，也有评论家，他们创作的优秀作品情厚境美、韵味深长，具有浓郁的生活气息、地域特色和时代特征，有的荣获鲁迅文学奖、少数民族文学创作“骏马奖”、庄重文文学奖、茅盾文学新人奖、《人民文学》奖、《诗刊》奖、《小说选刊》奖、《十月》文学奖等重要奖项，有的多次荣登中国小说学会年度排行榜；有九名作家作品集入选中国作协“21世纪文学之星丛书”；大量优秀作品被国内有影响力的期刊和选本发表、转载和选入，还有相当部分作品被翻译成多种文字推介到国外。这套丛书的出版，是宁夏中青年作家的又一次集体亮相，也是对宁夏文学成就的进一步展示，旨在精要地反映宁夏文学的优秀成果，以便读者能够比较全面地了解宁夏文学创作的基本面貌，为研究者提供较好的选本。这套丛书的出版，也是给宁夏回族自治区成立六十周年的献礼。总之，这套丛书的出版，意义重大。

“好雨知时节，当春乃发生。”宁夏地处西部，西部是中国文学的广阔沃壤。人民是大树，作家是小鸟，小鸟只有栖息在大树上，才能够自由地歌唱。在此，真诚地祝愿宁夏作家们以社会主义核心价值观为统领，秉持以人民为中心的创作导向，绽放更加绚烂的文学之花；真诚地祝愿宁夏文学沐浴着古老黄河的神韵，乘着新时代的强劲东风，向着中国文学乃至世界文学的浩瀚大洋奔流而去……

（作者系宁夏文联党组书记、副主席）

目录 CONTENTS

辑一

中国现当代文学解读

觉醒与成长：近二十年中国文学的简单回顾

当这个民族又一次地从一场巨大而长久的“昏迷”中渐渐醒来的时候，残存在人们意识深处的更多的是过去年代的噩梦与阴影。蒙昧和迷信仍然笼罩在中国人的心头，精神的匮乏与苍白成为普遍的现象。毫无疑问，在百废待兴、除旧布新的社会大变动时刻，心灵的暗夜急需一束耀眼的真理的强光来照射、来穿透。1978 年年底，伴随着中国共产党第十一届三中全会的胜利召开，“思想解放”的美丽阳光终于穿破历史的阴云和层层迷雾照射到这片饱经沧桑的古老土地上。这一束奇异之光所产生的能量有如物理学上的原子裂变，它重新开启了中国社会的思想创造和精神解放之源，使已经板结了那么多年的中国人的心灵土地从此生长希望和梦想之花。在思想解放的原野上，曾经饱受极“左”政治摧残的当代文学也同样接受到了真理阳光的照射和温暖抚慰。于是，中国新时期文学便在这一片新鲜的天地中觉醒和成长，与其他的意识形态门类一道，共同构建着这一时代的中国人的精神空间和心灵家园。

一

如果我们把知识分子的精神状况、他们灵魂的健康与否看作是决定一个时代文学面貌的至为重要的因素，那么，从根本的意义上说，新时期文学的觉醒与成长首先源于当代知识分子自身灵魂的觉醒以及作为一个“社会良知”群体的深度“反思意识”的逐渐建立。我们说近二十年间的中国文学已经取得了极为辉煌的成就，实际上这种成就的取得与当代知识者破除迷信、解放思想从而建立了一种具有独立品格的文学的怀疑精神有着直接对应的关系。可以毫不夸张地说，这个年代的文学是如此紧密地与知识分子的精神状况、价值追求和人格水平联系在一起。文学的每一次发展和进步都与知识者的心灵解放息息相关。在经历了那么多的灾难和创伤之后，中国的知识分子终于在世纪交替的历史时刻，从内心深处意识到了在过往的岁月当中自身灵魂的孱弱。盲从和迷信所带来的惨痛记忆如一记记重锤时时敲打着所有正直的知识者的心灵，防止“文革”悲剧重演的庄严的社会责任感使他们明白，怀疑精神和“反思意识”的获得对于一个饱受磨难即将走向新世纪的民族来说是多么的迫切和重要。

知识者灵魂的苏醒和解放在这二十年间呈现出一种逐层递进和深入的态势。如果说在“文革”的后期和新时期的最初时刻，对现实的追问和对历史的反思还只是一些思想先驱者的“特殊”权利，那么随着党的十一届三中全会的召开，人们精神枷锁的普遍被砸碎，大概从 1979 年开始，这种思想的觉醒和反思便在时代风潮的鼓动之下逐渐沉淀为众多知识者的内在精神底蕴，成为他们看待生活、从事创作的重要视角之一。并且，这种饱含血泪、来之不易的创作主体意识，几乎贯穿了近二十年间的中国文学的发展过程，而在世纪末的这几年达到了某种空前的高度。仔细考察一下近二十年的当代知识分子的精神旅程，我们可以发现它的十分明显的阶段性特征：整个二十世纪八十年代，知识分子的怀疑精神与“反思意识”更多地表现为一种“激情话语”，在文学创作中具体体现为对于社会政治和民族历史文化的审视和批判；进入二十世纪九十年代，随着中国社会市场经济的惊涛拍岸以及价值追求多元化局面的到来，知识分子的怀疑批判精神便主要表现出“向内转”的自审思想趋势，显示出沉郁而冷峻的风格特色。对知识者真品格的探寻与追问，成为世纪末的一道特殊思想风景。自然，世纪末的这一次真正走向“自我”的怀疑和反思比之八十年代更具有尖锐性和批判锋芒，对于相当数量的大陆知识分子来说，甚至不无灵魂的拷问和心灵的煎熬。

当刚刚从一场浩劫中被解放和拯救出来的时候，知识分子的心情同普通民众的心情是一样的。他们欢呼雀跃，放声歌唱。长期被划归“异类”、被歧视的政治境遇和“文化大革命”当中九死一生的不幸遭遇，使他们在新的历史场景下有一种幸福而晕眩的“回家”感，于是他们激情满怀地高呼“第二次解放”，几乎忘我地陶醉在“中国的十月”中。然而，在短暂的兴奋之后，知识分子的理性却很快把他们引入对于过往历史的揭露批判和深刻反思。在一种知识者的良知和神圣的社会责任感的驱使下，他们开始思考“文革”这一全民族的大悲剧以及“文革”以前种种悲剧之所以产生的原因。“冰川纪已过去了／为什么到处都是冰凌／好望角发现了／为什么死海里千帆相竞？”（北岛《回答》）面对刚刚逝去的历史，这样的思索和追问似乎有剖心之痛，但是它指向正义，显现要揭破历史苦难真相的勇气和道义力量，正代表着一代知识者精神的无私无畏。由“伤痕小说”和“朦胧诗”开其端，到“反思文学”达到高潮，一股强大的“反思意识”在文学界逐渐弥漫开来。在新的时代和真理的天平上，一切都必须被重新估价，一切被颠倒的应该重新被颠倒过来！在文学世界中，久违了的悲剧开始大规模“上演”，英雄的受难、民众的被蔑视与恶势力在某些时候的强大形成尖锐的对比和反差。“为什么善良总是这样脆弱”的发问并非意味着天真和不谙世事，实际上，它源于对专制制度下东方式的社会历史生活的深刻体察。很明显，由对共和国的某一段不幸历史的回顾和反思，以人道主义精神作为创作支撑点的“反思文学”的思想旨归其实落在了对于“人”的重新发现和对人的价值和尊严的肯定与张扬上。人不再是可以任意摆布的“工具”，不再是可以漠视、可以随意丢弃的物件。人是万物之灵，是天地间最伟大的存在物。所以小说家张弦借小说人物之口呐喊道：“对于颠倒人的人，要从严处理！现在还没有这样的党纪国法，将来会有的！一定要有！”（《记忆》）对于极“左”路线的揭露和批判，对于“大写的人”的重新发现和肯定只是文学“反思意识”向复杂的社会历史生活伸出的第一根触角。随着知识分子思考的深入，鲁迅提出于“五四”时期的“改造国民性”的文学思想命题被再度唤起。以《李顺大造屋》《陈奂生上城》等小说而被文坛称道的作家高晓声在一篇创作谈中说：“李顺大在十年浩劫中受尽了磨难，但是，当我深究中国历史上为什么会发生这种浩劫时，我不禁想起像李顺大这样的人是否也应该对这一段历史负一点责任……我不得不在李顺大这个‘跟跟派’身上反映出他消极的一面——那种逆来顺受的奴性。”[①]以高晓声的深度反思为代表，方之的《内奸》、韩少功的《西望茅草地》、陈建功的《辘轳把胡同九号》、古华的《爬满青藤的木屋》、冯骥才的《高女人和她的矮丈夫》、吴若增的《翡翠烟嘴》等作品，共同构成了二十世纪

① 高晓声：《〈李顺大造屋〉始末》，《新时期作家谈创作》，人民文学出版社1983年，第45页。

七十年代末至八十年代初颇为壮大的“反思文学”潮流。当“改革文学”和“知青文学”在文坛兴起的时候，表面上看，“反思文学”已经处于落潮状态，这容易给人以错觉，仿佛“反思文学”兴盛了不长的一段时日就偃旗息鼓了。事实上，在新的文学情势下，作为“反思文学”的重要思想结晶的“反思意识”却并没有丢失，只不过它走向了两个层面：一方面，它化为以蒋子龙为代表的改革小说家的对于现实的忧患意识，这属于显层次；另一方面，它走入民族历史生活的更深处，向整个民族生活的原初状态挖掘和探问，并最终于二十世纪八十年代中期发展成为名重一时的“寻根文学”。生长于八十年代中期“文化热”中的“寻根文学”比此前的任何文学潮流都更注重对民族传统文化的深层次挖掘。自然，在时代风气的影响之下，小说家们将注意力放在了对于传统文化负面因素的透视上。应该说，“寻根文学”的创作宗旨依然是鲁迅所说的“揭出病苦，引起疗救的注意”①。从思想延续的角度看，它是“反思意识”在新的历史阶段中的再次呈现和发展。“寻根文学”的更为重要的意义还在于，它超脱了相对具体和黏着的时代背景，在更为广阔的空间和更为长久的时间之流中发现了我们这个民族生存命运的文化奥秘，它的恒定与自足，它的封闭与缺乏变化。而这一点无疑为日后的文学创作家提供了某种难得的思想启示。1985年之后，小说创作领域的“先锋派”逐渐称雄，艺术创作方式与技巧的变革极一时之盛。然而，就在1986年，山东作家张炜仍然创作出了八十年代最为厚重的作品——“反思”杰作《古船》；1987年，王蒙写出他的“拷问灵魂”之作《活动变人形》。这两部长篇小说对于我们民族

① 鲁迅：《我怎么做起小说来》，《南腔北调集》，人民文学出版社1980年，第101页。

的历史生活和传统文化心理的深刻洞察与批判几乎达到一种堪称空前的高度。这表明小说界的“反思”话题远远没有结束。与此相映成趣的是，当小说创作界的中心话语有所变更和转移之时，报告文学创作中的“反思意识”此时却空前高涨。张敏等人的反映中小学教育危机的《神圣忧思录》，赵瑜的对中国体育界进行深度透视的《强国梦》《兵败汉城》，徐刚的呼吁保护国土森林的《伐木者，醒来！》等作品，在无意中接续着小说创作中已颇为淡化的“反思意识”、忧患意识，从而为二十世纪八十年代最后一阶段的文学打上了完全属于那个时代的浓重的思想底色。

如果说，知识分子秉承政治激情和道义精神对社会历史生活进行“干预”还只是灵魂觉醒的一个显性层次的话，那么走向更真实的自我，对“自我”进行无情的“拷问”，以反省和确立自己在现代文明社会中的价值担当，则无疑是灵魂觉醒的更为深刻的内涵所在。其实，作为中国现代文学的伟大先驱者的鲁迅早就为以后的中国知识者做出了光辉的榜样。在斗争激烈的年代，鲁迅不止一次地说过他的确是在时时批判着社会，批评着别人，但他更多时候是在解剖自己，“抉心自食”，要驱除灵魂当中的“毒气”和“鬼气”。令人遗憾的是，在相当漫长的一个历史阶段中，鲁迅式的灵魂自审与“拷问”以及“五四”知识分子在那一时代所形成的特立独行的个性风采几乎在中国知识界完全丢失。在强大的乡土中国文化和“左”的话语成为社会主流话语的现实条件下，知识分子的自我像一只断线的风筝，飘向了不可知的所在。对此，青年学人王晓明有至为沉痛的总结：“三十年代以后的中国历史，就是一部不断逼迫知识分子舍弃理性的自尊和自持的历史，一部不断逼迫他们向求生本能屈服的历史。从消极退让到主动迎合，从自我压抑到自我毁灭，知识分子面对社会的精神姿态越来越低，由后退而下跪，又由跪倒而趴下……在‘文革’的最初几年间，知识分子在精神上成片成片地趴下。”[①]这当然是王晓明基于二十世纪九十年代思想背景下的沉痛追忆。事实上，当八十年代的大多数作家还把知识者灵魂的苏醒理解为只有一个层面——批判过去岁月社会政治的荒谬无道时，就已经有一些思想的前行者开始反思当代知识分子在极“左”政治肆虐时期的精神变异和灵魂中毒。高晓声这样发问：“我们这些人，能在‘左’的染缸里滚了几十年，有几个是真正干净的？要说干净的话，那是因为‘左’的病毒钻在你的骨髓里没有发觉而已。”[②]一代文学巨匠巴金老人更在生命的晚年，以“掏出心来”的赤诚与无私，忏悔自己在非常年代里灵魂的“丢失”，反思何以从一个堂堂正正的人变成了动物。只是，在喧哗与骚动的八十年代，在知识分子的大多数还陶醉于启蒙者的身份而无暇和无力注视自己内心的历史时刻，这种声音竟被渐渐淹没了。进入二十世纪九十年代，市场经济潮流以不可阻挡之势冲击着我们的生活，它在给中国的整体社会面貌带来惊人变化的同时也造成了某些价值标准的紊乱。知识者队伍在这风云突变的历史转折期发生了严重的分化。就在这一时刻，当代知识者的角色担当问题再度被人文学界所触及。显然，这一次的“旧话”重提规模和深度都是空前的。它的具体表现形态是一次搅动文坛的“人文精神”大讨论。虽然讨论者双方立论的基础似乎有着一定程度的差异，各自对现实的态度也不尽相同，但是，始于九十年代中期的这场大讨论却结出了异常丰盛的思想果实。它的最为杰出的贡献是，在科学理性的前提下，这么多年以来第一次对

① 王晓明：《潜流与漩涡》，中国社会科学出版社 1991 年，第 281 页。
② 高晓声：《沉重的担子》《觅·代前言》，江苏文艺出版社 1988 年，第 2 页。

“知识分子”这一概念的内涵进行了确定不移的现代意义上的解说和定位。“独立之精神，自由之思想”成为真知识分子的最为显著的精神特征和难以磨灭的“家族纹章”。以此为契机，当代文坛开始进入一种知识者灵魂的自审创作期。鲁迅的再次被“重读”，以及对陈寅恪和顾准这两位在知识分子普遍染上“恐慌症”和“失语症”的年代里依然保持一份难得的人格自尊的特立独行者的发现，无疑是这个年代思想史上的大事。以这两位离我们的年代最近的知识者“巨人”作为一面“镜子”，更多的活着的人发现了自身的心灵污垢。于是，一场前所未有的对自己、对他者的灵魂的“拷问”悄然而迅猛地冲入文坛。心灵的忏悔，对正义的追索，只有在这种时刻才显得那样的发自肺腑，那样的义无反顾。如此，诗人兼散文大家邵燕祥对于自己在“文革”中的“可耻”表演的毫不留情的深挖和批判[①]，林贤治对于二十世纪最大的“文字狱”——“胡风‘集团’案”的“还原”和无尽追问[②]，韦君宜辗转病榻之上用良知和生命写就的心灵“痛史”[③]，才有着不可低估的作用和价值。它们以及类似思想主题的作品，毫无疑问指示着世纪末中国知识分子的精神向度，透露着即将走向二十一世纪的中国文学所可能拥有的某些大境界和大智慧。也许，当代知识分子觉醒的时间是显得过于漫长了一点，灵魂的由沉沦到救赎的过程也还显得过于艰难，但迟开的花朵也是“花朵”。有花朵就表明春天的存在，就意味着有生命的冲动和向往，有蓬勃的生长和动人的收获。

① 可参看邵燕祥《人生败笔——一个灭顶者的挣扎实录》，河南人民出版社 1997 年。
② 林贤治:《胡风“集团”案：20 世纪中国的政治事件与精神事件》，《黄河》1998 年第 1 期。
③ 可参看韦君宜《思痛录》，北京十月文艺出版社 1998 年。

二

知识者的思想解放和灵魂觉醒所带来的直接文学现实是，近二十年来的中国文学比之1949到1976年这一历史时期的文学，在文学理念、文学的整体精神风貌上可以说是发生了深刻且全方位的转变。虽然，二十年来的文学征途充满风雨，也曾经产生过重大的争议，甚至不无挫折，但这一时期的文学创作者们秉承知识者的良知，以一种"舍我其谁"的文化勇士的大无畏的精神气概，冲破层层封锁和禁锢，翻越了思想荒芜的高原而最终走向精神丰饶的绿洲。

毫无疑问，文学思想观念的转变是引发二十年来中国文学的历史性转机的直接动力源。从新时期早期开始，面对文学权威话语的定于一尊，富于理论探险精神和勇气的文学先行者们便率先进行着顽强而卓有成效的开拓和反拨工作。在文学与政治的关系、文学与生活的关系、文学的功能和作用、文学所应该面对的读者对象、文学的歌颂与暴露等重大问题上，敏感而智慧的理论工作者和创作者们打破"禁区"，正本清源，破除迷信，大胆变革，一步步地将这一年代的文学思想和观念推向开放和坚决的反禁忌。在新的时代条件下，文艺不再是政治的"工具"和传声筒，文艺也不再被简单地理解为只能被动地去"反映"社会生活而缺乏创作主体的心灵投射，生活固然是文艺的源泉，文艺家异常丰富的主观世界也是构成文艺源泉的因素之一；文学的功能应该是多方面、多层次的，除却认识和教化作用之外，它还应该是审美的，它有着娱乐大众身心、解除心灵疲劳的职责，在市场经济大行其道的今天，文学还具有某种商品属性；文学从最根本的意义上说是为广大的人民服务的，它将通过审美的途径，提高人的精神境界和帮助人实现心灵的解放；在复杂的社会生活面前，文学既应该发现和歌颂光明，也应该理所当然地暴露生活的阴暗面，毫不犹豫、义正辞严地批判人间的不公与邪恶。

在现实主义创作方法的问题上，作家们的思索同样深入。在当代文学很长的一个历史时期，“现实主义”在被加上了种种限制语之后，它的最本质的精神内涵实际上已经被消解了，作为一种文学的正义原则和道义精神，它在当代创作史上是那样的涣散和轻浮。中国文学史上的现实主义从本质上说是一种“穷年忧黎元，叹息肠内热”的关注民生疾苦的道德情怀，是一种“直面惨淡的人生，正视淋漓的鲜血”的不妥协的战斗精神。然而，这种源远流长的精神话语传统在二十世纪下半期的某一时刻却令人惊异地从中国当代文学界逐渐消失了。作家们普遍陷入一种精神变形、血性丢失的可怕境地。“颂歌”成为他们依附体制的唯一选择和情感表白；“反映现实”并不是为了揭示真理，而是为了制造神话，打扮生活。针对弥漫于现实主义创作领域的种种致幻剂和毒雾，二十年来，勇敢而正义的作家们不屈不挠，上下求索，努力要还“现实主义”一个真实的面目。经过思想的搏斗，接近世纪末的创作界对于“现实主义”的理解和运用实际上已经达成了两个共识:第一，现实主义不再享有“唯我独尊”的文化霸权，它只是众多文学创作方法中的一种，是百“花”当中的一“花”；第二，在文学发展多元化的时代，当代文学的现实主义需要冲破固有的创作模式，不断吸取有益的营养，深化它的内在精神意蕴，变封闭体系为开放体系。

在新的历史条件下，如何以一种开放和建设性的目光看待传统文化和外来文化，是一个缠绕理论界几乎一个世纪的尖端话题。传统的异常庞大和厚重，西方现代文明以一种东方人难以接受的血腥粗暴方式进入中国，这一切都使得上述本已复杂化的话题更加令人疑窦丛生。然而，问题的复杂难辨并不意味着可以将它彻底地悬搁起来，或者拖延时间暂不讨论。在历史转折的关头，现实的巨大逼问无情而迫切。于是“拿来主义”成为新时期以来中国思想文化界清醒而务实的基本态度，对现实中国的文化发展和建设是否有帮助成为价值选择的基本标准。诚如鲁迅当年所言：“我们目下的当务之急是：一要生存，二要温饱，三要发展。苟有阻碍这前途者，无论是古是今，是人是鬼，是《三坟》《五典》，百宋千元，天球河图，金人玉佛，祖传丸散，秘制膏丹，全都踏倒它！”[①]基于以上认识，近二十年来的文学一方面从我国古代博大而深厚的文化传统中汲取精神养分，以熔铸新的生机；另一方面，在改革开放的大背景下，对于西方和其他民族优秀文化的借鉴和消化也成为创造和建设这一时期中国文学的有效途径。开放而务实的文化思想所带来的文学面貌的改观是巨大而惊人的。在摸索和寻找许多年以后，中国文学正在从一种单一的传统农业文明的巨大笼罩之下逐渐挣脱和解放出来。时至二十世纪的最后几年，我们的文学中正在蓬勃生长着完全有别于过去年代的文学形态的新质，这种新质突出表现为对于现代城市工业文明的赞美与讴歌，对于市场经济体制下人的物质和精神解放的认同和欢呼。换言之，我们的文学已经从深层精神结构上与“世界文学”有了内在的联系和对话的可能。

创作主体思想的牢笼一旦打开，热情一旦燃烧，文学艺术生产力的火车头便一日千里。新的天地与生活召唤着年轻的创作者们，也神奇地唤醒了老作家们的创作激情。被文学的“颂歌”年代搞得

① 鲁迅：《忽然想到（五—六）》，《华盖集》，人民文学出版社 1980 年，第 35 页。

手足无措，几乎“失语”的现代名家们在新时期终于从“冬眠”中醒来，重获创作的勃勃生机。巴金以他的“讲真话的大书”《随想录》宣告了他的第二个创作高峰期的诞生；以“为什么我的眼里常含泪水／因为我对这土地爱得深沉”而征服了几代读者的艾青在嗓音嘶哑多年之后，又充满深情地唱出了“光的赞歌”；世纪老人冰心八十七岁高龄时还在为中国的教育问题高呼《我请求》[①]；受尽磨难的萧乾在生命的晚年仍然像“冬天里的一把火”，他热情关注社会人生，凌云健笔，耕耘不辍。老作家们在创作上的普遍焕发青春是新时期以来的重要文学现象，这些曾经被极“左”政治剥夺了发言权，或者在文网细密的年代虽然具有发言权却始终如履薄冰的作家在这一年代的文学新奉献，从反面证明了文化的专制和禁锢只能摧毁作家的良知和创作激情，从而导致文学生产的荒芜和绝收。

文学“禁区”的逐渐被打破和摧毁以及农民文化话语权的中心地位的被动摇是这二十年中最为辉煌的成就之一。从文学题材内容的角度来说，“禁区”的被冲破意味着作家们将拥有完全属于创作主体的“天赋人权”——创作内容的选择权，他们不必再去担心因为写了社会生活的阴暗面或者因为写了复杂的人性而受到严厉批判甚至被剥夺正常生活的权利。现实的严峻和生活的局部黑暗被认为是可能的，悲剧不仅是“伤痕”和“反思”文学当中的寻常故事，在九十年代的文学视野中，它同样是一个得到反复叙写的文学主题。对于人情、人性的相当规模和深度的描写是近二十年文学的一大景观，对严肃的“性文学”的理论探讨和创作实践也得到了社会的认可，这些都足以表明这个民族以及它的文学正在摆脱蒙昧而走向科

① 冰心:《我请求》,《人民日报》1987年11月14日。

学和理性。

自从二十世纪四十年代解放区文学诞生并出现赵树理的《小二黑结婚》等等“深受农民喜爱”的文学作品之后，解放区文学话语便渐渐取代现代文学史上由鲁迅等经典作家所精心构筑的知识者话语而成为当代文学的学习样板和精神资源。在后来的几十年中，乡土中国成为书写不尽的文学母题，农民生活成为反复吟唱的寻梦之歌。甚至在少得可怜的所谓“工业题材”的文学作品中，我们也不难发现中国农村的浓重投影。而在几乎所有的“农村小说”中，农民形象的光彩照人与知识分子的委琐和丧魂落魄又形成一个鲜明的对比。显而易见，农民式的傲慢与偏见在相当长的一个历史时期统治着文坛，决定着文学作品的取材方向和价值追求，城市以及与城市血肉相连的知识分子，连同文学作品当中的现代感统统被自觉地视为某种与“主流话语”格格不入的疏离物和值得提防的“异动者”。打破“农民神话”，冲开农民文化的重重包围，充分写出真正带有现代气息的崭新作品来，一直是新时期以来期望开拓艺术新时空的作家们所梦寐以求的审美新境界。从二十世纪八十年代初开始，王蒙率先变革，将“意识流”的创作方法引入文坛。王蒙之后，文学表现内容和艺术形式的全面革新风起云涌，一种区别于农民文化的新鲜艺术情调慢慢扩散开来。知识者话语在中断了差不多半个世纪之后，重新回到中国文坛。进入九十年代，当城市化浪潮席卷中国大陆之时，邱华栋、何顿、张欣们更是在缺乏传统支撑的精神背景下，淋漓尽致地刻写出“都市一族”的欲望、焦虑、冒险、漂泊，以及他们在物欲横流时期的“诗情”守望和心灵困扰。邱华栋们所提供的城市“万花筒”和城市“猎鹿人”形象在此前的当代文学中是难以想象的，有关这些“新人类”的全新艺术描写，可以看作中国文学中真正的“城市文学”大潮即将来临的先声。

还“人”以文学当中的中心位置，把有关“人”的话题引向深入，对“人性”的善恶进行大胆的摹写和深刻解剖是这二十年来又一项重要的文学内容。当过往岁月的文学只以“阶级”论英雄，鼓吹“一个阶级一个典型”，把文学作品当中的人物形象变成单纯的政治符号和标签，从而消解其深厚的人性内涵时，实际上我们也正在远离深刻的文学。而事实上，生活的复杂多变、世事的风云聚散、人性的不可测度恰恰是文学切入社会的最佳角度，也是作品永远充满魅力的奥妙所在。新时期以来，随着思想的解放和对人本身认识的深化，“阶级论”视角已经无法解释波谲云诡的历史和现实。人性视角成为许多作家借以解剖生活、透视人生的常见角度。仔细考察一下我们发现，近二十年来的最为出色的文学作品，恰恰是那些写出了动荡的人生命运，揭示了丰富的人性内涵的作品。在这片深不可测的“人性之海”中，高贵与卑下，善良和罪恶，欲念的奔突与心灵的升华，个人的隐秘与阶级的意志，历史的暗影和现实的阳光如此奇妙地纠缠在一起，它使我们沉醉，又使我们因为惊悸而伤感。颇令人深思的现象是，这一时期深刻的人性透视往往在历史题材的创作中大放光彩。而一涉及到现实人生，创作者们便少了那一份应有的沉着和智慧，变得耳不聪、目不明。《古船》《活动变人形》《白鹿原》和《曾国藩》的成功标志着当代作家正在远离中国传统的“乐感文化”，对人的怀疑与对人性的锐利洞察正引起作家们越来越浓厚的创作兴趣。

创作“禁区”的被打破不仅意味着题材范围的广泛拓展，对作家们来说，它的更重要的意义在于，一个盼望多年的充分尊重创作主体艺术个性的文学的多元时代终于到来。作家们完全可以遵从自己艺术才情的需要去选择生活，表现生活。由于审美视野的扩大，传统的凝固的创作模式便受到无情的冲击，而审美理想的多元交叉又导致文学创作审美范畴的不断开拓。近二十年来，当代中国文学中的艺术探索和艺术革命可谓波涛汹涌。甚至在某些时候，追逐艺术新潮已经到了堪称狂热的地步。西方文学所走过的近百年的艺术探索路程，在新时期的中国只用了差不多十年就匆匆走完。而进入二十世纪九十年代，“后现代主义”等等文艺思潮又轻巧地在文坛走了一圈。客观地说，“现代主义”和“后现代主义”文学思潮，它们在中国的登陆意义非比寻常。一方面是它们的反传统和反禁忌精神给当代中国作家以重大的思想启示；另一方面，它们又以崭新的艺术想象方式开启了当代中国作家的创作心智，使他们懂得了观照、体验、感受和思索生活的审美方式非止一端，艺术生命的常青之树永远取决于个人创造力和想象力的充分而丰富的展开。近二十年来中国作家对于西方现代主义的借鉴和消化走过一个由表及里、由生吞活剥到逐渐化为自己血肉的过程。当所谓“1985 新潮”涌动的时候，刘索拉、徐星们的作品还多少带有西方现代派“描红小楷”的味道，但是到了二十世纪九十年代的“新生代”作家手中，现代主义已经被充分中国化了，已成为这些作家作品中的内在肌理，而绝不是硬拼贴上去的。邱华栋小说中的窥视者和精神流浪者的生存焦虑和生命骚动，陈染笔下的心灵幽闭者的恍惚梦境和纷纭错乱的思维幻象，这些艺术境界似乎已不再是对西方现代派的刻意模仿，实际上它们已经具有了某种“中国意象”和“中国情味”。这些来自民族历史和现实深处的“意象”和“情味”，有力地反射着社会生活转型时期中国人深层心理的洪波巨浪。

整个二十世纪的中国文学是一曲分外沉重而忧伤的“命运交

响曲”。其中，真正发自肺腑的生命的欢愉和舒畅是一种难得听到的音乐之声。即使偶尔有，也常常短暂得仿佛惊鸿一瞥。而命运的悲怆、哀痛、苍凉感却那样的强大和鲜明。也许，始于政治、文化“衰世”的二十世纪中国文学从它的原初期就注定要与“苦难”“抗争”这些沉重的文学话语相依相伴，如影随形。也许，只有在与“宿命”的不停搏斗中才能鲜明地显现出这个曾经创造过辉煌历史的民族在新的时代风暴中灵魂如何从孱弱攀升为强健。值得庆幸的是，当二十世纪最后二十年来临的时候，二十世纪中国“悲怆”的文学主声中突然增添了此前少有的激越清亮之音。而这种艺术变化无疑应该归功于1978年底胜利召开的中国共产党第十一届三中全会。回望历史，我们会发现那次重要会议在中国文学思想史上无疑是一座不朽的纪念碑，它值得我们永远珍视和怀念。我们纪念它是因为这次会议改变了二十世纪最后一个阶段中国文学的“演奏”方式，使这一年代的文学之声不再成为谎言和言不由衷；我们纪念它是因为我们大家都明白：开启中国大陆新时代大门的巨大的“金钥匙”是在那一时刻打制和锻造的。

1998年5月至6月

1995年以来的文学发展状况考察

考察和描述二十世纪九十年代中期以来的大陆文学发展状况，是一件非常具有难度的工作。学养的不足和研究对象的相当复杂，都使这一颇有意义的工作成为畏途。然而，既然理解二十世纪九十年代已经成为庄严的工作，并可能为今天的精神和文学发展提供某种启示和借鉴，那么，并非成熟的研究也可能有抛砖引玉之功效。笔者不揣浅陋，愿将对九十年代中期以来精神和文学现象的考察和思索呈献给读者。

似乎还没有哪一个年代，能像大陆的九十年代这样，充满着如此繁复的精神的矛盾、冲突、困扰与激变。在这个年代里，所有中国人都感受到了生活的传奇性变化和心灵的巨大震撼。在中国社会卷入全球化浪潮的历史进程中，这个年代的生存演变和精神激荡的复杂情形实在令人有眼花缭乱之感。事情很明显，苏联和东欧剧变之后冷战的终结以及市场经济体制在中国的迅速登陆和全面扩展，给九十年代的中国社会带来了思想的创造性震荡。短短几年之间，中国社会原有的社会结构便出现了前所未有的松动迹象，经济的分化和社会的分层成为显而易见的事实。与此息息相关的另一个现实是，中国社会的精神流向也出现了明显的多头并进趋势，统一的价值寻求已经不复存在。一种更合乎现实发展的宽容意识开始在社会生活中流布开来，多元化的人生价值选择成为这一年代普遍的社会精神现象。与此同时，在知识界也出现了前所未有的灵魂震荡。一直以来，被认为是用同一个声音说话的知识分子队伍，突然在九十年代前期，发生了严重的分化。并且，这种分化与重组现象直到二十一世纪的今天，依然在实施和运行当中。应该说，二十世纪九十年代中期以来的大陆文学界的发展运行图，就在这样的社会时代背景之下渐次展开。本文的任务，便是粗线条地勾勒 1995 年以来的大陆文学图景，希望通过对已经成为历史烟云的精神与文学往事的回眸，找寻中国文学走向二十一世纪的可能前景。

一

论及二十世纪九十年代的文学发展状况，不能不首先涉及这一年代知识界的精神流变，而知识界的精神波动与激荡，又莫不与这一年代的社会历史进程密切相关。正是这一年代丰富复杂的现实发展，为包括知识分子在内的中国人的精神建构提供了无法回避的时代背景，并为文学的诸种走向提供了“历史的合法性”。

1992 年春天，邓小平南巡讲话发表之后，整个中国社会一扫几年间的沉闷徘徊的精神低气压状态，而进入到一种情绪亢奋、创造力瞬间爆发的社会情状当中。经过几年的经济高速增长，到了九十年代中期，中国社会内部深层从结构到精神空间已经发生了引人注目的显著变化：首先，市场经济大潮第一次以一种不再含混的方式呼啸翻卷而来，它在体制上已经获得了合法性。摆脱物质的长期匮乏和低水平生活状态而“脱贫致富”，成为主流意识形态和整个社会予以认可、普通民众孜孜以求的价值选择。其次，迅速的市场化进程和社会地位的原有差异，导致了在新的历史条件下的社会快速分层，知识分子在这社会结构松动和重建的时刻，正在由受尊重的社会中心位置逐渐退向边缘地带。第三，市场经济和商品化社会使原来被压抑的大众欲望表面化，一种纵情狂欢的大众社会的消费享乐心理和道德虚无主义思潮迅速蔓延，并成为腐蚀和瓦解原有的社会文明准则和“人文精神”的“毒液”。应该说，上述种种社会情状显然对大陆人文知识分子敏感忧患的心灵构成刺激和压力。问题的严重性不仅仅在于此，对众多人文知识分子形成更大压迫和刺激的力量，来源于“知识分子”这一光荣的称号，它本应该拥有的神圣庄严色彩忽然在此时遭受了完全出乎意料的消解和亵渎。

不可否认，知识分子群体在相当漫长的一个历史时期，一直被当然地认为是中国社会当中的一支极为重要的政治和文化力量。中国古代读书人“学而优则仕”“为天下师”的辉煌而遥远的往事，因为太过古老我们可以不谈。就“礼崩乐坏”的近现代以来而言，知识分子虽然遭逢了前所未有的肉体和心灵创伤，社会地位一落千丈，但是，坦率地讲，知识者的神圣感和庄严感依然存在。我们毕竟有着五千年的文明史，作为民族众多心理积淀之一的对读书人的敬畏之心并不能被连根拔起，彻底摧毁。也因为此，1976 年以后的新时期，中国的知识分子才可能以一种历经磨难、雄心犹在的“英雄”和“勇士”身份，重返社会和时代中心，慷慨激昂地发布社会改革方案和以各种各样的方式（比如文学方式）参与八十年代的中国社会思想和文化事业的建设。然而，对于当代中国知识分子来说，这样的人生胜景似乎太短暂了一点。时至二十世纪九十年代，在市场经济的飓风刮过之后，大陆知识分子一觉醒来，忽然发现自己已经不知其所以然地丢掉了原有的光荣身份，由引人注目的社会中心人物变成了颇为尴尬的边缘族群。噩梦非止一端，在市场经济惊涛拍岸之际，原有的知识者队伍也发生了重大分化。一些过去怀着各样功利心“误入”知识者队伍的读书人忽然怀疑此前费劲登上的船是一条“漏水之船”，有沉没的危险，于是纷纷跳到了岸上，改换了门庭，或经商，或从事别的什么发财的行当去了。情况确实有点离奇：在过去年代的严酷的生存环境里，中国的知识分子并没有放弃生命和思想的尊严，尽管狂风大作、飞雪连天，他们仍然要去做“悬崖边的树”；可是，到了九十年代，当政治环境不再严酷，生活之中拥塞了过多的世俗欲求之时，许多人突然感觉到“生命中不能承受之轻”，于是在一种欲起又落的心境中，与万丈红尘相拥相抱去了。更为可怕的还有，当文坛的“痞子”们假借嘲笑虚伪道德之名，对整个大陆的知识界进行放肆攻击并试图消解知识者以及文学的神圣尊严和天然责任感之时，居然有相当一部分人为之喝彩。种种精神的迷乱状况严峻地表明，在新的历史条件下，为知识分子重新定位，并重申知识分子以及文学与生俱来的社会责任感已经刻不容缓。于是，九十年代最大规模的精神和文学事件揭开了帷幕，一场“人文精神”的讨论迅急地冲上文坛。

确切地说，“人文精神”的讨论开始于1993年。这一年的6月，《上海文学》在“批评家俱乐部”栏目里发表学者王晓明、张宏等五人的对话录《旷野上的废墟——文学和人文精神的危机》，由此引发关于社会现状的评价与“人文精神”的讨论。此文一出，在大陆精神界和文学界引起巨大的反响。多种在知识界享有盛誉的刊物和报纸热烈响应，加入讨论。其中，《读书》杂志从1994年第3期开始，连续六期推出沪宁两地人文学者的谈话录以及北京和海外学者对“人文精神”的看法。“人文精神”讨论的发起者王晓明认为：

“今天，文学的危机已经非常明显，文学杂志纷纷转向，新作品的质量普遍下降，有鉴赏力的读者日益减少，作家和批评家当中发现自己选错了行当，于是踊跃‘下海’的人，倒越来越多……今天的文学危机是一个触目的标志，不但标志了公众文化素养的普遍下降，更标志着整整几代人精神素质的持续恶化。文学的危机实际上暴露了当代中国人人文精神的危机，整个社会对文学的冷淡，正从一个侧面证实了，我们已经对发展自己的精神生活丧失了兴趣。”[①] 南京学人费振钟同样表达了对知识分子生存状态的焦虑：“今天知识分子的状态，无论是生存状态，还是思想状态，都不比中国传统知识分子好多少，更不必比‘五四’那批向西方寻求真理的知识分子了。我们比什么时候都更加虚弱，更感到危机。重建人文精神，从最切近的目的上说，是今天知识分子的自救之道，是寻求再生之道。因此，人文精神在今天的‘可能性’，不仅仅是学理上的‘可能性’，更主要是指实践的‘可能性’。”[②]很明显，在社会拜金狂潮突起，民众道德水平大面积滑坡，知识分子的生存和精神状态陷入萎靡不振的历史时刻，一些对现实怀有忧患之心的知识分子终于发出了“吼声”。时隔多年之后，从当年思想相当庞杂的有关“人文精神”大讨论的文章中，我们可以发现两个颇为清晰的思想要点：第一，所谓“人文精神”的危机之说，是有感于社会民众的人欲横流现象而发。因为按照人文学者的看法，“人文精神”是对“人”的“存在”价值及意义的思索；是对“人”的精神生活、理想、责任、信念、自尊、怜悯、善良、仁爱等内在品质的关注；是对人类命运、人类

---

① 王晓明、张宏等:《旷野上的废墟——文学和人文精神的危机》,《上海文学》1993 年第 6 期。

② 费振钟等:《我们需要怎样的人文精神》,《读书》1994 年第 6 期。

的痛苦与解脱的思考与探索。对比现实，相当数量的民众却只把市场经济简单理解为“丛林间的搏斗”，只见物质，不见精神，只逐财富，不讲道德、良知。由此，拜金狂潮愈演愈烈。第二，在商品经济大潮汹涌而来的时刻，许多知识分子的灵魂突然无所归依，不少人甚至同流合污。如此光景，着实可怕。真正的知识分子应该高举精神关怀的大旗，以世俗人生的批判者的角色，积极参与中国社会的精神重建工程。“人文精神”讨论的这两个思想要点，在以后的历史进程中，可谓命运各殊。第一个思想要点，从事情的发展来看，似乎并没有被普通民众所接受，这由大陆民众特殊的生存法则和思想习惯所决定。他们对“知识分子”话语从来抱有不信任态度。相反，“人文精神”讨论的第二个思想要点却在精神界“一石激起千层浪”，再一次点燃了大陆知识分子反思和自审的意识，开启了九十年代中期以后学界对数代知识分子生存本相的全新审视和对过往敏感历史的再度述说。

“知识分子”这一概念在当代中国是一个极其普通的现代汉语词汇。多少年来，人们在使用这一概念时并不觉得有什么可疑之处。凡是受过相当教育的（相当于哪一级教育程度，不同地域和社会阶层有不同解释）中国人都可能被称为“知识分子”。与此相对应的是，在现有的体制中，“知识分子”一般来说是国家干部，应该享受一定的“知识分子津贴”。这样的“知识分子”内涵应该说是根深蒂固地存在于大陆民众的意识当中，所有人都觉得天经地义。然而，情况却在九十年代发生了变化。伴随着市场经济体制的确立以及社会民主化程度的提高，在大陆思想文化界，不少人开始对“知识分子”这一概念的原始内涵进行认真的辨析。当“人文精神”的讨论如火如荼之际，海外学者以及西方学者对“知识分子”

的诸种评说也适时地被介绍到大陆学术界，并给处于争论漩涡中的大陆学人以有益的思想启发和理论支持。经过并不很长的一段时间的讨论，到九十年代中期，大陆学人终于就现代“知识分子”的概念内涵达成共识。从此，所谓“知识分子”是指那些在社会问题、公众问题或人类的问题上，能够依据理性良知，不计利害得失、不媚时阿世，独立思考、敢于发言的现代知识者。“知识分子”被当然地认为是社会的良心、智慧的传播者和人类精神价值的守护者。独立、民主、批判、创造是他们确定不移的思想品格。显然，对应着现实的飞速发展，在新的历史形势下，“知识分子”这一普通词语，才可能被赋予新的时代内涵。当大陆精神界经过多年的探求之后，终于在纷扰现实的刺激之下，对“知识分子”的深层内涵有了确切的领悟，第一件事便是扪心自问：我是一个“知识分子”吗？这一问就问出许多尴尬来。于是，“寻找知识分子”便成为 1995 年以后精神文化界的新景观。

也许可以说，“寻找知识分子”的心理冲动并非只是九十年代知识界的权宜之计。真实的情况是，早在二十世纪八十年代，一些思想的前行者就已经开始了“寻找”的心路旅程。文学老人巴金 1979 年之后在其创作的《随想录》这部巨著当中，不停地反思和追问自己：作为一个受过现代科学民主思想教育的“知识分子”，为什么竟然在“文革”的灾难岁月中变成了没有思想的动物？ 1988 年，上海青年学者朱学勤撰文《我们需要一场灵魂拷问》，文中这样说：“真正的知识分子都是悲剧命运的承担者。胡风如此，胡风为之执幡护灵的鲁迅也是如此。他们要提前预言一个时代的真理，必须承受时代落差造成的悲剧命运。从这个意义上说，时代需要悲剧，知识分子更需要悲剧。一个时代没有悲剧，才是真正的悲剧；有了悲剧，知识分子们竟如妇孺般哭成一片，又是对悲剧尊严的辱没。”[①]话不可谓不尖锐。然而，由于八十年代特殊的思想环境的制约，无论是文坛老人的追悔，还是青年学人的愤激，都不可能引发整个知识界的集体关注。八十年代的知识者刚从一场噩梦中惊醒，正陶醉于启蒙者的社会角色，他们还不可能对自己的“身份”产生应有的怀疑。时至九十年代，当复杂的现实再次将“知识分子”问题提出时，所有的具有社会责任感的精神界人士便再也无法回避历史的诘难和现实的追问。与八十年代相异的是，这一次知识者的灵魂自审和“拷问”，其规模和深度，都是八十年代所无法望其项背的。

意味深长的是，在 1994 年到 1995 年的中国思想界，首先是两个已故的“知识分子”典型的被挖掘和被发现。1994 年，贵州人民出版社出版了《顾准文集》。顾准作为死于“文革”岁月的经济学家，他在思想钳制年代里的惊人思索和对真理的无尽追求，感动了许许多多的人文学者和青年学生。朱学勤这样发问：“是否可以这样说，他几乎是以一人之力撑起了 1957 年以后中国知识分子独立思考的断层？”[②] 1995 年，一本普通的人物传记《陈寅恪的最后 20 年》（陆键东著）由三联书店出版发行，没想到竟然一版再版，到 1997 年第 5 次印刷时，印数已达 8.05 万册。陈寅恪是中国现代以来的大师级历史学家，新中国成立以后在双目失明的情况下，依然寂寞地在岭南之地从事着历史研究和教书育人的工作。他公开倡言，研究学术应该坚守“独立之精神、自由之思想”的原则，而与当时的思想风潮相抵牾。《陈寅恪的最后 20 年》一书相当有力地刻画了一个不为时风所动，敢于坚持知识分子操守的学者形象。这一形象的“塑造”

① 朱学勤：《我们需要一场灵魂拷问》，《书林》1988 年第 10 期。

② 朱学勤：《愧对顾准》，《东方》1996 年第 2 期。

无疑渗透着正在陷入反思境地的许多文化人对知识分子饱满丰赡人格的深情渴望。显而易见，对于同样经历过1957年“反右”到“文革”苦难的大陆知识者来说，顾准和陈寅恪是面对权势和苦难奋力维护人格尊严和学术真理尊严的典范。在大陆知识分子，尤其是人文知识分子面临现实的压抑，亟须重新论证自身社会存在的合法地位时，作为非常年代精神营垒的固守者和知识尊严的葆有者的顾准和陈寅恪，自然成为当下知识分子抵抗世俗洪流和妥协哲学的精神资源。

以顾准和陈寅恪这两个知识分子“巨人”作为参照，一场更大范围之内的“拷问灵魂”式的散文写作占据了九十年代中后期文坛创作的重要位置。这种“拷问灵魂”式的写作最触目的标志便是“历史回忆录”这一文体的突然兴盛。尤其是1998年，在人们几乎缺乏思想准备的条件下，一大批有关1957年“反右”事件的书籍一下子进入书籍流通市场，摆上了大小书店的书架。[①]值得注意的是，以老革命兼老知识分子的韦君宜创作的《思痛录》为代表的这批散文著作，所讲述的是早在八十年代就被反复诉说过的陈年往事。然而，这批回忆录依然赢得了包括文学界在内的整个知识界的广泛赞誉。原因似乎也不难理解，在中国，“历史”被反复地诉说是一种惯例，也常常是新的社会情境下的特殊“文化仪式”。无论是为了

---

① 1998年大陆出版的有关“反右”事件的书籍，影响最大的有：韦君宜的《思痛录》（北京十月文艺出版社1998年5月版）、周一良的《毕竟是书生》（北京十月文艺出版社1998年5月版）、戴煌的《九死一生——我的“右派”经历》（中央编译出版社1998年8月版）、丛维熙的“走向混沌”三部曲（中国社会科学出版社1998年8月版）、朱正的《1957年的夏季：从百家争鸣到两家争鸣》（河南人民出版社1998年5月版）、《乌“昼”啼——1957年“鸣放”期间杂文小品文选》（中国电影出版社1998年12月版）以及三卷本的“思忆文丛”：《原上草》《六月雪》《荆棘路》（副标题为“记忆中的反右运动”）等等。

还原“真实”的历史，还是为了汲取和寻找精神资源，“反右”题材作品的再度畅销，都是一件不同寻常的精神和文学事件。我们可以这样理解，在新的历史语境之下再度讲述1957年，对当代大陆知识分子来说，是二十世纪末的最后一次“精神救赎”。因为在对苦难历史的重新确证和再次诉说中，知识分子的不计利害得失、敢于发表独立见解的硬骨头风范，他们的良知、忠诚和罕见的勇气，都得到了前所未有的凸显。于是，曾经受难的知识分子，就为处于价值选择混乱之中的九十年代的知识者树立了一种榜样和高度，并为后续的“知识分子”提供了坚守独立和批判立场的精神资源。

知识分子既是民族历史生活和现实发展的参与者，更是一个国家和民族的记忆库、书记员，是社会风雨和时代风云的灵敏异常的“感光胶片”。可以预见的是，随着中国社会政治民主化步伐的加快，以及许多“历史见证人”生命的趋于晚境，会有更多的知识分子加入到“诉说历史”的创作行列中来。开始于二十世纪九十年代中期的反思性的“历史回忆录”创作，在二十一世纪的上半期将再次出现一个写作的高潮。这是二十世纪觉醒的知识分子对二十一世纪的丰厚馈赠，也是民族摆脱心灵迷乱走向精神腾飞的必要途径。

二

时至二十世纪九十年代中期，中国社会的文化语境已相当复杂，知识分子群体的思想状况也呈现斑驳色彩。由于知识者队伍的逐渐分化，其精神的板块在若干年间也发生分离和漂移。“共同的人生理想”此时已属旧年风景，多元化的价值寻求正成为这个年代的精神通行证。"新左派"也好，保守主义者、自由主义者也罢，无论在学理上争得多么面红耳赤，只要是为着民族和国家的利益而各抒己见，便可以赢得精神界的普遍尊重。"人文精神"讨论以及由此引发的关于"知识分子"精神价值和社会职能的重新定位，虽涉及面甚广，但由于这场讨论始终在民间进行，并非强制性的耳提面命，要所有人都认可。所以，在知识者队伍当中，我们依然可以听见许多不同的声音。[①]这表明，知识界只用同一个脑袋思考、用同一个喉咙说话的时代已经远去。由此带来的直接后果是，在创作界，因为创作主体精神背景和思想资源的差异，我们便听到了众声喧哗的新曲新调。这新曲新调与九十年代的社会精神生活走向密切相关，互为因果，它们以自己特殊的把握世界的方式折射出这个年代的纷纭世相以及心灵的失落与彷徨。

当我们回顾和考察九十年代大陆文学发展状况时，在我们的记忆深处总是不停闪现着"八十年代文学"的清晰面影。这不仅仅是因为这两个年代有着难以割断的时间承接关系，更因为在彼此的对比和参照中，我们才可以更科学地认识和理解诸多精神和文学现象。客观地说，九十年代的中国文学面貌，在内外力量的共同作用之下，显然已经发生了令人惊异的变化。如果我们承认，历史的发展并不总是走阳关大道，那么，一个民族精神和文学的发展历程同样面临着相同的困扰。打一个不甚确切的比喻，"八十年代文学"是青春期的文学，而"九十年代文学"却颇似一个遭逢妻离子散的命运悲剧，从而失魂落魄陷入颓唐境地的中年汉。青春期是热情迸

① 可参看王蒙、李辉、陈建功三人的对话文章《精神家园何妨共建》《时代变化与感觉调整》《道德乌托邦和价值标准》，以上文章被收入《李辉文集·风雨人生》，花城出版社1998年。

发、“心事拿云”的时代，乐观和自信像清风明月一般布满生活的所有空间；而人到中年，则往往满怀忧郁地吟唱“却道天凉好个秋”！

应该说，二十世纪九十年代的中国文学，尤其是1995年以来的文学，其成长的外在环境的宽松程度与八十年代相比，不知要高出多少倍。然而，外在的政治压力减轻了，作家们的内心世界却在商品经济大潮的猛烈冲击之下，渐渐崩塌了。源于1993年的“人文精神讨论”，实际上是受整个社会的精神低迷情形，尤其是知识分子和大陆文学界无所作为的精神颓唐状态的刺激而生发的。毫无疑问，“人文精神讨论”发起者们秉承的是“五四”以来的启蒙话语传统，他们把文学的责任感和使命感视为文学的天然素质。因此，“痞子”文学的流行和作家纷纷走入“个人化”和“私语”天地，一味吟唱“小我”的悲欢，这样的文学创作倾向，是“人文精神讨论”发起者们所竭尽全力予以坚决反对的。于是，在一种重提文学的现实主义精神的创作气氛之中，“现实主义冲击波”作为1995年以后最为重要的小说潮流登场亮相。

主要于1996年前后风行文坛的“现实主义冲击波”是一场文学的“回归”运动。这也是历史的习惯性现象。当无法获得新的精神资源以开拓新路时，回归某种精神传统也不失为一种智慧的生存方式。“现实主义冲击波”要回归的是“五四”新文学以来的现实主义文学传统，这一传统的要义无非是两句话：“直面惨淡的人生，正视淋漓的鲜血。”从鲁迅开始，现实主义关注现实、“干预生活”的传统就一直是中国作家的创作之魂。八十年代的文学之所以长久地赢得喝彩，为社会各阶层所欢迎，就是因为文学在社会矛盾和人民痛苦面前没有闭上眼睛。相反，进入九十年代，虽然作家们口口声声宣扬，文学的自由完美境界来到了，但是，文学的“干预生活”职能却一再弱化，从而导致文学作品的读者大规模逃逸。九十年代中期，终于有小说家在创作意识和实践中确认：文学关注国计民生、书写普通百姓的悲欢并不是低能的表现，更非文学的耻辱。于是，以刘醒龙的《分享艰难》、谈歌的《大厂》、何申的《年前年后》、关仁山的《大雪无乡》等为代表的“现实主义冲击波”作品一时间占据了文坛的显赫位置。这似乎是久违的文学盛况，仿佛整个文学界都在谈论“河北三驾马车”，都在把“分享艰难”挂在嘴边。主流意识形态给予“现实主义冲击波”以特殊的礼遇，一些思想颇为前卫和先锋的批评家也撰文大声叫好。然而，到了1997年，“现实主义冲击波”就渐渐显现疲软之态。由于思想力量的薄弱和艺术的粗疏与张皇，这一小说潮流陷入左支右绌的尴尬境地。更多的批评家认为，“现实主义冲击波”作品在对现实生活的把握和描写上，存在着严重的价值取舍的混乱。对现实中丑恶现象、负面因素的一味妥协、认同，不仅是历史理性的缺失，更是“人文关怀”这一文学基本“地盘”的彻底丧失。“分享艰难”一说被作家们津津乐道，表明“五四”现实主义的批判精神在当下是如何可怕地被“消解”掉了。今天看来，从“现实主义冲击波”在将文学从越来越幽秘化、“内分泌化”的狭窄胡同里解放出来这一点上看，自有其历史功劳。然而，其思想力量的孱弱，价值选择的混乱不堪，艺术上的脱雅媚俗、惊人重复和雷同，都表明创作者本身精神资源的匮乏和不足。他们向真正的现实主义精神的“回归”是相当无力的，重要的原因是其内心缺乏强大的理想精神的支撑。他们已经没有八十年代作家的激情和豪气。这是九十年代的思想背景使然，也是过于趋俗的社会流行风气使然。

给九十年代中期以后的中国文坛带来一丝亮色的是文坛“奇人”

王小波的出现。许多批评家认为此人的出现，对九十年代的大陆文学界而言，实在是一个“异数”。王小波的年龄和经历，与许多“知青作家”并无二致。不同的是，当八十年代“知青作家”们高唱“青春无悔”之歌的时候，他却到大洋彼岸留学深造去了。别小看了这一段人生经历，正是这一段异国求学生涯，最终造成了王小波的精神和文学资源与他的同龄人之间有了极大的差异。与大陆大多数作家的另一个相异之处是，这位在九十年代初学成归国的学者，放着北京大学和中国人民大学的教职不做，单单迷恋上了写作。虽然很长一段时间，他的文章不被编辑和出版社接受和认可，但是王小波矢志不移。而一旦他的作品冲破偏见和禁忌，为读者所知晓，我们就发现其实我们面对的是一座文学的富矿。1997年王小波英年早逝，引发了“王小波热”。与“现实主义冲击波”被喝彩不同的是，对王小波的推崇主要来自“民间”。这就使这位已逝作家的价值更值得珍重。今天我们把“王小波热”作为1995年以后最重要的文学现象来考察，是因为这位作家的创作是九十年代最具特色的部分。他的百万字的小说创作的价值，直到现在还没有被认识得很清楚。单就给他带来盛誉的杂文创作而言，王小波的文学价值就足以使我们震惊。王小波的价值首先在于，他以异常清醒和独立的姿态，对正在行进的中国现实和曾经经历过的历史苦难发言。举凡专制主义的痼疾、中国社会的“花剌子模方式”（即不准报告坏消息）、妄自尊大的狭隘民族主义鼓吹、知识界的好大喜功、重名不重实等等中国社会的惯有现象，都成为作者讽刺批判的对象。王小波的独特处在于，他以一个接受过西方教育的中国自由知识分子的眼光，立足科学和民主的精神价值，结合自己特殊的人生经历，对许多此前大陆学界讨论多年却并未彻底弄清楚的“老话题”，进行了生动而有趣的老话新说。而且说得十分入情入理，振聋发聩。对于浮躁喧嚣以追逐“新名词”为能事的九十年代文学界和批评界来说，王小波的文章无疑是一服清凉剂。其次，王小波创造了一种特殊的文体风格。他的文章有一种“平常心”。这种“平常心”在他那里，表现为十分理智、健康的生活和写作态度。因此，他的文章既有深切的人间关怀和责任感，又充满平实、通达、宽容的理性精神。他从来不以真理的唯一诠释者自居，不狂热，不气急败坏，不脱光了膀子“杀将过去”。可以说，王小波以自己的创作姿态和文学成就，为思想多元的大陆知识界树立了一种类型和风格。这种创作风格，其价值和意义不可低估。

都市文学的崛起是九十年代中期以后大陆文学创作的又一个亮点。它的创作实绩具体表现为，在一个都市文学资源十分缺乏、都市文学创作长时期受到抑制的国度，第一次大规模地出现了真正书写都市生存经验，传达世纪末中国人对于都市的复杂感受和心绪的具有独特的审美价值的文学作品。众所周知，迄今为止中国依然是一个农业人口占绝对多数的发展中国家，“乡土中国”的社会价值观念、人生向往、行为方式，一直是整个中国社会的主导性精神话语。在相当漫长的一个历史阶段当中，出于某种狭隘的意识和恐惧性想象，城市被认为是一个堕落的、肮脏的、罪恶的所在，是资产阶级道德和社会腐败滋生的场所，是不祥之地。当代文学史上，新中国成立初期对萧也牧的小说《我们夫妇之间》的批判，以及二十世纪六十年代对话剧《千万不要忘记》和《霓虹灯下的哨兵》的推崇，就表明了对所谓都市生活“腐蚀性”的深刻疑惧。以中国当代作家普遍的创作心理和情感而言，如果同时面对城市和乡村，作家们似乎更愿意书写乡村。毫无疑问，乡村更能激发作家的文学想象和创作的灵感。而事实上，在九十年代以前的中国当代文学史上，“乡土小说”无论就创作的数量还是创作的质量而言，都可以说是名列前茅。但是，如果论及当代文学史上的“都市文学”，创作界便陷入非常尴尬的境地，我们不仅拿不出一定数量的创作，“都市文学”精品更是踪迹难觅。之所以形成这样的创作困境，原因可能有两条：其一，九十年代以前的中国社会，城市生活方式长期发育不良。在长达几十年的历史阶段，现代城市的成长模式一直受到国家力量的约束，从城市人口管理、城市人的生活工作方式，到国家给城市人提供的精神生活空间，中国的城市都非常像一个放大了的“乡村”。这样的“都市（城市）生活”自然失去了它与中国乡村的巨大反差，它当然也难以以新鲜情调打动创作家。不可否认，当代文学史上许多作家也写出了号称“城市文学”的作品，但明眼人可以看出，与其说那些是“城市文学”，不如说它们是“市井文学”。“城市文学”依托的是现代工业化背景，而“市井文学”则植根于传统的农业文化之中，两者有着非常巨大的历史差异性。其二，从文学传统而言，我国有丰富、深厚、成熟的“乡土文学”资源。千百年来，中国文学积累了极为厚重的“乡土文学”的主题资源、情感资源、道德资源和语言资源。处于这样一种文学资源的影响制约之下，“乡土文学”自然是“有源之水”，而“都市文学”则仿佛“无本之木”。

改革开放二十多年来，中国社会发生了翻天覆地的变化，其中最惊人的变化之一，便是“城市化”终于伴随着改革进程的加快，而成为中国社会走向现代化的显著标志。进入九十年代，随着社会主义市场经济体制的全面确立，在中国广大的区域，城市化浪潮一浪高过一浪，许多此前曾享有过国际声誉的大都市，比如上海，重现它城市文明的光彩，而更多的素来沉滞悠闲但是乏味的中国城市，忽然间激动和旋转起来。现代工商业文明，以席卷一切之势改变着城市的生活进程，它在消解着乡村文明的固有法则，更在创造着陌生的让人目不暇接的时尚风光。正是在这样的时代精神背景之下，九十年代的都市文学创作潮流不期而至。如果说，在九十年代前期，都市文学创作还显得底气不足，那么 1995 年之后，由于邱华栋、何顿、张欣、西飏等作家的出现，九十年代的都市文学便已经变成响亮的大合唱。与当代文学史上对都市生活怀有不信任感和疏离感的那些作家大异其趣的是，邱华栋们对现代都市抱有天然的好感，他们对城市有难以遏制的激情和痴情。如果说都市在以前许多作家眼里是“荡妇”形象，那么，邱华栋们则无疑把都市视为“情人”。城市，似乎是他们唯一的创作对象，是他们现实理解力的全部来源。他们沉溺于都市生活的最为实在的感性层面，在切身体验中获得现代都市生活的光影声色，并捕捉都市人瞬间性的现在时态和焦虑不安的情绪。九十年代都市商业文化景观，金钱的魔力和罪恶，人被物欲支配而陷入情智乖张的城市故事，冒险和漂泊的人生传奇，都被他们一一道来。虽不乏批判，但包含更多理解的温情。倘若想到“都市文学”一直是中国文学创作领域的一个薄弱环节，我们就会明白，1995 年以来的都市文学的生成和发展，实际上在创作内容和对象方面已经对当代文学的布局做出了重大调整，并可能为二十一世纪的中国文学开辟一条别样的通道。因为，这个国度正在毫不犹豫地向全球化迈进。“乡土文学”的渐渐远去是历史也是艺术的必然选择。

在谈及九十年代中期以来都市文学崛起这一创作现象时，另一个不能不涉及的话题是，“七十年代以后”作家的登上文坛，给都市文学带来了什么？可以明确地说，以卫慧、棉棉为代表的“七十年代以后”作家的小说创作，明显地给都市文学创作带来了异样色彩。从人生价值观念和文学观念的开放、叛逆，到小说表现内容的大胆、刺激，一直到许多人善于制造“传媒事件”，“七十年代以后”作家都表现出了与他们的文学兄长截然不同的为人为文风格。“躯体的欲望”成为他们热衷描写的对象，道德虚无主义成为其作品主人公公开打出的人生哲学旗号。不可否认，“七十年代以后”作家的创作为都市文学增添了一些新色调，但在文学作品中放肆攻击人类公认的价值准则，放弃文学的理性和社会责任感，一味展览肉欲的狂欢，放胆书写人的贪婪、堕落、醉生梦死等反社会的思想和行为，则可视作九十年代都市文学的一股逆流。

毫无疑问，1995 年以来的中国文学是在相当复杂的社会精神背景之下展开的。在多种因素的影响和制约下，九十年代中期以来的文学并没有给我们带来过多的惊喜和自豪。躁动的情绪和目标欠明确的呼喊和行动，不仅充斥于社会生活空间，同样也在文学界频繁上演。在这文学进入“无主潮”从而众声喧哗的年代，花样不断翻新的文学口号和浅尝辄止的文学实践，使我们目迷五色，更使我们困惑不已。这样的情形仿佛是一场赛车，由于车辆疾驰而过，我们甚至认不清楚车子的驾驶人到底是谁就已经跟着起哄与喝彩了。然而，一旦回到斗室，平静了心情，我们又时常感到茫然。纵观 1995 年以来的大陆文坛，无论是文学创作还是理论批评，打出的旗号和玩弄的新术语不可谓不多，但真正能够穿透我们的心灵并引发长久思考的文学创作的确少而又少。据此，我们只能将近五年来的大陆文学创作视为文学的歉收时期。也许，一切都与社会转型期的内在精神矛盾有关，与整个文学界的价值选择游移不定有关。也许，暂时的沉寂和摸索只是一场奋勇冲锋前的力量积聚，真正的丰收期实际上已经悄悄孕育。还是让我们相信诗人的话吧：既然幻想已经爬满了青春的篱笆，收获的季节迟早会来。

2000年12月至2001年1月

九十年代以来中国文学创作的若干病象

我国的文学创作，自从脱离了二十世纪八十年代清新刚健的时代氛围之后，便一直显得病恹恹的，有气无力。尽管这十来年当中，也有一些创作家想以个人之力，打破文坛“风骨不飞”“负声无力”的局面，但因为文学界总体的创作气氛是萎靡的、浅斟低唱式的，所以，个别的雄强之声也就渐渐地被一片莺歌燕呢喃之音吞没了。时至今日，中国文学创作界的某些病象日益严重，实在到了不诊治不足以救文学于颓败之途的地步。

病象之一，是思想缺乏症和思想冷漠症。

二十世纪九十年代以来，我国的文学作品当中最缺乏的是思想之美。虽然经过西方现代主义和后现代主义文风的熏染，作家们在写作技巧上已学得不少聪明本领，然而，若论思想上的高屋建瓴、深刻透彻，近年来作家们的创作实在乏善可陈。不少创作家仿佛成为埋头于个人心情中的“鸵鸟”和躲进封闭的壳里的“蜗牛”，他们对身外的世界早已力不从心。因此，文学不仅正在失去对现实的解释能力和动员能力，难以洞察并说出生活内部隐藏的秘密，它甚至还在渐渐失去对于包围着人类的日月星辰和山川河流的诗意的想象能力。翻开近十年间的大陆小说，除了极个别的作品能够带给我们新鲜而耐咀嚼的思想见解之外，大多数的叙事性作品都显得思想贫瘠薄弱甚至混乱。倘若说“思想”是小说尤其是长篇小说的“坚强的骨骼”，那么，说句老实话，我们所接触的大量的小说要么是“有肉无骨”，要么是“肉多于骨”。在这些作品中，我们见不到作家对生活的独特发现和超常领悟，看不到一个作家与现实世界中的苦难和危机的“痛苦的联系”，看不到对于真理的诉说和对于理想的迷恋。许多时候，我们看到的只是平庸得不能再平庸的见解，杂乱得不能再杂乱的意识的拼盘。在持续走红的作家池莉的大量小说中，人们只看到她对无边的世俗生活的认同，是大量的缺乏思考力的平面感受，而绝少看到她对灰暗的充满着低级趣味的所谓“平民生活”的批判。池莉有言：“我以为说到底，文学作品不是人们心中最重要的东西，它不是水，不是空气，不是食物，不是政治，它是一种看不见摸不着的依靠想象而存在的艺术，是人们的精神调剂品。所以我并不认为自己的写作和作品多么重要，或者应该多么重要。我创新不了什么。一切的想象、体验和经历都超越不了生活本身。”①不难看出，池莉的写作姿态放得很低，然而就在这样的多少带点讨好意味的貌似平民的姿态里，她已经放逐了文学的诗性和理想。我们应该明白，文学的全部精神力量，恰恰来源于它对平庸琐碎的生活本身的超越，其重要性恰恰在于它能够像阳光和雨露一样给我们的心灵带来持久的温暖和滋润，指示我们在辗转挣扎于世俗的泥沼时，应该时时抬头仰望遥远而灿烂的理想星空。

在“新生代”和“新新人类”所创作的作品中，对现实的冷漠和拒绝姿态同样构成了对小说思想性的严重伤害。作家对人世的热情全无，自然对生活难以有惊人发现，思想性也就成为一个幻影。

① 池莉：《午夜起舞·代后记》，江苏文艺出版社 1998 年，第 368 页。

一些作家以冷漠甚至绝望的眼光看待现实，描写人生。他们鄙视社会话题，对人类的受难充耳不闻，只对轻飘幽闭的“私人生活”充满兴趣。在他们的小说中，卧室、内衣、浴缸、垃圾音乐与白日见鬼，甚至比天下社稷、国计民生更为重要。因此，你听到的只是一些灵魂冷漠麻木的物质主义者在无病呻吟。他们在作品当中堆积了大量的都市现代物象和老而又老的幻觉与感官欲望，然后大声告诉你：我好痛苦哟！我好无聊哟！等而下之者，便是将人变成肉体和感性的道具，将个人性史当作大街上的商业橱窗，展览给所有人看（比如卫慧的《上海宝贝》）。如果你愤怒了，“美女作家”们会不屑道：真他妈的是一拨土老帽！

病象之二，是道德感的丧失与虚无。

不可否认，近十年间，由于社会各阶层对市场经济存在着理解上的偏差，也因为国民素质的长期沦落和思想的长期混乱，当市场经济的风暴骤起，许多人在精神上便陷入迷乱失控状态。亲近金钱而疏远良知的意识突变似乎在一夜之间就发生了。早就有论者指出：当代中国人对金钱的张扬已经到了可以蔑视任何法律和伦理的程度，全民性的拜金主义绝非经济问题，而是社会问题和文化问题。正是由于我们精神上的败血症、文化上的实用主义、道德上的虚无主义，我们的社会道德状况和整个社会信誉度才出现了令人尴尬不已的局面。

在民间，“与生活妥协”（所谓“冷也好，热也好，活着就好”）和“利润最大化”成为普遍的处世哲学，以眼前利益为准绳来调整与社会秩序的关系，成为许多人很快就能掌握并娴熟运用的处世法则。政治冷漠症成为一时的精神景观，人们对有关民族和国家的“大话题”仿佛失去了兴趣。推动这个时代前进的，已不再是某个英雄或巨人的振臂一呼，而是无数个松散意志碰撞汇聚的合力效应。百姓们讨论的话题不再是“问苍茫大地，谁主沉浮？”，而是股市行情、足球赛场、物价指数、互联网、减肥茶、《还珠格格》《大话西游》。一句话，曾经被刻意压抑的大众欲望在新的历史情境下忽然被释放，并形成某种合法的“声势”。原有的社会文明准则和“人文精神”正在经受前所未有的考验。

对应着整个社会生活中强大的世俗化思潮，当今文坛不少作家也在不遗余力地宣扬“人情以放荡为快，生活以奢靡为佳”的生活哲学。如果你是一个多少有道德感的人，你会对今日文学作品当中大面积的道德虚无深感悲哀。你翻开一篇小说，第一句是：“王美丽的丈夫死了。当天晚上她去了情人徐小刚那里。”翻开第二篇小说，第一句话说：“我（女主人公）决定报复他（丈夫），所以我去了一家高档酒吧，在那里认识了一个叫迈克的美国人。”这些文学作品告诉我们，所有的人无一例外地成为欲望的走卒。在这个开放搞活的年代，不让欲望赶紧宣泄释放，还等什么？于是，诸多偷情的故事在青天白日之下，宛如一场突发的大水，浩荡而来。令人惊讶的还有，在有关“婚外情”的叙事中，那些“插足者”大多具有十足的“献身”精神，他（她）们情感浓烈，心地善良，品位不俗，善解人意。便是一块石头也要被感化，何况是血气蒸腾的旷男怨女？投怀送抱，自然天经地义。许多作家试图向读者证明：婚外之情远比婚内的爱情更炽热，更具诱惑力。道德虚无感的产生显然与时代的某种风气有关，在一个生活中充满了性信息的时代，一些不负责任的作家也加入到制造腐朽糜烂的社会风气的合唱当中，他们的创作对社会道德感的虚无和丧失起到了推波助澜的作用。基于文学作品当中道德感的令人吃惊的丧失，重提文学的社会责任感和文学的教化功能，已经是创作界刻不容缓的重要任务。

病象之三，是个人的小情小趣和病态宣泄压倒了对于生活严峻性的书写。

近十年来，文学老是一副萎靡不振的样子，与作家精神缺钙、心灵孱弱，创作选材极度狭隘、创作视野缺乏开阔性有关。二十世纪九十年代以来，个人主义价值观大行其道，更注重个人而忽视群体成为时尚。于是，文学创作界云集了内心封闭，只会顾影自怜、自怨自艾的气度狭小的创作家。他们就一点个人私事秘事，大肆渲染，极力铺排。前些年，文坛曾经刮起一股甜俗散文创作之风，学者称之为“小女人散文”。这些作品专写“我的老公”“我的狗（猫）”“我的口红”“我的内衣”之类的闺房香软趣味。已故的杰出作家王小波当时对这种散文现象就有过尖锐讽刺，称之为“撒娇打痴体”散文，可谓一针见血。这几年，弥漫着脂粉气和酒吧气的甜俗散文势头似乎走低。谁承想，文坛忽然又杀出一彪敢于大暴个人隐私和倾全力描写“内分泌”（威廉·福克纳语）的写作人马，这彪人马的旗帜上书四个大字，曰“身体写作”。一时间，情欲话语成为“美女作家”们热衷和痴迷的文学话语方式，她们已经不再满足于在作品中描写“我的内衣”之类，而是告诉你她做爱时脱下的是世界名牌 CK 内裤。显然，有些作家已经有意无意地将文学作品当做隐私报告和“生理反应报告”。他（她）们心理上出现了不轻的病状，但是不去找心理医生瞧病，反而借文学写作来“疗伤”。虽然弗洛伊德有文学创作来源于生命本能受到压抑的说法，但言说压抑也得有度、有所升华呀。不问观看的人是医生还是一般的看客，只顾“脱”了再说，实在有“暴露癖”的嫌疑。对自己的过度甚至病态关注，会使作家们整天泡在阴暗诡异的潮水之中。对天下苍生之命运，自然无暇顾及。因此，近十年间面对现实勇敢“发问”的文学作品少而又少（这与我们这个急速旋转、问题复杂而多变的时代极不相称），生活的潜流和暗流不是没有得到书写，而是常常被作家们“微雕”为个人性的小而发腻的生活琐事和生活心情，或者被种种不严肃的描写和议论化解了，“难得糊涂”成为堂皇的遁词，严峻的追问在一团和气当中就被自然蒸发了。

创作个体与社会群体的关系问题，近十年来，一直是一个困扰创作界的理论话题。如果说，在“浪漫的八十年代”，由于知识分子的启蒙角色担当和所处的社会中心地位，使得这一创作理论问题还不显得那么突出，那么，时至今日，由于知识者在社会生活中的边缘状态以及尊重个人选择成为通行的思想习惯，如何处理好作家知识分子个人与社会集体的关系问题就显得相当复杂而难以有统一的答案。因为，通行的创作法则告诉我们：关注什么和描写什么完全属于创作主体个人自由选择的领域，别人不能也不该介入。然而，我还是要说，一个整天沉湎于个人天地与小情小趣的作家是没有出息的作家；一个只活在自己的内心世界，或者把自己置换为欲望的化身，主张用“身体写作”和“下半身写作”来拯救灵魂的写作者也只能是一个病态和异化的写作者。法国著名哲学家和社会学家亨利·列菲伏尔认为，割裂个体与社会集体的联系，个人的自我封闭正是“异化的尖锐形式”。他说：“人的本质源于全体社会进程。个人不应当与集体分离，也不应该混同于集体，但是在我们的社会里，关系被颠倒了，个人认为在孤立中也能够认识自己。这样个体就更彻底地‘丧失’和脱离了自己的基础。脱离自己的社会根基，他把自己看作理论抽象（心灵、内在生活、理想），或一种生物存在（躯体、性欲）。”[1]很明显，无论就个人健康而严肃地生活而言，还是从作为一个作家知识分子必须承担的社会责任的角度看，创作者都不应该丧失对身外世界和社会人生最起码的关注热情。如果，一个作家想当然地把自己的“心事”误认为是人类生活的全部，总是将写作囚禁在自己那点阴郁的私人经验里，只会自说自话、自恋自虐，那么，他就与人世间一个可怜的值得同情的心理疾病患者无异。

病象之四，是逐利心态所导致的作品艺术上普遍的粗制滥造。

由于市场经济体制的全面建立，也由于文学的商品属性逐渐被确认，应和着市场的广泛需求和印刷物从组稿到出版的快节奏，大量的文学赝品已经产生。那种“吟安一个字，捻断数茎须”的严肃的创作态度不见了，那种“文章千古事，得失寸心知”的对文字的敬畏之心也已难觅踪影。更多的作家是，只要编辑要稿，成熟不成熟的，一股脑儿地全端出去，拿了稿酬再说。尤其是一些已成名的作家更不爱惜自己的“羽毛”，一部又一部地粗制滥造。陈染的长篇小说《声声断断》2000年甫一出版，就有评论家撰文批评这部作品，认为：“《声声断断》不过是一串自我生活片断和零碎心绪的潦草记录，写作的动机和素材都不够。”[2]池莉的创作自二十世纪九十年代末期开始，一直呈现艺术上越来越粗疏张皇的状态。贾平凹近年创作的长篇小说，思想艺术水准也呈现倒退的迹象。然而，这两个作家隔不了多长时间就能出版一本小说。仔细翻看他们的“急就章”，思想的混乱，艺术上的慌乱，语言上的不讲究、随意、文理不通，随处可见，以至于评论家不得不称池莉的《看麦娘》是“一

① 〔法〕H·列菲伏尔、〔匈〕A·赫勒著，陈学明等编《让日常生活成为艺术品：列菲伏尔、赫勒论日常生活》，云南人民出版社1988年，第6页。

② 剑青：《我们对“作家”的敬意是怎么丢失的？》，《中华文学选刊》2000年第9期。

锅热气腾腾的烂粥”[1]，贾平凹的《怀念狼》是“消极写作的典型文本”[2]。

似乎非常有必要重提古典大师们的写作。要知道，在中国古代，最伟大的作品都是在残烛冷灯之下写成的；最好的艺术作品并不是用来逐利的。屈原的《离骚》如此，杜甫的“诗史”如此，曹雪芹“披阅十载，增删五次”的《红楼梦》更是如此。不朽之作总是产生于作家历经磨难之后对于人世的悲情与浩叹，产生于“有真话想说，不说则无以存活”的伟大的心灵冲动，而绝非出于追名逐利之想。事实上，一旦功利心起，真实丰富的心灵便被遮蔽，“说话”自然言不由衷，作品的趣味也就趋向流俗一途，“杰作”云云就变成遥远之神话，可望而不可即。显而易见，现代社会印刷业的发达在创造精品的同时也不时制造着一些垃圾。而整个文学创作品位的提高，尤其是经典的产生，需要的是创作家真正的献身和“殉道”精神的支撑，需要的是既包含着悲天悯人情怀又具有沉雄博大的艺术气度的作品的支撑，而绝不是内在价值图景混乱的文学泡沫的无休止的流淌。

2003 年 3 月

① 李建军:《一锅热气腾腾的烂粥》,《南方文坛》2002 年第 3 期。
② 李建军:《消极写作的典型文本》,《南方文坛》2002 年第 4 期。

迷乱的星空

——论“70年代以后”作家的创作生成背景及其缺陷

无论我们是否愿意承认，“70年代以后”作家作为一个小说创作群体，事实上已经登上了二十世纪九十年代末期以来的中国文坛。由于大众传媒和书商的刻意炒作以及这个创作群体之内某几个女作家在公众和传媒面前技巧娴熟的“作秀”，“70年代以后”作家的整体创作面貌似乎被过多的商业化操作歪曲和遮蔽了。而实际上，“70年代以后”这一创作群体，它所包括的作家显然要比现在已经“曝光”的数量多得多，其创作的复杂性亦非简单的几句话能够道得明白。客观地说，“70年代以后”作家在感知、理解和表现生活方面，在对现实中国社会的艺术描写和审美判断上，的确为九十年代的文坛带来了一些新的东西。但是，“新”并不一定意味着好，穿新鞋依然可能走老路，甚至可能走岔道。“70年代以后”作家在创作上有其别开生面之处，然而，由于某种天然的缺陷（比如创作视野的极端狭窄、社会责任感的严重丧失、艺术上的不断恶意自我重复和自我模仿等等），这一文学群体的创作也有可能昙花一现，很快就在文坛销声匿迹。

一

任何文学潮流和文学现象的生成和发展，毫无疑问都有着直接对应的时代文化背景。哪怕文学创作中历史题材的作品，今人说古事，也往往有着深刻的时代原因。德里达早就有言：我们不应该只去关注“故事”讲述了什么，而应该弄明白为什么这个“故事”恰恰在此时“被述说”。谈说历史总是为了照亮眼前的复杂现实，并非只是为了发思古之幽情。二十世纪九十年代以来，大陆电视剧创作中的“好皇帝”“好官”“清官”形象层出不穷，显然与吏治不严、社会风气糜烂以及民众在无奈情境下的某种政治期待有关，并不能简单地斥之为“骸骨的迷恋”。一句话，任何文学文本，从来不可能是一个完全封闭的“自足”的系统，文本的生成无一例外来源于社会与时代的物质和精神生活的运转与变动，是从喧闹不已、复杂而又蓬勃的时代音响中“截取”下来的。区别只是在于，被“截取”的声音是黄钟大吕，还是意乱情迷的郑卫之音。自然，“截取者”自身的思想艺术品位，也有高下文野之分。强调这一点，是想说明，“70 年代以后”作家的创作，只能出现于二十世纪末的中国文坛，是受现实中国的整体运行规则和整个时代的精神气氛制约和影响的，其中渗透着这个年代诸多精神失范和迷乱之处，并不是一夜之间就从地底下冒出来的“怪物”。因此，要想全面认识“70 年代以后”作家群的创作，必要的时代背景因素的考察便显得尤为重要。

我们知道，“70 年代以后”作家成长的岁月正是中国社会的政治、经济、文化等诸多方面从观念到实践都发生历史性转折的年代。这一个年代，“改革开放”是生活的最强音，“脱贫致富”是社会各阶层的光荣与梦想。短短二十年间，经过中国人的不懈努力和奋斗，国家的面貌焕然一新，人民生活水平有了大幅度的提高。国力的增强和人民生活的富裕，使我们有理由为这一时代高唱赞歌。然而，具有责任感的人也应该看到，在时代提供的光彩照人的巨幅画像背后，依然存在着难以遮蔽的阴影。且不说如此幅员辽阔的国家，一直存在着东西部经济文化发展水平的巨大差异，在遥远的西部，许多人仍然生活于贫困线下；即使被卫慧、棉棉们反复热情讴歌的“上海花园”里，其实也并不都是鲜花满地、歌舞升平。消费、享乐主义者心目中的“天堂”是一种上海；弄堂里刷马桶的声音与激烈的争吵之声，散发着腐菜和烂鱼气味的菜市场，同样是一种上海。而且，后一种上海也许更接近大多数上海人的毫不掩饰的生活的本真状态。简言之，这是一个丰富而又混乱、芜杂中又孕育着勃勃生机的年代。这样的年代，时代气氛是宽松的，精神的自由空间前所未有地得以疏通和拓展，生活和生命中到处充满着不能承受之“轻”。按常理推测，如此承平之世，正是文学大显身手，出重头作品的年代。然而，现实的演出却总是出人意料。由于价值观念的紊乱和倒错以及理想精神的被鄙视，尤其是知识界精神的涣散，世纪末的文学界实际上被一派衰败气息所笼罩，卫慧、棉棉们的城市“恶之花”正是生长在这一奇异背景之下的文学新景观。

回顾十多年来中国社会的巨大行进，在对生活中的每一个进步都发出由衷赞叹之声的同时，我们不能不对多年以来弥漫在我们生存空间中的种种精神的“毒气”和“鬼气”，表现出应有的愤怒之情。正是一段时期以来，中国人灵魂的无所依傍、丢失和被践踏，才可能导致消费主义、享乐主义、欲望主义放肆地侵入社会生活的所有领域，包括曾经给我们带来神圣的激情和梦想的文学界。应该说，破解“70年代以后”作家的创作，尤其是卫慧、棉棉的创作何以如此的关键，是在此处。

诚如许多论者所说，“70年代以后”作家从文化继承的角度来说，是无“根”的一代。当他们走入学校，接受各级教育的时候，事实上我们的教育思想正处于十分混乱的状态，我们的教育界长时期处于“关起门来称大王”和自说自话阶段，对中国社会风景变幻的现实无力解释和应对，因此，最应该建立坚定信仰和理想精神的地方，理想和信念却软弱无力。再看整个精神界，在世俗主义腐蚀一切的时刻，偶尔可见几个“精神界战士”“荷戟独彷徨”，或发几声呐喊，更多的伪知识者一夜之间，忽然成为暴发户和腐败官员的同谋，与新的年代的消费“英雄”们相拥相抱去了。真实的情况是，当“70 年代以后”作家面临精神成长的重要时刻，传统的意识形态话语早已经失势，而“精神界战士”所提倡的人文精神也趋于崩溃。传媒到处在宣扬这个年代的世俗英雄，财富的拥有和积累，成为衡量一个人是否成功、是否具有社会影响力的唯一标准。于是，在一种与欲望主义和解的暧昧气氛中，金钱忽然化作这个年代的万能语言，民众对金钱的张扬和贪婪已经到了可以蔑视任何伦理和法律的地步。全民性的拜金狂潮最终酿成我们精神上的败血症、文化上的实用主义以及道德上的虚无主义。试想一下，在这样的精神气候当中，我们怎么可能让年轻的一代建立起美好而坚定的信念和理想精神？相反，我们只能看到颓废的、以自我为中心私欲膨胀的、蔑视道德和法规的一代人在充分表演着浮世的享乐和悲欢。

与此前的创作家相异的是，“70 年代以后”作家对深层的中国有着暂时还难以消除的隔膜感。由于这一群体的大多数年轻创作者来自中国相对比较发达的城市，又因为生逢国家政治局面稳定时期，因此，与有着深厚的中国“本土经验”的新时期以来的任何一代作家相比，“70 年代以后”作家都显现出了对“中国问题”的一知半解。从个人经历而言，他们没有遭遇共和国历史的不幸，更没有被强制性地驱赶到贫瘠落后的乡村，这使他们对乡村和“土地”

的情感相当淡漠；从生存的环境而言，社会和家庭给予了过多的宽容和宠爱，城市消费享乐狂潮时时诱惑着他们，从而培养了他们的自我中心和“出名要早、享受要快”的为人处世原则；从人生追求而言，市场经济体制提供了职业寻求和生活方式的巨大可能性，这使他们不再有被钳制的感觉。在现实生活中，他们不再追求稳定、安宁，通过加入某种社会组织以取得依托和保护的具有归属感的生活，他们更喜欢冒险和漂泊。凡此种种，都使得此前曾经压迫了数代中国作家的民族苦难感和“疼痛感”，突然在“70年代以后”作家群中消失。这种“失重”的状态，使这一代作家很难对自身以外的中国现实问题和社会状况持有完全、透彻的认识和理解，更谈不上对中国历史深处的苦难与忧患感同身受。他们已经在自觉和不自觉当中，远离了“五四”新文学以来的启蒙主义传统。他们是消费时代的时尚文化“英雄”，更乐意描写这个年代个人生活的狭窄天地，吟唱一己的小小悲欢。

说“70年代以后”作家是无“根”的一代，确切地说是指这一代作家在世俗主义泛滥的时刻失却了崇高理想之“根”，也失去了传统人文精神之“根”。他们对博大精深的中国传统文化，对中华民族近代以来的百年忧患和苦难有着难以消除的巨大的疏离感、隔膜感。生长于古典人文精神迅速衰落的中国大都市，感受着“五四”以来最为强劲的欧风美雨的吹拂，成长过程中一直与可口可乐、麦当劳、肯德基、阿迪达斯、耐克、好莱坞大片、西方电影碟片（包括西方色情和准色情片）相依相伴，可以说从吃、穿、用的物质器物层面，到艺术接受和体育欣赏等精神层面，这一代人已经被西方文化所包围，而恰恰是这一切培养了他们对西方文化的超常兴趣和亲近感。在把西方生活价值观念和生活方式作为榜样的年代，“70年代以后”作家群当中的许多人毫不掩饰他们对西方文化的认同心态。卫慧颇为自得地说："我的生活方式是很西化的。我做过咖啡店女招待，用纯正的英语和客人们聊天。我看国外的电影，读国外原版书。德语会说一些，但现在想学法语。我希望有一天可以用外语写作。"[①]也许，大都市年轻一代价值观念和生活方式的迅速西方化，是许多人始料未及的。一个显而易见的事实是：在中国的许多大都市，年轻人对西方人的各种节日更熟悉，情感上也更亲近。典型的事例是，在发达城市，喜欢过"圣诞节"的青年人比喜欢过春节的青年人要多得多。青年学者朱学勤 1996 年在一篇谈及上海的文章中写道："有一年圣诞，这个城市的歌迷，为了答谢他们听了一年的电台音乐《来自英国的问候》，给那个遥远的国家寄去了十万张贺卡，签上了十万个英国名字……当这个城市的家长与长子在白天还未吵够时，这个城市的十万幼子却趁黑而舞。他们是谁？一个城市有十万人生活在别处，这个城市的家长和长子都睡不着了。"[②]朱学勤的描述显然有着深深的忧虑。时隔几年，"生活在别处"的这一支队伍毫无疑问正在迅速膨胀和扩大。全球化浪潮一浪高过一浪，因特网正在打开这个世界的每一扇秘密之门。可以预见的是，随着全球化经济和文化日益一体，中国文学的精神资源将发生重大变化，"70 年代以后"作家的创作，似乎只是打开了另一扇门的一道缝隙。

二

"70 年代以后"这一创作群体的主要作家大多生活在中国经济和文化最为发达的江南都市当中，生活经历和阅历的狭窄以及艺术

---

① 卫慧：《不是我太另类，而是他们太主流》，《中国青年报》2000 年 3 月 20 日。

② 朱学勤：《城市隐私》，《作品》1996 年 4 月号。

观念的偏执，使得“欲望的城市”成为他们不厌其烦书写的对象。在准西方化的中国都市文化背景之下，他们以一种相当越轨大胆的笔致刻意描写一群城市“边缘人”的灰色人生和精神迷乱。“待价而沽”的独身者，身似浮萍的城市流浪者，地下摇滚歌手，同性恋、双性恋者，吸毒者，流莺（妓女），姑爷仔（依靠妓女为生的男人）等等，在此前的新时期文学当中从未涉及到的生活领域和人物形象，在“70年代以后”作家笔下突兀地出现了。如果就文学的认识价值而言，“70年代以后”作家显然为我们提供了世纪之交的复杂的中国城市社会生活的别一种图景。令人不安处在于，在市场的压迫和诱惑之下，描写灯红酒绿的欲望和享乐之城的作家们的创作心理和动机，包括他们看取生活、描写生活的审美判断与情感，出现了某种严重偏差。

我们不否认卫慧和棉棉们初涉文坛时对文学这一人类精神事业所抱有的真诚而神圣的信念。然而，令人遗憾的是，对她们来说，这一真诚和神圣感情荡漾的时刻很快就被雨打风吹去。当传媒和书商带着各自的商业动机，将卫慧和棉棉们的创作“改写”为彻头彻尾的欲望版本时，事情就发生了重大变化。此时，真诚蜕变为矫情，自我写真蜕变为放肆的自我揭发和暴露隐私。而产生这一切的心理动机，在出版商是为赚取足够的钞票；在传媒是为了制造新闻事件和噱头；在卫慧、棉棉那里，则是为了快速成名和致富。她们的文学老前辈张爱玲差不多六十多年前就已经说过：“出名要趁早呀！来得太晚的话，快乐也不那么痛快。”[①]于是，在一种彼此心照不宣的默契中，“上海宝贝”们迅速出动，在物欲升腾的城市，在夜

① 张爱玲：《传奇·再版的话》，人民文学出版社1986年，第349页。

的神秘和霓虹灯的迷离闪烁之下，纵情、放浪、自恋自虐，不知今夕何夕。有一种叙事策略大家应该注意，那就是，无论是卫慧还是棉棉，抑或“70年代以后”作家当中的其他一些女作家，都喜欢声称：自己所写，并非虚构。《上海宝贝》的封面，干脆写上“一部半自传体”小说，“一部发生在上海秘密花园里的另类情爱小说”，并且，小说的封面和封二，还清晰地印上了作者卫慧的“玉照”。事情已经很明白，口口声声要安静地面对自己内心，只为自己写作的卫慧、棉棉们，还是禁不住市场和财富的巨大诱惑，“出卖”了自己。当然，她们向市场投降的方式很高明。她们能够巧妙地将前卫文化与消费社会的经验结合一致，将城市的繁华和城市的肮脏调和在一起，从而构成一种奇异的“另类文本”。而“另类”的含义之一，便是把“性事”（不仅仅是异性之恋）毫无保留地“表演”给大家看，把个人居室变成大街上供公众浏览的商业橱窗。而上述的一切，据本雅明的分析正是通俗文学的手法，也是消费享乐年代流行一时的文化口味。[①]她们总是在小说中真真假假地诉说着自己，用情欲话语的每一种变化来制造“卖点”，以争取公众的宠爱。她们的小说给人一种错觉，仿佛一夜之间，中国的年轻女人们都撕掉了遮羞布，而肆无忌惮地放送着自己的身体隐私。这种错觉经过大众传媒别有用心的夸大和渲染，极大地迎合了某种欲望化的窥视心理，是市场经济条件下自然产生的别一种文化阅读期待。居住海外多年的评论家朱大可对此有一个尖锐的说法，叫做“一个真假难辨的叫春时代已经来临”。[②]话虽尖刻，但确实点中了卫慧等人的创作“命门”。

---

① 〔德〕本雅明：《发达资本主义时代的抒情诗人》，张旭东、魏文生译，生活·读书·新知三联书店1989年，第118页、55页。

② 朱大可：《上海：情欲在尖叫》，《中华文学选刊》2000年第10期。

受市场和书商操纵，从而刻意追求某种惊世骇俗效果的创作企图，不仅仅表现在意义含混的小说文体的选择上，在小说场景的设置、人物生活命运的安排上，卫慧、棉棉们也煞费苦心。仔细阅读卫慧、棉棉的作品，我们发现，她们小说的“标准”场景不外乎这样几个地方：城市的高级公寓、公寓里漂亮的洗澡间、灯光迷离恍惚的酒吧以及喧嚣不已的迪厅。这样的场景设置并非随意为之。在诸如上海这样的大都市，高级公寓以及洋人出没的酒吧，绝不是普通的中国人能够时常光顾的。能出入这样的场所，非洋人和“高等华人”不可。果然，卫慧和棉棉们让她们小说中的女主人公凭借聪明和美貌，凭借无所畏惧的“堕落”勇气，轻易地踏入这些只有成功者和巨额财富拥有者才可能进入的场所。从阅读效果来看，这样的场景设置以及女主人公利用美色和心计，由来自小城的“灰姑娘”一变而为征服城市的“白天鹅”的戏剧化故事，颇能打动许多做着“城市梦”的年轻读者，并可能开启他们征服城市、享受城市的欲望和心智。因为进入城市“上流社会”在卫慧和棉棉等人的作品中，似乎并非十分艰难的事情。只要会几句洋文，傍上一个准大款（不是亿万富翁，但起码从来不缺钱），像天天这样的；或者搭上一个外国佬（美国人太浅薄，德国人比较高雅），像马克那样的，一切的城市繁华梦都可手到擒来。我想，如果剥去《上海宝贝》中的种种貌似浪漫的包装，它的中心故事实际上是一个典型的受市场利益驱动的符合某种消费时尚的媚俗故事。在道德虚无主义相当有市场的今天，许多读者似乎认为：堕落天使比窈窕淑女更可爱。

我们批判受市场压迫因而媚俗的作品，并不是要告诉大家市场是万恶之源，文学创作应该远离市场。事实上，文学生产的过程从来是一个作者与读者互动的过程。在社会主义市场经济大行其道的今天，完全无视市场经济运作规律，拒绝市场因素介入文学，显然是愚夫子之见。然而，重视市场并不意味着作家要放弃社会责任感和文学的庄严感和神圣感，使文学完全成为肉欲的狂欢节和粗鄙精神的传声筒。在利益主义甚嚣尘上的今日，在文学上坚守正义原则，热情而执着地弘扬人文精神，尤其显得重要和急迫。如果我们在文学作品中，不去构建人类正义的天平和理想大厦，相反，却打着“反叛”“另类”之旗，肆意攻取和颠覆人类的尊严和理性，为着一己的私利，放胆书写人的贪婪（物与性）、堕落、及时行乐、醉生梦死等等反社会的思想与行为，那么，这样的文学（倘若它能够被称为“文学”的话），毫无疑问是人类精神的大敌。因为，它瓦解了人类精神的伟大尊严，给正直善良的人们的脸上泼了脏水。

2000 年 7 月

鸡肋还是燕窝

——关于茅盾文学奖的闲言碎语

等待多时的第六届茅盾文学奖终于在日前揭晓，圈子里的人和圈子外面的人都在议论。在这个文学早已经被边缘化的时代，还有那么一部分人继续保持着一份对文学的热情和兴趣，这至少表明，文学在我们的心灵当中并不是可有可无的东西。虽然，你发现生活中的许多人已经急急忙忙地蜕变为利益的爬行动物，可是忽然有那么一个“知己”在你面前说出他读过宗璞的《东藏记》(第六届茅盾文学奖获奖小说之一)，这时，你的心里只会溢满温暖而明亮的潮水。因此，我把喜爱文学的人们对于茅盾文学奖的谈说看作是文学并未彻底销声匿迹的标志。传媒上的种种争论和网上的七嘴八舌，实际上都在指示着中国文学的精神灯火不灭的事实。只是，我个人认为，流行于传媒间的诸种说法有许多似乎不是公允之论，所以，我想以一个中国新时期文学见证者的身份，谈谈我对历届茅盾文学奖的认识和看法。

该不该设这样一个奖

1981 年 3 月 27 日，时任中国作家协会主席的小说大家茅盾先生因病辞世。茅盾先生在临终之前，将自己所得的二十五万元稿费捐赠给中国作家协会，希望以这笔稿费设立一个奖励长篇小说创作的奖项（当时，中国作家协会已经设立了全国优秀中篇小说奖和短篇小说奖），目的是推动那时还显薄弱的大陆长篇小说的整体创作，提高当代中国作家的长篇写作水平。茅盾辞世的第二年（1982年），首届茅盾文学奖在北京颁发，共有包括《芙蓉镇》（古华著）在内的六部长篇小说获奖。此后，从1985年到2005年，二十年间，茅盾文学奖又颁发了五届。加上1982年的第一届，共有二十九部作品获奖（包括第三届颁发的两部荣誉奖作品）。客观地说，在新时期文学行进的二十余年间，茅盾文学奖的设立对当代中国长篇小说的创作是起了非常有力的推动作用的。虽然，从文学最根本的宗旨而言，作家创作并不是为了得奖——否则，我们就不能解释《红楼梦》这样的伟大作品为什么会是在艰难困苦当中创作出来的。但是，在文学已经进入正常发展的年代，文学奖项的设置毕竟是对优秀创作的一种激励和肯定，会对作家的创作心态产生微妙的影响。从这个角度而言，这二十多年间由中国作家协会组织评选并颁发的茅盾文学奖，就不只是一个简单的文学奖项颁发的问题。此奖的内涵，实际上涵盖着对整个大陆长篇小说创作状态的激发、引导、规范和价值的确定等等要素在内。一个显而易见的事实是，1982年以来，中国大陆长篇小说的创作呈现跃进的景象。最近几年，长篇小说创作量已由二十世纪八十年代的每年二三百部猛增到每年千部上下。我不敢说，长篇小说的生产动力完全来源于国家级文学奖的设立，但是，茅盾文学奖对于中国长篇小说的生产确实是有益无害的。依此推论，我认为这一国家级的长篇小说最高奖项应该继续存在下去。我只是希望，它在选择作品时能够变得更具有开放性和经典性。

评选作品的标准是什么

任何文学奖的设立都会有相应的文学评奖标准，作为长篇小说大奖的茅盾文学奖自然也不例外。那么，茅盾文学奖的评奖标准到底是什么？根据对已经获奖的二十九部长篇小说的解读和分析，大概能够总结出来这么几条核心标准：第一，茅盾文学奖历来注重作品的“史诗性”特质。也就是说，它喜欢那些具有时空跨度的，思想深邃、内容厚重的作品。这是茅盾当年写作长篇小说时的思想艺术追求，也是现当代以来中国长篇小说创作和批评通常遵守的潜在创作理路。懂得这一点，我们也就理解了为什么多卷本的长篇历史小说容易获奖（第一届姚雪垠的《李自成》，第六届熊召政的《张居正》等），而描写民族命运史和心灵史的作品获奖比例也比较高的奥秘所在（第一届古华的《芙蓉镇》，第二届李准的《黄河东流去》，第四届陈忠实的《白鹿原》等）。第二，茅盾文学奖历来重视创作家的写作态度。它总是钟情于那些信念单纯、默默坚守，视文学为生命、为文学呕心沥血的作家的创作。比如第一届获奖的四川作家周克芹，第三届获奖的陕西作家路遥，第六届获奖的宗璞等。前两位作家获奖前后即已离开人世，老作家宗璞的《东藏记》则是在衰病之年，辗转病榻七年写作出来的。第三，茅盾文学奖历来重视那些带有强烈的时代感的作品。这条标准涉及到现代文学历史上以《子夜》《家》《骆驼祥子》为代表的经典长篇作品所提供的文学的成功范式。很显然，上述三部作品，当年创作的时候描写的都是“当下”，是作家亲历的时代和人生。因此，描写作家所生活的时代并且有可能创作出经典作品，已经成为现代以来中国文坛的共识。迄今为止，茅盾文学奖已经颁发六届，描写现实类作品占有重要地位就是这个原因。遗憾的是，当代作家的思想和艺术能力与处于文学成熟期的当年的茅盾、巴金、老舍相比，不可以道里计。这就使得获得茅盾文学奖的描写当前生活的某些作品总是“速朽”。这不能怪评奖原则，只能怪作家穿透现实、整合人生的艺术能力不够。话又说回来，当代中国作家队伍中又有几人能称得上是智勇双全、有胆有识的文学大师呢？第四，茅盾文学奖力图做到获奖作品风格的多样化。然而，这是一个多么难以达到的境界啊！坦率地说，第四届以前，茅盾文学奖的评委们年龄偏大，其文学观念和评价作品的标准过于持重和稳妥。因此，遗珠之憾在所难免。第五届和第六届评奖，评委组成人员有喜人变化，“学院派”评委（比如北京大学中文系博士生导师严家炎教授）开始进入评审团。应该说，最近两届评奖工作是有改进的。但是，文学评奖要让所有人满意也是永远做不到的。

文坛“风云人物”为什么不能获奖

茅盾文学奖最让人诟病的一个地方是：仿佛是故意将一些读者众多、舆论呼声很高的作品淘汰出局。情绪愤激者据此把茅盾文学奖的评奖工作说成是一个通过秘密通道方能引起评委注意，因而其中充满了暧昧不明的气息和黑幕交易的过程。我的看法是，茅盾文学奖作为国家级的文学大奖，它的评奖工作还是比较严肃的。大家有必要注意的一点是，这是一个以严格的“纯文学”趣味和专家的审美眼光来作为核心评奖标准的文学奖项。简单地说，它采用的是经典文学的趣味，不可能完全认同大众的欣赏趣味，如果认同大众的欣赏趣味，那到底是靠近赵本山艺术的趣味呢，还是去接近周星驰的趣味？显然，在民间，这两个人的趣味要比鲁迅和茅盾的趣味受欢迎得多。因此，代表着一个国家最高艺术智慧的作品未必是受到大众追捧的东西。据此，大家也就应该理解贾平凹的《怀念狼》、莫言的《檀香刑》、麦家的《解密》以及王海鸰的《中国式离婚》为什么没有获奖。我的见解是，贾平凹的《怀念狼》艺术上缺乏锤炼，难以得到评委认同（以发言尖刻、不留情面而著称的文学评论家李建军在其评论集《时代及其文学的敌人》中认为：《怀念狼》是“消极写作的典型文本”，“是异化的、反真实的、粗制滥造的伪写作”）；莫言的《檀香刑》则写得过于炫彩，已经脱离了《透明的红萝卜》等作品所建立的莫言式的“忧伤的诗意”；而麦家的《解密》虽是智性小说，但“厚重”二字还无从说起；至于王海鸰的《中国式离婚》，读者群可称广泛，但毕竟是由电视剧本改编而来，文学的价值是要大打些折扣的。

茅盾文学奖应该做哪些改进

在本文的最后，我想谈谈茅盾文学奖所存在的问题。首先，这个奖项的文化气度还不能说是恢宏。由于过分强调主流意识形态的制约性，它对一些带有思想探索气质的长篇小说在态度上是迟疑的。最典型的例子便是二十世纪八十年代的《人啊，人》（戴厚英著）和《古船》（张炜著）被有意忽视。今天看来，这两部长篇小说的思想艺术价值是超过一些已经获奖的作品的。其次，这个奖项对于探索性和先锋性的长篇小说还保持着相对疏远的关系，过于注重长篇小说的“史诗”性。这就使得那些艺术上呈现写意色彩的长篇作品难以进入评委的视野，导致了一个国家级文学评奖当中风格的某种单调。第三，《沧浪之水》不能进入第六届茅盾文学奖最后的评奖，表明这一奖项持重有余而锐气不足。我个人认为阎真所作的《沧浪之水》是近年中国文坛出现的最具思想震撼力的作品。这部小说遭受冷遇，可能会导致未来中国长篇小说思想的侏儒化。而我们这个时代，是多么需要尖端的思索和具有思想家素质的作家啊！

2005 年 4 月

当前我国长篇小说创作面临的三个艺术问题

我心目中杰出的长篇小说起码应该具有以下几个特征：

首先，它是具有一定的时间长度的生活描述和岁月讲述。这个时间长度到底应该是多少？古典的杰出的长篇小说是百年或者是数十年，到了现代，这个时间长度被缩减了，这可能带来了长篇小说天然本质的一些损伤。因为无论是在西方还是在中国，长篇小说都是来源于史诗讲述和历史讲述，是一种跨越漫长的物理时间，具有沉淀性、厚重感和沧桑感的讲述。二十世纪以后，长篇小说的岁月沧桑感遭到了破坏，什么样质地的生活都可以进入长篇小说的取材领域，我以为，这是导致长篇小说杰作缺乏的重要原因之一。

其次，杰出的长篇小说是对非常具有密度的复杂生活的描述。被选择进入长篇小说艺术空间的生活应该具有足够的丰富性和复杂性，经得起作家创造力的强力拉扯和锻造。意大利作家卡尔维诺认为：长篇小说应该是“一种百科全书，一种求知方法，尤其是世界上各种事件、人物和事务之间的一种关系网，是一种繁复的文本。”[①]俄国形式主义批评家巴赫金在《长篇小说的话语》一文中则指出：“长篇小说是用艺术方法组织起来的社会性的杂语现象，偶尔

① 〔意〕卡尔维诺：《未来千年文学备忘录》，杨德友译，辽宁教育出版社 1997 年，第 74 页。

还是多语种现象，又是个人独特的多声现象。统一的民族语内部，分解成各种社会方言、各类集团的表达习惯、职业行话、各种文体的语言、各代人各种年龄的语言、各种流派的语言、权威人物的语言、各种团体的语言和一时摩登的语言、一日甚至一时的社会政治语言。每种语言在其历史存在中此时此刻的这种内在分野，就是小说这一体裁必不可少的前提条件；因为小说正是通过社会性杂语现象以及以此为基础的个人独特的多声现象，来驾驭自己所有的题材、自己所描绘和表现的整个实物和文意世界。”①

第三，杰出的长篇小说应该提供深邃宽广、敏锐尖端的社会人生思索和人性思索。它是一个优秀作家对复杂人间和多变人性的长时期智慧性思索的结晶，是对包围着人类的生活世界和人性世界的锐利的穿透。

第四，杰出的长篇小说应该是一种能够永远深入地传达人类的激情、向往、恐惧、痛楚、忧伤等等不可视的内心生活的绝佳文体。杰出的长篇小说可以全方位地呈现个人心灵的全部内容，但是不能够把个人的精神生活与喧嚣和沸腾的整个人类生活世界隔绝开来。

第五，杰出的长篇小说，在文体结构上应该有足够的熔铸百家的能力和创新突破的能力。

第六，作为用汉语写作的长篇小说，应该充分体现古典汉语雅洁蕴藉的韵律之美和现代汉语流畅清通之美。语言不讲究的长篇小说不能称之为好的长篇小说。

根据上述的立论，我以为，当前我国长篇小说的创作存在着三个亟待解决的艺术问题。

---

①〔俄〕巴赫金:《巴赫金全集》第3卷，白春仁译，河北教育出版社1998年，第40-41页。

目前我国长篇小说创作要解决的第一个艺术难题是从事长篇小说写作的人思想和艺术准备不足的问题。

新世纪以来，我国的长篇小说创作数量一路攀升，从事长篇小说写作的人员数量呈现跃进景象。然而，一个突出的艺术问题摆在了我们面前，那就是好长篇太少，精品力作罕见。阅读已经出版的大量的长篇小说，突出的感觉是许多小说并非“青灯古佛”旁的苦心孤诣之作，而是在外力推动之下的草率之笔墨。通常的文学惯例是，一个从事长篇写作的人起码应该具有十年以上的正规的文学训练。我所谓的“正规”，指的是一个作家即使不是正规的大学中文系毕业生，也应该有十年左右的边读书边写作的训练。其中，读书的准备尤其重要。没有十年磨一剑的超常耐心，不能熟读唐诗宋词，不能深刻领会《史记》的愤怒、《红楼梦》的沉痛、鲁迅作品对绝望的抗争，不能体会托尔斯泰的悲天悯人情怀和加西亚·马尔克斯的神奇博大，甚至连短篇小说的创作技法都不甚了了，谈什么宝剑出鞘，“今日把示君”呢？我想，对于长篇小说的创作者而言，有生活积累，哪怕是有极其丰富复杂的大面积、大容量的生活积累，也不能构成可以创作长篇小说的最为充足的理由。因为，长篇小说的创作并不仅仅是生活经历的问题，它还与作者的文学天赋、个人修养、学问积累和不倦的精神探索有关。开得出菜单并不意味着一定能够成为著名厨师，这个道理想必谁都能明白。然而，创作的冲动和盲目自信的洪水总是不停地淹没写作者本应清明的理智。在外力的鼓动之下，甚至在世俗欲求的牵引之下，许多人一厢情愿地从事着长篇小说的创作，既不熟识中外文学史上长篇小说经典的写作方式，也不左顾右盼当代同人的创新之处，只埋头拉车，不抬头看路。结果，很多人所创作的长篇小说出版的时候，因为传媒的宣传，煞是风光了一阵。而过不了多久，其中的不少作品竟成为过眼烟云。还是那句老话，长篇小说的写作对任何一位创作者而言，都是一次艰难而坎坷的精神旅程，是灵魂的冒险和搏斗。它需要长时期的思想和艺术储备。创作热情只能充当导火之物，而作品的“爆炸”则需要深刻、锐利、新鲜的思想以及炉火纯青的艺术表现能力来作为强大的支撑。简言之，长篇小说的创作必须以作家的全面成熟和对文学历史与传统的敬意作为前提。米兰·昆德拉说得好：“依我看来，伟大的作品只能诞生于他们所属艺术的历史中，同时参与这个历史。只有在历史中，人们才能抓住什么是新的，什么是重复的，什么是发明，什么是模仿。换言之，只有在历史中，一部作品才能作为人们得以甄别并珍重的价值而存在。对于艺术来说，我认为没有什么比坠落在它的历史之外更可怕的了，因为它必定是坠落在再也发现不了美学价值的混沌之中。”（《被背叛的遗嘱·作为对历史的反动的小说史》）是的，任何一种阅读和写作，实际上都连接着一个根深叶茂的价值体系。你选择哪一种阅读和写作，其实就是对哪一种文学价值体系的敬仰、崇拜与归依。倘若不止一个创作者对文学史上那些公认的长篇小说的巅峰之作缺乏应有的敬意和学习的态度，缺乏对由人类历史上那些伟大杰出的心灵所缔造的价值体系的崇敬之情，我们如何指望一个当今的长篇小说写作者能够奉献出新鲜别致而又充满着卓越智慧的作品呢？

目前长篇小说创作亟待解决的第二个艺术难题是大量作品明显存在着选材不严、开掘不深的问题。

二十世纪九十年代以来，由于市场的召唤和准入制度的松懈，我国的文学创作普遍存在着选材不严、开掘不深的艺术弱点。这一弱点在长篇小说的创作领域表现得尤其突出。鲁迅当年曾经语重心长地告诫刚刚闯入文坛的沙汀和艾芜，希望他们“选材要严，开掘要深，不可将一点琐屑的没有意思的事故，便填成一篇，以创作丰富自乐”（《关于小说题材的通信》）。鲁迅的告诫显然具有超越时空的意义。对于一个长篇小说写作者来说，生活经历和个人的心灵经验只能是写作的触发点，而绝不是全部。因为在创作长篇小说之前，不能不慎重考虑这样两个创作问题。第一，你的人生经验是否具有足够的“浓度”和强度，可以经得起长篇小说这种“繁复文体”的强力撕扯和锻造。也就是说你的生活经历和心灵经验本身是否能够满足长篇小说这种文体所提出的诸多的艺术要求。第二，你的人生经验在转变为艺术作品之后是否具有“挥发性”和超越性特征。创作者的生活经验已经积累得足够丰富，那么从这人生经验里是否一定能够提炼出芳香四溢的思想价值和意义呢？是否能够具有新鲜而强悍的审美冲击力呢？学者兼作家的杨绛曾经说过：“经验所供给的材料，如不能活用，只是废料。”（《关于小说·事实——故事——真实》）我认为杨绛所说的“活用”，其实是指作家处理生活经验的卓越的艺术能力，也即“点铁成金”的能力。

显而易见，作为创作，对生活的选取和裁剪、提炼和升华、开掘和发现，才构成艺术最内在的品质和本源。鲁迅所谓的“开掘要深”是说作家对所掌握的“生活”必须要有穿透的能力，必须要有新鲜别致的惊人发现。今天，当我们从纷乱的生活事务中抽出时间，静下心来阅读一部长篇小说时，我们实际上首先期待着能够从作品当中感受思想的震撼与冲击，因为一部杰出的长篇小说的艺术思维往往能够穿透生活的表层而到达人类命运的深处。现实是如此复杂难辨，世情是这般嘈杂喧嚣，心灵有诸多纠结困扰，我们阅读长篇，既希望从中看到熟悉的人生面影，更盼望着小说能够将我们引入一条长长的思索的隧道。我们并不需要苛求作家都是生活的导师，能够回答所有尖端和尖锐的问题。但是，我们有理由要求作家对你所描写的生活不仅熟知，而且要从中有所“发现”。由于你的锐意的“发现”，一些本来我们熟悉的事物，经由你的文字，却使我们获得了全新的感受和全新的认识，埋藏在我们内心深处的意识被挑动、被唤起、被激活了。我们就像一直处于熟睡当中的婴儿，忽然张开了惺忪的睡眼，打量着呈现在眼前的一个新奇的、陌生的世界。

阅读目前我国作家创作的长篇小说，不必用过于挑剔的眼光就会发现，许多实际上是在搬演作者人生当中曾经经历过的一切事情，唯独缺乏艺术之为艺术的剪裁和提炼的功夫。朱光潜这样说：“艺术根据自然，加以熔铸雕琢，选择安排，结果乃是一种超自然的世界。换句话说，自然须通过作者的心灵，在里面经过一番意匠经营，才变成艺术。艺术之所以为艺术，全在‘自然’之上加一番人为。”（《谈文学·情与辞》）无奈的是，当我们阅读许多号称是长篇小说的东西时，我们面对的是一堆又一堆的原始的素材。小说的提炼、升华和虚构功能在这些作品当中光景黯淡、似有实无。在这些芜杂的、缺乏控制的长篇小说中，慌乱而没有深度的思想和感情总是处于一触即发的状态。如此之多的陈年旧事纠缠在作者的记忆之中，如此之多的人生感喟迫切地渴望倾诉。不少长篇小说作者常常把个人经历和心灵经验当作唯一的取材对象，小说的叙事基本依附于二十世纪下半叶以来的各个阶段的中国历史演变，作家们没有从纷繁复杂的历史背景资料之中和个人经验当中提炼更有性格特征的冲突，并且将这种冲突重新组织为文学的有机整体。于是，流水账式的叙述时有所见，稀松平庸的议论与抒情到处泛滥，从而导致泥沙俱下、鱼龙混杂的小说叙事局面。

产生“选材不严，开掘不深”这一创作通病的原因，不外乎这样两个方面。其一，作家的思想艺术功力还难以胜任长篇小说的创作。我们已经说过，长篇小说的写作是一件困难的事情。长篇小说的空间是被琐碎的、具象的、实在的物象占据，还是被精神、灵魂、诗意占领，实际上与作家对生活的领悟能力和艺术腕力有关。小说的容量不仅仅是一个生活容量的问题，事实上作为创作者还必须考虑它的精神的容量和思想的浓度。精神容量和思想浓度从何而来呢？当然来源于对人类生活和人本身的长时期的静观默察和痛苦的思索。如果一个作家不具备思想者的品质，不能在长篇小说当中提供新鲜的思想的果实，长篇小说的开掘之深就只能是一句空话。其二，过于浮躁和趋时的创作心态。因为长篇小说的创作受到鼓励和扶持，许多创作者便不自觉地产生浮躁和趋时心态。他们把长篇小说当作“字数多”的小说，在对长篇小说的内涵缺乏认识、构思不成熟、结构未做缜密安排的情况下，就匆忙上阵，高速写来。结果，生产出来的长篇小说只是字数多、篇幅长而已，其余便无从谈起。

目前长篇小说创作存在的第三个弱点是许多作家对长篇小说的文体特点认识不足。

中国现代长篇小说诞生于“五四”新文学运动之后，是中国作家向西方文学和俄苏文学学习的结果。由于现代作家的杰出表现，在短短的三十年中，他们实际上已经为读者贡献出了许多长篇小说的经典之作。《子夜》《家》《骆驼祥子》《围城》《死水微澜》等现代长篇作品，是当代写作长篇小说的人必须研读的对象。然而，恕我直言，究竟有多少长篇小说写作者认真而投入地研究过这些长篇小说的思想内涵、结构特征和语言修辞特点呢？如果艺术眼光再开阔一点，实际上一个长篇小说的创作者除了少年时代阅读过《水浒传》《三国演义》《西游记》《红楼梦》等中国古典长篇小说之外，在从事长篇小说写作之前，起码应熟读十九世纪以来的最著名的西方长篇。如果连《复活》《安娜·卡列尼娜》《高老头》《红与黑》《包法利夫人》《堂吉诃德》《鼠疫》《喧哗与骚动》和《百年孤独》等一系列伟大的长篇作品都没有细细阅读过，我们怎么能指望作家们新创作的长篇小说有足够的艺术含量呢？你的文体从何而来？是模仿还是创新？是继承还是发展？你的小说结构的营造从何说起？是史传传统影响下的讲史模式，还是意识流的穿插和切割方式？是流浪汉体式小说，还是“复调小说”，抑或是魔幻现实主义的天马行空？如果什么都不是，那你的长篇小说显然是没有根基的。事实上，经典文学所构筑的传统写作模式包括长篇小说的结构方式，在当代中国还没有任何一个作家可以轻易绕过去。我们面临的不仅是一个吃透经典的问题，更重要的还有一个如何将古代小说的民族传统和域外的文学营养转化为自己的血肉的问题。对我国长篇小说创作者来说，写作的道路显然漫长而充满挑战的意味。

艺术积累不够的另一个重要表征是作家的语言功力显得贫瘠薄弱。文学是语言的艺术，这是人人皆知的常识。然而，我们许多创作者在写作长篇小说时总是有意无意地忘掉这一点，对于锤炼小说语言相当不重视、不讲究。由于作家态度的随意和情绪的失控，因此在许多小说作品中，叙述语言显得繁冗啰唆，一些描述性语言的组织和搭配也缺乏严谨的逻辑关系，显得生硬而突兀；人物语言则干巴巴的，没有个性风采；精美的文学修辞往往千呼万唤不出来；议论和抒情处更是无章无法，仿佛疯长的乱草。本来应该是基本功的文学语言的锤炼，现在反而在不少长篇小说中成为可望而不可即的“高度”。也许，对语言的敏感有着天赋的因素在起作用，然而既然选择了文学创作，任何作家都没有轻视和怠慢语言的理由。杜甫所谓的“为人性僻耽佳句，语不惊人死不休”；哥伦比亚作家加西亚·马尔克斯自述写作时其实是在“与每一个字摔跤搏斗”，这样的对语言的精益求精的认真执着态度确实值得我们永远学习和效仿。倘若我国长篇小说作家们能够有足够的艺术献身精神，能够从语言的精心锤炼开始，能够在饱读诗书的基础上再行创作，我想，在可以期待的未来，我们的长篇小说创作园地收获的将会是一个个充满甜蜜滋味和无尽清香的文学佳果。

2015 年 10 月

对鲁迅“改造国民性”思想的重新认识

自十九世纪中叶，自我封闭的清王朝的国门被帝国主义列强的枪炮强行轰开以后，中华民族和中国社会便不可避免地面临巨大的挑战和艰难的选择。在时代的巨变和残酷的现实面前，自我陶醉的“天朝”迷梦逐渐化为瓦解的碎片，“知足常乐”“与世无争”的生存价值观念在“物竞天择，适者生存”的现代进化观念的强有力冲击下，竟显得那样的孱弱和毫无抵抗之力。很显然，摆脱民族生存的巨大危机，找寻强国强种的救亡之路已成为近现代以来中华民族和中国社会的最为重要、迫切的思想及实践课题。一百多年来，为了寻找中华民族的出路，多少仁人志士殚精竭虑，呕心沥血；又有多少“行动的巨人”前仆后继，百折不挠，从头收拾旧山河。如今，历史的尘埃已经落定。在经历了一个多世纪的风云激荡之后，饱经忧患的中华民族再度走到了新世纪的大门口，中国社会又一次面临真正走入现代文明社会的历史转折期。在这继往开来的时刻，回首百年往事，总结先哲们奋斗的经验与教训，梳理一个多世纪以来本民族伟大的思想家对于民族命运和民族性格的深沉思索，我们会惊喜地发现：“五四”时期的文化革命的巨匠们对于民族命运、民族性格的清醒认识和深刻解剖无疑是中国近现代思想史上最具光彩的一页。而其中，又以中国文化革命的主将鲁迅所提出的“改造国民性”

思想最为成熟和深刻。当经历了那么多内忧外患，当我们的民族试图以新的姿态进入世界的大竞技场，希望重现曾经有过的光荣与梦想而又屡困于国民精神的迟缓与犹疑时，我们必须从鲁迅的著作中寻找“先知”式的思索与“药方”。我们也将发现，在新的时代条件下，“改造国民性”的呐喊今日听来依旧如黄钟大吕般震撼人心。

没有人会认为鲁迅不是一个伟大的爱国主义者。1936 年 10 月，在他逝世之后，崇敬他的人们将一面永不褪色的写有“民族魂”三个大字的旗帜覆盖在他的遗体上。“民族魂”三个字可以说是对鲁迅精神最为集中和典型的概括，它凸显着鲁迅敢于抵抗邪恶与不义的凛然正气；与奴隶主义相对立，不屈不挠、自立自强的奋斗精神以及对民族充满忧患情思、勇于自省的反思精神。我们学习和继承鲁迅精神，不仅要学习鲁迅先生热爱光明、奋发进取的战斗精神，还应该全面而深刻地理解鲁迅先生对民族命运与民族性格的深重忧思。我们应该把鲁迅先生的“改造国民性”思想看作是一个怀有忧患意识的伟大爱国者对中华民族和中国现代社会的最为宝贵的精神奉献。

作为鲁迅思想重要组成部分的“改造国民性”的思想发端于鲁迅的留学生涯。1902 年，在东京的弘文学院，鲁迅就常同友人讨论“三个相联的问题：（一）怎样才是理想的人性？（二）中国民族中最缺乏的是什么？（三）它的病根何在？”[①] 1906 年，鲁迅在日本仙台医学专科学校，因为在课间放映的幻灯片上目睹了神情麻木的看杀头的中国同胞而忧愤难当，遂中断了医学学业，决心以提倡文艺运动来作为救助国民精神的利器。1907 年至 1908 年两年间，鲁

① 许寿裳：《我所认识的鲁迅》，人民文学出版社 1953 年，第 18 页。

迅写作并发表《科学史教篇》《文化偏至论》《摩罗诗力说》等论文，在这些文章中，他相当清晰地表达了对于改变民族命运、创造中国社会新局面的一些重要思索。他首次提出了“立人”的观点，认为“致人性于全，不使之偏倚”①才能达到“自强保种”的目的。他认为国家的富强“根柢在人”，因此救国之道也是“首在立人，人立而后凡事举；若其道术，乃必尊个性而张精神”②。“国人之自觉至，个性张，沙聚之邦，由是转为人国。人国既建，乃始雄厉无前，屹然独见于天下。”③到了“五四”时期，鲁迅更是几乎把全部的注意力都倾注到了对于“国民性”问题的探讨上。翻开鲁迅写于这一时期的杂文集《热风》《坟》《华盖集》，仔细阅读一下包括不朽的名作《狂人日记》《阿Q正传》在内的鲁迅小说集《呐喊》《彷徨》，我们发现，无论是尖锐泼辣、说理透辟的杂文，还是情思在深处的小说，其“改造国民性”的思想始终是一条重要的贯穿线索。1927年“四一二”大屠杀发生之后，鲁迅思想发生了新的转变，阶级论思想代替了前期的进化论和个性主义思想。但是，鲁迅对于“国民性”问题的深切关注并未因此而改变，他一如既往地审视与考察着我们民族灵魂的优美与丑陋、孱弱与强健。直到1936年3月（鲁迅于1936年10月辞世），鲁迅还在致友人的信中谈道：“日本国民性，的确很好，但最大的天惠，是未受蒙古之侵入；我们生于大陆，早营农业，遂历受游牧民族之害，历史上满是血痕，却竟支撑以至今日，其实是伟大的。但我们还要揭发自己的缺点，这是意在复

① 鲁迅：《科学史教篇》，《鲁迅全集》第一卷，人民文学出版社1981年，第35页。
② 鲁迅：《文化偏至论》，《鲁迅全集》第一卷，人民文学出版社1981年，第57页。
③ 鲁迅：《文化偏至论》，《鲁迅全集》第一卷，人民文学出版社1981年，第56页。

兴，在改善……”[1]综观鲁迅一生，我们不难发现，从他立志“我以我血荐轩辕”的那一天起，“改造国民性”思想就一直伴随着他为民族解放事业奔波劳苦的一生。从某种意义上我们甚至可以说，鲁迅为之奋斗终生的工作就是不知疲倦地诊断和治疗中国“国民性”的种种病症。作为现代中国“思想革命”的巨匠，“改造国民性”的思想无疑是鲁迅提供给整个二十世纪中华民族的最为深刻的思想命题之一。

鲁迅对于中国社会“国民性”问题的关注，其实就是对中国人精神素质的审视与考察，是对我们的民族性格、民族精神和文化心理的研究与剖析。鲁迅之所以改变学医的初衷而义无反顾地投身文艺运动，就在于他坚定地认为文艺是“引导国民精神的前途的灯火”[2]。因为在他看来，“凡是愚弱的国民，即使体格如何健全，如何茁壮，也只能做毫无意义的示众的材料和看客，病死多少是不必以为不幸的。所以我们的第一要著，是在改变他们的精神……”[3]那么，在鲁迅看来，中国“国民性”中到底有哪些东西需要改变？也就是说，在他的锐利思想的显微镜下，中国“国民性”中到底有哪些缺陷与“病苦”？我们只能到鲁迅的作品中去找寻答案。

其一，鲁迅认为：“我们民族最缺乏的东西是诚和爱，换句话说，便是深中了诈伪无耻和猜疑相贼的毛病。”[4]这种缺乏“诚和爱”的品性导致的直接后果是“瞒和骗”，就是说没有敢于正视，“敢想，敢说，敢作，敢当”的勇气，“先既不敢，后便不能”。[5]由“瞒和

---

① 鲁迅:《1936年3月4日致龙炳圻信》,《鲁迅书信集》下卷，人民文学出版社1976年，第1064页。

② 鲁迅:《论睁了眼看》,《鲁迅全集》第一卷，人民文学出版社1981年，第240页。

③ 鲁迅:《呐喊·自序》,《鲁迅全集》第一卷，人民文学出版社1981年，第417页。

④ 许寿裳:《我所认识的鲁迅》，人民文学出版社1953年，第18页。

⑤ 鲁迅:《论睁了眼看》,《鲁迅全集》第一卷，人民文学出版社1981年，第237页。

骗”的习性又生出“瞒和骗”的文艺来，“由这文艺，更令中国人更深地陷入瞒和骗的大泽中，甚而至于已经自己不觉得。”[①]鲁迅还通过分析中国旧文学中才子佳人戏的大团圆结局，指出“团圆”迷信乃是国民性的一种表现。在《中国小说的历史的变迁》一文中，鲁迅对唐以后的诸多作家，将元稹的《莺莺传》由悲剧改为大团圆式的喜剧颇不以为然，鲁迅说：“这是因为中国人底心理，是很喜欢团圆的，所以必至于如此，大概人生现实的缺陷，中国人也很知道，但不愿意说出来；因为一说出来，就要发生‘怎样补救这缺点’的问题，或者免不了要烦闷，要改良，事情就麻烦了。……所以凡是历史上不团圆的，在小说里往往给他团圆；没有报应的，给他报应，互相骗骗。——这实在是关于国民性的问题。”

因为缺乏抱诚守真的精神，于是“国民性”中便深藏“瞒和骗”的病菌，又由于缺乏爱和人道的精神，所以中国人之间总是那样的隔膜、冷淡、多猜疑，缺乏相互的同情与关爱。鲁迅一生当中多次沉痛到战栗地描画神情麻木的无聊的“看客”们。留日期间，在幻灯片上所看到的虽生犹死的看杀头的同胞对他刺激之深自不待说。1924 年，鲁迅在《娜拉走后怎样》一文中，再次感叹中国人“永远是戏剧的看客”。“北京的羊肉铺前常有几个人张着嘴看剥羊，仿佛颇痛快，人的牺牲能给与他们的益处，也不过如此。而况事后走不几步，他们并这一点愉快也就忘却了。”直到二十世纪三十年代，鲁迅又一次写到了病态的看热闹的人们：“旧历端午，在一家戏场里，因为一句失火的谣言，就又是推，把十多个力量未足的少年踏死了。死尸摆在空场上，据说去看的又有万余人，人山人海，又是推。推了

---

① 鲁迅：《论睁了眼看》，《鲁迅全集》第一卷，人民文学出版社 1981 年，第 240-241 页。

的结果，是嘻开嘴巴，说道：'阿唷，好白相来希呀！'"[①]

在小说中，鲁迅通过对社会生活现象的典型概括，集中刻画了"老中国的儿女"们精神的愚昧、麻木以及缺乏人道与同情心。咸亨酒店的人们可以置孔乙己的痛苦于不顾，只是把迂腐但不乏善良的孔乙己作为取笑的对象；鲁镇的人们在对祥林嫂的悲剧耳熟能详之后便变得异常冷淡与隔膜；《阿Q正传》当中那些城里的闲人跟着死囚阿Q跑了一趟，原指望死囚阿Q唱几句戏文，竟然没有听到而颇觉遗憾；《药》里面的那一对视人血馒头为救命至宝的华老栓夫妇最终还是失去了儿子。鲁迅怀着极大的忧愤刻写着国民灵魂的病态与缺陷，在巨大的悲怆中感叹着仿佛不是生活在人间！

其二，鲁迅不留情面地揭出了"国民性"中盲目自大、自欺欺人、永远"精神胜利"的毒疮。在《热风·随感录三十八》中，鲁迅说："中国人向来有点自大。——只可惜没有'个人的自大'，都是'合群的爱国的自大'。这便是文化竞争失败之后，不能再见振拔改进的原因。"在这篇文章中，鲁迅惟妙惟肖地活画了"爱国的自大家"们的几种嘴脸："甲云：'中国地大物博，开化最早；道德天下第一。'乙云：'外国物质文明虽高，中国精神文明更好。'丙云：'外国的东西，中国都已有过；某种科学，即某子所说的云云。'丁云：'外国也有叫化子，——（或云）也有草舍，——娼妓，——臭虫。'戊云：'中国便是野蛮的好。'""爱国的自大家"们的种种谬见，其核心便是夸耀中国固有的"精神文明"，以为"月亮就是中国的圆"。这其实是一种非常可笑而又可怕的"精神胜利法"。近代以来，国家和民族内忧外患，社会动荡不安，致使民族的政治、经济、文化

① 鲁迅：《推》，《鲁迅全集》第五卷，人民文学出版社 1981 年，第 196 页。

始终处于落后状态。然而，偏有一些中国人不敢或不想正视现实，不肯承认本国的落后，于是每每从祖先那里找寻“荣光”，以“厥祖在时”如何如何，“漫夸耀以自悦”。[①]这不能不使我们想到那个可怜而又可笑的阿Q的口头禅：“我们先前——比你阔得多啦！你算是什么东西！”

与盲目自大、自欺欺人相联系的是“国民性”中的“做戏”习气和好“面子”心理。鲁迅在《马上支日记》一文中曾引用留居中国达半个世纪之久的美国传教士斯密斯所著的《中国人气质》（Chinese Characteristics）一书里的话，认为“支那人是颇有点做戏气味的民族”。由于国民将天地视为“大戏场”，喜欢玩把戏，所以“精神略有亢奋，就成了戏子样，一字一句，一举手一投足，都装模装样，出于本心的分量，倒还是撑场面的分量多。这就是因为太重体面了，总想将自己的体面弄得十足，所以敢于做出这样的言语动作来。总而言之，支那人的重要的国民性所成的复合关键，便是这‘体面’”。然而，要“体面”却并非真正的自尊自强，而是“‘圆机活法’，善于变化”。[②]因此，“这普遍的做戏，却比真的做戏还要坏。真的做戏，是只有一时；戏子做完戏，也就恢复为平常状态的。”而“可以普遍的做戏者，就很难有下台的时候”。[③]鲁迅对“善于做戏”的民族劣根性的揭露与批判可谓一针见血，入木三分。

其三，鲁迅认为在我们的“国民性”中有着卑怯、势利、苟活、

---

① 鲁迅：《摩罗诗力说》，《鲁迅全集》第一卷，人民文学出版社1981年，第65页。

② 鲁迅：《说面子》，《鲁迅全集》第六卷，人民文学出版社1981年，第128页。

③ 鲁迅：《宣传与做戏》，《鲁迅全集》第四卷，人民文学出版社1981年，第337页、338页。

安于命运的奴性等精神病灶。鲁迅通过读史和观察现实发现，中国人由于“受强者的蹂躏”，“蕴蓄的怨愤”太多，但他们不敢向强者反抗，却反过头来在弱者身上发泄，这就是所谓的“卑怯”。[①]但这种“卑怯”又并非永远做奴才，而是具有它的两面性：“对于羊显凶兽相，而对于凶兽则显羊相，所以即使显着凶兽相，也还是卑怯的国民。”[②]历史上那肆虐的暴君，一遇入侵的异族，便诚惶诚恐，叩首称臣。受尽欺压的阿Q，就只会到小尼姑和小D身上讨便宜，寻找心理平衡。这种“卑怯”的性格又总是与势利、貌似中庸、见风使舵联系在一起。鲁迅指出：“遇见强者，不敢反抗，便以‘中庸’这些话来粉饰，聊以自慰。所以中国人倘有权力，看见别人奈何他不得，或者有‘多数’作他护符的时候，多是凶残横恣，宛然一个暴君，做事并不中庸；待到满口‘中庸’时，乃是势力已失，早非‘中庸’不可的时候了。一到全败，则又有‘命运’来做话柄，纵为奴隶，也处之泰然，但又无往而不合于圣道。这些现象，实在可以使中国人败亡，无论有没有外敌。”[③]

鲁迅一生都在向奴隶主义作韧性的战斗，所以他格外痛恨苟活和安于屈辱命运的奴性哲学。1925年，鲁迅在《灯下漫笔》这篇文章中尖锐地指出：“但实际上，中国人向来就没有争到过‘人’的价格，至多不过是奴隶，到现在还如此，然而下于奴隶的时候，却是数见不鲜的。”他认为，对于中国百姓来说：他们在历史上的命运无非可以概括为两句话：一是想做奴隶而不得；二是暂时做稳了奴隶。针对自古流传下来的“苟活”哲学，鲁迅一针见血地指出：“苟活就

---

① 鲁迅:《杂忆》,《鲁迅全集》第一卷，人民文学出版社1981年，第225页。
② 鲁迅:《忽然想到（七）》,《鲁迅全集》第三卷，人民文学出版社1981年，第61页。
③ 鲁迅:《通讯》,《鲁迅全集》第三卷，人民文学出版社1981年，第26页。

是活不下去的初步，所以到后来，他就活不下去了。意图生存，而太卑怯，结果就得死亡。以中国古训中教人苟活的格言如此之多，而中国人偏多死亡，外族偏多入侵，结果适得其反，可见我们蔑弃古训，是刻不容缓的了。”[①]要推倒奴隶主义，克服苟活的劣根性，最重要的一点就是正视现实，打破自欺欺人的迷梦。“我们仔细查察自己，不再说诳的时候应该到来了，一到不再自欺欺人的时候，也就是到了看见希望的萌芽的时候。”[②]

其四，鲁迅还认为中国人的精神性格中存在着守旧排外、保守善变的一面。自从中华帝国的国门被异族强行打开，西方文明以血与火的手段进入中国之后，近代中国在与西方列强全方位较量中便一直处于劣势。但是，国民中一些“体质和精神都已硬化了”的人不去思索近代中国屡战屡败的原因，“知耻而后勇”，反而一味地抱住“祖宗”“老例”不放，以祖先的往日辉煌来抵抗今日的全面衰落。更有甚者，一些守旧排外的人甚至不惜“以自己的丑恶骄人”。[③]守旧势力如此强大深固，而人民尚未觉醒，鲁迅感叹道：“可惜中国太难改变了，即使搬动一张桌子，改装一个火炉，几乎也要血；而且即使有了血，也未必一定能搬动，能改装。不是很大的鞭子打在背上，中国自己是不肯动弹的。”[④]鲁迅的深刻之处不仅仅在于他揭示出国民中守旧僵化势力的强大，更启人深思的是，鲁迅睿智地觉察了国民性中的某种投机性，如何善于“将新事物变得合于自己”：“谁说中国人不善于改变呢？每一新的事物进来，起初虽然排斥，但看

① 鲁迅：《北京通信》，《鲁迅全集》第三卷，人民文学出版社 1981 年，第 52 页。
② 鲁迅：《补白》，《鲁迅全集》第三卷，人民文学出版社 1981 年，第 101 页。
③ 鲁迅：《随感录三十八》，《鲁迅全集》第一卷，人民文学出版社 1981 年，第 312 页。
④ 鲁迅：《娜拉走后怎样》，《鲁迅全集》第一卷，人民文学出版社 1981 年，第 164 页。

到有些可靠，就自然会改变。不过并非将自己变得合于新事物，乃是将新事物变得合于自己而已。”[①]联系近现代以来，外国新学说每传入中国却总是被某些国人“改造”涂抹得面目全非的事实，我们不能不由衷地钦佩鲁迅先生目光的敏锐与深邃。

鲁迅先生“忍住了悲悯的热泪”，“拿着刀一遍一遍地不懂世故地尽自刺”“老中国的毒疮”。[②]然而，“发露各样的劣点，撕下那好看的假面具”[③]还仅仅是一个开始，鲁迅并没有满足于对国民性弱点的一般性描述，作为民族命运、民族精神性格的清醒认识者和解剖者，他总是努力地将锋利的解剖刀深入到国民性弱点产生的社会根源和历史根源当中去，试图在对历史和现实的细心而独到的挖掘、考察中，解开近现代以来中国走向衰落之谜。

鲁迅认为国民性弱点和病态产生的原因有这样几点：首先，“国民劣根性”与几千年的封建统治者的等级森严的统治和“吃人”制度有密不可分的联系。他认为国民性弱点是封建等级制度“制驭”的结果。“天有十日，人有十等”，“有贵贱，有大小，有上下。自己被人凌虐，但也可以凌虐别人；自己被人吃，但也可以吃别人。一级一级的制驭着，不能动弹，也不想动弹了。”[④]鲁迅认为中国人的奴性、苟活和对强者奉迎，向弱者施威，皆来源于这种封建的等级制度。鲁迅还认为，中国国民精神的落后，“彼此漠不相关”，也“因豺狼当道”[⑤]，是由统治阶级的残酷统治所造成。二十世纪三十年代，有人感叹“中国人好像一盘散沙”，鲁迅回答说：“他们的像沙，

---

① 鲁迅：《补白》，《鲁迅全集》第三卷，人民文学出版社 1981 年，第 102 页。
② 茅盾：《鲁迅论》，《茅盾论创作》，上海文艺出版社 1980 年，第 114 页、119 页。
③ 鲁迅：《通讯》，《鲁迅全集》第三卷，人民文学出版社 1981 年，第 26 页。
④ 鲁迅：《灯下漫笔》，《鲁迅全集》第一卷，人民文学出版社 1981 年，第 215 页。
⑤ 鲁迅：《经验》，《鲁迅全集》第四卷，人民文学出版社 1981 年，第 540 页。

是被统治者'治'成功的，用文言来说，就是'治绩'。"[①]

其次，封建传统思想的严重毒害和腐蚀也是造成国民性弱点的重要原因。鲁迅认为中国人的精神创伤是"圣人和圣人之徒""作践"的结果，"助成""民族性昏乱"的"物事"是"儒道两派的文书"。[②]在《十四年的"读经"》一文中，鲁迅指出："我们这曾经文明过而后来奉迎过蒙古人满洲人大驾了的国度里，古书实在太多，倘不是笨牛，读一点就可以知道，怎样敷衍偷生，献媚，弄权，自私，然而能够假借大义，窃取美名。再进一步，并可以悟出中国人是健忘的，无论怎样言行不符，名实不副，前后矛盾，撒诳造谣，蝇营狗苟，都不要紧，经过若干时候，自然被忘得干干净净；只要留下一点卫道模样的文字，将来仍不失为'正人君子'。"统治阶级所拼命宣扬和维护的封建传统思想就像那"细腰蜂"的"神奇毒针"[③]，它麻痹了被统治者的中枢神经，使得他们能够安于被奴役的命运："我们的圣贤，本来早已教人'非礼勿视'的了；而这'礼'又非常之严，不但'正视'，连'平视''斜视'也不许。"[④]"这闭着的眼睛便看见一切圆满，当前的苦痛不过是'天之将降大任于斯人也，必先苦其心志，劳其筋骨，饿其体肤，空乏其身，行拂乱其所为'。于是无问题，无缺陷，无不平，也就无解决，无改革，无反抗。"[⑤]

再次，我们民族屡受外来侵略也是造成国民病态性格的重要原因之一。据许寿裳回忆，鲁迅在和他探讨国民性问题时，认为造成

---

① 鲁迅:《沙》,《鲁迅全集》第四卷，人民文学出版社 1981 年，第 549 页。
② 鲁迅:《随感录三十八》,《鲁迅全集》第一卷，人民文学出版社 1981 年，第 313 页。
③ 鲁迅:《春末闲谈》,《鲁迅全集》第一卷，人民文学出版社 1981 年，第 204 页。
④ 鲁迅:《鲁迅全集》第一卷，人民文学出版社 1981 年，第 237 页。
⑤ 鲁迅:《论睁了眼看》,《鲁迅全集》第一卷，人民文学出版社 1981 年，第 238 页。

国民性弱点的原因很多，但“两次奴于异族”，“是最深最大的病根”。[①]1936年3月，鲁迅又在致友人龙炳圻信中认为历史上游牧民族不断侵入中原，导致了民族精神和民族性格的“满是血痕”。鲁迅说：“汉唐虽然也有边患，但魄力究竟雄大，人民具有不至于为异族奴隶的自信心，或者竟毫未想到，凡取用外来事物的时候，就如将彼俘来一样，自由驱使，绝不介怀。一到衰弊陵夷之际，神经可就衰弱过敏了，每遇外国东西，便觉得仿佛彼来俘我一样，推拒，惶恐，退缩，抖成一团，又必想一篇道理来掩饰，而国粹遂成为孱王和孱奴的宝贝。”[②]历史上的汉民族不断沦为异族统治者的奴隶，虽多次反抗却往往失败，于是国民才变为“愚弱的国民”，失败主义、自欺欺人、麻木健忘一类病菌才乘虚而入，“精神胜利法”才得以滋生和蔓延。

鲁迅对于“国民性”病状毫不留情，痛下“辣手”，并不意味着鲁迅只是一味地批判与揭露民族灵魂中蒙垢的一面，事实上，无论是他思想发展的前期还是后期，鲁迅始终注意揭示我们民族性格中善美刚健的一面，只是思考问题的侧重点不同而已。1925年，鲁迅就曾称赞过韩非子的“不耻最后”的精神，他说：“记得韩非子曾经教人以竞马的要妙，其一是‘不耻最后’。即使慢，驰而不息，纵令落后，纵令失败，但一定可以达到他所向的目标。”[③]在《学界的三魂》（1924年）一文中，鲁迅分析中国的“国魂”有三种：官魂、匪魂、民魂。他认为：“惟有民魂是值得宝贵的，惟有他发扬起来，中国才有真进步。”二十世纪三十年代，鲁迅在《中国人失掉

① 许寿裳：《我所认识的鲁迅》，人民文学出版社1953年，第18页。
② 鲁迅：《看镜有感》，《鲁迅全集》第一卷，人民文学出版社1981年，第198页。
③ 鲁迅：《补白》，《鲁迅全集》第三卷，人民文学出版社1981年，第106-107页。

自信力了吗》这篇著名文章中，更是义正辞严地批驳了认为“中国人失掉自信力”的说法。他指出：“我们自古以来，就有埋头苦干的人，有拼命硬干的人，有为民请命的人，有舍身求法的人……虽是等于为帝王将相作家谱的所谓‘正史’，也往往掩不住他们的光耀，这就是中国的脊梁。这一类的人们，就是现在也何尝少呢？他们有确信，不自欺；他们在前仆后继的战斗，不过一面总在被摧残，被抹杀，消灭于黑暗中，不能为大家所知道罢了。说中国人失掉了自信力，用以指一部分人则可，倘若加于全体，那简直是污蔑。”

综上所述，我们可以说，无论是针砭国民性的弱点，还是肯定和发扬国民性中某些优秀的方面，鲁迅的目的其实只有一个，那就是通过揭出“病苦”，使中国人“知耻而后勇”，从而在新的时代条件下造就一种全新的、向上的，驱除了“毒气”和“鬼气”的，能够与“科学”与“民主”的旗帜相辉映，能够与现代文明世界相和谐的壮健的民族精神和性格。

二十世纪即将逝去，新的世纪正露出迷人的曙光，当中国社会经历了这许多风雨、坎坷，中华民族终于以不屈不挠的精神跨越苦难与困扰而向现代化强国迈进的时候，重温鲁迅关于“改造国民性”的思想，无疑将有助于我们更加坚定、成熟地走向下一个世纪。

1996 年 5 月

老年人的文体

——孙犁新时期散文创作散论之一

社会政治动乱结束以后，孙犁已步入了人生的暮年。对于这位饱经沧桑与忧患的老人来说，年青时代曾经拥有的浪漫激情与梦幻显然属于早已久远了的那个年代。“荷花淀”的明丽与温馨只是献给青春岁月的“情歌”，青春既逝，浪漫的歌吟便只能是曲终人散。孙犁不止一次地充满感伤地告诉读者：他已经写不出以前那样的小说了。矛盾随之出现：诗情洋溢的小说明显地已经难以为继，而年龄的趋于老境与活动空间的相对缩小又极大地限制了老人的生活范围与感知素材的补充。孙犁面临着创作道路上的严重困扰。令人欣喜的是：孙犁不愧为一名高明的创作家。当《荷花淀》式的“抒情小说”不再可能创作下去，他审时度势，明智地选择了散文的写作。这一机智的富于远见的创作“转型”被证明是极为成功的，它给老作家孙犁带来了文学创作实践上的另一个“黄金期”。截至二十世纪八十年代末，孙犁已结集、出版了八部散文、杂文合集：《晚华集》《秀露集》《澹定集》《尺泽集》《远道集》《老荒集》《陋巷集》《无为集》，凡八十万字。其散文创作不仅数量可观，而且审美品格也出类拔萃。毫无疑问，孙犁已经以其卓越的散文创作实绩成为新时期散文创作领域的大家之一。本文试就孙犁新时期的散文创作实绩作一综合性考察。

应该说，老年人比之青年人更有心境与能力来操作散文这一文体。自然，这并不是说青年人缺乏操作这一文体的资格与能力，而只是说：老年人操作这一文体更具有某种优势与潜力。如果不作过于简单的理解，我们说，散文的写作应该是人生与艺术沉淀的结果，是一种对于复杂的人生经验与阅历的最得心应手的审美观照方式。人生经历愈复杂、曲折，艺术积累愈丰厚、广博，则散文愈能写得深沉博大，炉火纯青。孙犁对于散文的这一特殊性似乎悟得很透。早在1980年，他在回答记者来访提问时就曾非常精辟地谈到“散文之于老年”这一问题。孙犁认为：在中国，写小说常常是青年时代的事。人在青年，对待生活，充满热情、憧憬、幻想，他们所苦苦追求的，是没有实现的事物。待到晚年，艰辛历尽，风尘压身，回头一望，则常常对自己有云散雪消、花残月落之感。缺乏热情、缺乏献身的追求精神，就写不成小说。缘乎此，孙犁说：“我现在经常写一些散文、杂文。我认为这是一种老年人的文体，不需要过多情感，靠理智就可以写成。青年人爱好文学，老年人爱好哲学。”[①]这段话应该被看成是孙犁的经验之谈。这位曾将自己的青春热血贡献于伟大的民族解放战争，应时代的感召而成为那个时代一名合格“歌手”，并在新中国成立以后的创作生涯中历经坎坷的作家，在近半个世纪的风云激荡的岁月中阅尽人世，极其深刻地体味了人生“美好的极致”与“邪恶的极致”[②]。当其身历的患难人生以一种刻骨铭心的“灵魂经验”的方式沉淀于老人的意识深处，并与老人力图总结与反省历史的创作心态相结合，写作散文的选择便势属必然。

① 孙犁:《答吴泰昌问》,《澹定集》，百花文艺出版社1981年，第9–10页。
② 孙犁:《文学和生活的路》,《秀露集》，百花文艺出版社1981年，第119页。

粉碎“四人帮”以后孙犁的创作是以回忆往事而开其端的。当整个民族终于从一场噩梦中醒来，全社会沉浸于深刻的反思之际，像巴金、杨绛们一样，孙犁将笔触伸向了过去。孙犁自述这时期的创作心情时说：“自从一九七六年，我开始能表达一点真实的情感的时候，我却非常怀念这些年死去的伙伴，想写一点什么来纪念我们过去那一段难得再有的战斗生活，这种感情，强烈而迫切，慨叹而凄怆，但拿起笔来，又茫然不知从何说起。”[①]尽管浩劫之后追怀往事往往是令人黯然神伤的，但孙犁毕竟在粉碎“四人帮”才两个月后就写出了第一篇回忆性散文《远的怀念》。这篇文章虽然在孙犁的新时期散文创作中不算是非常优秀的篇章，但它开启了孙犁新时期散文创作的源头，自有其不可替代的价值。以追悼亡友的《远的怀念》为滥觞，孙犁的回忆逐渐地演变为以自觉地反思个人几十年的人生经历，反映时代风云、社会变迁为旨归，呈现出通过自己人生的特殊经历总结历史的意向。因此，与行于当时的一般散文相比，孙犁的这些回忆性质的散文便具有了不同凡响的历史纵深感和丰厚的社会人生内涵。

孙犁的人生经历堪称特殊。他自小病弱，性格偏于内向。学校生活结束以后，父亲希望他能考上邮政局，自食其力。孙犁没有考中，这很使父亲失望。孙犁则不以为意，他当时正做着文学青年的“梦”，想通过给报刊投稿来谋生。然而，事实证明这条路根本行不通，孙犁只好去做了一名教书匠。也许，他将老死在教书匠这一行当上。但是，个人的命运却在时局的动荡中发生巨变。二十世纪三四十年代，感受着冀中平原“大风起兮云飞扬”的时代气氛，孙

① 孙犁：《谈柳宗元》，《晚华集》，百花文艺出版社1979年，第230页。

犁踏上了征战的路，也踏上了他奋发有为、一展才情的文学之路。二十世纪五十年代，他进城之后，又经历了完全不同于战争年代的另一种生活。城市的喧闹使他厌倦，人际关系的复杂纠缠使他困惑，政治风云的变幻莫测使他迷惘、惊心。五十年代中期，孙犁大病一场，从此“十年荒于疾病，十年废于遭逢”[①]。应该说，孙犁的经历富有代表性。半个世纪以来，他始终处于中国社会变动发展的主潮之中。他的经历在某种程度上正代表着二十世纪三十年代参加革命的一代小知识分子的共同生活历程。将自己的人生经历与心灵苦旅如实地描绘下来，就可能在回顾与反思中不仅见出个人生命的运动轨迹，更见出历史的真实面貌，从而给现实和未来以某种深刻的启示。孙犁似乎很早就清醒地意识到了这一点。1975年，当时孙犁还没有权利发表作品。眼前的现实如此荒诞、离奇，未来又仿佛不可触摸。心情抑郁的老人在死一般的寂寞中将心灵之船托付于往回走的时光之流。他想写一部“自传”，但觉得“自传”这题目未免堂皇，不如以“纪年”的形式定一个“年谱”。“那么，这一年谱，就只能是记录：一己的履历，时代的流波，同行者的影子与声音，群众的帮助与爱护。其中，有个人的兴起振奋，也有自己的悲欢离合。有崎岖，也有坦途。由于愚暗，有时也曾蹈不测的深渊；由于憨诚，也常常为朋友们所谅宥。认真记录下去，也可能有超出个人范围的一个时代的步伐，一个队伍的感情吧。”[②]如果说，当孙犁写下上述文字时，心中还有疑虑，不知道自己是否能够真的将这“纪年”与“自传”写下去，那么社会政治动乱结束之后，新的政治局面的建立确实为这“自传”的书写提供了极好的契机。这不仅

① 孙犁：《信稿（二）》，《晚华集》，百花文艺出版社1979年，第205页。

② 孙犁：《〈善闇室纪年〉序》《秀露集》，百花文艺出版社1981年，第256-257页。

仅是因为孙犁重新获得了创作并且发表作品的权利，更由于“反思”正成为日益强大的社会性思潮。于是，以《善闇室纪年》为“自传”的基本纲要，以各个历史时期的具体生动的所历所闻作为诠释，孙犁向我们展开了自己人生命运遭际的长卷：举凡童年漫忆、乡里旧闻、求学生涯、战地生活、病中感思、动乱岁月，都被作者纳入方寸，倾流笔端。一篇篇叙事、抒情文章，将纷繁的世事、作者的人生感悟与心灵激荡真切动人地展现在读者面前。孙犁的这些“自传”性质的回忆并不仅仅一味纠缠于个人的悲欢、一己的荣辱，在作者的个人荣辱悲欢之后则是整个时代和社会的风云与波澜。在二十世纪三十年代初期日益迫近的民族灾难中，身处“苦雨愁城”之中的青年学子孙犁孜孜阅读革命的社会科学著作，力求从中找寻解决中国社会问题的答案。与对国事的深情关切相比，个人感情的波动起伏只能说是一个小小的插曲[①]。《关于〈山地回忆〉的回忆》叙及孙犁抗战时期在山西境内某村庄因炉灶爆炸而几乎遇难，写的是个人生命的悲欢，却同时表现了同伴们的乐观与豪迈，传达着抗日战士的英雄主义情怀。其他如对于战争年代伙伴与战友的追怀，对于“罹病生涯”[②]的描述，对于亲人的追悼，对于一生之中吃饭、穿衣、住房、文字生涯等方面的回忆，无不在抒写个人情怀的同时映照时代的风云，反映特定社会历史时期的声色容貌。孙犁的人生轨迹毕竟是从大的时代与社会背景中孕育出来并受其支配的。从这个意义上说，总结反思了个体人生，也就总结反思了历史。我们可以从孙犁发表于新时期的回忆性散文中看出，作者在追怀往事时，无

---

① 可参看《晚华集·保定旧事》《陋巷集·〈善闇室纪年〉摘抄》《老荒集·书信》等。

② 可参看《晚华集·黄鹂》《秀露集·石子》《老荒集·一九五六年的旅行》《老荒集·老十字医院》《陋巷集·病期经历》等文。

疑是站在时代的高度来重新发现与思索已逝的历史的。风云激荡的几十年在老人的心灵深处留下那么多难以抹去的记忆，以一个“过来人”的理性与良知穿透社会历史的表象，发现与总结某种带有普遍性和规律性的东西，是权利，也是义不容辞的责任与义务。于是，我们读孙犁的那些回忆篇什，便会从字里行间感受一种深沉的思索与反省。

如烟的往事弥漫于老人的心头。过去的岁月或恍如隔世，或鲜明如昨。在经历了人生的大劫难、大悲欢之后，老人想要探究的是：究竟是一种什么样的力量在支配和决定着人间忧乐，众生生死？命运感和沧桑感不期然地渗入孙犁的意识深处，并成为孙犁新时期散文创作最重要的感知意向。遍翻孙犁近年的文集，会发现命运感与沧桑感已经成为充溢于孙犁散文的一种基本的情绪基调。尤其是在大量的回忆性记叙体散文中，这种命运感与沧桑感更成为一种拂之不去、难以摆脱的情绪氛围。我们先来看看孙犁本人对于命运的看法。在《文学和生活的路》一文中，孙犁谈道：“拿我个人来说，我就没有想到我一生的经历，会是这个样子。在青年的时候，我的想法和现在不一样。所以过去有人说：青年的时候是信书的，到老年信命。我有时候就信命运。命运可以说是客观的规律，不是什么唯心的东西。我们生活在这个世界上，是受这个客观世界，受时代推动的。”[①]在谈及与命运有关的“因果报应”时，孙犁论道：“我并不反对，有些小说标榜因果报应。因果，就是现实发展、变化的规律。事物都有它的起因和后果。起因有时似偶然，然其结果则是必然，其间迂回、曲折，或出人不意，或绝处逢生，种种变

① 孙犁：《文学和生活的路》，《秀露集》，百花文艺出版社 1981 年，第 108 页。

化，都是事物发展的过程。……兴衰成败，生死荣枯，冷热趋避，人生有之，文字随之，这是毫不足奇的。”[①]孙犁对于“命运”一词的解释似乎可以这样理解：命运是一种客观的规律，是大的时代与社会背景对于个体生命的制约与规定，个人无法逃出他们存在的时代与社会。生存的选择于偶然中见出必然。孙犁所深切领悟的这种命运感体现在他的创作中，首先表现为对于个体生命与个人命运的深切关注，对于已逝岁月的痛切反思。孙犁新时期散文中有大量的记人叙事的篇章，而这些人和事又大多发生在过去的岁月，是孙犁所熟悉的人们的生与死、哀与乐。这些人和事曾经激动过青年孙犁的心，促使他写出过诗意迸发的“抒情小说”。然而，事隔几十年，当饱经沧桑忧患的老人重新审视过去年代的生命律动与个体浮沉时，他所感受到的将会是比任何时候都要强大的命运感，于是，他追寻家乡父老的生死歌哭，为亲人故旧的不幸与苦难扼腕而叹；他噙着眼泪回眸旧日同志与战友的荣辱沉浮，痛心于天灾人祸对于革命队伍的摧残。在笔下人物曲折多变、动荡不已的人生命运的故事中，孙犁生发着对于社会与人生、生命与自然的玄思默想，寄寓着对于沧桑人世的沉痛感喟。

其次，这种因特殊的人生阅历和深刻的内心体验而促成的命运感与沧桑感表现在孙犁的随笔体散文中，则为“知人论世”的睿智与明见。在孙犁新时期的散文创作中，谈论中国古代优秀作家与作品的文章占有相当大的比重。孙犁论及作家则援引经历和趣味与自己相同或相仿的人，如司马迁、柳宗元、欧阳修、蒲松龄、曹雪芹，以期感同身受，心心相印；论及作品，则烛隐发微，剀切精当。

① 孙犁：《〈金瓶梅〉杂说》，《陋巷集》，百花文艺出版社1987年，第127页。

作者论及柳宗元，在赞叹其为文造诣高超，哀其身世不幸之时，也指出了他的缺点，认为柳宗元政治上过于天真，而官场失意之后竟至于丢魂落魄，疑神疑鬼，“看来是很有些神经衰弱了”[①]。论及王国维之死，孙犁认为虽然原因很复杂，但主要是王国维个人的悲剧性因素，即心理与病理的因素：“人无学，仍可以操斧而作，荷耒而耕，阳光雨露，得其自然。有学而无识，则易矛盾百出，进退失据，心身交瘁。即如孔融与曹操论盛孝章书中所说的‘若使忧能伤人，此子不得永年矣！’王国维的悲剧，就在于他学问过深，识见太浅了。”[②]谈论古典小说名著《金瓶梅》和《红楼梦》的大小文章已为数不少，孙犁论及两部小说，却能独出机杼，成为一家之言。他认为《红楼梦》绝不是出世的书，不是劝诫的书、暴露的书，也不是作者的自传。“《红楼梦》是为人生的艺术，它的主题思想，是热望解放人生，解放个性。”[③]对于评论界聚讼纷纭、褒贬不一的《金瓶梅》，孙犁在认真研读之后论道：“我从来不把小说，看作是出世的书，或冷漠的书。我认为抱有出世思想的人，是不会写小说的，也不会写出好的小说。《红》（按：指《红楼梦》）如此，《金》亦如此。作家标榜出世思想，最后引导主人公去出家，得到僧道点化，都是小说家的障眼法。实际上，他是热爱人生的，追求恩爱的。在这两点上，他可能有不满足，有缺陷，抱遗憾，有怨恨，但绝不是对人生的割弃和绝望。”[④]可以看出，孙犁在论及古代作家、作品时，确实是将自己几十年的人生经验与晚年的深沉的理性思索

---

① 孙犁：《谈柳宗元》，《晚华集》，百花文艺出版社 1979 年，第 227 页。
② 孙犁：《买〈王国维遗书〉记》，《老荒集》，上海文艺出版社 1986 年，第 188 页。
③ 孙犁：《〈红楼梦〉杂说》，《晚华集》，百花文艺出版社 1979 年，第 233 页。
④ 孙犁：《〈金瓶梅〉杂说》，《陋巷集》，百花文艺出版社 1987 年，第 126 页。

糅入进去了。所以他才能在慢慢读懂生活这部大书的同时，对前人“写在人生边上”的批注体会得如此深刻而独到。

历尽沧桑的老人将面临两种选择：一是从此红尘意远，彻底绝望，以对命运的畏惧和屈服而遁入宿命论当中；另一种选择则是在承认命运的强大与威严当中继续着抗争与奋斗，坦然于生命、自然、宇宙的万千变化、有限无限。选择了前者，则堕入虚无与逃避，意冷心灰；选择了后者，则会感受生命的光辉、人世磨难之中的美好。孙犁显然属于后者，这带来了这位老人胸襟的宽容与开阔。于是在超脱与追求之间，旷达与执着之间，老人融一种大家风范于处世为文当中，观察思索社会人生问题的角度明显多了。体现在创作中，便是深厚的人道主义观点与西方现代心理学观点也同样成为孙犁解剖个体人生与社会历史问题的利器之一，并被运用得恰到好处。在经历了非人道、反人道的灾难岁月后，孙犁写于新时期的散文无论是追怀往事还是解剖现实，都把对于人的关注、理解与同情放于重要位置。那个切肉时颇有“庖丁解牛”之风采的“飞刀刘四”，因为醉酒后的一个小小错误便被当作劫匪枪毙掉了（《童年漫忆》）。几十年以后，孙犁忆及此事，仍然惋惜不已。那个东辽城村的“一代风流”的小杏姑娘，以青春作为命运的赌注，在诱惑与抗拒之间终于灵魂堕落，不仅祸及自己，也使弟弟在沉沦中死于罪有应得（《木匠的女儿》）。孙犁在描写小杏的坎坷命运当中隐含着掩抑不住的同情。而《乡里旧闻·凤池叔》中那个半公开地与“失败的英雄”瞎老亭做伴的老年寡妇，她的公开倡言：“神仙还救苦救难哩，我就是这样，才和他好的！”如今听来，也不能不使人对充盈于民间的朴素的人道情怀报以敬意。孙犁甚至在《芸斋琐谈·谈谅》一文中认为：“是否可以这样说呢，人类社会之所以能维持下来，不断进步，除去革命斗争之外，有时也是相互谅解的结果。”这就把对于人的关心、信任、理解（这些应该是人道主义最基本的组成部分）提升到了一个相当重要的位置，这无遗是孙犁饱经沧桑忧患之后所总结的值得我们珍视的思想之一。

在孙犁新时期的散文创作中有许多记梦的篇章。这些梦只是作为个别的断片出现在文章当中（其实人在清醒后所能记忆的大多是梦的残片，那种有条有理、思路清晰的梦反倒一般是经过事后有意的加工，为“小说家言”）。孙犁写于1979年的两篇文章《书的梦》《画的梦》，分别记叙了作者简单而真实的梦境，作者已开始运用弗洛伊德学说释梦，认为“按照弗洛伊德的学说，这种梦境，实际上是幼年或青年时代，残存在大脑皮质上的一种印象的再现”[①]。“其实，按照弗洛伊德学说，这不过是一连串零碎意识、印象的偶然组合，就像万花筒里出现的景象一样。”[②]1980年，孙犁在同《文艺报》记者谈话时，再次提及弗洛伊德：“不能只学一家的美学，古典美学，托尔斯泰的、普列汉诺夫的、卢那察尔斯基的，甚至日本那个厨川白村，还有弗洛伊德的都可以学习。弗洛伊德完全没有道理？不见得。”[③]这表明，孙犁对弗洛伊德学说是有一定的肯定的，是乐于接受其中的合理成分的。实际的情况也是如此，孙犁并不纠缠于弗氏学说到底能不能用或该不该用的问题，而是自觉地将其合理成分直接运用于创作。除了上述的《书和梦》和《画和梦》两篇文章，孙犁在《尺泽集·芸斋琐谈·谈妒》中就直接引证弗洛伊德

① 孙犁:《书的梦》,《秀露集》，百花文艺出版社1981年，第16-17页。

② 孙犁:《画的梦》,《秀露集》，百花文艺出版社1981年，第32页。

③ 孙犁:《文学和生活的路》,《秀露集》，百花文艺出版社1981年，第123页。

学派的分析，说明“嫉妒是一种心理状态”“是一种缺陷心理”[①]。在分析自己的创作时，孙犁说写作本身对他来讲是最大的消遣，他常常在感到寂寞、痛苦、空虚时进行创作。新写出来的文字对他来说是一种安慰、同情和补偿。这一段自述，又可看做是弗氏“升华”说的“孙犁版”。自然，孙犁将其进行了改造。在《乡里旧闻》[②]的个别篇章中，孙犁运用性心理学对发生于故乡东辽城村的复杂人事进行透视。《干巴》中的“小变儿”，由于人为的强迫的“性倒错”而心理变态，最终死于非命；根雨叔（《根雨叔》）没结婚前喜欢扎在村中姑娘堆里厮混，娶妻生子后却又把妻子领到远地扔掉了。根雨叔之所为也显然与性变态有关。刁叔（《刁叔》）是东辽城村为数不多的心性颇高、喜爱读书的村人之一，却因为性的苦闷而过早离开了人世。孙犁写“性”却并不肆意渲染、夸大，他运用性心理学解剖复杂人事，其旨归是对于生命本身的深切关注与同情，是对于人的不幸命运的关注与同情。在对不正常生活的批判中蕴藏着对于健康的、合乎人性的生活的渴望和呼唤。也就是说，孙犁借鉴西方现代心理学观点解剖分析社会人生，是他的深厚博大的人道主义精神的一个重要体现。

似乎没有哪一个年代能像中国大陆的二十世纪八十年代这样充满激情与梦想、躁动与喧嚣。刚刚逝去的那个恐怖年代在激起一阵狂风暴雨式的控诉与声讨之后，便在一种亦真亦幻的情绪中逐渐被人遗忘和不愿再被人提起。整个社会在略事犹豫之后终于以罕见的疯狂卷入商品经济的大潮。时代在深刻的律动中缔造着新的思想与

---

① 孙犁：《芸斋琐谈·谈妒》，《尺泽集》，百花文艺出版社 1981 年，第 140 页。

② 《乡里旧闻》是一组系列散文，凡 23 篇，见于除《晚华集》之外的其他七部散文、杂文合集。内容大致包括两个部分：叙述故乡亲朋故旧的生死荣枯与描写家乡的风土人情。

新的人物，也产生着非新非旧的“怪胎”。在这“浪漫的八十年代”，面对目不暇接、高速运转着的社会生活和新旧事物方生未死之间的种种矛盾、冲突，所有有良知的中国知识分子都自觉不自觉地感受着现实的迫压与情绪的纷扰。新旧嬗变时期不可避免的灵魂的痛苦几乎在毫无准备的情况下便猝然来到。人们不得不面临一系列重大问题：新形势下的文化归属、价值判断、情感协调与行为选择。也许，比之年轻一代的知识分子，孙犁这一代人的心灵痛苦与情绪的纷扰会显得更加尖锐和强烈。这不仅仅是因为他们这一代人大多数已进入人生的暮年，有着浓重的恋旧心态，还因为民族传统文化的“根”在他们的心灵深处扎得很深很牢。如果说孙犁写于二十世纪七十年代后几年的散文篇章，其内容还多为追怀往事、痛悼战友，反映现实的篇章相对少一点，那么，进入二十世纪八十年代，孙犁文章中观照现实、指陈世事的部分便明显地多了起来。也就是说，孙犁的这些文章明显地多了对正在行进着的现实的针对性和参与性。自然，孙犁对于现实的“干预”是从议论、分析文坛现象开始的。他已在这块园地里耕耘收获了半个世纪，见惯文坛各色人物与各种风景，谈论这一领域的事与人显然要得心应手一些。孙犁告诫声誉渐起的新近作家，要忌名利之心，谨防有人“抬轿子”“吹喇叭”。他很生动精彩地向来访的刘心武、刘绍棠、林斤澜三位作家描述了乡村轿夫与吹鼓手在做“红白喜事”时的不凡身手和得意形态，指出：“庸俗的吹捧，只能助长作家的轻浮，产生哗众取宠的作品。它不能动摇严肃作家的冷静的创作态度。”[①]他为那些上个年代里曾经活跃过，而今摇身一变，改“打”为“拉”的评论家画出一

① 孙犁：《读作品记（三）》，《澹定集》，百花文艺出版社 1981 年，第 23 页。

幅极具讽刺意味的漫画，说他们如今放下了“棍子”，装扮成“保姆”模样，手里拿一条花手绢，东张西望，看有“孩子”受委屈了没有。“昔日隐身林密处，今天巡逻在花丛。”[①]针对文学创作中写三角恋爱的小说呈泛滥之势，孙犁认为其中大多数是手法低下，连被鲁迅指斥过的张资平的小说都比不上，并中肯地指出：“问题当然不在三角不三角，而在于小说的道德力量，社会意义，社会效果。”[②]二十世纪八十年代中期以后，整个社会情绪日益浮躁、喧嚣，社会生活呈现某种无序、错乱状态。孙犁身处斗室，胸怀天下。他虽继续注目于风景变幻频仍的文坛，但“一叶知秋”，从文坛的骚动中感知了整个社会并非正常的脉搏跳动。面对所谓的“通俗小说”“武侠小说”出版与发行的狂潮，孙犁一针见血地指出：目前通俗文学的流行，与时代思潮模糊有关。这与其说是文学上的一次顿挫，不如说是哲学上的一次顿挫[③]。孙犁凭着一个老知识分子的良知本能，以他经几十年风吹雨打而不变其色的执着信念，审视着文坛，也谛听着居所大杂院内外的世俗的声响与骚动。细读一下孙犁二十世纪八十年代中期以后的文章，会发现老人的“孤愤”越来越多，其散文创作的审美情感也越来越趋于冷峻、尖锐。他屡次抱怨居所环境的嘈杂与混乱，慨叹院内院外人心之不古以及整个社会道德水准的严重下降。《黄叶》这篇文章叙及老战友的猝死街头而无人救助，忧愤深重；《小贩》一文在对“新型”小贩的刁蛮无理情状的描画中寄寓深沉感情；《无为集·后记》一文则在对世情现状、文坛风景的描写刻画中，慷慨陈词，激扬文字，颇似一篇向丑恶庸俗宣战的檄文。孙

① 孙犁：《新年杂忆》，《尺泽集》，百花文艺出版社 1981 年，第 55 页。

② 孙犁：《小说与三角》，《老荒集》，上海文艺出版社 1986 年，第 106 页。

③ 孙犁：《谈通俗文学》，《陋巷集》，百花文艺出版社 1987 年，第 86 页。

犁几乎在无意之中，本能地感觉到了二十世纪八十年代社会生活新旧嬗变时期所生发的时代的痛苦和忧患，并力图以一个知识分子的敏感与老人的执拗“揭出病苦，引起疗救的注意”[①]。从这一点上说，孙犁是继承了“五四”以来中国新文学的伟大传统的。所以，他的作品所体现出来的忧愤就不仅仅属于老人，而代表着相当广泛的社会阶层。因而，孙犁的那些内容丰厚，风格沉郁、苍凉的散文作品便赢得了普遍的审美共鸣。

1991 年 5 月

① 鲁迅:《我怎样做起小说来》,《鲁迅全集》第四卷，人民文学出版社 1981 年，第 512 页。

我眼中的张爱玲

2009 年 4 月，张爱玲的遗作《小团圆》出版，传媒好一通“热炒”。周末，我和爱人在银川街头的报刊店里选买杂志，见书报台上摊开着一张《南方周末》。该报报头的左下侧读报提示栏里，印着一张老妇人的照片，头发花白，身上像是穿着一件花色尖领的羊毛衫。我当时没有细看照片旁边的文字说明，正纳闷一个日本老太太的半身像何以登上中国报纸。爱人眼尖，提醒说：这是张爱玲！我这才大吃一惊，细端详，发现竟然是张爱玲生前拍摄的最后一张照片（1994 年）。看罢，心里是潮水般涌来的伤感和悲凉。

记不清楚第一次读张爱玲的作品是哪一年了。1980 年我进入北京大学中文系读书时，内地学者编撰的现代文学史课本上是不讨论张爱玲的。张爱玲 1952 年离开内地之后，在香港写作长篇小说《秧歌》和《赤地之恋》，有“反共”之嫌疑，所以当时内地的现代文学史不会谈及她。大约是在上大学三年级的时候，选修了严家炎教授的《中国现代小说流派》这门课，这才开始接触张爱玲的小说。第一次读张的代表作《金锁记》，宛若进入了一个鬼魅横行的天地。老年曹七巧的阴森、恐怖以及杀气暗藏的浅笑，仿佛一枚铁钉子，毫无顾忌地嵌入了我的身体！我那时年轻，二十岁刚出头，不明白一个母亲心中怎么能够蓄满那么多的恶毒和仇恨。读完这篇小说，有好长一段时间情绪灰暗。北京的冬夜，常刮西北风。我躺在北大三十二号学生公寓楼三层的一间宿舍里，想着张爱玲小说里人鬼莫辨的世界，听凛冽的寒风不时扫过窗外的小树林，内心会生长出一片绝望和荒凉来。

然而，终于又找了张爱玲的作品来读。她的文字感觉太好了，喜爱文学的人一般都经不起她的诱惑。这次读的是张爱玲的散文集《流言》，是上海书店影印的《流言》的初版本，竖排格式，字迹小而模糊。读张爱玲的散文，突然发现，这个喜欢在小说世界里描写人性黑暗的作家，其实是一个充满了世俗心和女人心的作家。与她的小说世界形成强烈对比的是，她在散文当中又构筑了一个琐屑亲昵而又有情有味的世界。她谈京戏、谈服饰、谈跳舞、谈公寓生活，感觉丰盈，浮想联翩，有灵性，也有连绵不绝的情趣。她说："拥挤是中国戏剧与中国生活里的要素之一。中国人是在一大群人之间呱呱坠地的，也在一大群人之间死去——有如十七八世纪的法国君王。……中国人在哪里也躲不了旁观者。"（《洋人看京戏及其他》）她描写沪上菜场里的小菜摊："看不到田园里的茄子，到菜场上去看看也好——那么复杂的，油润的紫色；新绿的豌豆，熟艳的辣椒，金黄的面筋，像太阳里的肥皂泡。"她看夜晚归来停车场的电车，"一辆衔接一辆，像排了队的小孩，嘈杂，叫嚣，愉快地打着哑嗓子的铃：'克林，克赖，克赖，克赖！'吵闹之中又带着一点由疲乏而生的驯服，是快上床的孩子，等着母亲来刷洗他们。"（《公寓生活记趣》）读者们阅读这样的文字，会清晰地感觉到张爱玲是一个十足的"小女人"，是那种心里总是汪着一潭渴望和梦想的小资女人。

于是，慢慢地知道，一个作家的心灵该是何等复杂！当张爱玲以一个小说家的身份冷眼观瞧破坏时代里的世相和人生时，从小耳闻目睹的大家族里的恩怨情仇故事忽然奔涌而至笔端，只有写出来，曾经的内心压抑和伤痛才会舒解。而当张爱玲终于不再低声下气地从父亲手里接过生活费，仅凭自己的写作便可以获得有尊严的生存时，她是怎样的意气风发！

我喜欢张爱玲在《传奇》里所表现出来的尖锐的对人性的穿透，也喜欢舞动在《流言》里的那个絮絮叨叨的“小女人”张爱玲。在我的记忆深处，张爱玲定格于1955年她在香港英皇道兰心照相馆拍摄的那张穿着斜襟中式盘花绸衣的相片上，而不是1994年在美国洛杉矶拍摄的最后一张相片上。虽然玛格丽特·杜拉斯有言曰：“我爱你饱经沧桑的容颜。”可是我依然相信，“张迷”们不会喜欢老去的张爱玲。我也不会。

为了更为完整而清晰地表达我对张爱玲生平与创作的认识和理解，我将最近我与报社文学副刊版的编辑所作谈话的文字稿呈现在这里，以便读者们能够更为深入地进入张爱玲的文学世界。

■在中国现代文学史上，张爱玲是一个很有故事的女作家。有时，她的身上甚至带有一点“迷雾”性质。去年出版的《小团圆》和今年即将出版的《易经》《雷峰塔》都是张爱玲的自传性小说，如何区分其中的虚构成分与真实性呢？

张爱玲其人其事其文，在二十世纪中国文学史上构成了一道奇异的景观。她出身显赫（她的曾外祖父是李鸿章，祖母为李鸿章之女），少有文名（九岁就给报刊投稿），二十三岁时已写出《金锁记》这样的文学杰作。然而，张爱玲一生的命运却布满阴影。少年时，她的父母离异，生母漂泊四海，继母又不喜欢她。她在自己家里过得相当压抑，十七岁那年因患痢疾差点死去。青年时，她与胡兰成结为连理，后来才发现遇人不淑。1952年，她离开内地到香港，三年后又远赴美国。从此天涯孤旅，寄身异国。张爱玲晚年几乎与外界断绝了交往：不仅闭门谢客，而且不回复亲朋来函，不接听电话。甚至，1995年9月某日她在美国洛杉矶公寓内去世时，六七天后才被人发现（9月8日中秋节那天她被发现已自然死亡）。张爱玲的晚年行迹确实怪异，实际上也不难理解。张爱玲自小就极端敏感（这是天才作家的异禀），成人之后情感上颇受挫，婚姻也难称幸福。因此，她一直对个人命运和人间社会持悲观看法。不愿与世人接触，我以为是她悲剧性的人生观的直接体现。再加上晚年身体多病，她的自闭和厌世情感便自然生成，不是故作姿态。

张爱玲去世之后才面世的作品《小团圆》等，确实带有浓厚的自传性，但也不能完全做真实的传记读。只是，与她成名初期（1943—1945年）的小说比，《小团圆》等作品所显露的个人情感生活的信息更多一点。张爱玲以小说名世，“小说家言”是不能当作极度写真的个人自传来阅读的。

■有研究认为张爱玲的作品是在不断重写家族和个人经历，包括童年期的创伤，您怎样看待这个问题？

文学创作有一个通行的法则，那就是“写自己最熟悉的生活”。按此法则来观察作家们的创作，事实上相当数量的优秀作家是颇喜欢写自己最熟悉的家族生活和个人经历的，当然也包括童年期的心理创伤。文学史上最著名的例子，莫过于曹雪芹的不朽之作《红楼梦》的取材与曹氏家族的兴衰和他个人生活的关系，这是读者们熟知的；再比如巴金的代表作《家》当中所涉及的生活内容，实际上与巴金所经历的童年和少年时代的生活是息息相关的，小说当中“高老太爷”形象的原型，就是巴金的祖父。张爱玲一生都在将家族生活和个人经历化为她小说创作最核心的艺术内容，这一点不奇怪。好作品的标准从来不是写了什么样的生活内容，而是当万千的人生景象汇入你的艺术笔端，你真的把它写得震撼人心了吗？

■在文学史上，和同时期的女作家相比，张爱玲的不同之处是什么？

在二十世纪上半期的中国文坛上，女作家的数量非常少，最杰出者是冰心、丁玲、萧红和张爱玲四人。冰心是大家闺秀，自小生活于温暖温馨的家庭，个人成长经历相当平顺，因此，她的文章里总是爱意和善美之情弥漫。丁玲是革命女性，泼辣、坚强、勇敢，她的作品大气、遒劲，具有男性作家的气质。萧红感性、细腻、浓情，三十一年的短暂人生里一直身似浮萍，情如流云，因而，作品里流淌的是无尽的感伤和寂寞之情，至今读来，依然强烈。张爱玲生长于一个新旧文化不那么妥帖地混杂在一起的又新又旧的家庭当中，从小看惯了人生的破败和人性的不可信任，长大作文，便冷静、尖刻、决绝。王安忆说，读张氏的小说仿佛面临深渊而往下探看，自然有魂飞魄散之感。我们读她的小说，感觉既入世甚深，又隔世遥远。我以为，张爱玲直到晚年，都是对人间社会抱着既爱又恨的心情的。

■现在的学者们都在从哪些角度进入张爱玲研究？最新成果是什么？

自“张爱玲研究”成为一门学问，探问追索张爱玲的人生经历、思想特点和探讨张爱玲作品的价值所在，始终是研究的重点，如今也不例外。前者是尽可能详尽地搞清楚张氏一生的生活命运轨迹与心灵轨迹；后者是文学文本的批评。这两者有着非常紧密的联系，实际上常常是难以强行分开的。近些年，研究张爱玲的角度多了起来，也很独特。比如黄子平教授从张爱玲作品中的衣饰描写，来分析张氏的审美心理和文学象征与寓意追求；还有一个学者叫魏可风的，写过一本小书《张爱玲的广告世界》，专门研究张爱玲作品中所涉及的广告和一些老上海的生活现象，对张氏作品中一些生活细节的描写进行真实性比对，也算是一本有趣味的研究著作。

■请您谈谈什么是“张迷”？

所谓“张迷”，指的就是对张爱玲其人、其事、其文极端喜爱和痴迷的读者，现在叫“粉丝”。他们先是喜欢张爱玲的小说和散文，后来逐渐对其人其事也产生索解的兴趣。一些情感炽热的“张迷”在张爱玲在世时，还试图去面晤张爱玲或者直接给张爱玲写信。只是，张氏深居简出，一般人无法见到她。而能够得到她的回信的人，在全世界也寥寥无几。

■请您给介绍一下张爱玲作品的特点和魅力所在。

我以为，可以从四个方面来概括张爱玲的创作特点与作品魅力所在。

第一，她是中国现代文学史上最具才华和最具有文学深度的女作家，是少数“为创作而创作”的女作家。

第二，她是中国现代文学史上最具有悲剧意识的女作家。她对人性的洞察与描写能力非一般作家所能比拟。

第三，她是一个具有强烈的文体意识的女作家，尝试过多样的小说体式，最终形成了雅俗共赏的“张爱玲体”。

第四，她具有非凡的转化中外文学传统的能力。她是中国现代文学史上将中国古典小说的艺术传统与现代西方小说技巧结合得最完美的作家之一。

■您认为最值得阅读与推荐的张爱玲作品是哪几部?

张爱玲作品最值得推荐阅读的是《传奇》《流言》《半生缘》和《小团圆》四部。

■张爱玲的作品给您印象最深的是什么?

张爱玲的小说是描写人生的阴暗性和悲剧性一面的，读了之后感觉凄凉；张爱玲的散文是写世俗人生的琐屑和趣味一面的，读了之后会感觉她所营造的人间真是有情有味，值得留恋。

■在写作上，现在有没有“张爱玲体”?

新时期以来，学习张爱玲文体的作家自然不少，比较容易辨认的是王安忆、叶兆言、苏童等。目前为数不少的女作家都喜欢学习张爱玲笔法，但是毕竟时代环境已经发生巨大变化，作家禀赋也有差异，要得张氏的神髓，实在是一件有难度的事情。

■在阅读张爱玲作品时，我们最应该汲取和欣赏的是哪些部分?或者读者应该怎样欣赏张的作品?

张爱玲的小说几乎都取材于上海和香港两地的生活，她不关注时代的重大主题，只把创作视点对准浊世当中的世俗男女，描写他们处于新旧夹缝当中的情感挣扎和小奸小坏。张爱玲特别能够感受，并且特别能够表现中国人生活当中内在的陈旧性，也特别能够尖锐地描写人性的黑暗。张爱玲的小说是那个已经逝去的半封建半殖民地中国社会生活的真实写照，阅读她的小说，可以非常形象地了解二十世纪上半期的中国社会以及那时还处于半新半旧状态的中国家庭生活。

张爱玲作品的艺术水准非常高。她的文学修养十分深厚，文字漂亮、洒脱，修辞精美、妥帖，见解新鲜、脱俗，是一个可以反复揣摩和认真学习的经典作家。我的老师吴福辉教授这样评价张爱玲作品的艺术成就：“她能尽力地化雅化俗、化古化今、化中化西，提供中国叙事的现代方式。她的人物、故事、语汇，部分取自古典小说；感觉、心理、联想的流转自如、丰满却尽量现代；小说意象的设色绚烂，达到了人生体验的深远境地。张爱玲读起来是中国的，也是现代的，正是现代中国文化调教出来足以面对世界而不愧色的作家。”[①]吴先生的评价中肯、精当，我愿意引用在此处，与大家分享。

2010年8月

① 吴福辉:《插图本中国现代文学发展史》，北京大学出版社2010年，第433页。

金色的金庸

在二十世纪中国文学史上，金庸是一个巨大而奇特的存在。如此评价这位小说大家，原因有二：

其一，迄今为止，还没有哪一位中国现代小说家的作品，能像“金大侠”的著作这样，拥有如此广泛而庞大的读者群。可以毫不夸张地说，金庸是二十世纪华人世界中，最受欢迎的现代作家。

金庸自1955年涉足武侠小说创作，到1972年“挂剑”而去，十七年间一共创作中、长篇小说十五部（包括《飞狐外传》《雪山飞狐》《连城诀》《天龙八部》《射雕英雄传》《白马啸西风》《鹿鼎记》《笑傲江湖》《书剑恩仇录》《神雕侠侣》《侠客行》《倚天屠龙记》《碧血剑》《鸳鸯刀》《越女剑》），总字数达1100万字。他曾经将其中的十四部小说，每一部取书名的第一个字，结成一副对联，叫做：“飞雪连天射白鹿，笑书神侠倚碧鸳。”他的小说一经写出，无论是最初的报纸连载，还是日后出版单行本，无一例外受到一代又一代读者由衷的喜爱，其引发的轰动效应往往成为读书界一大景观。“金庸迷”们读起书来，常常弄得不思茶饭，瞌睡全无。在中国大陆、香港和台湾地区，甚至在海外华人聚居之处，只要你自称是“金迷”，就会找到同志和朋友。据不完全统计，三十六册一套的《金庸作品集》，到二十世纪九十年代中期为止，正式印行的已达四千万套以上。另据粗略估算，光是中国大陆、香港和台湾这三大市场，历年来金庸小说的销售量，连同非法盗印的在内，累计已达一亿册。而由金庸作品改编的影视作品一拍再拍，仍然有难以估算的观众痴迷其中。最近几年，以金庸作品中的人物为主要角色的游戏光盘《金庸群侠传》等，又在大规模进入青少年的娱乐生活领域。如果说北宋时曾经有“有井水处必有柳词”的说法，那么，如今面对金庸小说以及衍生品的风行于世，我们也可以不加夸张地说：“有华人处必有金庸。”

金庸的小说不仅在华人世界大行其道，在受中国文化深刻影响的东南亚地区，也被拍手叫好。二十世纪六十年代后期，金庸最出色的小说《笑傲江湖》在香港《明报》连载之时，越南西贡的中文报、越文报和法文报有二十一家同时连载。越南国会开会辩论之时，常有议员指责对方是“岳不群”（伪君子），或“左冷禅”（善搞阴谋诡计者）。可见《笑傲江湖》在异国也同样地深入人心。

其二，说金庸是“奇特”的文学存在，是因为这样一位名动“江湖”的小说大师却长时期得不到文学界的公正评价。尽管上至政界巨头，下到引车卖浆者流，都喜欢金庸，但这位“武功盖世”者的文学成就和地位却迟迟得不到承认。然而，到了二十世纪九十年代，情况却发生了变化。

“五四”新文学运动之后，武侠小说同言情的“鸳鸯蝴蝶派”小说一样，一直被进步的文学界认为是传播封建思想和落后观念的载体，新派作家对之颇多无情批判。中华人民共和国成立以后，大陆文学界受“五四”文学鄙视武侠小说思想传统的影响，在相当长的历史时期之内，也一直对以金庸为代表的港台新派武侠小说创作置若罔闻。改革开放后，情况虽略有好转，但公开认可新派武侠小说的文学成就和创作地位，依然是一件冒险的事情。进入二十世纪九十年代，随着市场经济体制的全面建立，大陆学人的文化观念和文学观念进一步拓展和解放，这才有了对金庸创作成就的科学评价。1994年，一向以出版文化精品而著称的大陆“三联书店”正式出版全套《金庸作品集》，从而为大陆学界全方位肯定金庸的文学成就拉开序幕。这年10月下旬，鉴于金庸先生在法学（包括香港基本法起草工作）、新闻事业、小说创作等方面的成就和贡献，北京大学授予他名誉教授称号，北京大学中文系主任严家炎教授在这一仪式上做了《一场静悄悄的文学革命》的演讲，对金庸巨大的文学成就给予充分肯定。未料话音刚落，一位杂文家就在年末的《南方周末》上撰文，对北大授予金庸名誉教授一事大加挞伐[①]。

1997年，北师大中文系教授王一川主编《二十世纪小说大师文库》，选出九位小说大师：鲁迅、沈从文、巴金、金庸、郁达夫、老舍、王蒙、张爱玲、贾平凹。金庸不仅名列大师，而且排名第四。论及二十世纪中国小说，舍茅盾而推崇金庸，自然在文学界引起轩然大波，但无论是扬金庸者，还是贬金庸者，双方都无法说服对方，争论远远没有结束。

1999年年末，又一位文坛不甘寂寞的“顽主”王朔忽然挺枪杀出，他在《中国青年报》（1999年11月1日）上撰文，从诸多方面对金庸小说进行批评，称金庸小说情节荒诞、人物怪异、逻辑混乱，是充满了市民趣味的港台文化“四大俗”之一（另三大俗是：四大天王、成龙电影、琼瑶电视剧）。1999年11月4日，金庸应上海《文汇报》记者之邀，答问道：王朔的批评是这么多年以来，自

① 见鄢烈山文章《拒绝金庸》，《南方周末》1994年12月2日。

己所遭遇的最严厉的批评，但自己会以佛家教导的“八风不动”自律。自出道以来，自己的小说已经受到上天的厚待，因此，纵有“求全之毁”，也不会不开心。王朔没有称自己为“四大毒”等等已属客气。王朔和金庸的文章一出，在文坛又掀起一阵不大不小的波澜，大众传媒和网络上的争论相当激烈。比较来说，文坛和网络上对王朔打着“无知者无畏”的旗号而进行情绪化批评的做法，持保留意见者居多。

虽然有杂文家的冷嘲热讽，有文坛“顽主”的笑骂，但海峡两岸和香港的文学界人士已经达成共识：金庸是整个二十世纪中国文学界创作成就最为突出的小说家之一，是二十世纪不可多得的对现代汉语具有巨大创造性贡献的作家。

金庸的小说风靡华人世界，“魔力”何在？笔者愿意在此略道几条理由：

第一，金庸小说以中国人喜闻乐见的民族审美艺术方式，塑造了一大批气冲霄汉的正义之侠，这些侠客满足了中国人对本民族英雄的崇拜和向往之情。在这些大侠身上，人们看到的是任重道远、以天下为己任的使命感；是杀身成仁、死而后已的责任担当；是富贵不能淫、威武不能屈、贫贱不能移的气节。诸种大气磅礴的精神境界对辗转于俗世的现代人来说，几乎成了“神话”。读者虽不能至，而心向往之。这是艺术给予我们的梦想和憧憬。

第二，金庸小说以巨大而密集的中国传统文化的知识和信息，承担了传播博大精深的中华古老文化的重任，它使读者在欣赏艺术的同时，轻松学得各种各样的文化知识。举凡儒墨典籍、佛经道藏、诗词曲赋、琴棋书画、医卜星相、易理玄机、历史地理、风土民情、酒茶饮食、花鸟虫鱼、天文术数、黑帮暗语等等，都能在金庸小说中领略到。无怪乎许多久居海外的华侨，为了让出生于当地的儿女不忘故土，要常常拿金庸小说来做“诱饵”，使子女们能通过引人入胜的武侠小说来学习古老悠久的中国文化。

第三，金庸小说具有令人惊叹的想象力和创造力。无论是神奇的武功、江湖各色人物的虚构（包括人物绰号的设计），还是山川的描摹、不可知境界的营造，金庸的想象超拔卓绝，仿佛天马行空。金庸尤其对长篇小说有着惊人的驾驭能力，篇幅越长，越能显示他的本领。他的小说线索纷繁，悬念迭出，波谲云诡，神秘莫测，往往在看似山穷水尽之处，忽然间便峰回路转，柳暗花明，别生一个新境界。读金庸小说，在惊奇当中可享受灵魂的愉快“冒险”。

第四，金庸小说具有巨大的社会生活的包容力和涵盖面。他的小说虽说描写的是虚构的江湖世界，但作者对人情物理的深刻体察和书写却远远超出一般作家的思想水平。他对世俗人生的理解，对人的存在的探究，对人间诸多复杂情感形态的把握，都显示出了不可多得的敏锐洞察力。

第五，金庸的作品融文学的娱乐与深沉的思索于一体，他的小说并不仅仅是供人消遣，实际上金庸的所有重要作品都有着对社会和人世的深深忧患。他以武侠世界隐喻现实人生，以江湖恩怨透视复杂人性。金庸是一个非常具有政治责任感的报人，他曾经为《明报》写过两万多篇社论，这样一个敏感于政治的人不可能只是泛泛地虚构江湖故事。他的《笑傲江湖》《鹿鼎记》等小说，有着对大陆“文革”的明显批判。正是政论家的见识、史学家的学养，以及小说家的想象力造就了金庸的辉煌。

金庸在小说创作上所取得的突出成就，对二十世纪的中国文学有着不可低估的启示性意义：

首先，金庸小说将文学的干预人生功能和娱乐功能统一了起来，使作品产生了异常丰富的色彩和意义，从而瓦解和打击了以往僵化的文学观念。同时，金庸的成功也使我们对武侠小说这种曾经被新文学所唾弃的小说形式，产生了新的研究兴趣，并可能对发展我们的文学提供新的借鉴。其次，金庸小说继承了中国文学史上的浪漫主义文学传统，创造了许多艺术的神奇境界，使一直显得过于单调的中国当代小说创作，在写实世界之外，又多了一份想象中的异样情调和氛围。这无疑会对主情的作家产生积极影响。再次，金庸借用武侠这一作品类型，通过对本土小说传统的继承和创造性转化，出人意外地创造出了一种文化学术品位很高的小说新境界，实现了真正的雅俗共赏。这种文学实践对正在苦于寻找读者的大陆严肃文学界具有重要的启示意义。也许，对“五四”新文学以来一直寻求雅俗合流的中国文学界而言，金庸的创作道路是一条值得肯定和珍视的道路。

2000 年 4 月

中国文学的光荣与骄傲

——莫言获得诺贝尔文学奖的感想

2012年10月11日瑞典时间13：00（北京时间19：00），瑞典文学院郑重向世界宣布：中国作家莫言获得2012年度诺贝尔文学奖。瑞典文学院的颁奖评价称：通过融合幻想与现实、历史视角与社会视角，莫言创造了一个复杂性堪比福克纳和马尔克斯作品的世界，同时他也从中国古代文学和口述传统中找到一个起点。

莫言是诺贝尔文学奖设立一百多年以来，第一位获此殊荣的中国大陆本土作家。莫言的获奖，不仅圆了几代中国作家渴望得到这个世界级文学奖项承认的梦想，而且，从更深远的意义而言，这也是博大精深源远流长的中国文化走向全球的一次盛大典礼，是中国当代文学由近海的浅蓝色水域驶入更为广阔浩瀚的深蓝色大洋的启航仪式。莫言的获奖，应该归功于改革开放三十多年来中国国家综合实力的提升，应该归功于新时期以来当代中国文学创作环境的异常宽松，当然，也源自于莫言农夫般的坚忍劳作以及他的作品对民族精神和当代中国现实的深入挖掘与审美呈现。

中国作家与诺贝尔文学奖结缘，源于鲁迅。早在1927年，瑞典探险家斯文赫定来我国考察时，就与“五四”新文学健将刘半农商议，拟提名鲁迅为诺贝尔文学奖候选人。但是，鲁迅当时的答复是：感谢对方的好意，“要拿这钱，还欠努力”。[①]鲁迅之后差不多一百年，中国文学界不时也在传说：老舍、沈从文、巴金、北岛等中国作家有可能获奖，然而，此事总是“君问归期未有期”，中国人情真意切，瑞典文学院那边却并不投桃报李。事情似乎也不能完全怪西方人对中国文学的格外“无情”。二十世纪上半叶，我国大地烽火连绵，人民流离失所。偌大的中国，摆放不下一张安静的书桌。如此情状，人家如何对你的文学投信任票？1950 年至“文革”结束近三十年时间，共和国已立，然政治对文学频繁冲击，多数作家心态上如履薄冰，创作上自然言不由衷。那样一个波谲云诡的时代只适合于人生沧桑感的养成，却从来无益于文学巨人的诞生。而莫言这一代作家，虽然少年时也曾挨过饿、受过苦，心灵有创伤，但幸运的是，正当他们年轻之时，改革开放之春水浩荡而来。奔涌而至的时代新潮流不仅给中国社会带来长达三十年的和平安宁岁月，对文学创作而言，它更是带来了异彩纷呈的社会生存景观和更为广阔的精神视野。对民族生活的深度开掘，对民族传统的重新梳理，对世界文化的全新注视，成为当代中国文学崛起和奋进的标志。正是在这样的时代文化背景之下，莫言开始了他三十年的不算短暂的文学耕耘。从 1981 年发表小说处女作《春夜雨霏霏》开始，三十一年间，莫言创作短篇小说八十余篇、中篇小说三十多部、长篇小说十一部、散文集五部、影视文学剧本九部、话剧剧本两部。莫言的创作，数量不可谓不丰。可是，多产作家未必皆是优异的作家。莫言的卓越之处在于，他的创作，总是有着完全属于其个人的文学风格。路透社引用瑞典文学院的评价说：“他的写作方式是如此

① 鲁迅：《鲁迅致台静农》，《鲁迅全集》，人民文学出版社 1981 年，第 11 卷，第 580-581 页。

独特。只要你阅读半页莫言的作品，你就能马上意识到这是出自他的手笔。”

以一个研究中国当代文学的学者的目光来看，我以为莫言其人其作品的迷人魅力可以概括为下列几个方面。

第一，莫言是一个对祖国和故乡怀有赤子深情，并将创作之根一直深扎于中国大地的优秀作家。莫言不止一次地说过：作家的创作，其实也是一个凭借着对故乡气味的回忆，寻找故乡的过程。他以“高密东北乡”为写作的立足之点，把自己的家乡艺术化为一百年来的中国社会。民族的苦难、挣扎、彷徨、奋起，忧郁的土地、不屈的灵魂，所有一百年来中国社会这个阔大的舞台之上已经上演过的悲剧、喜剧、滑稽剧都可以在他的作品当中寻找到。我们读他的作品，阅读到的是高密东北乡的故事，遥想到的却是百年以来中华民族的生存命运史。

第二，莫言是一个深具责任感和忧患感的中国作家。在一篇题名为《土行孙和安泰给我的启示》的讲演录中，莫言这样说：“在这个‘娱乐至死’的时代里，在诸多的娱乐把真正的文学创作和真正的文学批判和阅读日益边缘化的时代里，文学不应该奴颜婢膝地向人们心中的‘娱乐鬼魂’献媚，而是应该以自己无可替代的宝贵本质，捍卫自己的尊严。”在莫言三十一年的创作生涯当中，他始终遵循着文学关注现实、干预现实的创作准则。无论是早期的小说《枯河》，为当年的山东农民卖不出蒜薹拍案而起的《天堂蒜薹之歌》，还是最新的获得茅盾文学奖的小说《蛙》，“中国问题”始终盘旋萦绕于他的内心，并最终会以令人震撼的艺术方式呈现。莫言的那些“金刚怒目”式的作品，不仅接续着中国文学“穷年忧黎元，叹息肠内热”的伟大传统，而且也与一百多年来获得过诺贝尔文学奖的那些伟大作家有着共同的精神血脉。

第三，莫言是一个心胸宽广的极具艺术包容力的优秀作家。他生长于孔孟之乡，不仅深潜于中国经典文化的大海之中，而且对中国民间的复杂文化形态了然于心。当时代提供了异域文化大规模进入的条件，他又不辞劳苦地向西方文化和文学学习。他从来不做邯郸学步之人，而是深入研究外国一流作家所创作的作品的内涵，理解异域作家观察生活的方式。然后，化盐入水，点石成金，以自己的厨艺，烧一道技惊四座的美味佳肴。当这道有着东方神韵，又散发着西方现代气味的中西合璧之菜被送上全球餐桌之时，喝彩之声便在那一时刻响起。

大家都知道，那一时刻是中国文学的金秋时节。

2012 年 11 月

当前中国社会的文化危机与文化重建

文化问题从来都与一个国家和民族的命运息息相关。文化强大、深厚、优美，一个国家和民族就受人尊敬，在世界上有地位。文化弱小、浅薄、粗陋，即使经济上取得了一定的成就，也会被人诟病。中国社会目前正在经历着由经济强大走向文化强大的历史阶段，如何意识到当前中国社会的某些文化危机，并立足于全球视野和时代的制高点来重建中国社会的文化生态与格局，是一个不容回避的现实课题。

一、文化与文化的功能

关于“文化”这一词语的内涵，据说世界上有几百种解释。现行的汉语权威辞典的解释是：指人类在整个社会历史发展过程中所创造的物质财富和精神财富的总和。说得具体和直观一点，从遨游太空的“天宫一号”飞船到中国农村炕头老太太的剪纸，都可称之为文化创造物。这是广义概念上的“文化”。狭义的“文化”内涵，是指人类后天所获得的，作为一个特定社会成员或民族所特有的一切行为、观念和态度，是一种由精神价值、生活方式所构成的集体人格。狭义的文化内涵，比较偏重于对人类意识、思想和观念等精神创造物的关注与研究。文化是共同拥有的，是某一个人群、民族共同承认和拥有的。文化是人类后天学习和被影响的产物。人类除了先天所带来的那些动物的本能之外，所有在成长和生活过程中所学习到的一切，比如风俗、观念、行为和道德规范、生活方式等数不清的方面，都是文化的内容。台湾著名女作家龙应台对“文化”一词的内涵这样解释：“文化其实体现在一个人如何对待他人、对待自己，如何对待自己所处的自然环境。在一个文化厚实深沉的社会里，人懂得尊重自己——他不苟且，因为不苟且所以有品位；人懂得尊重别人——他不霸道，因为不霸道所以有道德；人懂得尊重自然——他不掠夺，因为不掠夺所以有永续的智能。品位、道德、智能，是文化积累的总和。”（龙应台：《文化是什么》）

文化的命运也和人类的命运一样，经常会受到自然灾害、人间战争、动乱和邪恶、野蛮力量的冲击、破坏和影响。然而，人类社会的历史和文明进程证明，在一个民族的思想观念和心灵深处，总有一些意识和心理虽经自然灾害和社会动乱的反复冲击却不容易发生改变，这些世代保留的思想意识，学术上称之为“文化沉淀物”。比如中国人的家庭观念、人情观念，德国人的服从意识，英国人的保守性格等。而所谓“文化派生物”，指的是某些时代的意识形态、道德说辞、政治教化等等。在某些历史时刻，“派生物”有可能利用自己的强势地位遮蔽“沉淀物”。但从长远看，“沉淀物”总会利用自己的强大根须冲破“派生物”的遮盖，显现自己的生命力。而恰恰是文化的生命力，才保证了世界上那些古老民族由死亡边缘走向了新生。

一般而言，国家、地区、民族包括个人之间都可能具有“文化差异”，这种差异是由具体的物质生活与精神生活环境所带来的，但并不是不能交流和弥合。

文化的功能是什么？文化的功能实际上是非常强大的。第一，文化具有凝聚人心、整合人心、抚慰人心的作用。也就是说，使人产生心理归属感。处于相同的文化影响下的人们容易团结和聚集起来，心理上彼此会有天然的亲近感。一个大陆人到台湾去旅游或者参加学术研讨会，下了飞机进了机场，不会有不适应感。因为航站楼里的标识是用汉字书写的（虽然是繁体的汉字），通关时机场的工作人员讲的是“国语”（大陆称为“普通话”）。以后到台湾各地行走，语言和风俗基本上是一致的，心理上没有隔膜和障碍。如果一个中国人初次进入欧洲，常常会有文化上的震荡感（culture shock），面对异国文化或生活方式时可能会感到困惑、不适应，甚至会产生孤独感和恐慌感。第一次前往欧美国家的大多数中国人有这样的心灵恐慌。第二，文化具有约束人的行为的作用。无论是风俗习惯还是道德规范，都会对人的行为（特别是不良的行为）形成约束和控制。文化发展到一定的地步，就会形成许多社会成员们必须共同遵守的为人处世的严格规范，这些规范标志着文明的诞生。人间具有道德规范是人类进入文明社会的显著标志。今天，尽管人类社会的科技水平和物质生活水平已经发展到登峰造极的地步，但是我们谁也不敢说人类的文明程度已经高扬到多么了不起的地步。人性本身的复杂性，决定了文化的约束控制功能必须存在并且尽可能强大。第三，文化具有保护人类种族的作用。某一个民族文化强大深厚，其生命力也就强大。哪怕失去一切外在的生存依托，这个民族也会凭借不屈的精神和超常的智慧寻找到生存之路。以以色列人所拥有的犹太文化为例。一个在世界上流浪了两千年的民族，在二十世纪又遭受了空前的大屠杀（死亡六百万人），然而，他们还是坚强地屹立在地球上。以色列人凭什么才一次又一次地战胜死亡和灾难而重生？凭它的优秀文化。犹太民族是一个从心灵深处渴望寻求知识和智慧，并且长久地拥有智慧的民族。犹太人千辛万苦建立的国家以色列，虽然被《圣经》誉为“流着奶和蜜的应许之地”，实际上却是资源极其贫乏的土地。但是，第二次世界大战之后，以色列硬是依靠其最大的资源——人才，依靠科技和资金的优势，在艰险的环境中，边打仗边建设，仅仅用一代人的时间就实现了经济腾飞，从落后的农业国发展成为发达的现代国家。以色列人为什么能够取得这样的发展成就？我以为缘于两个方面：第一，犹太人在二战中经历了噩梦一般的被屠杀、被迫害的经历，有天然的危机感和忧患意识，并且有着天然的凝聚意识。以色列建国（1948 年）时，说着八十五种语言、来自一百一十五个国家的人们历尽千辛万苦汇聚到了西亚的死海之滨。第二，犹太人把读书和受教育看得比生命还重要，犹太人有谚曰：“尊师如敬上帝，教师重于父亲。”这是它的民族的优秀文化传统。在二十世纪，全球一千三百万犹太人只占世界人口的千分之二，却获得了百分之二十九的诺贝尔奖，在各个领域大师辈出，群星灿烂。卡尔·马克思、爱因斯坦、弗洛伊德（西方人说：二十世纪，三个犹太人颠覆了世界，就是指爱因斯坦的“相对论”、弗洛伊德的“精神分析学说”和马克思的阶级斗争学说给世界带来翻天覆地的变化）、毕加索、卡夫卡、卓别林、基辛格等等，皆是名动世界的人物。美国人有一句玩笑，说全世界的钱在美国人的口袋里，而美国人的口袋在犹太人的脑袋里。举世公认：犹太人聪明、智慧、善于经营。原因只有一条：这是一个打心眼里崇拜知识并把智慧当成信仰、终身重视阅读的民族。曾经有统计，犹太人平均每年每人的阅读量是四十五本书。犹太孩子生下来，就要被大人抱着在《圣经》上舔一下封面，让孩子知道书是甜的。犹太人还有一个小故事说，有一位智者被人问道："为何你能成为智者？"智者闻言答道："因为直到目前为止，我在灯油方面所花的钱，比起食用油方面还要来得多。"

二、当前中国社会文化危机的具体表现

应该承认，改革开放三十多年来，中国社会取得了巨大的历史性进步。我国的经济实力高速增长，城市和乡村的物质生活面貌日益改变，人民群众享受到了中国经济高速增长所带来的许多实惠。然而，我们也应该清醒地看到，在中国社会物质生活水平日益提高的时代背景下，精神环境和文化建设出现了一些明显的问题，有些问题还很突出，局面也比较严峻。简而言之，在经济高速增长的同时，我们在关系国家未来发展的核心问题——文化问题上，在精神气候的营造和公民人格的培养方面，显得思想滞后和办法不多。因此，当中国社会的GDP总量已经跃居世界第二，我们突然发现：中国社会的文化出现了某种危机。我以为，这种文化的危机具体表现在以下几个方面。

文化危机之一：在由传统的以"道"为先的社会向以"利"为先的市场经济社会转变过程当中，我们始终没有解决好"人心动荡"和"人心向善"的问题。

所谓"道"，是指人间的"大道""正道"，是怀有仁爱之心的正直善良之士所追求的人间理想境界。中国古代和近现代以来的仁人志士们所追求的"天下为公""世界大同"等等理想境界，就是"大道"和"正道"。我国古代社会鼓励每一个人都努力成为君子，而成为君子的首要条件是："士志于道。""朝闻道，夕死可矣。"在一个

提倡君子人格的社会当中，耻于言利、正派、守法、忠诚、助人、不争、不贪等等价值观念，是存在于社会各阶层人心中的最基本的做人法则（道德底线）。这种为人的原则既是一种自律，也是一种社会生活的外在道德节制与约束。“文革”之后，在一片精神废墟之上（传统文化自“五四”之后便气息奄奄，革命文化又被“左”倾路线摧毁殆尽），中国社会的文化和道德建设还没有充分展开，市场经济的洪波巨浪就排山倒海而来，于是，在精神的空白、迷茫、震荡和摸索当中，中国社会的经济逐渐起飞了。在最初的经济进步当中，由于是“摸着石头过河”，不知道前方会是什么状况，规则也没有完全制定好，所以大家都闹哄哄地一个劲儿地谋财图利。许多时候，赤裸裸的逐利竞争甚至压倒了君子人格。这给国人造成了这样的假象：谁讲良心，谁有道德意识，谁在经济利益的角逐中就必定处于下风。而不择手段，不顾廉耻，反倒容易得手、暴发（民间说法曰：“饿死胆小的，撑死胆大的。”）。反正，中国人就这么睁只眼闭只眼闹哄着把一架“大飞机”组装成功了，并且开上了天。可是，一旦飞机上了天，就不能想干什么就干什么了。飞机不仅有此前约定的具体航线规范着，坐在飞机上的乘客也不能心神不定、随意走动，更不能在机舱里争吵、争斗、肆意胡为。中国人现在的处境就是这样：我们都已经登上了一架奔向遥远之地的大飞机，想让这架飞机以后能够安全着陆，我们就必须严格遵守操作飞机和乘坐飞机的普适规则，首先必须把自己动荡的内心控制住，使之变为平静柔和的心（向善之心）。而控制和改变人心的最核心的手段，就是文化的恢复和重建。

文化危机之二：节制内敛、含蓄深沉、修身养性、温和待人，不再是人们，尤其是年轻一代认真追求的生活品格和处事方式，放纵、张扬、炫耀、膨胀，成为带有时代特点的为人行事方式。曾经遭到全社会谴责的恶质言与行，经不负责任的媒体的放大，在一定范围内被人喝彩。

在传统的中国社会，节制内敛、含蓄深沉、温和待人，是广受好评的优秀品德，是典型的“君子人格”。儒家提倡“怨而不怒，哀而不伤”，要求一个人即使处在极度愤怒和悲伤的时刻，也要学会控制自己的情绪，有限度地释放。大家推崇节制内敛的品德和为人处世方式，是因为希望自己所接触的人是温柔敦厚的，自己所看到的社会生活景象是带有温文尔雅气息的。然而，我们不得不遗憾地说，在当前的中国社会当中，“温柔敦厚”和“温文尔雅”已经渐渐远离我们的生活。一百多年来的内忧外患和文化破坏，早已将传统文化的根基毁掉。许多“八〇后”和“九〇后”对以儒家思想为代表的中国传统文化既不了解，更不亲近。他们虽然成长于中国社会经济高速发展的年代，但是他们是最缺乏传统文化熏陶的一代人。加上近二十年来功利主义和实用主义思潮的深刻影响，现在的许多“八〇后”和“九〇后”的文化意识是破碎的，价值观念是混乱的，道德面貌是可疑的。他们把放纵当作“自我解放”，把“张扬炫耀”视为“美好个性”。他们更愿意把自己塑造成为带有“进攻性人格”的时代人物。如果上述推断成立，我们也就不难理解一位名叫马诺的青年女子会在电视台实况播出的相亲节目里说：她选择恋人的标准是财富第一，“宁可坐在宝马车里哭泣，也不坐在自行车上微笑。”

“节制内敛、温和退让”的为人处世方式式微的另一个佐证是：失去道德约束的年轻男女们，纷纷以玉体横陈和公开隐私来作为吸引公众眼球、“出人头地”的非常手段。互联网上每隔一个时段，就会出现一个敢于赤裸身体的年轻女性所发布的写真照片和敢于公开性爱隐私的人所发布的性爱日记。更多的年轻人则乐此不疲、毫不遮掩地在网上炫耀自己是多么的富得“流油”：一块手表几十万，一枚钻戒几十万，镜头直接贴近名表和高档钻戒拍，然后夸张地上传到网络上。最近几年，“放纵和炫耀”在所谓“富二代”身上表现得更加突出。公众经常可以看到的一个现实景观是：十多辆白色豪华车，在夜色里呼啸而来，戛然而止，在路人们慌乱的躲避中，从车里走下来的是清一色的“阔少”，人人戴着墨镜、穿着黑色西服，扬长而去……“富二代”的张扬、跋扈，出格炫富，加上因为马路飙车、酒后肇事等等负面事件的频发，已经撞伤了社会的敏感神经，激起社会公众非常大的反感。

有一点不值得疑问，那就是对于刚刚暴富起来的许多中国富人而言，他们以及他们的“富二代”还来不及学习如何“做富人”，如何“花钱”，如何在财富面前“一日三省”，不迷失、不膨胀。一项调查显示，超过百分之七十的受访者对“富二代”抱有负面印象。公众对“富二代”的问题过于敏感，恰恰是因为他们深深担忧金钱与法律的较量、财富与公正的碰撞。

文化危机之三：由于社会地位、经济地位的明显差异以及“以权谋私”“为富不仁”现象的存在，在一些百姓心目中，一定程度上存在着“仇富”“仇官”心理。这种心理的存在，给整个社会带来了严重的不和谐。

中国社会正处于一个转型时期。这是一个充满创造力豪情的年代，是一个丰富而伟大的年代。同时，毋庸讳言，这也是一个矛盾丛生、充满危机的年代。改革开放以来，随着中国经济列车的高速运行，国家财富急剧增长，人民生活水平普遍提高。应该说，中国百姓是从改革开放的事业当中享受到了优异回报的一群人。然而，我们也必须意识到，由于历史的原因和现实发展的不均衡，中国社会还存在着一些一时难以解决的问题：中国的东部与西部地区在经济发展水平上存在着明显的差异，在人民生活水平上也存在着明显的差异；中国社会的贫富差距问题一直存在，但难以有解决的良方；官员腐败是社会生活当中的一大“毒瘤”，然而反腐倡廉工作总是进行得艰难；由于一些官员和富人的嚣张，百姓内心积聚着不满的情绪。我们已经发现，对官员腐败的不满和对富人“为富不仁”的怨气，经常会通过一些群体性的事件来发泄。2010 年 10 月的河北大学校园内“李刚之子驾车撞人案”和 2011 年 6 月的“郭美美炫富”事件，之所以在网上掀起那么大的舆论风暴，显然和“仇官”和“仇富”的社会心理有极大关系。

文化危机之四：社会生活当中的“潜规则”盛行，不仅使社会运行需要投入更多的精神与物质成本，更严重的后果是，它导致了人们对生活的正义性和人的尊严的严重不信任情绪。

所谓“潜规则”，在中国文化当中是指生活中不便明言的“规矩”和生活手段、做法。近二十年来，“潜规则”这个词是汉语使用的高频词。最先使用这个词的是演艺界，说是女演员要上戏、演上重要角色，必须给导演送钱、送“色”。后来，就有人把社会生活当中的“拿钱搞定一切”“用钱摆平”“金钱万能”称之为中国社会生活的核心“潜规则”。办事使用“潜规则”，并不是现在才有的生活现象。在封建社会，实际上已经非常普遍。封建时代的民谚说：“火到猪头烂，钱到公事办。”又说：“三年清知府，十万雪花银。”谈的都是封建官场“潜规则”所带来的贪赃枉法现象。今天大家痛恨“潜规则”，实在是因为现在中国社会已处于全球民主和法治年代，而我们的生活当中居然还有那么多封建社会的思想和行为遗存。许多人觉得太失望，有“哀其不幸，怒其不争”之意。需要特别指出的是，“潜规则”一旦真的成了公开的生活原则，那么生活的正当性就太值得怀疑了。它对社会和人心的损伤，可能比“文革”的后果更可怕。

文化危机之五：“快文化”成为风行一时的社会思潮。“成功学”泛滥，浮躁情绪弥漫整个社会，中国人成为世界上最没有耐心的一群人。

“快文化”的核心内涵是脱离现实状况的规定性，一味地求速度和要效率，希望不用花费过多的时间和艰辛劳动，就能获得喜出望外的收获。它是对古老的“一分耕耘，一分收获”的生活信念的反拨，实际上是一种投机心理。

受“快文化”观念的影响，现在高校的学生恨不能学上二年就拿个博士学位（大陆正常年限是十年，美国要十四年）；演艺界的演员演过一部戏就自称为“明星”；大学本科生刚一走上工作岗位就希望月薪两万；一些年轻人当了几年科级干部，就想着跃升为厅级领导。

“快文化”带来了这个社会的全面躁动。所有的人都希望一夜成名，一夜暴富。都有张爱玲二十岁时的心情：出名要趁早啊，迟了就来不及了！“快文化”使我们一时间都变成了欲壑难填之人。台湾漫画家朱德庸说：我们正处于“一个不够”的时代：一部手机不够、一份薪水不够、一个情人不够、一辆车子不够、一栋房子不够……我们对外面的世界过度需求，对每天的自己过度使用。伴随着“快文化”思潮的泛滥，“成功学”在中国人眼里忽然成为一门“显学”。没有几个人知道“成功学”到底指什么，其所宣扬的主张是否有科学依据。然而在创富榜与“成功学”的催眠之下，人们逐渐地丢失了朴素生活的乐趣。美国学者说：“贪婪已经感染了我们的社会。这是最糟糕的感染。”不过，在欲望高涨的年代里，糟糕的并不只是贪婪，还有害怕。害怕在别人眼里显得不成功，害怕自己的财富积累速度和频率赶不上亲戚朋友。按照现在的成功学逻辑，如果你没有赚到一栋小别墅，没有宝马车或者劳斯莱斯，年收入不超过百万，如果你没有成为他人艳羡的成功人士，就证明你不行，你就犯了“不成功罪”！这正好与中国人古老的“好攀比”心理一拍即合。比如中国人对购房普遍具有心理焦虑。房奴的心理可以理解：为了买房子贷了那么多款，确实需要拼命干才可以早点还清。奇怪的是有房子的人同样忧心忡忡，因为他想着更大的房子，如果庭院里有游泳池、网球场，周围有片开阔的牧场更好！

来听一听著名作家、茅盾文学奖获得者麦家对“快文化”泛滥时代的社会生活的看法：

> 这个时代实在是太喧嚣了，有些基本的问题都在我们匆匆的脚步中被踩踏到了泥土里，有个机会把它们翻出来看看，大有必要。正如印度一句谚言所说：请慢一点走，等一等灵魂。
>
> 我总觉得现代人太没有诗意了，我们搭乘的是“欲望”号街车，我们居住的是“钢筋水泥”，我们吃喝的是“三聚氰胺”，我们身处于“离婚时代”，“潜伏”在办公室里，时刻面临着“暗算”。我们太忙了，我们太累了，我们做的梦都沉重如铁，毫无诗意。
>
> ——《我憧憬诗意的晚年生活》，《重庆晚报》
>
> 2010年10月12日

央视著名主持人白岩松在一篇题为《没有一代人的青春是容易的》的文章中这样谈论高校学生的浮躁：

我曾经见到一个年纪很小的孩子来实习。我问："几年级？""大一。""从明天开始本单位不接受你实习。回去上课。"我不能够接受刚上大学一年级的孩子就开始实习。你知道你要什么吗？你知道你需要填充什么吗？你未能拥有一个系统的专业的训练，实践对你是没有意义的。

我知道现在有相当多的大学生心猿意马，总觉得要尽早地去实践，好像这样就跟未来的工作建立了联系；有相当多的学校大四的毕业生实习和论文形同虚设。如果我们的大学为社会提供的都是残缺的产品，社会又怎么会这么放心地接纳呢？

很多人说，现在的年轻人不容易。我非常理解，全社会应该关爱你们，但是，不必溺爱。有人说，我们现在买不起房子，我们太痛苦了。谁说二十七八岁的人就应该买得起房子了？日本等国家的人一般是到四十来岁才可能拥有自己比较稳定的住房，中国人却非常性急。我拥有自己的第一套房子的时候，都三十二岁了，是在租了八年的房子之后。你说，哪一代人的青春容易？没有一代人的青春是容易的！

——《广州日报》2011年1月20日

"快文化"思潮的泛滥，是经济高速发展年代的伴生物，是利用经济方式解决一切社会问题的简单思维模式的体现，是实用主义、投机主义思想在社会生活当中的具体表现。它的直接后果是：使中国人成为最容易躁动、最没有耐心的一群人。在未来的岁月里，如何使中国人的内心沉静下来、行动舒缓起来，是一个影响中国社会生活质量的大问题。凭借祖先留存的智慧和当代人的现实努力，我们是可以解决好这一文化问题的。

文化危机之六：整个社会的道德状况处于崩溃的边缘，因为个别人的无良和邪恶，社会的信任度已经降到了这么多年以来的最低点，冷漠成为社会和谐和进步的杀手。

有学者认为，今日中国的道德沦丧已经到了无以复加的地步。经过一个多世纪的破坏，传统文化的精华已经丧失殆尽，但糟粕却留下不少；经过半个多世纪的折腾，来自西方世界的社会主义文化的精华也所剩无几，但许多糟粕同样留了下来；改革开放这三十年，引进了不少西方资本主义文化的糟粕，但好东西又没学来多少。可谓“礼崩乐坏，道丧学绝”。[①]

2011年，记者晓德在《我们的底线到底有多低？》一文中这样写道：

底线是最低标准，是最起码要遵循的规矩，是逾越之后需要付出巨大代价的最后屏障。

当公理和常识因为稀缺而成为标杆和榜样，人们对底线的要求就注定一低再低——我们不再期待食品的营养美

---

① 参见学者康晓光文章：《软力量建设与儒家文化复兴》，《天涯》2007年第1期。

味天然绿色，只要没毒或者毒性不大就可以了；进城务工的农民是否得到公平待遇不再重要，只要不被欠薪就满足了；到政府机构办事遭遇潜规则“吃、拿、卡、要”都可以忍耐，只要潜规则过后能够办成事就谢天谢地了；外出旅游，挨宰是正常的，只要少被坑点就可以心花怒放；城市规划，不破坏百年梧桐树就值得大加赞扬；婴儿可以安全地长大而不必时刻提防人贩子，家长就烧高香了；官员贪污也不是不可以原谅，只要少贪点或者贪的同时不忘为老百姓办点实事就可以在地方收获“清官”的美名了，甚至还可能有人“自发”为你创作MV广为传播……

很多我们谴责和愤愤不平的东西，却已然在不知不觉当中成为我们共同的选择，而这显然要比某一个行业或职业失去底线更加可怕。在弱肉强食、赢者通吃的社会规则面前，不择手段成为富人，已经几乎是泛滥于整个社会的共同目标。随之而来的便是全民拜金的狂潮：有钱就有尊严，为了钱可以丧失或者选择性遗忘底线，直到百无禁忌抛弃道德、原则和法律。

也就是在这样的大环境下，我们看到，在今天的中国，几乎所有的职业底线都在全面下滑，各行各业，无一幸免……人人都是破坏者，才有了社会的千疮百孔，底线的摇摇欲坠。

——《国际先驱导报》2011年4月20日

中国社会的道德面貌确实已经到了非改变不可的地步。2011 年中国社会关于“老人摔倒了，该不该扶？”问题的讨论和追问，不仅折射出恶性的讹诈心理已经不自觉地成为一些普通民众的病态心理，更为糟糕的灾难性后果是，它直接导致了更多民众对他人的不信任情绪和面对社会纠纷和困扰时的规避心理。2011 年 10 月发生的“佛山小悦悦案”，一个两岁稚童遭汽车两次辗轧，旁边的十八人居然见死不救。这一幕真实的生活景象，与其说反映的是人心的冷漠，不如说反映的是中国人对“倒打一耙”的讹诈者的恐惧。有媒体从伦理学的角度这样解读：人们似乎又回到了人类早期的野蛮年代，每个人都把别人当作不可信任的敌人，与他人尤其是陌生人打交道，成了一件让人焦虑和恐惧的事情。一个社会当中，如果民间总是流传着“好人不得好报”“老实人常常要吃亏”“管闲事、落闲事”等诸如此类的生活故事，这个社会的道德状况确实已经接近于崩溃。如何使中国社会的道德重新被“扶起来”？为了把已经倒地的道德重新“扶起来”，我们还需要努力奋斗多少年？这两个问题，既是现实严峻的质询，也是所有中国人不得不面对的日常生活课题。

三、重建中国社会的文化秩序和规范

中国社会的精神环境和文化秩序确实存在着相当严重的问题。然而，一味地愤怒、指责、批评、抱怨，终不能解决眼前的文化与道德失范局面。我们唯有知耻后勇，励精图治，方能把民族的文化和道德局面引向光明之处。我的见解是，重建中国社会的文化秩序和规范，需要扎扎实实地做一些基础性的工作。

基础工作之一：需要建立良好的约束人性负面因素的制度，不能靠简单而模糊的人性认识和判断来治理社会。

在对“人性是善还是恶”这一问题的认识上，东西方哲学是有差异的。西方文化的主流思想偏重于对于人性的不信任。西方人常说：“总统是靠不住的。”因为连总统的人性都不可信任，所以对人性必须建立约束性制度。中国文化对人性的认识偏于正面，虽然荀子也曾有“性恶”一说，但没有成为主流的声音，中国人大多数还是认可“人之初，性本善”的说法。我们的缺陷在于，对人性的复杂性总是认识滞后，而不从制度设计入手去解决问题。比如最高当局对官员的管理，从古到今，都以为靠说理和道德自律可以约束腐败，最终效果总是不明显。可以说说一个历史故事。明朝洪武年间，朝廷每任命一个县令，朱元璋都要亲自接见、勉励。朱皇帝说：去做一个地方的父母官，是光宗耀祖的事情。虽然朝廷给予的俸禄不那么优厚，但是朝廷是为你打了一口井，出水是小了点，但细水可长流也。你到任地方以后，当奉公守法，廉洁自律，千万不可做贪官。朱元璋对贪官毫不留情。云南有一个县令贪污受贿，朱皇帝不仅杀了贪官，还将其“剥皮实草”（将贪官人皮剥下来，里面填充稻草，做成人偶，立于官衙门前，以警示后来的官员）。朱元璋的两手不可谓不硬：做思想工作语重心长；惩戒贪官之手段，骇人听闻。然而，明代一朝，贪官污吏层出不穷。这样说来，那就是制度的设计上出了问题：不是没设计好制度，就是制度虽然设计出来了，但依然设计得不到位，难以操作。

再来看看西方人如何通过制度设计来约束人性的负面因素。

古罗马军队中曾经出现过严重的不公平现象，面包由长官分发，他把最大的留给自己，小一点的给亲近的人，最小的给普通士兵。结果，军队战斗力严重下降。一位将军想出了方法。如果两个士兵得到了一块面包，按规定其中一个负责切割，另一个则有权首先挑选。这样，那个切面包的士兵为了防止自己吃亏，就会非常小心，尽可能把面包切得一样大。

当前中国社会的文化和道德重建，尤其是反腐倡廉工作，最需要认真而科学地全面认识人性的正面和负面因素，从精细的制度设计入手。如果我们能够在一种科学而理性的思想的指导下，具体而细致地设计一些有利于发扬人性的光明面，也有利于抑制人性的阴暗面的制度和措施，中国社会的文化和道德重建可能就会走出一条新路。

基础工作之二：花大力气从孩子的品德修养抓起，将高雅的生活品位和人的内在修养作为家庭教育和学校教育的核心目标之一，引导孩子们从生活的细小处做起。

新时期以来的三十多年，我国的教育事业取得了巨大的成就，为国家和民族复兴的伟业培养了大量的栋梁之材。但是，中国的教育也存在着一些难以忽视的明显缺陷：我们越来越把教育人的过程当成一种制造工业“产品”的过程，而恰恰忽视了教育为国家和社会培养合格公民的原始而伟大的使命。中国社会现在的文化面貌不佳，甚至被许多学者认为正处于“无文化”和“鄙视文化”的历史阶段（两个轰动性案例：2011 年，故宫博物院为了答谢公安机关迅速破获该院的失窃案，给公安机关送锦旗，锦旗上一共八个字，还写错了一个；2012 年初，位于北京东城区的著名建筑学家梁思成、林徽因故居被强行拆成废墟，社会舆论大哗），这与中国社会急功近利的发展思想和总体精神环境有关，也与中国教育界普遍只重视工具性教育（知识、原理、技能）而忽视精神性教育（理想、信念、情感、心理、修养）的短视做法有关。看看我们从幼儿园开始的每一层级的教育，到底有多少教育工作者意识到了品德的教育永远高于学业的教育？现实的状况是：我们的家庭教育和学校教育，从来都只重视孩子们的学习成绩的高低，而少关心孩子们的心灵成长和品德培养。这样做的直接恶果是：孩子们在一种只重知识和技能的环境中长大成人，聪明倒是聪明，就是品德和修养有让人不能忍受的毛病。目前社会上个人主义思潮泛滥、价值观念混乱、道德虚无主义流行，与青年一代的文化表现有直接关系。

他山之石，可以攻玉。我们不妨来了解一下外国社会是怎么教育孩子的。日本的中、小学校非常重视常规教育，在学校生活部分对学生提出以下要求：

1. 不迟到，进校后不随便外出。2. 听到集合信号时，迅速在指定场所列队。3. 进教室开门窗要轻；在走廊和楼梯上保持安静，靠右行。4. 上课铃一响即坐好，静等教师到来。5. 听课时姿势端正，不讲闲话，勤奋学习。6. 遇迟到、早退、因故未到等情况，必须向老师申明理由，有事事先请假。7. 严格遵守规定的放学时间，延长留校时间要经老师许可。8. 上学放学时走规定的路线，靠右行，不要绕道和买零食。9. 遇地震、火灾等紧急情况时不惊慌，按老师指示迅速行动。

加拿大的小学生守则是：

1. 互相尊重，尊重自己，尊重学校和学校财产。2. 出色完成我们要做到的和应该做到的。3. 接受自己也接受别人。4. 互相关心并在乎别人的感受。5. 在别人需要帮助时帮助别人。

美国现任总统奥巴马，在两个女儿七岁和十岁时制定了这样的必须遵守的家规：

1. 不得纠缠不休，抱怨发牢骚或恶意嘲弄他人。2. 自己整理床铺，不一定要弄得好看，盖上床单就行。3. 自己上好闹钟，自己起床、穿衣。4. 保持游艺室的橱柜整洁。5. 每周从父亲处领取做家务报酬一美元。6. 不再有生日或圣诞节礼物，因为父母已经在孩子们的生日聚会上花费了好几百元买礼物了，孩子们必须懂得什么事都是有限度的。7. 晚上八点半关灯，孩子们可以有额外的半小时自己读书。

对比一下国外教育孩子的思想和具体做法，我们对孩子的细节教育太缺乏了。中国社会普遍多蛮横粗糙之人，而少温文尔雅之公民，与整个社会的只重实利有关，也和中国人不重视生活和精神教育的细节和日常生活中缺乏精细习惯和精致追求有关。

基础工作之三：寻找一条合乎中国国情的利益分配制度，为真正的和谐社会打造根基。

2010 年 4 月 15 日，英国《独立报》上发表了一篇文章《金融危机的教训之一是需要建立更平等的社会》。文章说：事实上，几乎没有什么能比地位更让我们感到焦虑的。源源不断的医学实验证明，我们在预感即将失去现有地位的时候，身体内部一种被称为“皮质醇”的荷尔蒙就会增多，长此以往，我们就会感到各种不适应。我们的社会正是建立在这种痛苦的扭曲之上。我们过去三十年一直在使这种状况激化，社会越不平等，社会关系就越趋紧张。一旦存在一个长长的阶梯，而且生活在底层就意味着屈辱与贫困，那么所有人都会感到爬上阶梯的紧迫性——社会也将开始混乱。这并不是一个“左”派的推测，这是一个事实。[①]

---

① 转引自许博渊文章《重建道德靠什么》,《书屋》2010 年第 1 期。

中国社会在过去几十年的发展过程中，我以为，太强调经济竞争和人间竞争的严酷性，而缺少有效的调节社会资源分配的策略和手段。今后，应该从思想意识和实践操作两个层面，来解决社会贫富差距日益拉大的分配格局。怎样的一条道路才算是令双方（贫富双方）都满意的道路？需要探索，更需要前瞻性智慧和长远的设计。

基础工作之四：从传统文化当中吸取营养，并进行创造性转化。

二十世纪中国社会的破坏与建设历程（有学者总结二十世纪中国社会的历史进程，曰：上半期偏重破坏；下半期偏重建设）已经清楚地表明：认真地对待我们自己传统的固有文化，是关系到国家和民族命运的核心命题之一。我们现在的任务是：用心梳理中华文化传统，在中国人的心灵深处重建民族优秀文化。这个民族现在实在是心浮气躁得前所未有，当务之急是使民族的气质沉静下来，心情安静下来，不再急功近利，不再狂妄自大，不再嘴上说文化极端重要而内心却漠视和鄙视文化，不再人人喊道德沦丧而又人人见好处就想捞一把。我们说：搞一些“西瓜节”“草莓节”“土豆节”“啤酒节”“汽车节”文化是可以的，但更多的时候，应该把国家最宝贵的资源投向教育领域，尤其是中、小学学校。应该摒弃僵化的有时是大而无当的品德教育方式，而采用温和的春风化雨般的心灵进入方式，让孩子们学会感恩，学会珍惜每一支铅笔、每一处干净的地面，学会发自内心地对老师和同学微笑，学会心情开朗地面对每一天的新日月。中国社会何时由一个充满躁动不安气氛的社会，转变成为一个人人气定神闲、各安其职、各得其所的社会，这个社会的文化重建工作便接近于完成。

2011 年 10 月

生活因阅读而充满芬芳

现在是世俗化浪潮席卷全球的年代，脱雅入俗、娱乐至上成为普遍的生活寻求。挤出一点时间，寻找一处安静的所在，打开一本经典书籍潜心阅读，这样的生活景观常常难得一见。相反，对声色犬马的追逐和对金钱的露骨攫取竟成为一时之风尚，恶俗之气和铜臭之气正在生活的各个角落之中弥漫和发酵。一些人简单地认为，所谓“精神生活”不外乎看电视、上网和打麻将，或者干脆就是以酒会友和浮光掠影式地游山玩水，独独把人类最为古老而美好的精神生活——阅读生活忘却了。缘乎此，我觉得重提阅读与人类生活的庄严性这一话题十分有必要。我的意思是说，如果人类的生存与书籍所散发的思想、智慧的芬芳隔离和疏远，如果我们把精神生活仅仅理解为吃喝玩乐和看相亲搞笑节目，那么，我们的生活必然会堕入野蛮、粗陋甚至污浊的世界。此外，我今天所谈的阅读，不是指仅仅在学校里学习专门的知识和技能，而是指为了提高修养和思想、情感品位，为了一个人的心灵建设和精神成长而做的“业余时间”的阅读。用我的老师、北大中文系教授陈平原先生的话说，是作为一种生活方式和精神状态的“读书”。文化学者易中天先生对此问题也有相当精彩的表述，他认为，真正的阅读是一种“谋心的阅读”。易先生这样说：“读书分为谋生和谋心的两种：谋生的读书是从小学一直读到大学，为的是找个工作，这不是真正的读书；而谋心的读书则是为了心灵的寄托和安慰，这才是真正的读书。”

下面，我从三个方面来谈谈我对阅读这一人类最美好的精神生活方式的粗浅之见。

一、人类的两种生活

人类自从进入文明社会，就开始拥有两种生活。

第一种生活是为了生存、为了延续生命保护种族不灭亡而过的生活，笼统地说是源于本能的生活，吃、喝、性爱、生育、死亡。这种生活，自然界的其他动物也有，君不见微不足道的蚂蚁也在过这样的生活，地上掉了块面包屑，四五只蚂蚁都在抢，最后达成共识，共同扛着面包屑回洞了。也许，扛回洞的这块面包屑还是“进贡”给蚂蚁王的，洞里正躺着一个养尊处优的肥胖的蚂蚁王呢！

出于本能的生活和生存方式是地球上所有动物共同拥有的，从这个意义上说，人和其他动物没有任何区别，和蚂蚁没有什么区别（如果说有区别，只是人和蚂蚁的个头有区别，人的体积是蚂蚁的多少倍？我没有拿工具测量过，不好说）。因此，只拥有动物本能般的生活，说明你还不是一个真正的“人”，一个“大写的人”。你只是千万种生物当中的一种，是一棵树、一棵小草或者一只蚂蚁。

真正的人必须，而且经过千百万年的进化已经具有第二种生活，那就是灵魂生活——精神生活。应该说，在人类的进化阶梯上，语言的产生是一个转折性和标志性事件——要表达内心的情感和意志，满足精神和灵魂的需要，就必须把话说出来。不仅要说出来（能说话），而且要说得有趣、有吸引力和感染力，这就有了文学的产生。其他动物没有语言功能，只能靠“哼叽”和吼叫咆哮来表达情感，我们人类就只好称它们为“野蛮的动物”。当然，也有一些故事可以说明在人的训练之下，一些动物会变得很聪明，但它们的“哼叽”吼叫之意，人类只能猜测。前几年从报纸上看到这样一个故事，说是在美国华盛顿州的里奇兰小镇，一个名叫莱安娜·比斯利的癫痫病人突然犯病，她所训练的一条名叫“忠实”的四岁狗用鼻子摁下了电话的急救快拨键，对着话筒狂叫。接线员猜测到这家人可能有麻烦，及时通知了急救中心将癫痫病发作的莱安娜·比斯利送进了医院，从而挽救了四十五岁的莱安娜·比斯利的生命。虽然我们可以大力称赞“忠实”的聪明和忠勇，但毕竟狗不能清楚表达它的意愿，我们得费力猜测。人类就不一样了，我们可以随时表达自己的喜怒哀乐。人类在生产工具得到改善、物质获得变得比较容易以后，不用再那么费力地为衣食奔走和为生存搏斗了。他们忽然陷入了一种前所未有的无聊之中——“精神的饥饿感”随之产生。于是，像对食物的需求一样，人类需要精神和灵魂的满足。其他动物有灵魂和精神生活吗？它们会有精神饥饿感吗？好像生物学家在研究，最新的结论是，即使有，也是极为低级的，与人类不可同日而语。因此，有了灵魂生活——精神生活，有了精神饥饿感，人类才开始真正地区别于其他动物，成为宇宙之精华、万物之灵。精神的生活、想象性的生活是驱除人的无聊感的最好途径，也是驱动人类前进的火车头。我们在日常生活当中总会听到有人抱怨：这日子过得没有诗意！这表明，人类从本质上说是喜欢和追求诗意的。你可以不是一个诗人，但你却不能不是一个诗意的存在者，因为人类本来的存在方式就是“诗意地栖居在大地上”（海德格尔）。清代大诗人兼诗评家袁枚也说：“所谓诗人者，非必能吟诗也。果能胸境

超脱，相对温雅，虽一字不识，真诗人矣。如其胸境龌龊，相对尘俗，虽终日咬文嚼字，乃非诗人矣。”（《随园诗话·卷九》）

如果没有语言的产生和精神的发育，人类这个族群可能今天还是猴子，张猴子、李猴子而已。当然，有人觉得当猴子也很快乐，成天睡在树上，胡乱蹦跶，由于活动量大，不得心脏病。可是你怎么才能知道猴子是快乐的呢？哪只猴子告诉你了？是个悬案。所以，还是当人好，人有灵魂世界，有语言表达能力，高兴和痛苦都可以表达。不像猴子，有苦说不出。

因为有了思想、意识，有了精神生活，所以法国哲学家笛卡尔才说：“我思故我在。”自从有了人类的精神生活，人类社会面貌就发生了翻天覆地的变化。有了精神生活，人类的生活不再简单地等同于一般动物的生活。人类就有了梦想，有了创造的冲动。于是，文化、艺术、教育、科学都产生了，人类一下子就脱离了丑陋的生活形态而进入到美的生活天地。文学艺术生活是人类精神生活最早的萌芽之一，而有了语言文字之后所产生的书籍，则在漫长的历史时期成为传承人类精神成果的最佳载体。因此，阅读在人类文明史上一直是核心的精神生活方式，是延续千百年而不变的汲取精神营养、培育美好心灵的最佳方式。作为文学艺术品种之一的小说的起源（小说起源于原始人黑夜之中篝火旁边的讲述）也充分证明，人类在劳动和搏斗之余是多么地需要想象性的诗意的生活！福楼拜说：“阅读是为了活着。”阅读成为人类作为一种高级生命存在于这个世界上的最为美丽的标志。人类有了精神和灵魂生活，甚至改变了人对异性的评判标准，“美丽”不仅仅与容貌有关，它更与人的内心有关，与性格气质有关。不读书，性格气质就会显现粗鄙、刁蛮的底色，就不太招人喜欢。我经常对刚刚入学的大学一年级女生说：不读书，年轻的女孩子只有浅薄的动人之处。

中华民族曾经是一个异常重视知识与智慧、喜爱读书的民族。然而，近代以来，国家蒙难，文化衰落，一百多年间礼崩乐坏，世风大变，崇文尚雅一脉忽然嬗变为拜金嗜金狂潮。如此人心巨变情状，非简单几句话可以说得明白。我想谈谈同样历史悠久、文化绵远、喜爱阅读的犹太民族的事情。犹太民族是一个打心眼里重视知识和智慧，并且长久地拥有智慧的民族。犹太人费尽千辛万苦建立的国家以色列，虽然被《圣经》誉为“流着奶和蜜的应许之地”，实际上却是资源极其贫乏的土地。但是，第二次世界大战之后，以色列硬是依靠其最大的资源——人才，依靠科技和资金的优势，在艰险的环境中，边打仗边建设，仅仅用一代人的时间就实现了经济腾飞，从落后的农业国发展成为发达的现代国家。以色列人为什么能够取得这样的发展成就？我以为缘于两个方面：第一，犹太人在二战中经历了噩梦一般的被屠杀、被迫害的经历，有天然的危机感和忧患意识（以色列建国时，说着八十五种语言、来自一百一十五个国家的人们汇聚在一起）。第二，犹太人把读书和受教育看得比生命还重要，犹太人有谚曰：“尊师如敬上帝，教师重于父亲。”这是它的民族的优秀传统。全球一千三百万犹太人只占世界人口的千分之二，却获得了百分之二十九的诺贝尔奖，在各个领域大师辈出，群星灿烂。卡尔·马克斯、爱因斯坦、弗洛伊德、毕加索、卡夫卡、卓别林、基辛格（二十世纪七十年代美国的国务卿，协助总统尼克松重启中美交往之门）皆是二十世纪世界范围内人们耳熟能详的杰出人物。西方学者有个说法，叫做“二十世纪三个犹太人颠覆了世界”，指的就是爱因斯坦的“相对论”、弗洛伊德的“精神分析学说”和马克思的阶级斗争学说给二十世纪人类社会的物质生活和精神世界所带来的巨大冲击与前所未有的变化。最新的一个统计表明，尽管犹太人只占美国成年人口比例的百分之二左右，但却占据了目前美国最高法院三分之一的大法官席位；贡献了超过三分之二的托尼奖最佳词曲作者得主。美国人有一句玩笑，说全世界的钱在美国人的口袋里，而美国人的口袋在犹太人的脑袋里。举世公认：犹太人聪明、智慧、善于经营。原因只有一条：这是一个打心眼里崇拜知识并把智慧当成信仰、终身重视阅读的民族。曾经有统计，犹太人平均每年每人的阅读量是四十五本书。犹太孩子生下来初懂人事，就要被大人抱着在涂有蜂蜜的《圣经》封面上舔一下，让孩子知道书是甜的。犹太人还有一个小故事说，有一位智者被人问道："为何你能成为智者？"智者闻言答道："因为直到目前为止，我在灯油方面所花的钱，比起食用油方面还要来得多。"

能不能这样说：一个民族的精神世界取决于这个民族的阅读水平，一个民族的竞争力取决于这个民族的精神力量。精神力量何来？阅读是民族精神力量的来源之一。

一个人的精神发育史就是他的阅读史。对于一个孩子来说，养成阅读习惯等于在他的心里装了一台成长的发动机。养成阅读习惯的人一辈子不寂寞，养不成阅读习惯的人一辈子不知所措。

对于学校教育来说，阅读是那么重要，没有阅读的学校永远都不可能拥有真正的教育。阅读应该成为学生们最基本的生活方式和最重要的生活内容。但我们很多人都没有意识到阅读对教育价值本身的意义。苏联著名教育学家苏霍姆林斯基曾经说过，无限地相信书籍的力量是他教育信仰的真谛。

二、电子时代为什么要提倡读书

我们身处电子化、信息化时代，色彩绚丽的物质生活和虚拟的电子生活空间已经颠覆了人类对世界的原初认识。在物质获得极度便利，精神生活被误解为与电视和网络为伴的现实情境中，许多人常常会陷入目迷五色、内里虚空的精神困境。因此，在年轻人当中大力提倡纸质书籍的阅读、经典的阅读就成为一项迫切的文化任务。

1. 电子时代青少年“亲网络”而“远阅读”的现状需要我们提倡深层次的读书。

E 时代的到来，大众对书本文化的远离，是一个全球性的现象。让我们先来看看号称全球第一大国的美国国民的阅读状况。2009 年度 11 月号的美国《未来学家》杂志发表了学者帕特里克·塔克的一篇文章《后文学时代的到来》。文章中，作者这样描述道：“想象一下诗人、作家和教师等文人围绕在一度辉煌的书本文化残骸周围，像古希腊唱诗班庄严哀悼倒下的国王。何以至此？因为从 1982 年到 2007 年，阅读者人数占美国总人口的比例下降了近百分之二十，在十八岁到二十四岁的年轻人中，阅读者比例下降了百分之三十。书本文化之所以面临如此困境，最直接的答案也许就是：影视文化的冲击。对书本领地的入侵不仅是电视，还有随之而来的电脑游戏、网络视频和各种各样的影像娱乐，在它们的牵引之下，西方文化逐渐脱离了文学的滋养。”

我想，帕特里克·塔克的描述，所涉及的不仅仅是美国人的阅读现状，他的描述，几乎可以说是“放之全球而皆准”。

显而易见，我们现在所处的时代是一个“信息爆炸”的时代。

由电视、电脑、网络、移动电话、视频电话等等电子产品所组成的奇特的可视、可听的音像世界，已经深刻地进入青少年的生活。上述电视、电脑等电子新产品对青少年的影响，不仅是表层的、娱乐化的，而且是侵入心灵深处的。所有的城市人，几乎都患上了网络、电脑、手机等电子产品依赖症。设想一下，如果没有了电视、电脑、手机，我们的生活会是什么样？我想所有人都会说，我们会陷入一种可怕的生活。按你们的说法，就是郁闷的生活！一句话，以电视、电脑为代表的电子产品，对我们所言，尤其是对于城市的孩子来说，已经成为生活的伴侣、精神的伴侣。没有了它们，许多人仿佛就不能生活了。于是，读书，特别是课外读书，对你们这一代当中的许多人来说，已经成为一种相当奢侈的事情。当然，你们当中的许多人从小就读漫画书，结果上了高中以后还只能读漫画书。

是的，有人说，上网不也可以获得信息和知识吗？我想说的是，我们从网络上获得的往往只是信息，而不是智慧和精神修养。网络固然给我们带来了许多生活、工作和学习的便利，但是网络也带来了一系列精神性问题。

首先，由网络和电子邮件、电视等所组成的视听世界使年轻人远离了真正的社会生活，变得异常封闭。英国一位五十五岁的母亲抱怨说：“今天的孩子乐此不疲地从网上下载音乐、上传照片、发送电子邮件。他们觉得坐下来读书甚至看电视节奏都太慢、太过无聊。我真的无法想象现在的孩子能够拥有一项自己独特的爱好，例如观察鸟类等过去孩子喜欢的东西。”

其次，以网络为代表的数字新产品使年轻人时常处于“信息中毒”状态。由于获得信息异常便利和接受新信息刺激变成许多人的心理性需求（“获得信息焦虑症”，其特点是寻求信息刺激，如果不能获得更多信息，就会产生无法忍受的焦虑感和空虚感），我们实际上已经进入了“信息中毒”状态。“信息中毒”的最具体症状是：在电脑跟前工作的人平均每天检查十多次电子邮箱，许多人费一两个小时整理电子邮箱。不少人都有强迫自已阅读电子邮件、生怕错过重要信息的经历。结果，一天下来，精疲力竭、头脑纷乱。

再次，以网络为代表的数字产品造成许多年轻人的注意力分散，记忆力严重下降，思维破碎化。美国学者尼古拉斯·卡尔认为：充斥我们生活的数码产品成了神经生物学的试验品。网络世界导致人们把注意力集中在事件、点击率和一些华而不实的东西上。大量的资料、图片耗费了青年才俊的精力。我们的记忆力因为有依赖而变得下降。比如出租汽车的司机驾车目前更多的是依靠 GPS 系统，而非他的记忆力。一位英国广告前辈甚至认为，数字技术正在改变人们接收信息的方式。由于在成长过程中过多接受数字信息，年轻人的大脑结构已与前人不同，“他们的大脑对信息进行重组、过滤，记忆的内容比过去少”。

与数码产品不同的是，古老的纸质书本却往往能够将我们带入到一个思想与反省的境地。在这个特殊的世界当中，我们与那些伟大的灵魂相遇，与他们交谈、争辩，感受着他们与我们共同的悲苦与欢喜。

我们不要说古代人是如何刻苦读书的，那时读书是一项高尚而高贵的事业。就说我们这一代人，小学和中学是在文化禁锢时代度过的。那时，为了找到一本唐诗、宋词读本或者施耐庵的《水浒传》和罗贯中的《三国演义》，是怎样地费尽心机与周折。初三时，为了能够在三天之内及时归还同学的父亲的一本《唐诗三百首》（同学的父亲当时不愿意把书借给一个毛孩子！），我用两个晚上的时间才手抄了一百首书中的唐诗。时间刚刚过去了二十多年，当我的一个朋友的孩子长到十六岁时（正在上高一），他居然告诉我：他读不懂罗贯中的《三国演义》！而《三国演义》和《水浒传》，是我初一时就读得如醉如痴的作品。显然，时代确实是变化了。电子时代、信息爆炸时代的来临，在给人类带来生活便捷的同时，也给我们带来了思想的懒惰化和智力的退化。我们不能说这个时代没有出现伟大的提供了原创性科技成果的科学家，但是，就对人生和人类社会的认识而言，这个时代很少提供比较新鲜的思想和智慧。也就是说，像鲁迅那样的伟大的思想家和文学家正在远离我们。虽然，一个伟大的思想家和文学家的成长需要的个人和社会条件是多方面的，但是，时代气氛和精神寻求的浅薄、世俗毕竟是最致命的因素。天才的大树不可能诞生在文化沙漠和文化营养瘠薄的浅土层中。

我的结论是，电子时代的生活便捷和音像文化的大规模普及，会对阅读这项人类古老而美好的精神活动造成伤害。这种伤害的恶果是，忽视阅读实际上造成了不知书达礼、不珍视经典文化、没有涵养、傲慢粗鲁的一代人。因此，要想构建未来的和谐社会，要想使彬彬有礼的传统中国人重现，就必须在青少年当中大力提倡读书活动，读书不仅是为了考学，更是为了一个民族的明天和未来。

我们曾经有过多少令人神往的优美的阅读时代呵！燃一炷心香，品一杯清茶，于灯下安静地读一本书，对许多人而言是多么美好的精神享受。在电视没有出现和普及的年代，温暖的灯光底下的阅读不知拯救了多少个粗鄙的灵魂，照亮了多少人生存的暗影！也许，对于更多的读者而言，做学问还只是一种梦想，读书在更多时候是一种寻求心灵安宁、提升生活情趣和质量的有效途径。十六世纪英国伟大的哲学家培根说："读书能给人快乐、文雅和能力。……学问能美化人性……天生的植物需要人工修剪，人类的本性也需要学问的诱导……读书并且可以铲除一切心理上的障碍，正如适当的运动能够矫治身体上的疾病一样。"英国伟大的哲学家罗素说过："阅读将使我们与伟大的人物为伍，生活于对崇高的思想的渴望当中，并且在每一次困惑中都会被高贵和真理的火光所照亮。"美国著名出版社兰登书屋的创建人贝内特·塞尔夫说："阅读的快乐不在人家告诉了你什么，而在于借此你的心灵得以舒展开来。你自己的想象力可以和作者的想象力一道飞翔，甚至超越他的。"新加坡作家钱歌川说："枕边有一本书，可以免去翻来覆去睡不着觉的苦，厕上有一本书，也可以避除恶臭。"是的，当过多的污浊之气开始包围我们所生存的世界的时候，应该说，我们的生活因阅读而充满芬芳。

2. 我国国民人文素质不佳，青少年普遍变得缺乏教养，更需要我们提倡读书。

客观而言，当前我国国民的人文素质普遍不高。原因之一，是我们内心缺乏力量和芳香。这力量和芳香从何而来，当然是从人文精神深处而来。

"人文"这两个字在中国古代主要是指诗书礼乐。儒家认为：一个人要想进行正常而有效的社会交往，必须知书达礼，有比较好的人文素质与修养。孔子说："不学诗，无以言。"意思是说，读不好《诗经》，话都会说不好。宋代大诗人黄庭坚在《与子飞子均子予书》中也说："人胸中久不用古今（按：指古今书籍）浇灌之，则俗尘生其间，照镜觉面目可憎，对人亦语言无味也。"

根据中外古今一些伟大思想家的论述和人类美好生活所提出的要求，我认为所谓"人文素质"指的就是一个人通过有益的品德、思想、智慧、情感等方面的学习和培养，而形成的良好的道德面貌和内在修养。良好的人文素质应该包括：超出社会平均水平的道德情操面貌、健全的人格状态、丰厚的文化底蕴、尚雅的文化品位以及优美细腻的感情世界等精神侧面。

一个具有优秀的人文素质的人，对人和自然的态度是比较温和的，对人类的命运是关注的，对自身以外的世界有强烈的了解和认识的兴趣，对美好的事物是天然喜爱的。当然，他对人间的不平等、非正义现象也是充满愤怒之情并且具有改造愿望的。

以这样的不算高不可攀的标准来衡量一下国人的人文精神面貌，很多时候，我们应该是脸红的。

我们的道德面貌是可疑的、灰色的。我们普遍怕吃亏，总想着占点小便宜。我们教育孩子经常说的两句话是："别那么傻，机灵点！""少管闲事！管闲事，落闲事！"鼓励孩子自私。台湾作家柏杨在《丑陋的中国人》一文中说：

"我们台湾的孩子，到学校去念书，戴上近视眼镜，为了应付功课的压力，六亲不认。他母亲昏倒在地，他去扶她，母亲悲怆地喊：'我死了算了，管我干什么？你用功罢！你用功罢！'"

结果，孩子长成大人了，道德上有两个缺陷：第一个是诚信面貌不好；第二个是因为从小爱占小便宜，长大以后有了权力，极容易变成贪污人员。

我们的人格呢？人格是一个人的思想、性格、心理所组成的精神特质。美丽的人格包括明朗的自尊和自信、善意和爱心、深沉的责任感、抗挫折的能力。就我在高校的长期观察来看，大学生中人格健康完美者，的确不能算非常多。具体表现为以自我为中心者多，心里明朗而具有善意者少，具有责任感者少，而抗挫折的能力则普遍低下。

至于说到丰厚的文化底蕴、尚雅的文化品位以及优美细腻的感情世界，我们则普遍缺乏。我们的文化底蕴，从国家的角度来说，现在正在重建，所以这几年兴起了“国学热”。就个人的文化底蕴而言，脱雅尚俗的现代社会和功利化的现代教育已经摧毁了我们应该拥有的文化内涵。台湾作家吴浊流说：“我们的青年，相反地视固有文化等如垃圾，不值一文，放弃而不读，其结果产生无根的思想，像浮萍一样，风一来就摇动，可左可右可前可后，这种现象从哪一角度来看，都是同样的，因为他们没有根，就不能根生大地，也不能根深蒂固发育起来。”吴氏的说法，可以说精确概括了缺乏教养的一代中国人的精神面貌。

我们的感情世界呢？我的感觉是：普遍粗糙。现在即使是在高校，你要寻找一个感情细腻、举止优雅温柔之人，也十分难得。你通常见到的是：疾速奔走、疯疯张张、大声嚷嚷的人们。在这样一个开口闭口皆言物质利益的年代，人们都坐不住，都不讲究内心的细腻，好像也不考虑别人的内心感受。所以，安静的阅读（它培养坐得住的人们）之于当下，该是何等重要！

我以为：一个人所具有的优美、细腻的感情世界应该包括对人类的善心和爱意，对自然的热爱，对美好事物，尤其是文学艺术美的独特的感受能力等等。

苏联著名教育家苏霍姆林斯基说：“每个年轻人最主要的是记住，不要用粗野的情感，如喊叫、暴躁、凶狠来填补思想上的空虚。在人的心灵深处，在潜意识里隐藏着一种本能——动物的恐惧心理、凶恶和残忍。一个人越是缺少文化修养，缺少智力与美感，这些本能就会表现得越频繁，令人感到粗暴无礼。……要爱惜不管是自己的还是别人的神经系统和情感，要记住，对人类来说，如同需要空气一样，需要细腻的情感。”

苏霍姆林斯基认为，要想培养细腻的情感，必须做到两个方面：

首先，任何时候都不能忘记，你生活在人们之中，任何时候都不能忘记，同你一起劳动的人都有自己的忧虑、牵挂、思想和感受。要学会尊重每个同你一起生活和劳动的人，这是人的最大技能。细腻的情感，只有在集体中，只有在同你周围的人们不断的精神交流中才能培养起来。

其次，思想的细腻、智力的丰富，是优雅情感的源泉。情感可以使思想高尚，但是，真正的人的情感不能离开思想而存在。情感来自思想，思想滋润情感，情感寓于思想之中。丰富的思想使人成为人的精神世界中的独立力量，它会使人的行为高尚。

我也想特别地谈谈青年人的审美感受力的问题。我们说人类的生活离不开情感的陶冶。而情感的陶冶，其中最核心的内容应该是对自然的山水和人类所创造的文学艺术作品的审美感受能力的培养。应该说，审美感受力是人类经过上百万年的漫长进化而形成的精神境界，是人类区别于其他动物的最根本的意识形态特质。审美感受超常，可以使人生艺术化、生活高质量。

我们的祖先是一个对自然有着独特的审美感受的民族。孔子说：“仁者乐山，智者乐水。”刘勰说：“登山则情满于山，观海则意溢于海。”辛弃疾《贺新郎》词说：“我见青山多妩媚，料青山见我应如是。”

民国时期的清华大学校长罗家伦认为，要陶冶情感，莫善于美的教育，而“美的教育”首先当推文学作品的美的感化力。罗家伦说：“文学不仅是说理的，而且是抒情的；不仅是知识的凝合，而且是愿望的表现；不仅是个性的暴露，而且是悲欢的同感；不仅是通情达意的语言，而且是珠圆玉润的美术。文学不仅可作发扬情绪的烈焰，而且可作洗涤心灵的净水。”“学社会科学的人应当以文学培养心灵，学自然和应用科学的人尤其应当如此。天天弄计算，弄构造，而无优美文学作精神上的调剂，必致情感干枯，脑筋迟钝，性情暴躁而不自觉。文学的甘泉，是能为你的心灵，培养新的萌芽的。”（罗家伦：《写给青年——文化的修养》）

由于今天的中国教育已经不提倡“无用”的审美教育，中小学校园的教育原则是“考什么就教什么”，所以如何动员有识之士的力量，通过有效的手段，使课外阅读成为培养细腻优美心灵的最佳园地，就不仅仅是一个现实问题，也是一个民族如何以优雅得体的面貌屹立于世界民族之林的大问题。

三、读书的路径

人生读书可分三个境界：儿时读书、成年读书、成熟读书。我以为儿时的阅读是一种愉快的兴趣性阅读，成年的阅读是一种探索和发现的阅读，而成熟的阅读则是一种修炼。愉快性阅读是一种本能性阅读（基于人的求知本能），是对世界上尽可能多的事物的一种兴趣盎然的了解、知晓；探索和发现的阅读是心有困惑之时为寻找智慧求得解答而来，是为了发现人间之奥秘；作为修炼的阅读则直接指向了你的身心，它成为你生活的组成部分，甚至与你的生活质量与状态密切相关。书读懂的时候正是内心安静的时候，而读不懂的时候正值心念纷驰。

读书的三个境界，头两个境界好进入，最后一个境界则需要世事洞明，心胸超脱，非一般人所能达到。我们还是来说说通常的读书路径。一般的读者怎样才能有效地从浩瀚无边的书籍之海中去觅得精品、汲取营养呢？

如果让我用一句话来概括，我觉得就是“读经典”三个字。读那些经过时间考验和淘洗的，依然给予我们新的思想启发和情感陶冶的人文经典。我的老师陈平原先生在《作为一种生活方式的“读书”》这篇讲演录里认为，一般读者的阅读，除去阅读被今人反复推荐过的那些古代文化经典外，作为生活于当今的读者，还应该多读读现当代的文学作品。他的具体说法是：“第一，读读没有实际功用的诗歌、小说、散文、戏剧等；第二，关注跟今人的生活血肉相连的现当代文学；第三，所有的阅读，都是必须有自家的生活体验做底色，这样，才不至于读死书、读书死。”

我的专业是文学研究，具体的方向是中国现当代文学，我愿意给读者们推荐一些现当代作家所创作的优秀作品。笼统来说，可以读以下十种书：

①鲁迅的杂文，选集和单本皆可读；

②老舍的小说，长篇小说《骆驼祥子》和《离婚》最好；

③曹禺的剧本，《雷雨》《日出》《北京人》三个剧本最好；

④钱钟书的长篇小说《围城》；

⑤张爱玲的小说集《传奇》和散文集《流言》；

⑥“中国当代文学经典”丛书（春风文艺出版社 2003 年版），包括以下五本：

朱铁志编选《中国当代杂文经典》；

王家新编选《中国当代诗歌经典》；

林非编选《中国当代散文经典》；

李敬泽编选《中国当代中篇小说经典》；

李敬泽编选《中国当代短篇小说经典》；

⑦莫言的中短篇小说、散文合集《蓝色城堡》，散文集《我的高密》，长篇小说《蛙》；

⑧陈忠实的长篇小说《白鹿原》；

⑨阎真的长篇小说《沧浪之水》；

⑩金庸的武侠小说。

2014年3月

辑二

西部文学观察

全球化与西部文学创作

进入二十世纪九十年代，中国社会的历史发展进程明显加快。伴随着冷战的结束、东西方意识形态分野的逐渐模糊以及市场经济体制在中国大陆的全面登陆，全球化的生产和生活模式正在大规模地渗入中国社会的经济、文化领域。在经济和文化的许多重要方面，由于高新技术和跨国资本的介入，传统的中国生活方式和文化面貌已经发生了令人惊异的变化。不仅吃、穿、用的物质器物层面，甚至在艺术和体育欣赏、精神享受和人生价值寻求等方面，相当多的中国年轻人已经开始唯西方社会马首是瞻。在中国的沿海发达都市，对传统的中国节日的淡漠似乎成为时尚，而对西方节日的崇拜向往和身体力行却可以赢得年轻人的广泛喝彩。越来越多的人远离了诸如京剧、昆曲这样的传统艺术，这些毫无疑问正在变成中国老人所钟爱的艺术，成为一种怀旧的象征。随着带有西方操作方式的大众文化产业在我国的建立，流行音乐、摇滚乐和 MTV 等艺术方式反倒在城市年轻阶层大行其道。如果说，上述的一切几年前还只发生于中国较为发达的都市，那么，随着中国西部社会的日益开放，进入二十一世纪，以上的文化情形在遥远的西部也开始成规模地上演。今天，即使在贫困落后的西部小县城，你也可以在街道上听到好莱坞最新影片的插曲。显而易见，全球化正在变成一种文化风暴，所到之处，它带来的是强劲的异质于中华原有文化的气流。我们无意讨论这种文化新气流的合法性，因为这一讨论在全球化已经成为可以触摸的、实在的情况下，已没有意义。我们关注的问题是：在全球化已成为我们生存的文化背景的情况下，一直被认为是受传统文化深刻影响的中国西部的文学创作将会呈现怎样的艺术面貌？全球化对于西部的文学创作而言，是一次难得的历史契机，还是一次贸然而唐突的打扰？问题显然比较复杂，不妨从容道来。

1840年的“鸦片战争”以后，中国文学便在一种中西文化相互冲突、相互融合的背景之下开始了漫长的新旅程。一个半世纪以来的中国文学创作实践表明，完全无视西方文化的存在，只一味地困守传统，既不可能也没有必要。要发展和壮大中国文学的创作实力，对待外来文化的正确的思想方法无疑是鲁迅所提倡的“拿来主义”。事实上，二十世纪上半叶的中国文学之所以取得相当辉煌的成就，出现了鲁迅这样的世界级作家，明显地与现代作家开放的文化心态有关，与他们海纳百川的文化气度和胸襟有关。林语堂当年说：“两脚踏东西文化，一心写宇宙文章。”如果说我们把这句话理解为体现了“五四”一代作家共同的文化胸襟，那应该说是不错的。历史的情形有时总是非常相似。现在，中国西部的文学创作家们似乎又一次遭遇到了相同的问题。那就是，当全球化浪潮铺天盖地地翻卷而来时，我们将如何应对？实际上，这一问题的文学表述是：当我们的文学资源不再单一和纯洁，当新的生活和新的读者以前所未有的力量冲击和制约我们的创作时，我们将如何面对？我们是否因此而乱了方寸？

中国的西部是如此辽阔和博大精深。它曾经是中华民族的主要发祥地，长江和黄河从这片神奇的土地上发源，中华民族五千年的文明史从一开始就与这片土地息息相关。这片广阔的土地上集中了中国大多数少数民族兄弟，搬演了多少民族与个人的浪漫之剧。从古到今，中国的西部一直都是一片令人羡慕不已的文学沃土。新时期以来，由于陈忠实、贾平凹、路遥、张贤亮、昌耀、周涛、高建群等西部作家在中国文坛的出色表现，西部文学事实上已经支撑起新时期中国文学的半壁江山。进入二十世纪九十年代，社会经济和文化情形大变。然而，当处于经济和文化中心地带的许多东部作家沉醉于吟唱个人一己的悲欢，对欲望化叙事过分痴迷，从而使二十世纪九十年代的中国文学呈现一派柔靡景象之时，西部更年轻的一代作家却以自己饱含着刚劲之气的创作，为文坛吹来一股清新之风。藏族作家阿来的《尘埃落定》以一个藏族土司家族的兴衰演变故事，展示了浓郁的民族风情和一个民族独特的心灵世界，用笔虽诗意缤纷，但深沉的历史感却流溢其中。新疆作家刘亮程以一组朴素到惊人的散文作品（《一个人的村庄》《风中的院门》等），深刻写出了人类与土地的生死情爱。那种人与自然的亲密无间，人与天地的物我同一，生命在日起日落风霜雨雪之间的自然流淌，既是中国古代哲学的流风遗韵，更是一个西部作家在纷扰喧哗世情当中的诗情守望。当我们读到“任何一株草的死亡都是人的死亡。任何一棵树的夭折都是人的夭折。任何一粒虫的鸣叫也是人的鸣叫”这样的句子时，我们也许会懂得西部的坚忍和苍凉。另外，宁夏的石舒清对苦甲天下的“西海固”人民生活的描写，曾经在新疆有过十年生活经历的红柯对新疆维吾尔族和哈萨克族人民性格的诗意表达，同样显示着西部的神奇与浪漫、沉静与博大。是否可以这样说，二十世纪九十年代以来西部作家的创作同样是出色而充满活力的。

甚至，从某种程度上讲，由于西部作家默默坚守传统文学资源，当代中国文学才没有被二十世纪九十年代以来各种令人眼花缭乱的欧化“主义”冲得七零八落，面目模糊。基于上述理由，我们认为，在全球化浪潮一浪高过一浪的时代背景下，在西部社会不可避免地面临传统社会的解体和现代社会逐渐建立的历史进程中，坚守中国本土文学资源应该说是西部作家不可推卸的责任，也是中国文学被更多的异域读者所认可的先决条件。这样说，理由非常简单：首先，我们应该知道，中国传统的文化和文学资源，对于当代作家的创作而言，并没有到已无开发和利用价值的地步。相反，无论是传统的精英典籍文化，还是流传于民族民间的民风民情，当代中国作家很难说都已达到了耳熟能详、了然于心的地步。关于这一点，十几年前的“寻根派”作家就曾经发出过慨叹[①]。更不必说，由于幅员的辽阔和历史的悠久，中华文化精神还存在着多元性和复杂性，要认识清楚并不那么容易。那种以为全球化时代已经降临、民族传统文化资源已无价值可言的观点，无论从理论上说还是在文学实践当中，都是站不住脚的。其次，全球化实际上应该分为两个层面来理解。从基本的范畴来说，全球化指的是世界范围之内的技术和经济一体化。而全球化的第二个层面是指文化和精神的一体化。这第二个层面的问题显然异常复杂。虽然，当今世界上的政治领导人和学者当中，不乏全球文化一体化的卖力鼓吹者，但更多清醒的文化界人士却认为这是一个“神话”，是一个起码在相当长的历史阶段难以实现的梦想。因为，我们无法去强制性地消除世界大家庭中的

① 可参看韩少功:《文学的“根”》(《作家》1985年第4期)；李杭育:《理理我们的“根”》(《作家》1985年第9期)；《文化的尴尬》(《文学评论》1986年第6期)等文。

每一个民族的特殊文化胎记，这种与生俱来的精神文化印记是经久远的历史岁月而沉淀在每一个民族的心灵深处的，几乎天然地不可剥夺。正是因为有了世界各民族精神文化的多样性和复杂性，这个世界才会显得多姿多彩，令人流连忘返。事实上，以所谓的全球化来消除各民族间的精神文化差异，对于建设二十一世纪的世界文化不仅无益，而且有害。在一个文化多元的世界里，对任何一个民族精神文化的蔑视都是一种文化霸权主义行径。对文学而言，它只能导致单调乏味的所谓“世界文学”。要知道，有关人类心灵世界的文学显然要比模式化的技术和流行艺术复杂得多，深刻得多。还是让我们记住大诗人泰戈尔的话吧：“每一个民族的职责是，保持自己心灵的永不熄灭的明灯，以作为世界光明的一个部分。熄灭任何一盏民族的灯，就意味着剥夺它在世界庆典里的应有位置。”再次，新时期文学已经匆匆走过二十多年的历程，然而，坦率而言，新时期文学在民族化方面并没有取得惊人的成就。因为文化封闭的时间过于长久，所以一旦国门洞开，新时期作家便一窝蜂似的向欧风美雨奔去。如果说，在一段时期之内，对西方文化的崇尚还有相当的现实依据，那么，在改革开放已经经过二十年的风雨激荡，这个时候，我们确实应该从理论和实践两方面对文学的民族化进行有益而有效的工作。应该说，西部作家在文学的民族化建设方面，具有优势。这不仅是因为西部作家生活于“水深土厚”（陈忠实语）的地域，更重要的是，由于西部本身的人文气候和特殊的历史文化心理，文学在这片土地上依然保持应有的神圣和尊严，而神圣和尊严的表征之一便是民族优秀传统文化精神一直在西部文学当中被发扬光大。同时，西部作家对中国传统文学资源的自觉寻求和学习，也从未间断过。也许，我们可以说，西部作家自觉地从传统文学中寻找文学更新的灵感，明显地具有异乎寻常的文化意义：当相当一部分以现代汉语写作的大陆作家，已经在“欧化”或口语随意化道路上渐行渐远，不惜以牺牲古典文学特有的诗意和汉语的特殊美质作为文学“反叛”的代价时，西部作家对传统文学资源进行坚守和继承，并因此而取得令人瞩目的文学成就（陈忠实的《白鹿原》、阿来的《尘埃落定》双双获得“茅盾文学奖”即为明证），就具有了不容低估的启示性意义。我想，对于当前的中国文学而言，并不缺乏所谓向前的热情，我们恰恰缺乏的是留守的坚忍。

需要指出的是，本文提倡对传统文学资源的坚守和继承，并不意味着在文学资源的选择上对西方文化采取拒绝和排斥的态度。如前所述，现代作家的文化胸襟和气度已经为我们树立了良好的榜样。毫无疑问，向世界优秀文化学习，永远是中国文学充满生机和活力的奥秘所在。并且，恰恰是西方先进文化观念和文学观念的引入为我们打开了新的思想天空，也为我们反观自身传统提供了绝妙的参照。美国学者塞缪尔·亨廷顿在影响巨大的论著《文明的冲突与世界秩序的重建》中认为：非西方世界的现代化不是，也不可能是西方化。非西方世界在现代化的过程中，非但没有使文化更西方化，相反，现代化进程却从两个方面促进了本土文化的复兴[①]。在全球化成为这个世界最强有力的经济话语的时刻，在整个西部社会面临重大转折的时刻，西部文学的发展应该从新时期文学的总体发展过程中汲取经验和应有的教训。

2001 年 7 月

① 可参看〔美〕塞缪尔·亨廷顿：《文明的冲突与世界秩序的重建》的第一部分内容《一个多文明的世界》，新华出版社 1998 年。

新世纪前后中国文学版图中的“宁夏板块”

“宁夏文学”在中国当代文学史上占有一席之地，始于社会主义新时期。二十世纪八十年代，张贤亮以其饱经沧桑和忧患的慷慨悲歌征服了大江南北。张贤亮的小说创作，不仅提升了宁夏文学总体的创作水平，也为宁夏文学在中国文坛赢得了美好声誉。进入二十世纪九十年代，宁夏文学在略事犹豫和徘徊之后，终于在新世纪前后，再次向中国文坛奉献了“宁夏青年作家群”。这一创作群体的崛起，不仅给新世纪前后的中国文学界吹来一股清新怡人的创作之风，而且，这一与广阔深厚的中国古老土地和“中国经验”血脉相连，并因此取得了不凡文学业绩的青年创作群体的成功，也充分证明：在市场经济条件下，居于偏远地区的文学创作事业，只要领导得法，调动有方，是可以走在全国前列的。

新时期以来的宁夏文学创作回顾

在 1949 年到 1976 年的中国当代文学史上，“宁夏文学”几乎是没有声音的。这当然缘于宁夏回族自治区的地处偏远，经济文化发展水平的相对落后，也实际反映着在这西北的边陲之地，文学艺术工作者的短缺和创作基础的极端薄弱。

不妨简单地回顾一下1958年至1976年间的宁夏文学艺术事业的成长和发展历程。

1958年，宁夏回族自治区成立，从此为宁夏的历史揭开了新的一页。这一年的12月，宁夏回族自治区文学艺术工作者联合会筹备委员会成立会议在自治区首府银川市召开。经过了长达三年的准备，1961年3月，宁夏回族自治区召开了第一次宁夏文学艺术工作者代表会议，宣告了宁夏回族自治区文学艺术界联合会的正式成立。宁夏文联的成立，不仅使宁夏的文学艺术工作有了专门的组织和管理机构，更重要的是，作为党和政府联络、协调、服务文艺家的专业性人民团体，文联起到了聚集人才、凝聚人心、培养“人气”的作用。对于宁夏文学事业而言，于第一次文代会召开之前创办的《群众文艺》杂志[①]可谓意义重大。它是近代以来，在宁夏境内创办的第一家省级的以刊发纯文艺作品为主要内容的杂志，同时，它也是宁夏历史上第一家立足宁夏、面向全国，具有地域特点和民族特色，为培养本地区作家而创办的文艺杂志。《群众文艺》的创办和第一次文代会的召开，为宁夏的文学艺术事业的健康成长和长远发展奠定了良好的基础。从1959年5月创刊，到1964年年底在全国性的文艺整风中停刊，《群众文艺》杂志致力于发表宁夏本地作家所创作的小说、散文、诗歌和报告文学作品。这些文学创作虽然思想和艺术上还留有某些稚嫩和不成熟的痕迹，但它们是当代宁夏文学唱出的“第一声”，一批本地作家由此开始了当代宁夏文学的

① 《群众文艺》杂志于1959年5月出版创刊号，1960年7月改名为《宁夏文艺》；1980年4月再次改名为《朔方》，从此成为纯文学刊物。

“垦荒”之旅[①]。

然而好景不长，“文化大革命”的爆发，给我国的文学艺术事业带来了严重摧残，也给处于起步阶段的宁夏的文学艺术事业以致命一击。1968年10月，宁夏文联的全体工作人员，被要求前往宁夏回族自治区干部学校接受审查，宁夏文联机构陷于瘫痪状态，百分之九十的文联委员、百分之七十的文艺工作者被赶出文艺界[②]。好不容易才聚集起来的宁夏文艺界的那一点还谈不上是旺盛的“人气”，就这样在极“左”政治风雨的无情冲击之下趋于涣散。宁夏文学艺术事业进入阴霾密布的冬天。

1976年10月，“四人帮”反革命集团被粉碎，社会主义新时期如江河之大潮，澎湃而至。宁夏文学艺术工作者从十年噩梦中醒来，开始了社会主义文学艺术事业的新长征。1979年3月，宁夏文联正式恢复工作，与此同时，中国作家协会宁夏分会成立，加上已于1974年先期复刊的《宁夏文艺》杂志，宁夏文学艺术事业通往繁花似锦的春天的道路已经铺就。

感应着中国大地上新的时代脉搏的跳动，新时期早期的宁夏文学也开始了情感真挚、别具特色的演出。一方面，像所有经历过“反胡风”“反右”“大跃进”“文化大革命”等新中国成立以后历次政治运动的中国作家一样，宁夏文学将创作的焦点对准了“历史”。那些已经逝去的满含着辛酸、泪水、伤痕、苦难的岁月，不断从记

---

① 从1959年《群众文艺》创刊到1964年暂时停刊，该杂志分别发表了朱红兵、戈悟觉、哈宽贵、李慕莲、李崖、张贤亮、刘弘一、张凤珠、李克微（虞期湘）、张武、翟恩辰等生活和工作于宁夏地区的作家的作品。宁夏作家队伍的构成模式已经基本形成，那就是移民作家（比如哈宽贵，他是“支宁”的上海人）加上本地土生土长的作家（比如翟恩辰，初入文坛时，他是宁夏南部山区海原县的农民）。

② 以上所引的有关宁夏文联成立、《群众文艺》杂志创刊、宁夏文联瘫痪等史实，均见于宁夏文联所编撰的内部资料《宁夏文联40年》，2001年12月印行。

忆深处浮现，它们呈现着非常年代里善良与罪恶的搏斗，也分明显示着人性的高贵与卑劣。另一方面，毕竟噩梦醒来是早晨。当这个民族终于告别了野蛮、仇恨、迫害和互相敌视，他们自然会发自肺腑地唱响属于春天的旋律。新时期早期宁夏文学的这种创作态势，可以从 1980 年 1 月公布的宁夏回族自治区第一次文学艺术评奖获奖作品当中明显看出。在文学类（包括民间文学）共计一百一十一篇获奖作品当中，既有张贤亮等人的反思之作，也包括大量的格调明朗、乐观的带有“颂歌”色彩的作品，尤其是在获奖的诗歌作品之中，讴歌正在前进中的社会主义新时期和飞速旋转的新生活的作品，几乎成为无可替代的“主旋律”。在获得一、二、三等奖的三十六篇诗歌作品中，诸如《唱在金秋》（肖川，一等奖）、《不到长城非好汉》（吴淮生，一等奖）、《塞上江南枸杞红》（秦克温，二等奖）、《腾格里的春天》（高深，三等奖）这样带有明显的歌颂意味的抒情作品占百分之九十以上。事实上，此时的宁夏文学正在演唱着两个“声部”，一个“声部”是春天的歌谣，热情、欢快，充满幻想和期待；另一个“声部”则多少显得沉郁，有点伤感，也有点西部的苍凉。而正是这第二个“声部”，逐渐在中国文坛，引起了始料不及的巨大反响。

在宁夏文学界发出“沉郁之声”的当然首推小说家张贤亮。当新时期的曙光在遥远的地平线上朦胧闪烁的时刻，当时还是戴罪之身的张贤亮就已经敏锐地意识到新的历史转机即将到来。这位 1957 年因一首《大风歌》而罹祸，并在漫长的二十二年的岁月当中始终处于劳教和被管制、被监督状态的落难之人，终于有了重新写作和发表作品的机会。1978 年，当时还在国营农场做农工的张贤亮开始了“归来者”的重生之路。1979 年，张贤亮一口气在《宁夏文艺》

杂志上以头条位置连续发表短篇小说四篇[①]，其“井喷式”的创作景观，为宁夏文坛所仅见。现在看来，1979年的张氏创作“井喷”，只能算是一次小小的“热身”。对于饱经人生的沧桑与忧患，并且独具优异的思想和艺术禀赋的张贤亮来说，他对“冲出宁夏，走向全国”有着不小的期待和充足的信心。果然，从1980年到1985年，短短五年间，张贤亮先后发表《邢老汉和狗的故事》《灵与肉》《土牢情话》《河的子孙》《肖尔布拉克》《男人的风格》《绿化树》《初吻》《男人的一半是女人》[②]等质量上乘的小说，除却长篇小说《男人的风格》是事涉“当前”的“改革小说”，其他各篇皆为反思历史的“沉郁之声”。中国社会的八十年代正是一个从灾难的岁月之中走出，并试图在对灾难的回顾和反思中寻找美好明天的年代。张贤亮的深沉反思与尖锐笔墨，与时代的脉动是紧密相连的，与千百万读者的心灵也是息息相通的。时代和读者给予了他真诚的回报：他的短篇小说《灵与肉》和《肖尔布拉克》分别获得1980年度、1983年度全国优秀短篇小说奖，他的中篇小说《绿化树》获得第三届（1983—1984年）全国优秀中篇小说奖。1985年张贤亮又创作出富有象征意味的涉“性”小说《男人的一半是女人》，霎时间文坛内外争议四起，“张贤亮现象”成为中国文学一时之景观。实际上，对1958年宁夏回族自治区成立以来的宁夏文学而言，还从来没有

---

① 1979年，张贤亮分别在《宁夏文艺》杂志第1期、第2期、第3期、第5期以头条位置连续发表短篇小说《四封信》《四十三次列车》《霜重色愈浓》《吉普赛人》，其中《霜重色愈浓》，获得宁夏回族自治区第一次文艺评奖小说创作一等奖。

② 《邢老汉和狗的故事》见《朔方》1980年第2期;《灵与肉》见《朔方》1980年第9期;《土牢情话》见《十月》1981年第1期;《河的子孙》见《当代》1983年第1期;《肖尔布拉克》见《文汇月刊》1983年第2期;《男人的风格》见《小说家》1983年第2期;《绿化树》见《十月》1984年第2期;《初吻》见《中国作家》1985年第1期;《男人的一半是女人》见《收获》1985年第5期。

哪一个作家能够在短短的五年之内，三获国家级小说大奖；也没有任何一个作家在不长的时间段内能够以集束性的思想深刻、艺术精美的文学作品在中国文坛引发如此多的关注和争议。于是，“宁夏出了个张贤亮”（评论家阎纲语）成为二十世纪八十年代中期中国文坛持续和热烈讨论的重要话题之一。

张贤亮在中国文坛的异军突起，不仅标志着中国新时期“反思文学”的深度拓展，同时，它也宣告着宁夏文学在中国文坛有了“声音”，而且，这“声音”竟是如此苍凉激越，不同凡响。回顾二十世纪八十年代的中国文学进程，我们发现，张贤亮为当时的中国文坛至少提供了这样一些新鲜的文学话语：首先，他以卓越的写实笔墨提供了非常年代里当代中国知识分子受难者最真实的生活图景和最真实、隐秘的心理感受，他所描写的“饥饿心理学”（《绿化树》）和“性心理学”（《男人的一半是女人》）在同时代作家的创作中不仅独特而且深刻；其次，他如实描绘了苦难岁月里知识者和劳动者两组人物形象，在严酷的生存环境的考验中，在知识者与劳动者的彼此对比中，他刻画出了特殊年代知识者原始本真的生存状态和人格状态；再次，他以西部人的目光呈现了黄土地上的特殊人文景观，他对宁夏平原独特的自然风光和社会风情的艺术描写，不仅具有风俗画意义，更具有高品位的审美价值。

张贤亮以苦难的人生经验为基本的写作素材，以饱含着人生忧患的慷慨悲歌征服了大江南北。张贤亮在中国文坛的崛起，其意义和价值不仅仅在于宁夏这片黄土地为当代中国文坛贡献了一位思想锐利、才情卓著的小说家，从更宏观更长远的价值和意义来说，张贤亮的出现，使宁夏文学由此前的长时期不受外界重视而一变为令人刮目相看。从此，“宁夏文学”在当代中国文学史上“失声”的状态宣告结束。“宁夏文学”在经历了二十多年的不懈努力和奋斗之后，终于赢得了整个中国文坛的应有尊重。

宁夏青年作家群的崛起

在激情满怀的二十世纪八十年代，文学因为参与了整个国家的政治进程、经济改革和文化生活而享有了前所未有的地位和荣耀。“满城争说乔厂长，街谈巷议陆文婷”[①]，既表明文学在广大人民中间的巨大的影响力，也表明文学确实在有力地推动着中国社会生活向前发展。然而，文学在中国社会生活当中的优势地位于二十世纪八十年代末期以后却遭受了严峻的挑战。伴随着中国社会改革开放的全方位深入，也伴随着市场经济原则的逐渐深入人心，以及人民精神生活空间的拓展和精神享受方式的多样化，文学曾经拥有的耀眼光环和鲜亮色彩渐渐地变得黯淡起来，文学的“轰动效应”明显失去。文学创作者的纷纷“下海”淘金以及文学阅读者队伍的大规模萎缩，使新时期以来十余年曾经叱咤风云、盛极一时的文学发展态势突然间受到内外因素的强劲阻遏。中国文学在二十世纪八十年代末至九十年代初期，无可避免地陷入创作的低谷状态。

---

① 这两句话是二十世纪八十年代早期广泛流传于文学界的一个说法。“乔厂长”是蒋子龙小说《乔厂长上任记》中的主人公，以善于采用霹雳手段，大刀阔斧实施改革而著称。《乔厂长上任记》获得1979年全国优秀短篇小说奖，当时获全国奖的小说是要经过读者投票评选的。据《欣欣向荣又一春——记一九七九年全国优秀短篇小说评奖活动》（见《1979年全国优秀短篇小说评选获奖作品集》，上海文艺出版社1980年）一文介绍，自1979年全国优秀短篇小说评选启事（附优秀作品推荐表）在《人民文学》杂志刊出后，一百天内共收到读者寄来的“选票”257885张。《乔厂长上任记》以第一名当选1979年全国优秀短篇小说奖，估计获得读者投来的选票会以数万计。“陆文婷”是谌容小说《人到中年》中的女医生形象，以医德高尚、技术高超而著称。《人到中年》获得第一届（1977年—1980年）全国优秀中篇小说奖。

宁夏虽地处偏远，属于不发达的西部地区，但时代大潮的惊涛拍岸之声，却依然让人怦然心动。受时代风潮的影响，二十世纪八十年代后期至九十年代初期的五六年间，宁夏文学也遭遇到前所未有的挑战局面：宁夏的创作家队伍发生了预料当中的分化，不少作家逐渐淡出文学界，或进入商界“拼经济”，或通过工作调动前往东部沿海地区谋求事业新发展；宁夏的几家纯文学刊物，也出现了未曾有过的“稿源荒”，有的刊物有时竟面临“无米下锅”之窘境。显而易见，由张贤亮等人筚路蓝缕开创的新时期以来的宁夏文学事业正面临危机，宁夏文学在中国文坛好不容易才拥有的那一块得来不易的“版图”有可能逐渐萎缩和丧失。

一直在为宁夏文学的百花园种植花木、培土施肥的《朔方》文学杂志，此时又一次担当了为生态还相当脆弱的宁夏文学看园护园、再植新绿的重任。面对二十世纪八十年代末至九十年代初宁夏作家队伍严重萎缩，纯文学杂志销量严重下滑的现实状况，《朔方》编辑部的文学编辑们经过一番热烈而认真的讨论，形成了办刊共识：必须坚持刊物的纯文学品位，必须重点建立起刊物的骨干队伍，不遗余力地发现、扶持和培养本地文学新人[①]。本着这一经过认真讨论而形成的办刊方针，《朔方》杂志从1989年到1999年十年间，先后编发了张冀雪、李唯、施原钰、吴淮生、王庆同、石舒清、陈继明、杨森君、葛林、漠月、荆竹、巴可成、刘建芳、莫叹、导夫、白军胜、杨建虎、贾羽十八位作家的作品小辑。在这十八位发表小辑的作者队伍中，吴淮生、王庆同、张冀雪、李唯四人是已经成名的宁夏中老年作家，而诸如石舒清、陈继明、漠月、杨森君等

① 可参看《北中国的文学沃壤——写在〈朔方〉创刊五十周年之际》一文，见《朔方》2009年第5期，第4页。

人，此时还只是“小荷才露尖尖角”的文学新人：石舒清当时刚从宁夏南部的固原师范专科学校毕业，在家乡的一所乡中学做着英语教师；陈继明在宁夏南部的泾源县做了五年中学教师，新近调入宁夏电大从事《写作课》讲授工作。其他的一些文学新人也都在宁夏各市县的不同行业从事着一份具体的工作，业余时间以“爬格子”来怡情抒怀。除了为青年作家发表个人创作小辑，《朔方》杂志还采取为全区青年作家群体编发“宁夏青年作家专号、专辑”，为宁夏回族作家编发“回族作家作品特辑”，为宁夏各市县作家编发地区创作小辑的方式，扎实而有效地培养张贤亮之后的新一代宁夏青年作家。

辛勤的耕耘必然带来喜人的收获。经过十年的默默坚守和奋斗，宁夏文学终于在二十世纪九十年代中后期，再一次迎来一个创作的黄金阶段。这一次，宁夏文学的“声音”已经不再是某一个优秀作家的“独唱”，中国文坛听到的是宁夏文学的青春“合唱”，是一个青年文学创作群体的集体的声音。这来自西部的充满自信的“声音”自豪地向外界宣告：“宁夏青年作家群”已经崛起。

有必要简单地回顾一下宁夏青年作家群成长和崛起的不凡历程。

1994 年秋天，在中国作家协会和中华文学基金会共同策划的意在扶持我国文学新人的“21 世纪文学之星”丛书[①]入选作品的遴选中，宁夏青年作家石舒清以小说集《苦土》入选。在完全匿名评

① “21 世纪文学之星”丛书的出版始于 1994 年，是一个公益性质的文学作品编审机制，由中华文学基金会策划并组织专家评审。遴选对象为 45 岁以下未曾出版过作品集的具有创作成绩和潜力的新人。丛书的编委大多为鲁迅文学奖和茅盾文学奖的评审委员。到 2005 年，这项活动已经进行了十一年，发现和扶持了 92 位文学新人，出版了 91 部作家们的第一本书（见张锲、崔道怡《走向文学之星的第一级台阶》，《作家通讯》2006 年第 2 期）。

审的情况下，石舒清能够以初入文坛时所创作的六篇小说（《苦土》共收石舒清创作于1990年至1993年间的六篇小说）而受京城文学权威们青睐，荣登首届“21世纪文学之星”丛书之列，这一文学事件，不仅对处于创作“爬坡”阶段的石舒清是一个极大的精神激励，对宁夏文坛，对年轻一代的宁夏作家群体来说，更带来令人鼓舞的启示性信息，那就是：对于所有的年轻的创作者而言，只要你能够沉下一颗心来，认真而执着地写出寻常生活里的“不寻常”面目，你就可能从偏远的宁夏走向全国。果然，时隔两年之后，青年小说家马宇桢又以《季节深处》入选1996年度的“21世纪文学之星”丛书。之后，青年作家陈继明、张学东、了一容的小说集《寂静与芬芳》《跪乳时期的羊》《挂在月光中的铜汤瓶》分别于1998年、2002年和2006年三次入选该丛书。从1994年“21世纪文学之星”丛书首次遴选出版到2006年，十二年时间，宁夏共有五位青年作家入选“21世纪文学之星”，其比例之高，在中国文坛亦属名列前茅。2000年6月，中国作家协会、《人民文学》杂志社、《小说选刊》杂志社与宁夏区党委宣传部、宁夏文联、《朔方》编辑部等单位联合在北京召开宁夏青年作家陈继明、石舒清、金瓯作品讨论会，正式向外界推出“宁夏三棵树”。2001年4月，河北花山文艺出版社专门为陈继明、石舒清、金瓯三人出版了一套由时任宁夏文联主席张贤亮先生主编的“西北三棵树丛书”[①]，初印数为五千册。据三位作者回忆，该丛书半年后即在北京和宁夏的各大书店售罄。2001年对宁夏文坛来说，注定是一个应该载入史册的特殊年份。这一年的8月，喜讯从北京传来：石舒清以短篇小说《清水里的刀子》（原

① “西北三棵树”丛书包括陈继明的小说集《比飞翔更轻》(30万字)、石舒清的小说集《暗处的力量》(21.5万字)、金瓯的小说集《鸡蛋的眼泪》(16.8万字)。

载《人民文学》1998年第5期）荣获第二届（1997年—2000年）鲁迅文学奖[1]。同年10月，石舒清又以短篇小说集《开花的院子》入选《中国小说50强（1978年—2000年）》[2]。2002年5月，《中国作家》杂志社、《人民文学》杂志社、《文艺报》社与宁夏区党委宣传部、宁夏文联、《朔方》编辑部等单位在北京联合举办“宁夏青年作家小说作品研讨会”，再一次向外界推出漠月、季栋梁、张学东（又称“新三棵树”）等新锐作家。2004年，宁夏东乡族青年作家了一容以小说集《去尕楞的路上》喜获由人民文学出版社主办的第三届“春天文学奖”。2007年11月，郭文斌又以短篇小说《吉祥如意》（原载《人民文学》2006年第10期）获得第四届（2004年—2006年）鲁迅文学奖[3]。宁夏青年作家群的异军突起，不仅表现在获得国家级文学大奖的人数增多、频率加快，更表现为：宁夏青年作家所创作的小说、诗歌、散文作品，为在中国文学界一向享有盛誉的各文学大刊所青睐，有些青年作家的作品甚至被某些大刊视为“免检产品”。据笔者统计，2000年到2009年的十年间，在《人民文学》《中国作家》《诗刊》《民族文学》《十月》《当代》《收获》《钟山》《上海文学》《作家》《花城》《天涯》等著名刊物上发表的宁夏青年作家所创作的各类文学作品多达百余篇，而《新华文摘》《小说选刊》《中华文学选刊》《小说月报》《散文选刊》等国内权威选刊也在不间断地转载宁夏

① 获得第二届鲁迅文学奖短篇小说奖的作家和作品是：刘庆邦的《鞋》、石舒清的《清水里的刀子》、红柯的《吹牛》、徐坤的《厨房》、迟子建的《清水洗尘》。

② 《中国小说50强（1978年—2000年）》丛书由时代文艺出版社2001年10月印行第一版，该丛书的推选委员会由谢冕、王蒙、洪子诚、孟繁华、陈晓明、李洁非六位国内知名教授、作家和资深评论家组成。宁夏共有两位小说家的小说集入选“中国小说50强”丛书，另一位是张贤亮的《男人的一半是女人》。

③ 获得第四届鲁迅文学奖短篇小说奖的作家和作品是：范小青的《城乡简史》、郭文斌的《吉祥如意》、潘向黎的《白水青菜》、李浩的《将军的部队》、邵丽的《明惠的圣诞》。

青年作家的各类创作。十年（2000年—2009年）之中，仅中国作家协会主办的《小说选刊》一家刊物，就选载了宁夏青年作家所创作的小说和评论作品共六十二篇，平均每年6.2篇。以《小说选刊》每年出版十二期刊物计算，意味着每两期就会有一篇宁夏青年作家新发表的小说登上这家声名远播的权威小说选刊。而在由中国作家协会创研部、中国小说学会等文学权威机构和一些著名学者主持编选的“中国短篇小说、诗歌、散文精选”“21世纪中国文学大系”“中国小说学会年度文学排行榜”等有影响的年度选本和排行榜上，宁夏作家不仅榜上有名，而且入选人数和作品呈现逐年扩大的趋势。

宁夏青年作家群的出色创作业绩，引起了中国文坛的震动，也引起了中国作家协会领导的高度重视。时任中国作家协会党组书记、中国作家协会副主席的金炳华先生评价说：“宁夏青年作家群是一个相互团结、互相支持、奋发向上的创作群体。宁夏作家生活在西北，信息相对要少些，但他们创作的意识，他们的眼界和在作品中表现出的对社会生活的深入思考，是紧跟时代步伐的，在创作手法和艺术形式的多样化的探索方面，很值得我们认真分析和总结。”[①]时任中国作家协会副主席的陈建功先生在认真地阅读了宁夏青年作家的小说集后，也赞叹道：“宁夏的中青年作家队伍，路子正、根底厚、创作态度严谨、创新意识强，是一支大有前途的队伍。”[②]2006年7月，作为对宁夏青年作家群创作成就的最具权威性的肯定，中国作家协会、宁夏回族自治区党委宣传部、宁夏文联联合在北京中国现代文学馆召开了“宁夏青年作家作品研讨会”，邀请宁夏青年作家代表团与国内知名评论家雷达、吴秉杰、崔道

① 金炳华：《在宁夏青年作家作品研讨会上的讲话》，《朔方》2006年第8期。
② 陈建功：《中国作家协会第六届主席团第八次会议总结讲话》，《朔方》2005年第9期。

怡、韩作荣、胡平、雷抒雁、李敬泽、冯敏、孟繁华、贺绍俊、李建军、牛玉秋等共同研读作家们的作品，探讨宁夏文学的成就与未来发展前景。这是中国作协多年以来第一次为一个边远省区的青年作家群召开作品研讨会，也是继宁夏文学界推出张贤亮之后，“宁夏青年作家群”作为一个优秀的创作团体在中国文坛的第一次光荣亮相。至此，“宁夏青年作家群”的崛起已经成为应当载入当代中国文学历史的动人的篇章之一。

新世纪前后中国文学版图中的“宁夏板块”

中国社会自二十世纪九十年代之后，由于社会政治和经济环境已经发生了重大变化，其文化精神环境也随之出现了新变化。具体表现为：其一，由于全民“拼经济”、逐财富，对物质利益的格外看重和对精神追求的漠视，成为一种社会新时尚；由于精神生存的重要性在整个社会生活当中被有意无意地忽视，包括文学艺术创作在内的许多从事精神生产的团体和个人在相当长的一个历史阶段，居于“边缘化”境地。其二，电视和互联网的迅速普及带来了所谓“娱乐至死”[①]的精神生活观念和“读图时代”[②]。轻浮的电视文化和

① 这是美国学者尼尔·波兹曼所提出的一个学术观点。他认为在大多数人拼命追求享乐和精神轻松的今日美国，一切公众话语都日渐以娱乐的方式出现，并成为一种文化精神。美国的政治、宗教、新闻、体育、教育和商业都心甘情愿地成为娱乐的附庸，毫无怨言，甚至无声无息，其结果是美国人成为一个娱乐至死的物种。可参看尼尔·波兹曼著作《娱乐至死》，章艳译，广西师范大学出版社 2004 年。

② 二十世纪九十年代以后，以电视和电脑作为主要载体的图像文化成为普及率最高的文化接受方式，卡通漫画也成为中国年轻人最为喜爱的阅读物。对于文字的畏惧成为普遍的心理，“读图时代”悄然到来。“读图时代”的最大弊端在于：年轻人在图像文化中丧失了深度思索的能力。

纷乱的网络文化几乎占据了中国人大部分的业余生活空间，经典文化（包括经典文学）的传播与阅读遭遇了种种障碍。其三，经济全球化带来了各国主流文化的趋同性、相似性，西方文化和文学培养了二十世纪七十年代以后出生的中国人文化接受和欣赏趣味的“西洋化”。对民族文化和汉语文学的疏离与对西方文化尤其是二十世纪西方文化的亲近，成为“八〇后”和“九〇后”读者的“新口味”。其四，受市场原则的操控，出版行业整体趣味由过去的“尚雅”转向新时代的“趋俗”，欲望化、肉身化、低俗化成为图书出版与销售市场的强劲“卖点”。

在文学生存和发展的外在环境发生重大变化的历史时刻，进入新世纪，中国当代文学的整体面貌实际上也不由自主地发生了一系列新变化。首先，中国文学真正进入到相对平稳的发展年代。由于文学摆脱了长期的“跟随意识”以及过度的政治化、功利化色彩，文学开始了寻常而平静的运行岁月。其次，受市场经济机制的支配和消费主义的刺激，一些中国作家的写作明显呈现出欲望化、肉身化的趋势，以卫慧、棉棉为代表的“七〇后”的“身体写作”和以韩寒、郭敬明、春树等为代表的“八〇后”的“青春写作”，明显偏离“五四”以来的中国文学传统，其书写内容的极度狭窄、玄幻，思想的浅薄以及艺术上的自我重复和非民族化，都使得新世纪以来的中国文学颇受诟病。再次，受所谓文学“去意识形态化”思想的影响，许多中国作家的社会责任感和文学使命感有逐渐消解的趋势。“宏大叙事”（描写社会重大主题和重要历史事件和人物、热切关注人生、拥抱现实类）的作品被冷落，而描写小情小趣、“小资”情调、闺房隐私之文学一时间竟大行其道[①]。无可否认，在新世纪到来的时刻，中国文学确实迎来了盼望和呼唤已久的不受非文学因素过度和粗暴干涉的年代，文学创作真正开始了在平静目光的注视下的铺纸磨墨。然而，中国文学在自觉地丢掉“重负”的同时，也失去了它源远流长的本应该具有的忧患感和深邃感。实际上，在这文学观念与思想错综纷乱、相互碰撞的年代，由于众多作家民族忧患感和社会责任感的丢失，中国文学的整体声音当中，聚集了过多的顾影自怜和无病呻吟之声。某些时候，甚至给人以“黄钟毁弃，瓦缶雷鸣”之感。此时的中国文坛，亟须一种浑厚苍凉之“大音”的强劲介入。这“大音”，代表着中国文学自古至今的关注苍生、以天下为己任的精神传统，代表着“五四”以来中国作家“直面惨淡的人生，正视淋漓的鲜血”的现实主义的炽热情怀。

在新世纪前后中国文学的众多话语声中，宁夏青年作家群的创作代表着的正是中国文学传统当中那些古老而富有生命力的声音。从二十世纪九十年代开始，当相当多的青年作家把创作焦点对准了一己的小悲小欢甚至闺房隐私之时，当许多中国作家只会在作品当中大写人间的阴暗与罪恶，而对人性的善良和世界的温暖深深怀疑，甚至不抱任何希望之时，以“三棵树”（石舒清、陈继明、金瓯）和“新三棵树”（漠月、季栋梁、张学东）为代表的宁夏青年作家们却以他们充满阳刚之气的创作把读者的目光，再一次拉回到这片古老土地上的时代风云和现实人生。在一个提倡速度和奔跑的

---

① 从二十世纪九十年代开始，中国文坛便有作家热心描写“小我”生活和私人天地。先是“小女人”散文（王小波称之为“撒娇打痴体”）风行一时，后来不少“美女作家”干脆将个人闺房变成商业橱窗，肆意通过所谓文学书写，展览个人的一切隐私，最为著名的人物是木子美等，有《遗情书》之类的作品在网络上、书市上传播。

年代，在一个弥漫享乐和消费气息的历史时刻，他们注目于脚下的土地和那土地上辛勤劳作的人民，力图通过艺术的描绘，展现一个古老民族逐渐摆脱贫困走向新生的历程。更重要的是，宁夏青年作家是想通过对历史转换过程当中民族美好精神性格的发现和塑造，寻求中华民族重归世界优秀民族之林的可能性途径。

从作品的描写内容来看，宁夏青年作家群的创作多聚焦于西北偏远土地上的各族人民的生活和命运，无论是苦难年代里的生死歌哭，还是寻常年月里的饮食男女，作家们从容写来，如数家珍。与那些喜欢将生活仅仅理解为是“躯体的解放”的都市青年作家不同，宁夏青年作家把创作的“根”深深扎进自己所生存的这片水深土厚的黄土地里，从本土生活深厚而丰富的地层中汲取无尽的源泉。他们书写着西北土地上的历史生活和现实行进，在他们的作品当中，生存和生活从来就不是游戏，更不是“性”的游戏。生活从来都是饱含着庄严和神圣意味的，是漫长而富有情味的劳作、生育、死亡、忍受、哭泣和歌唱。石舒清一向关注生活于宁夏“西海固”地区的回族人民的生活。尽管他也描写了极“左”年代里回族人民曾经遭受过的艰辛困苦，《残片童年》《牺牲》《牛头》《乡土一隅》等小说便是涉及二十世纪六七十年代西北农村的荒凉、破败和农民的缺衣少食等历史内容的。然而，他似乎更愿意深情地描绘和歌颂在岁月长河的激荡之中，在人世的沧桑变幻之中，那些永远坚定地支撑着一个民族精神世界的价值情怀。年幼无知的舍木尔耐苦着一张脸艰难地吃着苦菜团子，姑太太很不以为然地教训道：人要带着欢喜的心吃五谷杂粮，只要你香香地吃，啥东西都会香起来！（《小青驴》）频遭家庭变故却一直记挂着父亲临终遗言的姑舅爷，事隔几十年后依然千方百计地要给故人之后还上那十几个银元的欠款（《黄昏》）；一个解放军战士枪支走火，致死人命，正当部队准备军法处置小战士之时，当地的回民却劫了法场，把小战士藏进了清真寺（《父亲讲的故事》）。[①]石舒清描写存在于回族人民身上的仁义精神、“轻生死，重然诺”的古老信念、坦然面对苦难时的超脱情怀，这些不正是几千年来中华民族能够跨越血与火的考验，而不断走向新生的核心精神价值观念吗？自然，在石舒清的作品当中，他也涉及人生的残缺与人性的黑暗，他的短篇小说《选举》就描写了农民的“国民性”弱点，《羊的故事》于往事的回忆当中，也笔涉因极度贫困而导致的人性的变异。然而，贯穿于石舒清小说当中的精神红线，是对人生的留恋和对人性葆有信心。由此，他才可能把一场普普通通的家庭清理内务活动，描写得那样动人喜人（《清洁的日子》）。漠月也是以创作“暖色调”而著称的宁夏青年作家。二十世纪九十年代以来，他发表了大量的书写草原生活的作品。这位出生和成长于贺兰山西部阿左旗草原上的小说家，一直固执而坚定地书写着草原人的日常生活。在他的小说世界当中，外人看来异常单调、贫乏、枯燥的农牧民的生活，竟是那样地永远流淌着温暖人心的力量。《白狐》中那懵懂的小男孩，《锁阳》和《放羊的女人》里温厚善良的女人们，父亲为了寻找一头老骆驼而在沙漠当中几乎死去（《父亲与驼》），一对草原上的青年男女终于跨过父辈的爱恨情仇而紧紧相拥（《湖道》）。漠月用他那支温柔的彩笔，不断描画着人类生活当中原本强大的“善”和“美”的力量。有了这种力量，人与人之间可以消弭隔阂，相亲相爱，人与动物可以情同兄弟，生死相守。其他如郭文斌的《吉祥如意》《点灯时分》、陈继明的《母

① 石舒清创作有两组同题小说《父亲讲的故事》，本文所引为发表于2008年3月号《十月》上的那组小说。

亲二题》、张学东的《跪乳时期的羊》、马金莲的《掌灯猴》等，莫不以展现艰难时世当中的美好人情人性为旨归。是否可以这样说，当太多的“私语叙事”和过多的人生阴暗展示几乎要淹没读者心灵的时候，宁夏青年作家们对于“生活美”的认真发现和对人本身的积极信念，是划开阴霾的一抹亮光。它提供了人生与文学的完整图景，延续了“五四”以来中国文学健朗而明亮的精神血脉。

宁夏青年作家把创作之“根”深深扎进民族生存和生活的土地里，不仅表现为对民族民间生活的熟悉和痴恋，也表现为在艺术道路的选择上，“不为浮云遮望眼”，而是坚定地走一条取法乎上、转益多师之路。在长期的小说创作实践当中，在文学榜样的学习和艺术道路的认定和选择上，他们从不盲目跟“风”，也不轻率地声言“反叛”和“颠覆”，而是坚守文学阅读和创作所必需的宁静和沉思品质，虔诚地老老实实地“啃”中外文学大师的经典之作，细心而扎实地揣摩学习，以汲取最完美深厚的文学营养，丰富和开拓自己的艺术思维和心灵，从而写出佳作。二十世纪八十年代中后期以后，在中国文坛，“先锋派”文学曾经兴盛一时。客观地说，先锋派作家要求小说有自己独立的声音和审美个性的文学观念，对冲击日益僵化的某种当代小说规范显然有着不容低估的意义。然而，当先锋派所创造的形式主义艺术经验，只是作为一种文学招贴而很难与二十世纪九十年代复杂的“中国经验”相连接，更无法回答和解决时代所提出的现实课题时，先锋派文学事实上已经在中国文坛处于式微的命运。不幸的是，九十年代后起的更年轻的一代作家不仅没有从先锋派身上吸取应有的经验和教训，反而本末倒置地认为中国文学“西化”得还不够。于是，一时间，中国文坛充斥着恶意“毁典”的冲动，许多写作者对已有的经典文学传统采取虚无主义的态度，他们当中有的人甚至对汉语的文学功能和表意功能，对由漫长的中国古代诗歌实践所培养的汉语的音乐性和节奏感这一最显著的汉语美质尚未认识清楚，就口口声声要“颠覆”和反叛，其无知和狂妄为二十年来的中国文坛所仅见。宁夏青年作家身在文坛之中，奇谈怪论也听了不少，但不为各种招摇时髦的口号和貌似新潮的时风所惑。他们的小说虽多方取法、转益多师，骨子里的情调却是东方的、中国的。他们能够融会中外小说的种种成功的艺术经验，为其笔下的西部人生服务。因此，他们的小说，“根”是深扎在黄土地上的，其艺术的滋养却可能既来自中土，也来自异域。由于他们共同的坚守，在所谓“后现代”主义文艺思潮甚嚣尘上，文学创作粗鄙化、欲望化、肉身化倾向泛滥成灾的时刻，宁夏青年作家所创作的那些闪耀着中国艺术光辉和民族精神的作品，便有了一种无法替代的价值和地位。

经过十年时间的不懈努力和奋斗，在文学巨人张贤亮之后，宁夏这片一直与偏远和“欠发达”相伴的土地上，终于崛起了一支令中国文坛感到欢欣鼓舞的文学新军——“宁夏青年作家群”。这支文学新军，以独特而撼人心魄的文学歌唱，在新世纪前后文坛众声喧哗的历史时刻，显现了中国文学大合唱当中本应该苍劲有力的声部。“宁夏青年作家群”的崛起，在新世纪前后的中国文坛，应当说显现了它特殊的价值与意义：第一，这是一个与广阔的中国古老土地和乡村血脉相连的创作团体，是一个带着“土气息、泥滋味”的创作团体，在一派欲望化和浅斟低唱的文学表述中，“宁夏青年作家群”的创作与西部其他扎根于民族本土写作的作家们一道，代表着中国土地上的另一种真实的声音和色彩。第二，“宁夏青年作家群”的全面崛起和被中国文坛所肯定，表明扎根于中国土地和

"中国经验"，坚定不移地学习我国优秀的古典文学传统和伟大的"五四"文学精神，走文学的民族化之路，同样可以创作出当代文学的杰作。那种鄙视我国优秀的文学传统，唯"新"、唯"洋"是举的文学观念，对于广阔而多元的当代文学创作实践而言，显然是浅薄的和有害的。第三，"宁夏青年作家群"的崛起过程，证明在经济落后、现代教育和文化还不太发达的西部地区，文学事业的进步和发展是可以走在前面、"一枝独秀"的。"宁夏青年作家群"的成长成熟过程，为市场经济体制下，文学的生成和运作提供了另一种个案和另一种方式（我国幅员辽阔，经济文化水平发展不均衡，文学生成与运作的方式本来就应该是多样的），也为党更好地领导文艺提供了新鲜的足资借鉴的成功经验。

2010 年 6 月

巨大的翅膀和可能的高度

——“宁夏青年作家群”的创作困扰

在新世纪前后的中国文坛，“宁夏青年作家群”的创作赢得了相当多的掌声和喝彩。他们把创作之根深深扎进祖祖辈辈所生存过的西北黄土地，在对父老乡亲悲欢离合生死歌哭故事的真切讲述当中，认真描画着真情流贯的西北乡土社会的生活画卷；他们用各自并不相同的艺术彩笔，将广阔的西北边远之地的自然风光、社会风情、宗教氛围逐一呈现，从而构成了审美化了的西北风情图；他们坚定而执着地向中国优秀的古典文学创作传统学习，心态沉稳，不慌不忙，朴素而单纯地看取世界，描写生活。是的，“宁夏青年作家群”在并不被看好的情况下，以骄人的创作业绩，已经在新世纪前后的中国文坛上掀起了“宁夏风暴”。然而，总有一个困惑始终纠缠着我们：宁夏青年作家们已经拥有了足够多的生活阅历的积累，其创作的年限普遍在十年以上，不可谓不长，他们当中相当多的人也已经创作出了不少精品，有的还获得了国家级的文学奖项。但是，阅读他们的作品，常常感觉气度不够、冲击力薄弱，让人可做玄妙之思（比如《清水里的刀子》）、愉快之想（比如《吉祥如意》），却没有地动山摇般的震撼感觉。宁夏青年作家就仿佛是一只盘旋于蓝天中的巨大飞鸟，虽然已经拥有了一双垂天之翼，却总是不能冲到九万里的高空。因此，问题自然就提出来了：既然已经积聚了相当深厚的生存经验，不少作家的艺术风格亦臻于成熟，那么，宁夏青年作家们为什么迄今为止不能提供极具冲击力的如《白鹿原》一样的“黄钟大吕”般的文学佳作？答案可能会是多样的。笔者以为，也许正是宁夏作家的创作优势——对乡土社会的异常熟悉和痴情，既带来他们创作的荣光，也带来他们创作的缺陷与困扰。

在宁夏青年作家所创作的作品中，乡土社会所导致的思想的狭窄性显而易见。由于长期处于西部乡土社会的底层，也由于物质生活的极度匮乏和精神生活的极端稀少，大多数青年作家的精神构成是有一定程度的缺陷的。这直接导致了一旦进入创作时，许多青年作家在看待世界、思索问题方面缺乏应有的全局性目光和更为博大开阔的心胸。由于这种全局性目光的缺乏，作家们所描写的乡土生活实际上是缺少参照系的，是封闭的、孤立的。鲁迅曾经说过：“外面的进行着的夜，无穷的远方，无数的人们，都和我有关。”[①]描写乡土又囿于乡土，作品的思想冲击力自然无从谈起，更阔大的人生景象便付之阙如。

乡土：是源泉也是制约

人类亲近与热爱土地的情感几乎是天然的，流动在血液里面的。这当然源于原始人类最初的栖息之地是广阔的大地和原野，更源于人类早期的生存之物都是土地慷慨地奉献和提供的：土地提供给人类延续生命和种族所必需的食物，土地也提供给人类最初的生产劳动工具。我国是一个主要处于北温带的大陆国家，幅员辽阔的

① 鲁迅：《“这也是生活”……》，《且介亭杂文末编》，人民文学出版社1973年，第113页。

土地和适宜的气候使中华民族在五千年前就开始了农耕生活。长期的农耕生活，使中华民族与这片土地以及土地上的山川风物建立了深厚的亲人一般的感情。对于养育自己的大地，对于这大地和原野之上的人类生活的热爱与依恋成为中国人普遍而自然的心理情感，所以文学家们经常会吟唱：土地是我们的母亲，我们是土地的儿子。费孝通先生在《乡土中国》一书中说："从基层上看去，中国社会是乡土性的。……最近（按：指作者在西南联大讲授《乡村社会学》时的1946—1947年间）我遇着一位到内蒙旅行回来的美国朋友，他很奇怪地问我：你们中原去的人，到了这最适宜于放牧的草原上，依旧锄地播种，一家家划着小小的一方地，种植起来；真像是向土里一钻，看不到其他利用这片地的方法了。我记得我的老师史禄国先生也告诉过的，远在西伯利亚，中国人住下了，不管天气如何，还是要下些种子，试试看能不能种地。——这样说来，我们的民族确是和泥土分不开的了。从土里长出过光荣的历史，自然也会受到土的束缚，现在很有些飞不上天的样子。"费先生又说："农业和游牧或工业不同，它是直接取资于土地的。游牧的人可以逐水草而居，飘忽无定；做工业的人可以择地而居，迁移无碍；而种地的人却搬不动地，长在土里的庄稼行动不得，侍候庄稼的老农也因之像是半身插入了土里，土气是因为不流动而发生的。"[①]费孝通先生所说，当然是就中国社会漫长的农耕史和土地依恋史而言的。在风云激荡的二十世纪，虽然传统的中国社会受到各种政治因素和外来文化的强烈冲击，但中国人对土地的痴迷和眷恋之情并没有发生根本性改变。土地不仅是这个民族赖以生存的家园，更是作家艺

① 费孝通：《乡土中国·生育制度》，北京大学出版社1998年，第6-7页。

术家反复吟咏的超级对象。应该说，土地和建立于土地之上的乡土社会，作为民族精神历史的博物馆，其独特的地位一直吸引着广大的中国作家艺术家。在二十世纪的绝大多数时间里，历史悠久、内蕴深厚的乡土生活为中国作家艺术家提供了似乎是取之不尽的创作资源。翻开二十世纪文学史，我们发现，主要以描写乡土人生和乡土风情为核心内容的“乡土文学”占有相当大的比重和相当重要的位置。“乡土文学”创作所造就的优秀作家也显得数量庞大。“乡土文学”在二十世纪的文学史上格外发达，原因无非是两个方面，第一,二十世纪的中国社会依然是一个以“农”为主的社会，在漫长的历史阶段，超过九成的中国人口集中于地域辽阔的农村，农民的生活情景是这个国家触目可见的生活景观，乡村的思想方法和价值观念成为二十世纪中国人普遍的思想方法和价值观念。农村又是二十世纪中国作家最重要的培养“基地”，大量来自农村的作家对乡土具有天然的亲近感，他们的想象力、乡土情怀往往会变成对乡村的审美情感，从而以文学作品的形式表现出来。不妨来听一听乡土作家们的“心声”。二十世纪二十年代贵州籍的乡土小说家蹇先艾说：“我是乡下人，所以对于乡村人物也格外喜爱。”[①]以描写河南乡村生活而著称的二十世纪三十年代的小说家芦焚（师陀）说：“我是从乡下来的人，说来可怜，除却一点泥土气息，带到身边的真亦可谓空空如也。”[②]诗人兼散文家李广田则在题名为《地之子》的诗中高声吟唱道：“我是生自土中，来自乡间的，这大地，我的母亲，我对

---

① 蹇先艾:《〈乡间的悲剧〉序》，转引自赵园著作《地之子·自序》，北京大学出版社2007年，第5页。

② 芦焚:《〈黄花苔〉序》，转引自赵园著作《地之子·自序》，北京大学出版社2007年，第5页。

她有着作为人子的深情。”他在《画廊集》里又说：“我爱乡间，并爱住在乡间的人们，就是现在，虽然在这座大城里住过几年了，我几乎还是像一个乡下人一样生活着，思想着，假如我所写的东西里尚未能脱除那点乡下气，那也许就是当然的事体吧！”一直对城市的世态人情持批判态度的沈从文说：“我实在是个乡下人……乡下人照例有根深蒂固的永远是乡巴佬的性情，爱憎和哀乐自有它独特的式样，与城中人截然不同！”[1]第二，从文学传统来看，中国古代的抒情文学当中，有大量的对于乡村风土人情的描写，这些已有的文学资源，直接启发着作家们的创作灵感，深刻影响着我国现代以来的乡土文学的创作。我国最早的文学经典《诗经》就有非常多的篇章，对乡土生存做了真实而贴切的描绘。在《诗经·豳风·七月》这篇作品中，祖先们唱道：“七月流火，九月授衣。一之日觱发，二之日栗烈，无衣无褐，何以卒岁。三之日于耜，四之日举趾，同我妇子，馌彼南亩，田畯至喜。”对气候的变化，对艰辛的劳动生活以及彼时心情的状绘，深切而感人。在成就辉煌的唐宋诗词当中，文人雅士们对乡土风情的吟咏更加动人。山水田园派诗人孟浩然在《过故人庄》中吟唱：“故人具鸡黍，邀我至田家。绿树村边合，青山郭外斜。开轩面场圃，把酒话桑麻。待到重阳日，还来就菊花。”其在乡村故人之家受到款待时的欣喜愉快之情溢于言表。而有心杀敌、无力报国的辛弃疾，虽壮志难酬，但长期居于乡村，对乡村的风物景象还是了然于心、喜悦于心的。他在一首乡村夜景诗里中描写道：“明月别枝惊鹊，清风半夜鸣蝉。稻花香里说丰年，听取蛙声一片。七八个星天外，两三点雨山前。旧时茅店社林边，路转溪桥

---

① 沈从文：《习作选集代序》，《沈从文选集》（第五卷），四川人民出版社 1983 年，第 229 页。

忽见。”(《西江月·夜行黄沙道中》)乡村夜晚的优美、清新之态，跃然纸上。自然，中国古代文学对于乡村生活的描写也不完全是诗意的、柔曼的。乡村生活的残酷性也会时时闯入作家的眼帘，撞击他们的心扉。唐代诗人李绅就在《悯农二首》中唱道:“春种一粒粟，秋收万颗子，四海无闲田，农夫犹饿死！”宋代大诗人范成大也在《四时田园杂兴》诗中对官府的大肆盘剥百姓进行过愤怒的声讨！[①]这样说来，当二十世纪的中国作家在描写乡土风物和乡土人生的时候，实际上他们是受到两种中国古代文学传统影响的：一种是从乡土生活当中汲取动人的诗意，并优美地展示出来；另一种则是以悲悯的目光，在乡土人生当中发现苦难与不公，客观而冷峻地表现出来。

宁夏回族自治区是地处我国西北部的一个远离海洋的内陆省份，属于典型的西部农牧业省份。从地形地貌和自然条件来看，全区6.64万平方公里的土地可以划分为三个区域：北部是以宁夏平原为主的黄河水自流灌溉区域，秦汉以来，便是农耕地区，自古便有“塞上江南”之美誉[②]；中部为干旱、半干旱区，以农耕生活为主，有些许牧业；南部为黄土高原上的丘陵地带，近几十年来，雨水稀少，风大沙多，耕种不易，是靠天吃饭的地方，人称“苦甲天下”。宁夏回族自治区成立于1958年，在自治区成立之前，宁夏是没有所谓现代工业可言的。二十世纪四十年代，西北军阀马鸿逵主政宁夏的时候，马公馆所用的照明电，是靠一台晚清慈禧太后宫中淘汰

① 最典型的一首诗是这样四句:“采菱辛苦废犁锄，血指流丹鬼质枯。无力买田聊种水，近来湖面亦收租！”

② 唐代韦蟾《送卢潘尚书之灵武》诗曰:“贺兰山下果园成，塞北江南旧有名。水木万家朱户暗，弓刀千骑铁衣明。心源落落堪为将，胆气堂堂合用兵。却使六蕃诸子弟，马前不信是书生。”

下来的发电机发出来的。1958 年之后，宁夏虽逐渐地迈入现代工业化社会，但是，地域的偏远和现代经济、文化、教育基础的异常薄弱，加上国家总体经济运行的不成熟性，都使得宁夏社会的总体面貌更多农业社会的色彩而少现代工业化社会的特点。一句话，直到改革开放风起云涌的二十世纪八十年代，宁夏的大部分地区还处于生产力水平低下，现代思想和意识非常稀薄的传统农业社会当中。应该说，宁夏的文学就是在这样的经济和文化环境当中逐渐生长起来的，宁夏的作家也是在这样的历史传统和现实情境的深刻影响和制约下形成自己的创作视野和胸怀的。

生活于中国最不发达的地区，自小与无边黄土、漫漫风沙、牛马羊驼为伴，日日目睹“狗吠深巷中，鸡鸣桑树颠”的乡村景观，这样的人生经历，深刻地塑造和决定了宁夏青年作家们的精神价值取向和审美心理。因此，当我们看到“土地”与“乡村”是迄今为止宁夏青年作家最乐于描写的生活对象和生活内容时，丝毫也不应该感到奇怪。换句话说，当我们遍翻宁夏青年作家的小说、诗歌、散文作品之时，会发现：“乡土性”是他们的创作最为显著和鲜明的标识。像现代以来所有的来自中国乡村的作家一样，宁夏青年作家们对“生我养我”的故乡从来都是深情款款的。来自阿拉善草原的漠月说：“在我生命的最初记忆里，出生地留给我的印象是美好的，有着田园诗般的宁静和安详。每逢夏秋时节，艾莱山下青草茫茫，像一面巨大的绿色的地毯；南边则是一眼望不到头的沙漠，沙漠里长满了高大的梭梭和葳蕤的白茨，有的地方连骆驼和羊都穿不过去。我跟着在家的哥和姐，去挖苁蓉挖锁阳捡柴火，或者放牧驼群……我想说的是，出生地和儿时的经历，尤其对于作家和诗人很重要，决定着写作的情感因素和精神向度。”[①]从小生活于宁夏同心县清水河畔的李进祥在接受一位评论家的访谈时说：“我是土生土长的宁夏南部人，这里有着永远望不尽的连绵起伏的黄土丘陵和无尽的风沙。多少年来，我的祖先就生活在这里，如今，我也生活在这里。只是，我现在寄寓的县城离老家有二十多公里的路程。然而，我始终觉得有根精神的脐带连着我和老家。故乡一直不远不近地默守在那里，所以我没有四海漂泊疲惫不堪的游子那种强烈的思乡情绪。我就在故乡的附近守候着，有些胆战心惊地看着它，看一条清水河因为一个小造纸厂的建设而变黑变臭，看窑洞变成了房子，土房子变砖房子，砖房子变瓷片房子，房子越来越高，却越来越空。看一群我小时候就是老人的老人，现在还是老人，看一群和我同龄的人，现在大多不知道了去向；看一茬茬小孩子又在长大，我能凭相貌看出他们是谁家的孩子，但我不知道他们的名字，也不知道他们在想些什么。我的故乡在我眼皮底下变得渐渐陌生。我始终在想当然地描写着我的故乡，我以为那是我真的故乡。”[②]出生于二十世纪八十年代的马金莲在谈及自己的小说创作时也说：“都是关于村庄的。写作灵感的源头，就是我最初生活的那个村庄。今后的写作，还是围绕村庄。只要村庄屹立在大地上，生活没有枯竭，写作的灵感就不会枯竭。”[③]

乡土生活和童年记忆是如此强大地在一种并非自觉的状态下植入了青年作家们的心灵深处，这使他们最初的写作几乎都走上了一条个人精神和情感的“返乡”之路——这几乎是所有来自乡村的创

---

① 漠月：《锁阳·后记》，宁夏人民出版社2004年，第274页。

② 郎伟、李进祥：《用一颗悲悯的心去感受和描写世界》，《回族文学》2006年第4期。

③ 马金莲：《前方的幸福》，《父亲的雪》，宁夏人民出版社2010年、第343页。

作家的“规定路径”。不妨来听听小说家莫言和散文家周同宾所说的两段话。莫言说：“作家的创作，其实也是一个凭借着对故乡气味的回忆，寻找故乡的过程。”[①]散文家周同宾也说：“写作就是回老家，就是亲近故土亲人。”[②]无论是石舒清的处女作《故里》，还是陈继明的成名作《村子》，抑或是张学东的处女作《蚂蚁搬家》[③]，宁夏青年作家们无一例外地将文学写作的“初吻”献给了乡村。而且，初入文坛时的吟唱乡村之曲受到好评和鼓励，又在某种程度上激发了年轻的创作家们更大的描写乡村的热情。以石舒清为例，1988年至今，近三十年间，在他所发表的数百篇小说中，百分之九十的作品是属于乡土题材的，其他题材的作品，包括所谓城市题材作品，只占其创作的百分之十左右。宁夏青年作家所提供的乡土题材的小说、散文、诗歌，不仅数量多，而且质量高。在已经颁发的中国作协主办的六届鲁迅文学奖短篇小说奖项当中，宁夏青年作家石舒清、郭文斌榜上有名，其获奖作品《清水里的刀子》《吉祥如意》皆是书写乡土人生的。从1994年到2016年，二十二年间，宁夏共有六位青年作家的小说集和散文集入选“21世纪文学之星”丛书，除马宇桢的小说集《季节深处》当中所收篇目是以城市青年的生活与情感为描写内容的，其他五位作家石舒清（《苦土》）、陈继明（《寂静与芬芳》）、张学东（《跪乳时期的羊》）、了一容（《挂在月光中的铜汤瓶》）、刘汉斌（《草木和恩典》）的小说集和散文集中，其主要篇幅是描写西北乡村的田野风物和乡土人的命运变幻、心灵

① 莫言:《小说的气味》,《天涯》2002年第2期。

② 周同宾:《古典的原野·自序》，人民文学出版社2002年。

③《故里》发表于《回族文学》1988年第3期,《村子》发表于《朔方》1991年第3期,《蚂蚁搬家》发表于《朔方》1999年第9期。

波澜的。应该说，这十多年来，宁夏青年作家们确实以他们别具特色的创作，不仅为二十世纪九十年代以来的宁夏文学，也为新世纪以来的中国文学提供了新鲜而动人的文学话语，其价值和意义不容低估。

但是，在探讨宁夏青年作家出色的乡土书写时，我们也不能不注意到这样一个悖论性现象：一方面，深厚的乡土生活经历为宁夏青年作家群提供了最大的写作素材和创作源泉。举凡乡土社会的历史变迁、农民的生活苦难、西北乡村社会特殊的宗教氛围、底层人民的婚丧嫁娶等宏观或微观的生存场景，几乎都可以在宁夏青年作家所创作的乡土文学当中寻找得到。另一方面，乡土社会生活以及构筑于这种生活之上的价值观念所具有的某种封闭性、保守性、滞后性又极大地限制了作家们的思想视野，影响了他们看待世界评价生活的眼光，妨碍了他们对中国社会做更深入的透视和发现。在一些宁夏青年作家的创作中，站在乡村立场上来激烈地批评和指斥城市社会，成为颇有影响力的思想倾向。在石舒清的小说中，尤其是在他近几年所发表的一些以父辈那一代人的乡土人生作为描写对象的作品中，比如发表于2008年的那组题名为《父亲讲的故事》中，石舒清借父亲的“说古今”，实际上表达的是对当今社会现实的困惑之情。在李进祥的小说创作中，站在乡村的立场上来全面质疑当前城市生活的正当性这样的思想倾向性更加强烈。《屠户》描写农民马万山带着儿子由农村来到县城，准备通过辛苦和努力，在县城谋得一席生存之地，结果，由于城市的诡诈和一头牛的发疯（牛在乡村里是温顺的动物，却在城市里发了疯！），马万山只在城市里为儿子找到了一块坟地！《换水》里的一对农村青年男女马清和杨洁，怀着一腔梦想来到城市，最终却带着城市所给予的身体的伤和心灵的痛，黯然回归家乡。河湾村一向生活安宁，人心颇古，但自从来自县城的“南方猴”竖起“买卖大旗”，大肆收购蝎子之后，河湾村不仅原有的生活秩序和节奏被搞得彻底乱了套，而且一村人的心一夜之间竟变得异常险恶！（《遍地毒蝎》）在如此这般的乡村故事的描述中，乡村人本来生活得贫穷而安宁，虽日子实在过得艰难，但也古风犹存，父慈子孝。可是，城里人的到来，或者农民们耐不住乡土的贫穷和寂寞进了城，只要上述两件事情发生，生活当中必定会有灾祸如影随形般来到！不能否认，李进祥那些描写当前农民生活的作品是充满着深厚的人道主义情怀的，是力图通过文学的手段，为底层人民的不幸命运“鼓与呼”的。然而，只是在文学作品当中简单地把“城与乡”人为地对立起来，甚至很牵强地认为城市是一切罪恶的策源地，这样的思想判断和文学描述，可能就显得异常片面和狭窄了。当中国的城与乡都在发生着历史性巨变的时刻，当这个年代异常复杂的生活景象和深层律动对作家的思想能力形成强大的冲击和考验的时候，如何以一种清明的理性认识把握现实，尤其是如何认识城与乡的复杂关系，而不是简单地仅仅把城乡对立起来，这样的文学思想力问题，不仅是摆在李进祥面前，也是摆在不少宁夏青年作家面前的亟待解决的重要思想艺术课题。

文化视野的狭窄性

宁夏青年作家群是一个生长于西北边鄙之地，自小与乡土社会以及西北黄土地上的贫瘠与苦难相伴相随的创作群体。黄土地上的乡村社会为他们提供了个人成长过程中的一切生活资源、情感资源和思想资源，既哺育了他们的身体成长，也培养了他们的精神世界。因此，当我们论及宁夏青年作家群的创作特征时，不能不注意到他们精神世界当中的“乡土性”因素。这种精神世界的“乡土性”因素自然为他们的文学创作带来了诸多的审美益处，比如对乡土生活的熟稔带来了作品叙事的异常真实性（包括大量的生活细节的真实性）；对乡土社会的痴情眷恋带来了作品特别的情感深度，增强了文学作品的感染力；与朴素的乡土社会相对应，艺术描写手段的传统与古典又使得作品容易营造单纯明朗的“诗的气氛”等等。然而，中国西北乡村物质生活长时期的极度匮乏和精神生活的极端稀少，作家长时期处于社会底层的坎坷与奋斗经历，包括“乡土性”当中天然带有的一些思想和观念的弱点，上述几个方面，实际上对宁夏青年作家群的创作都构成了相当严重的制约性力量。我们应该承认，与现代社会的大工业化背景和环境下的人类生活与精神实践所培育的“现代性”相比，由传统的农业社会所孕育的“乡土性”，在观念构成和思想方法上确实存在着一些相当明显的缺陷。第一，乡土性社会经验在许多时候培育的是一种实用主义价值观和非全局性观念。因为在自然经济条件下，个体性生活和劳动是最基本的生存方式和生活经验，交通和通信又处于非常落后简陋的自然状态，所以生活于乡土性社会当中的人们只愿意相信眼前的看得见、摸得着的实在事物和“局部的经验”，而不太愿意去建构生活的大局观和宽阔的人生视野。在乡土社会，一个稍微有点知识和学问的人，如果不去解决生活的眼前实际问题而只是遥想与乡村不沾边的事，会被乡亲们视作十足的“废物”。第二，乡土性社会常常培养固执和片面的思想方法。因为个人在局部范围内的一些成功（比如在一块地里种出了好庄稼），就固执地认为狭窄天地里的经验适用于所有领域，从而忽视汲取新的思想营养和他人的成功经验。对许多宁夏青年作家来说，因为他们精神世界当中“乡土性”因素带有非自觉性（他们是被乡土社会的大海“泡”大的）和持久性，当这种因素转化为艺术思维时，对其创作的严重制约就会非常明显地表现出来，从而构成了他们创作当中的一些显著的缺陷。

其一，从感知生活和描写生活的广度而言，相当多的宁夏青年作家的创作显现着单调性狭窄性特征。他们对“过去的乡村”注目甚多，而对城市和其他生活领域却关注甚少。

在许多宁夏青年作家创作的作品中，乡土生活似乎成了“永远的”创作母题。他们总是喜欢在小说中不厌其详地讲述乡村故事，多角度、多侧面地叙述童年时代所经历的人生世相，而且通常是二十世纪六七十年代的乡村人事。有的由乡村走进城市的创作家甚至抱怨说：长时间住在城市里，渐渐地会什么也写不出。只有回到乡下，感受了熟悉的“地气”与“人气”，才能使创作灵感“苏醒”。当然，我们应该尊重作家们创作中的题材选择。对于创作者来说，写乡土还是写城市或者描写别的人间生活是他们的自由。文学史上的创作实践早已经证明：题材并不一定成为创作出好小说的唯一决定因素。我的疑问是：当许多年轻的作家，生命尚未进入老境就已经靠不停地“回忆”来支撑自己的创作，那么，将来的岁月呢？是否担心有“回忆”枯竭、创作难以为继的那一天呢？问题的严重性还在于，一些青年创作家由于已经进入城市生活和工作多年，对目前的乡村生活缺乏深入的人生体验，对新世纪以来正在发生着深刻变化的西北农村和农民的命运无法感同身受。因此，除了陈继明、李进祥等作家对“农民工”进城的遭遇有过文学描写（《途中的爱情》《粉刷工吉祥》《换水》）之外，大多数作家对城市化进程当中农民的悲欢离合多数时候是有隔膜的。由于有隔膜，便不敢描写；由于某些话题（比如农村基层干部形象的复杂性）具有尖锐性，便一味回避。因此，宁夏作家的乡土故事许多时候就丢掉了新鲜感和现场感，常常让人生出“熟悉的地方没有风景”的感叹。应该承认，正在变得越来越复杂的城市人的生活和命运，在宁夏青年作家的笔下也时有反映。但遗憾的是，这些比较罕见的“城市小说”普遍创作得粗疏、张皇。与描写乡村生活的得心应手相比，宁夏青年作家们对城市生活无法达到深度进入的状态。感情上不能够贴心贴肺，书写起来自然是雾里看花，甚至不得其门而入。这样的创作缺陷直接妨碍着宁夏文学的未来走向，所以不能不引起高度重视。

其二，由于乡土社会思想中的保守性和排他性因素的渗透，造成了许多作家思想视野和观念形态的狭窄性和封闭性。当这种狭窄性和封闭性成为一种创作思想时，社会生活的全面性和有机联系性就被作家们有意无意地忽略了，写作当中的大视野和前瞻性也就付之阙如。这直接导致许多作品的思想厚度不够，穿透力钝化。

许多宁夏青年作家喜欢描写古老乡村的诗情和画意，这没有错。但是，古老的诗情如果已经被汹涌而来的世俗的激情淹没时，是继续诗意地玄想，还是勇敢地面对芜杂而诗意顿失的生活？这既是对作家创作勇气的磨砺，也是对作家思想素质的考验。因为，面对复杂的生活，优秀的作家们必须拥有识破和穿透的能力。你的视野不开阔，对中国的历史与现状思考不深入，对社会生活的全面性和有机联系性视若无睹，以为描写乡村只要熟悉乡土就够了，那么，你的乡土小说的思想成色便大可怀疑。我的意思是，一个卓越的创作家对生活必须有全面的甚至是精确的感知与了解，你写乡土生活，但思想素质必须是现代的、超前的、与时俱进的。鲁迅创作的乡土小说的不朽来源于他的先进的知识分子的思想底色。尤其是处于全球化信息化的年代，作家和所有普通人一样，实际上每天都在感受着生活的致命诱惑和难言的重压。这个时代，城市与乡村的联系比之过去应该说更加紧密了。今日都市里繁华闹市的霓虹灯影、火树银花，不正是与无数乡村寂静的夜晚和微弱的灯火互为因果，密切相关吗？客观地说，中国的乡村与城市从来都是唇齿相依、祸福与共的。近代以来，中国乡村的动荡与波澜，哪一次没有深刻地触及城市的生活神经？因此，二十世纪那些最优秀的中国作家皆是既懂得农民心灵，又深知城市性格的。鲁迅自不必说，单说茅盾的“农村三部曲”以及新时期早期高晓声等人的“乡土小说”，哪一篇不是站在时代所提供的可能高度，视野宽广地描写农民问题？所以说，无论是描摹乡土还是书写城市，如果只熟悉一种生活领域而不清楚其他生活秘密，都会对你的“乡土文学（或者城市文学）”构成严重的伤害。因为你的小说的思想天地是封闭型的，你所描写的生活是孤立无援的，它与更广阔丰富的世界缺乏应有的沟通和联系。你所提供的艺术世界只是一个物体的真实的投影，可是造成投影的光源何在，亮色与暗影究竟构成了怎样的对比关系？地域的小河如何与时代的汪洋大海水流相通、声气相求？我们都不知道！二十世纪九十年代以来，大陆文坛的乡土小说创作陷入困境，很大程度上是因为作家们视野不开阔、思想封闭和狭窄所导致。作为新世纪以来中国大陆乡土小说的一支主要创作力量，宁夏青年作家的这一写作缺陷已经成为某种文学标本，并足以引发文学界更多的思索。

宁夏青年作家写作当中缺乏人生大视野和思想力钝化问题，从他们的长篇小说的创作中亦可明显看出。众所周知，长篇小说是一种与生活的复杂性和丰富性相对应的文体，是一种被期待着不仅可以视野宽广地记录人类真实无比的生存经验，而且能够永远深入地传达人类的激情、向往、恐惧、痛楚、忧伤等等不可视的内心生活的绝佳文体。意大利作家卡尔维诺认为：长篇小说应该是“一种百科全书，一种求知方法，尤其是世界上各种事件、人物和事务之间的一种关系网，是一种繁复的文本”。（《未来千年文学备忘录》）简单地说，长篇小说作为一种文学创作的尖端文体，不仅需要提供人类生活的全部丰富性和复杂性，而且更应该具有足够的穿透人类生存的大气磅礴的思想勇气和智慧力量。以这样的长篇小说的“高端性”来衡量宁夏青年作家的长篇小说创作，有时会生出一些沮丧之情。仔细盘点一下新世纪前后宁夏青年作家群所创作和出版的长篇小说，坦白地讲，数量应属可观[①]。然而，如果我们深入地追究一下这些作品的思想尖锐度和智慧容量，往往会感觉到某种失望。石舒清的《底片》，是由一系列的村庄的日常小故事连缀成篇的，文体上更近似于中、短篇小说的集合，感情是一以贯之的，思想和智慧却看不出有新的突进与超越。陈继明的《一人一个天堂》和张学东的《妙音鸟》是涉笔“文革”的作品，可以感觉到作者有“大”想法，想通过中国社会具体的历史事件来透视人类生存的荒谬感和人性的复杂难言，但是由于具体的人生故事与“大”想法的不能水乳交融，就使得作品力图追求的思想和艺术目标难以实现。长篇小说的缺乏大视野和思想力钝化问题，是长期困扰中国创作界的一个

① 新世纪以来，宁夏青年作家已经创作和出版长篇小说十余部，比较知名的作品有：石舒清：《底片》，原载《十月·长篇小说》2006年第4卷；陈继明：《途中的爱情》，漓江出版社2003年，《一人一个天堂》，花城出版社2006年，《百鸟朝凤》，原载《十月·长篇小说》2008年第3卷；张学东：《西北往事》，河南文艺出版社2007年，《妙音鸟》，作家出版社2008年，《超低空滑翔》，上海文艺出版社2009年；季栋梁：《奔命》，原载《十月·长篇小说》2007年第1卷，《上庄记》，北京十月文艺出版社2014年；李进祥：《孤独成双》，宁夏人民出版社2003年；马金莲：《马兰花开》，宁夏教育出版社2014年。

思想和艺术课题。宁夏的某些青年作家似乎意识到了创作界的这一难题，也试图解决它，然而，由于人生阅历和修养的未臻化境，也由于文化视野的狭窄性，“翻越大山”的愿望一时还难以实现。

其三，文化视野的狭窄性，还表现为在“怎样写”的问题上固执成法，不敢开创新路，从而使相当多的作品艺术面貌非常单调，无灵动之态。遍翻宁夏青年作家群的小说和散文创作，不仅题材显得异常集中（百分之九十是描写乡土或为乡土唱恋歌的），而且艺术面貌也时常相同。许多作家是从乡村走出来的，刚刚进入文坛时，他们的作品是以写实的面貌出现的。而且，写实的作品当时还帮助他们赢得了良好的声誉。多少年后，当我们再读他们的作品时，感觉艺术风格和面貌几乎没有什么大的变化。许多宁夏青年作家总是把多种艺术描写方式的追求和试验视为艺术的畏途。因此，变形的、夸张的、象征的、寓言的艺术方式并不敢放胆使用，加上乡土题材的集中性，以至于不少外地的评论家论及宁夏青年作家的创作时，常常会非常惊人地评论道：宁夏作家写的太相似了。显然，从启动艺术的灵动思维，打开看待生活、观赏世界的新窗户这一角度而言，宁夏青年作家群还有相当漫长的一段艺术之路需要跋涉。在全球化的背景之下，如何在坚守写实主义传统与虚心学习二十世纪西方现代文学经验之间，找到一条可以走得通的道路，是摆在宁夏青年作家面前的必须解决的艺术难题。创作家的角色就是这样，他就是东方古老传说中的那只不死之鸟，生命的华美和芬芳完全取决于一次又一次投入大火的勇气。投入了，便浴火重生，成为翱翔于天宇的凤凰；不投入，便低飞于草莽，变成一只居于人间屋檐之下的凡鸟。

2010 年 6 月—2017 年 5 月

托举宁夏文学的另一双巨手

——新世纪以来宁夏少数民族作家创作扫描

宁夏的文学创作在中国大陆文学的阔大版图上占有一席之地，始于社会主义新时期。由于张贤亮等作家在中国大陆新时期文学舞台上声情并茂的动人演出，宁夏文学不再是被权威话语遗忘和忽视的“角落”。显而易见的事实是，张贤亮饱经沧桑与忧患的慷慨悲歌，不仅带给大陆和港、澳、台读者巨大的心灵震撼，同时，它们也使位于大陆西北偏远之地的宁夏具有了相当高的文学知名度和美誉度。进入二十世纪九十年代，宁夏文学在略事徘徊之后，又一次进入发展的高潮期。近二十年来，尤其是进入二十一世纪以后，在宁夏回族自治区党委和政府的热情关怀下，经过自治区文联、作协和《朔方》文学杂志社认真而有效的工作，经过宁夏各民族作家的辛勤耕耘和艰苦劳作，宁夏的文学创作园地逐渐呈现出繁花似锦、蝶舞蜂飞的喜人景象。时至今日，“宁夏文学”已经生长成为当代中国大陆文学百花园中香气扑鼻的一枝“奇花”，一蓬“异草”。回顾宁夏文学二十多年以来特别是新世纪以来的创作历程，我们会发现，在宁夏文学由弱小变为强大、由“几棵树”长成“一片林”的成长过程中，宁夏的少数民族作家扮演着不可或缺的重要角色。在认真地梳理新世纪以来少数民族作家突出的文学业绩之后，我们甚至可以断言，在当今的宁夏文学创作领域，如果缺少了少数民族作家的创作，宁夏的文学面貌将会变得相当苍白。

宁夏地处中国大陆西北部腹地。历史上，这里就是一个多民族杂居、多元文化相互交融的地域。秦汉时期，宁夏平原就拥有利用黄河水灌溉的相当发达的农耕文化。隋唐时代，宁夏南部的固原地区成为沟通东西方的陆上“丝绸之路”上的一个重要的贸易集散地。以后，这片古老的土地上诞生过西夏王朝，文化构成中便多了些漠野雄风。元代之后，伊斯兰文化大规模进入中土，到了明、清两朝，宁夏逐渐成为回族同胞的聚居地。中华人民共和国成立之后，特别是 1958 年宁夏回族自治区成立之后，在“开发大西北”的国家战略的实施当中，宁夏又成为得到祖国东部沿海发达地区支援最多的一个边疆少数民族地区，大量随工厂搬迁的工业移民和风华正茂的南方知识青年分批进入宁夏。1958 年到 1959 年间，仅浙江和上海两地的知识青年，就有超过十万人响应党和政府“建设大西北”的号召，进入宁夏山川。在大量的江南人来到宁夏的时刻，饱含着清新温润之气的江南文化也在不经意当中逐渐地在西北这片土地上生根、发芽，并使宁夏文化的内涵当中增添了轻灵与秀美的因素。从土地面积上说，宁夏的地域称不上广大、辽阔。在中国大陆的西北五省区当中，它是面积最小、人口最少的一个省区。然而，倘若从历史传承的古老与悠久、文化构成的丰富与多元来说，宁夏却是一个具有足够丰厚的精神矿藏和文学资源的“宝地”。

正是在如此丰富而阔大的历史文化背景的影响之下，宁夏的少数民族作家开始了他们执着而又不断开拓新路的文学审美之旅。他们要用手中的那支绚丽之笔，描绘出生活在这片神奇土地上的各族人民对美好生活的期待和向往；他们要用时代和生活所提供的澎湃激情，去寻找民族长久生存的奥秘，去寻求民族精神的纯美与刚健。回族老作家马知遥以罹病之身，费时十余年，创作出长篇小说《亚瑟爷和他的家族》（获得第七届全国少数民族文学创作“骏马奖”）。小说以粗犷的笔触描写了西北边地一个回民家族的传奇人生。在对亚瑟爷家族数代人的生活和命运的叙述当中，相当深入地挖掘了存在于回族人民身上的信仰坚定、坚忍不拔、崇尚自由、向往公平、敢于反抗强权压迫而又富于同情心和怜悯心等等令人钦佩的优秀品德。在大力讴歌回族卓越品质的同时，小说也以一种“爱之深则责之切”的心理与情感，展示了这个民族身上因长期的生活压迫与苦难命运而逐渐形成的历史沉疴，期待着回族能在风云激荡、潮流变化的社会历史发展进程中始终站在最前列。回族中年作家查舜，十年来静心读书思索，潜心打造长篇小说。他的出版于2001年的《青春绝版》和出版于2007年的《月亮是夜晚的一点明白》两部长篇小说，所描摹的皆为回族人民的日常生活景观。如果说马知遥的长篇小说喜欢以一种大开大阖的艺术气度和方式来诉说回族曾经的历史伤痛和不屈的抗争精神，那么，查舜则擅长以一种诗意的方式，用他那支饱蘸深情的彩笔点亮人间的万家温暖灯火。查舜也写苦难——对于近现代以来的中国人来说，苦难应该是人们最不陌生的一种生存状态，然而，查舜所关注的是：在外在的时代、社会等原因所导致的现实的苦难当中，回族人民是如何用心中的那一点“念想”，那一盏“美”和“善”的灯，照亮漫长而艰难的人生旅程的。于是，在查舜的小说里，出现了许多体现着“纯美”的东方古典精神的女性形象。无论是《青春绝版》里的林淑红，还是《月亮是夜晚的一点明白》里的纳素娟，在这些生活于现代社会的回族女性身上，那些长久地影响过我们祖先的精神价值观念是如此强大地植根于她们的内心深处。她们的善良、忍受、痴情、挚爱、无私，是这荒凉寂寞的人世当中热烈盛开的艳丽花朵，是艺术能超越现实、诗意抚慰人心的绝佳证明。查舜的这类文字仿佛童谣，即使世界早已浑浊不堪，它所呈现的天真美丽依然动人。

“宁夏青年作家群”是近年来崛起于中国大陆文坛的最引人注目的创作团体之一。在这一团体当中，云集着石舒清、金瓯、马宇桢、拜学英、古原、单永珍、了一容、李进祥、平原、土豆、阿舍、马丽华、马金莲、王正儒、泾河等少数民族作家。回族作家石舒清于2001年以短篇小说《清水里的刀子》而荣获第二届鲁迅文学奖，这是继张贤亮之后，又一位宁夏作家获得国家级短篇小说大奖。进入新世纪，石舒清精益求精，再开新路。他的短篇小说《红花绿叶》《果院》《黄昏》《父亲讲的故事》等作品，在对回族人民日常生活的精细而生动的描绘中，认真发现和揭示着回族人民独特的精神世界，并力图以坚定而执着的信念的力量，来救治心浮气躁的“现代病”。石舒清属于那类写得“慢”的作家，讲究的是“慢工出细活”。在这样的一个提倡奔跑、人人追风的年代，他偏居大陆西北一隅，精心地侍弄他的小说，像是一个年深月久的回族银匠，永远用一颗平常心来制作和打磨着他手中的每一件银器。无论器物的大小，在打磨者看来，都有可能通往纯美和永生的境地。石舒清的散淡与坚定、沉潜与执着正在把自己送入一个文学创作的更高境界。回族作家李进祥生活和工作在宁夏一个经济文化条件比较落后的小县城，然而，他创作的《屠户》《遍地毒蝎》《监控器》等作品，对当今的中国社会生活却有着惊人的透视和启人思索的发现，其思想水准一点也不输于发达地区的作家。金瓯是一位满族青年作家，他是宁夏青年作家群中不可多得的书写城市生活的少数民族作家。他的带有先锋意味的小说叙事，给宁夏的文学创作增添了别样的色彩。东乡族作家了一容早年曾经有过一段艰辛的流浪生活，当这一段不寻常的生活转化为他的文学生涯时，便构成了他的有别于其他作家的独特的审美世界——粗粝然而强劲的西部世界。平原、土豆、阿舍、马丽华是四位生活于都市当中的回族和维吾尔族女作家。对于都市知识女性复杂而纷扰的内心世界的探索，对于自由而诗性的完美生活的梦想，构成了其创作的核心内涵。四位少数民族女作家中，阿舍才兼小说和散文写作两道，她的散文大多数可称之为典雅的带着书卷气的写作，她的一些写实类散文对于现实的穿透力同样让人刮目相看。她的散文名作《小席走了》，真实地叙写一位家庭保姆的生活情状，不仅在文学圈子里有相当好的评价，散文在网络上流布之后，也赢得了很高的点击率。在宁夏的文学创作几乎被外界认定是纯粹的“乡土文学”的时刻，四位女作家的创作自有其不可替代的价值和意义。在宁夏的少数民族作家群中，还应该提及两位“八〇后”作家马金莲和王正儒。马金莲是一位回族女作家，一直生活和工作在“苦甲天下”的宁夏“西海固”乡村。她的小说多写西北乡村中女性的生活和命运，于乡土风物和女性心理的细致刻画中，见出生活的情意和人性的变化。回族青年作家王正儒是一位具有博士学位的青年教师，近几年主要写作散文。他的散文创作以思想随笔居多，有锐气和激情，也显现了读书的功夫。他于2008年写作的散文作品《拒绝遗忘》，一经发表，便颇获好评。在散文写作被许多人认为是“小技艺”，纸质媒介和网络上的大量散文作品普遍变得休闲化、娱乐化、轻松化的历史时刻，王正儒秉持知识者的良知，以哀痛悲怆之情重说“南京大屠杀”之惨绝往事，在对张纯如（英文著作《被遗忘的大屠杀》的女作者）的深切哀悼和怀念当中，表达着一个正直的知识分子的忧患情思。毫无疑问，

《拒绝遗忘》是一篇情动于中而寄托遥深之作。这篇文章于2008年底先后入选林贤治主编的《2008：文学中国》和中国作协创研部主编的《2008中国散文精选》等五个文学选本。著名散文家和文学评论家林贤治说:《拒绝遗忘》是打在民族苦难和个人责任问题上的一束追光。由此，我们可以断定，在宁夏的散文创作领域，王正儒的创作正逐渐构成一道独特的令人有所期待的文学风景。在宁夏青年作家群中，少数民族诗人相对少一些，但论及新世纪以来的宁夏诗歌创作，就要提及两位回族诗人单永珍和泾河。单永珍生性坦诚豪放，这些年又遍游西部山川，其诗作感性、浓烈，风格强劲，《西部散章》（五首）是他的代表作。泾河是二十世纪七十年代出生的诗人，虽然也生活于宁夏的“西海固”地区，但他更愿意以一种低吟的方式，抒发对生活的美丽感受。阅读单永珍的诗作，仿佛是在饮一坛烈酒;欣赏泾河的诗，感觉则是在清风明月之下，听人抚琴。

在对新世纪以来的宁夏少数民族作家的创作状况做总体扫描时，我们不能不提到两位对推动宁夏的文学事业做出了杰出贡献的回族评论家白草和郎伟。白草供职于宁夏一家社会科学研究机构，长期致力于回族文化及现当代回族文学的研究，出版于2008年的《文学大家笔下的回族》是其精心结撰的作品。郎伟是伴随着宁夏青年作家群一起成长的青年评论家。近二十年来，他花费大力气对宁夏青年作家群的创作进行跟踪式阅读和深度研究，是中国大陆评论界最熟悉宁夏青年作家群并对这一创作团体最有研究心得的评论家之一。他的研究著作《负重的文学》获得全国第八届少数民族文学创作“骏马奖”，表明他的寂寞而辛勤的劳作得到了文学界的认真肯定。

宁夏文学曾经是不太引人注目和被人忽视的，然而，经过数代作家几十年的不懈奋斗和持之以恒的辛苦耕耘，宁夏的文学创作正在迎来堪称辉煌的历史时刻。如果我们把宁夏文学比作一轮正从地平线下冉冉升起的太阳，那么，毋庸置疑，宁夏的少数民族作家便是托举这轮红日的巨手之一。

2009 年 6 月

宁夏有天下人

——漫说宁夏的移民文化

宁夏地处祖国西北边陲，历史上一直是中华大家庭多民族人民共同生息、繁衍的地方。在漫长的历史进程中，处于北方草原游牧文化与中原农耕文化相互交织缠绕的宁夏地区，事实上已经成为各民族东来西往、南去北还的汇聚之处。从秦汉时期开始，历代统治者出于开拓边疆、巩固边防和发展经济的需要，频繁从各地向宁夏地区移民。公元前三世纪，秦始皇统一中国后，曾派兵在宁夏屯垦，并在宁夏境内修筑了著名的秦长城。到了汉代，汉武帝刘彻两次巡视宁夏，向宁夏地区移民七十万，在宁夏平原首次大规模开渠垦田，开发展农耕经济的先河。唐代，宁夏南部地区成为连贯中西交通贸易的陆上丝绸之路的重要通道之一，也是佛教传入关中及中原地区的重要通道之一。到了元、明、清时期，来自全国各地的移民更是以空前的规模进入宁夏。

据《元史》记载，元世祖中统和至元年间，曾从湖北省向宁夏地区数次移民。至元八年（1271 年）正月，当局签发湖北随州和鄂州一千一百多户居民前往宁夏屯田。经两年的颠沛流离，这批湖北人最终以八千人的移民队伍进入宁夏境内。明朝初立，由于当时残元势力比较强大，明军无力据守宁夏，因此曾在明洪武三年（1370 年）到五年（1372 年）间，将一部分宁夏居民迁往西安一带。但四五年之后，随着明朝国力的增强，迁出的人口陆续得以迁回。明洪武九年（1376年），明政府设立宁夏卫，又从中原地区调发军民移居宁夏，其中以吴越人居多。这些移民带来了颇为先进的生产技术和文化，一时间使宁夏的社会生活习俗“彬彬然有江左之风”。在明代，还有一个社会现象值得注意，那就是内地读书人以官员和被流放者的身份频繁进入宁夏，这些“知识移民”的到来显然给宁夏整体的社会生活面貌带来了新的变化。据《嘉靖宁夏新志》记载，截至嘉靖年间，历任宁夏最高行政长官巡抚的四十二人当中，四十一人来自浙江、江苏、江西、湖北、河南、山东、河北、山西这些文化发达地区。虽然，这些官员在宁夏生活的时间都不很长，但他们在位期间，积极倡导中原先进文化，建立各类学校，大兴儒学。通过个人影响和行政措施，为地处边陲的宁夏增添了士人风采和儒学气息。

宁夏又是历代失意官员和文人的贬谪之地。明代更是如此。明洪武初年，一批江南知识分子被驱赶流放到宁夏，这些江南文人擅长于吟诗作文，巨大的生活命运的变迁使他们很快在宁夏形成了著名的“流寓诗派”。值得称道的是，“流寓诗派”的诗人们不仅自己创作，同时他们也在一定程度上影响和带动了宁夏本地的文学创作，并共同推动和促进着宁夏读书风气的空前高涨。据史书记载，整个明代，宁夏考中进士的读书人有二十九个，中举人者数以百计。于是当时的宁夏出现了“风俗休美、贤俊汇集”，考中科举的读书人可以与中原各地相媲美的文化盛况。

清代以后，随着各民族之间政治、经济、文化融合趋势的进一步扩大，宁夏地区可以说已经汇聚了天下五湖四海之人，以至于民间有这样的说法：“宁夏有天下人，而天下无宁夏人。”

纵观古代历史，我们可以看出，历代统治者从中原地区向宁夏移民，起码起到了这样两种积极的效果：一方面，由中原地区向宁夏移民，无疑加强和巩固了边防，促进了当地社会局势的稳定；另一方面，伴随着人口迁徙的是文化的流动。相对发达的中原和江南地区的人民进入宁夏，尤其是“知识移民”来到宁夏，不仅带来了先进的物质生产技术，更为重要的是，他们往往在自觉和不自觉当中，带来了一整套新的文化价值观念和生活方式，这种外来的文化与宁夏原有的地域文化在一个时期里碰撞、冲突、渗透，最终相互融合，从而积淀和形成了一种全新的文化——移民文化。如果我们仔细考察多种文化交织缠绕的宁夏，就不能不对生长流布于这片神奇土地上的移民文化投下深情的一瞥。

移民文化作为一种精神的积淀，它作用于古老宁夏的社会历史进程之中，同时，作为一种在相当久远的年代里所形成的特殊的文化精神传统，它对宁夏人的当代生活也产生着不可忽视的影响。有时我们会无意间发现，历史往往会重现相似的情形，产生遥远的回声。在变化了的生活情境中，历史甚至会与新的时代和新的人们产生某种奇妙的共鸣。

翻开二十世纪的宁夏社会发展史，移民文化这一古老的历史文化景观再次进入我们的视野。

1958 年，宁夏回族自治区宣告成立。为了响应党中央“开发和建设大西北”的伟大号召，全国各地的干部、工人以及各类专业知识分子满怀着“革命者志在四方”的理想主义情怀，告别家乡，来到西北，投身于宁夏的社会主义革命和建设。这些响应国家号召进入宁夏的天南海北之人，可称为二十世纪宁夏的“新移民”。在二十世纪下半期这一大规模的移民潮中，有这样几个移民群体给当代的宁夏社会生活留下了难以磨灭的历史印痕。

从1958年宁夏回族自治区成立到二十世纪六十年代初期，来自上海和浙江的江南移民是新移民潮中的第一批“弄潮儿”。据统计,1959到1960年两年间，仅来宁的浙江青年，人数就达十万之巨。这些自小生长于南国水乡的新移民，分布于宁夏的各个地区。当时宁夏条件最艰苦的固原地区，二十世纪五十年代末至六十年代初，就破天荒一下子涌入了大量的南方人。他们的到来，不仅给宁夏地区带来了先进的农耕文化，同时，也把江南人吃苦耐劳的精神、追求和重视知识的信念以及勤于思索、勇于创新的生存智慧带给了宁夏这片古老的土地。

也许，下面所讲述的这个小故事更能说明江南文化与宁夏本土文化的碰撞与交锋是何等的意味深长。

宁夏著名作家南台的家乡在宁夏南部山区海原县。1958年前后，“西海固”地区来了许多北京、上海等大城市的人。时值盛夏，一位南方来的女同志把从大城市带来的裙子穿了出来。谁承想，这一寻常事件，在海原这座黄土高原深处的小城引发了一场“精神地震”。街上的大人和孩子们惊讶得如同看见了外星人。最终，硬是把“裙子”看得落荒而逃，并且一“逃”就是三十年。直到二十世纪八十年代后期，“裙子”才在海原“遍地开花”。

江南文化伴随着人口的流动，跨越了千山万水而进入宁夏。“塞上江南”的美好名称因为江浙人的到来而更加流光溢彩。四十多年来，来自江南的人们已经见惯了大西北的大漠风尘，已经听惯了河套平原的黄河涛声。他们的容貌在悄悄发生着细微的变化，他们的语言表达如今已糅合着故乡的声音和西北的情调。在岁月的更替和生活的变迁当中，在南方人与西北人的相亲相爱当中，江南文化与宁夏本土文化自然而亲切地融合在了一起。于是，在宁夏这片神奇的土地上，我们不仅能够感受北方的厚重、古朴，也能时时看到南方的轻灵和秀美。回顾历史我们会发现，江南文化与宁夏本土文化的有机融合，事实上已经为四十多年来宁夏社会的全面发展带来了前所未有的新鲜活力。它使宁夏人的精神文化性格在粗犷、豪放当中注入了南方的温柔和细腻，它使宁夏人的生命和生活空间从此拥有了更为开阔的美好天地。它拉近了宁夏人与外地人的心理距离，它使我们虽然远在大西北，却时时刻刻感受着时代的激情和生活的召唤。

谈及二十世纪下半叶进入宁夏的新移民群体，不能不说到规模庞大的“工业移民”。从1958年宁夏回族自治区成立到二十世纪七十年代后期，伴随着宁夏工业建设的数次高潮，来自沿海和发达地区的工人、干部、技术人员源源不断地进入宁夏。某些时候，出于国家战略的考虑，一些外地大厂甚至成建制地搬迁到宁夏。

工业移民进入宁夏，使宁夏本地人逐渐对工业文明产生了由衷的亲近感，同时，一种伴随着工业文明的生活观念和生活方式也在不经意间进入宁夏人的社会生活。宁夏人历来住的是土坯房。工厂的崛起，使宁夏人开始见识高大的厂房，而带暖气的工厂家属楼的修建，着实让许多宁夏人羡慕不已。二十世纪六七十年代，在宁夏首府银川市，只有少数几家国营大厂有能力为职工盖起四层楼的住宅。每当夜深人静时刻，从这些不多的楼房中所放射出的灯光是温暖的，也是更多银川人对明天的憧憬与期待。

新移民的大规模涌入，给当代宁夏的社会生活带来了新鲜灵动的色彩。这种新鲜灵动之处经岁月的沉淀和发酵，最终形成了宁夏地区的新的移民文化。在当今的宁夏，我们可以从社会生活的许多方面深切感受到新移民文化的绚丽色彩。

到过宁夏的外地人，对银川的第一个感觉是：银川的姑娘非常漂亮。他们许多人弄不明白，在天气干燥、时常风沙扑面的西北腹地，银川的姑娘何以显得如此容光焕发。答案可能是多样的，但银川作为一个移民城市以及它所拥有的文化不能不说是一个重要的原因。移民聚居、通婚，从优生学的角度来说，容易使下一代人有灵秀之气；移民文化成为社会生活中的重要底色，银川人的精神气度里便包含了融会百家之长的高雅和诗性气质。

在河套平原，银川几十年来一直有“小上海”之称。说银川是“小上海”，并不是说银川真的在经济和文化上可以与大上海平起平坐了。这一说法，更多的是来源于银川人在生活方面的讲究以及某种可称时髦的物质和精神追求。这当然也源自充满活力的移民文化心态以及频繁地与大城市的沟通和交流。别忘了，银川人在北京、上海、天津、广州、深圳都有亲戚。比如：银川人在吃、穿、用方面喜欢追求品牌。这一风气，甚至可以追溯到二十世纪的六七十年代。那时，银川城里不少人家拥有一辆名满天下的产自天津和上海的“飞鸽”“凤凰”或者“永久”牌自行车。要知道，三四十年前，买自行车要凭购物券。国营单位一年可能会得到若干张购买紧俏商品的“票”，诸如买手表和自行车的“票”。能买到名牌自行车，自然是“有本事”和“新潮”的代名词。二十世纪八十年代，彩电走俏，银川人到处去“淘”彩电，纷纷以家中拥有进口彩电而自豪。这使得有一年国家统计局公布的统计数字说，银川是全国中、小城市中彩电拥有率最高的城市！这个官方说法着实让外地人大大吃了一惊。在穿着打扮方面，银川人的敢穿和会穿更是令来银川出差的外省市人百思不得其解。他们常常奇怪，都说宁夏人观念保守，可是银川人接受穿着“新概念”的速度却并不保守。头两天在北京、上海甚至广州、深圳流行的服装，怎么眨眼之间就在银川街头堂而皇之、大摇大摆地出现了。二十世纪八十年代到九十年代，国内许多著名艺术家和演员包括一些体育明星来银川，都会由衷地感叹：宁夏街头的姑娘小伙子穿着打扮非常漂亮、有特色，完全出乎他们的意料。也许，穿衣打扮只是移民文化开放心态最普通的表现形式。

2001 年 11 月

忧郁的灵魂怎样抵达迷蒙的远方

——基于文学史意义的张贤亮创作

我在大学里做中国当代文学学科的教学与研究，在课堂上给学生们讲授的自然是中国当代文学的发展历史与具体的作家作品。每一年，当讲到中国新时期文学的时候，张贤亮的文学创作是不可以绕开的话题。而且，随着对张贤亮其人其文理解的深入，这几年课堂上的相应讲授内容也变得越来越多。之所以如此讲授，当然有一点私心：张贤亮是宁夏这片文学沃土孕育的作家，是生长于西北黄土高原上的一棵文学大树。但高校文学讲堂上的讲授，显然并不能靠一点私心就能够支撑。将张贤亮的文学创作高调讲授，实在是因为这位当代作家的人生之旅奇特，文学成就灿若朗月明星。也就是说，当以一种客观而理性的态度认真检视张贤亮一生的文学创作旅程时，我们会发现：张贤亮不仅是激情澎湃的二十世纪八十年代所催生的时代文学的“弄潮儿”，而且，他也以卓越的无可重复和替代的文学创作，将自己堂皇地送入中国当代文学创作的大师行列。

忧郁的灵魂

像那些文学史上曾经出现过的为数不少的杰出作家一样，张贤亮有着一颗忧郁的灵魂。我虽然还不能够完全有理由确定，张贤亮心灵深处的忧郁是否与生俱来①，但有一点是可以得到证实的：张贤亮的忧郁和他自少年时代开始一直持续到中年岁月的个人生活忧患有着直接的精神血缘关系。翻开张贤亮的个人成长史，会发现：虽然张贤亮的早年岁月国家一直处于战乱和动荡当中，但他的童年和少年时光还算平顺。他在重庆、上海和南京读完小学和初中，身体逐渐长大，心智逐渐成熟。十五岁之后，他跟随母亲来到北京生活。高中三年，他过得颇不愉快。他偏科得厉害，数学、物理、化学和英语几门课程经常考试不及格，还经常旷课，一个人跑到北海文津街的北京图书馆里去看小说。上述举动自然被老师和举止有度的其他同学认为是“坏孩子”之所为。对他打击最大的一件事是，高中毕业那年，学生宿舍经常丢东西，也不是什么特别贵重的物品，就是些墨水、邮票、信封、袜子之类。奇怪的是失窃事件一直找不到行窃人。毕业在即，学校必须要给予大家一个“说法”，于是按照二十世纪五六十年代中国社会生活中通行的“身份识别制度”之惯性思维（张贤亮语），中学生张贤亮被视为最大的嫌疑人。怀疑他的推论逻辑是：一、张的出身不好，学籍登记表上填的出身是“官僚资产阶级”。张的父亲1952年被当局逮捕，他又被戴了一顶帽子：“关、管、斗、杀分子”子女。二、张是班里最穷的学生，又没有资格领取助学金，偷窃的可能性最大。三、张平时在班里表现不好，旷课加上许多门成绩不及格，属于“坏学生”之列。而一个

① 根据弗洛伊德的精神分析学的理论，婴儿一旦出生，来到这个复杂难言的世界，实际上已经进入了被抛弃的境地：母体的子宫如此温暖安全，而婴儿进入的这个世界却如此冰冷残酷。因此，所有的人从脱离母体的那一时刻开始，心灵深处皆会带有“出生创伤”。生命个体的这种“出生创伤”会随着人的逐渐长大、进入社会而被压抑和遗忘，慢慢沉淀于人的无意识领域。然而，倘若人在成长和进入社会的艰难旅程中，一旦遭遇到诱发性因素和特殊的情境，那些本来就拥有的深藏于灵魂内里的原发性心理创伤就会被唤醒，强劲地浮现于生命个体的意识地表。

"坏学生"，怎么可能不做鸡鸣狗盗之事呢？于是，别的同学都是欢天喜地地领了毕业证，张贤亮却在高中毕业前夕被作为"反动学生"兼"偷窃分子"遭开除。我不敢肯定高中毕业时节的这一段经历是否打开了张贤亮内心深处的忧郁之门，但显而易见的是，这一人生插曲对少年张贤亮的心灵有重创的作用，并且迅速沉淀为他的心理创伤。直到事情发生五十四年之后的2008年，张贤亮已经是一位年逾古稀的老人，他依然在一篇长文当中详细地提及此事，并且颇为伤感地说道："还在青少年时代我就受了黥刑，脸上烙下不可磨灭的印记，给以后戴一系列'帽子'奠定了基础。"[①]读张贤亮的这段话，我会情不自禁地想到鲁迅在《呐喊·自序》当中所言及的他在少年时代所遭受的心理创伤：父亲病重，少年鲁迅曾经有四年多时间，常常辗转于当铺和药店之间，把衣服和首饰送进当铺高大的柜台里，在侮蔑里接了钱，再到一样高的柜台上给久病的父亲去抓回中药。然而，父亲还是日重一日地亡故了。鲁迅说："有谁从小康人家而坠入困顿的么，我以为在这途路中，大概可以看见世人的真面目。"如果我们认定，一个人对世界和人生的最初始的记忆与感受（冷暖寒凉），是从童年和少年时代就逐渐形成的，那么鲁迅和张贤亮的心灵忧郁就是从十几岁的少年时代肇始的。他们所受到的外力挤压和冲击尽管有着不尽相同的生活内容，但生活事件所催生沉淀的心理内涵却完全一致。也就是说，鲁迅的心灵忧郁和张贤亮的内心忧郁是同样一种气质，他们将深远地影响到作家一生的性格和文学创作。由于有着出身于"官僚资产阶级"的"原罪"，张贤亮四十三岁之前（1979年之前）的人生忧患便命中注定，无

① 张贤亮：《一切从人的解放开始》，《收获》2008年第2期。

可逃遁。1955 年，他和母亲、妹妹被从北京迁赶到当时尚属于甘肃省的贺兰县京星乡。1957 年，他因一首长诗《大风歌》[①]而被打成“反党反社会主义的右派分子”。此后，在漫长的二十二年当中，张贤亮不论是被强制性地关进监狱，还是从牢狱中被暂时性地放出来，接受“群众专政”，实际上其生活境遇并无大的改变，他一直处于被监控之中，内心也一直处于忧伤当中。其间，1960 年秋天，因为害怕自己死于饥饿（住在同一个土坯房里的四位狱友已经因饥饿而死亡），张贤亮曾经有过十余天的逃亡经历。让他没有想到的是，大墙之外的饥饿情形已经到了骇人听闻的地步。他在甘肃和宁夏交界的一个小山村，亲眼目睹了一幕终生难忘的人间惨剧。受到惊吓的张贤亮又一次回到劳改农场，他甚至得出结论：劳改农场比外面有希望[②]。我们可以认真地分析一下这二十二年的被强行管制和被监控的生活对一个人的心理所产生的影响：一个二十一岁的多少受过贵族文化和现代文化影响的青年，因为“莫须有”的罪名被驱赶到了生活的远方和人生的底层。在日复一日几乎不变的岁月里，他每天都要在别人的监视和呵斥中生存。严酷和险恶的不仅是政治和精神环境，他生活的物质环境也极端窘迫和破败。直到二十世纪七十年代中期，单身汉张贤亮在农场的居所依然家徒四壁、一贫如洗。2008 年，他这样描述自己当年住过的土坯房：“土炕上的被褥与其叫被褥，不如叫一堆烂棉花；农场发给我的军绿色棉袄扣子全掉光，腰上系根麻绳，大冬天没棉鞋，也没袜子，光着脚穿一双破旧的‘解放牌’胶鞋，一目了然地赤贫如洗。”[③]除了政治上的

---

① 张贤亮：《大风歌》，《延河》1957 年第 7 期。
② 可参见张贤亮文章《雪夜孤灯读奇书》，原载《南方周末》2015 年 7 月 25 日第 23 版。
③ 张贤亮：《一切从人的解放开始》，《收获》2008 年第 2 期。

被歧视、物质生活的赤贫，作为一个成年男性，他的感情生活亦是极为孤独和寂寞的。因为戴着若干顶政治“帽子”，年轻女性们不敢下嫁于他。有一位小他十几岁的农村干部的女儿，因为落水而被张贤亮救起，遂起意嫁给他而最后却被家人阻止，姻缘难成。张贤亮四十一岁时与一同样被管制的女“坏分子”同居，家庭生活异常温暖。没想到一年后，该女子因获得平反而离开他返回了原籍。应该说，现代以来，没有哪一代中国作家像张贤亮这一辈作家一样遭遇了如此频繁而深重的人生磨难。而如此坎坷忧患的人生，对生命个体的影响不仅是深入骨髓的，也肯定是伴随终生的。张贤亮重归文坛之后，在公众场合一直给人以乐观豁达、儒雅雄辩、洒脱自如的印象，而我多年来一直以为：张贤亮是忧伤的，他的灵魂之海中始终跳动着一颗忧郁之心（与张贤亮有过比较深入接触的著名作家陈继明说“冷寂和忧伤伴了”张贤亮一生，是深中肯綮之语）。忧郁的气质几乎流淌于他所创作的所有作品当中。无论是抱着马头痛哭的许灵均，还是于荒村野屋的油灯底下贪婪地阅读《资本论》的章永璘；无论是流动于《邢老汉和狗的故事》当中的伤感、寂寞和孤独，还是始终被阴郁的死亡气息所笼罩的《习惯死亡》；无论是以调侃的笔墨回忆祖父和父亲的《遗传》，还是晚近发表的自传未定稿《雪夜孤灯读奇书》。在上述作品中，可以明显地感受到“忧郁”是如何不可抗拒地弥漫于小说主人公的内心，弥散于小说所构筑的特殊艺术氛围之中。而最为重要的一点是，作为一种作家创作的心理特征和审美色调，忧郁带来了张贤亮文学创作的魅惑力和深刻性，并有可能将张贤亮的创作带入永生的境地。

用文学治疗曾经的伤痛

张贤亮于新时期早期重拾创作之笔的心理动机本来极为单纯。他在《满纸荒唐言》[①]等创作谈当中不止一次地说过：他原先的兴趣是研究政治经济学。而且，由于劳改期间认真地如饥似渴地阅读过马克思的《资本论》等马列原典，他对二十世纪六七十年代中国社会的政治和经济状况有着深刻的剖析，对未来的中国社会的政治经济改革有着相当独到的预见。然而，时代并没有提供机会和应有的平台使他成为一个著名的研究政治经济学的学者。而头戴若干顶"帽子"，身处西北贫困乡村的他，在新的历史转机到来的时刻，最迫切最尖端的任务是洗掉身上被强加的罪愆和历史的污垢，还自己本来的清白之身。文学恰恰在这一时刻充当了拯救者的角色。那是怎样的一个全民热爱文学、万众景仰作家的年代！从血泊和泪水中重新站起身来的民族需要以文学来洗涤伤痕、拯救灵魂，也需要通过文学来反思过去、展望未来。1979年，为了改变自己的现实境遇，张贤亮一口气写作并发表了四篇小说（《四封信》《四十三次列车》《霜重色欲浓》《吉普赛人》）。奇迹不久便出现了，1979年9月，在上级有关部门的直接干预下，张贤亮获得平反。1980年1月，张贤亮由农场调入宁夏文联《朔方》编辑部担任文学编辑。现在我们终于可以明白，在"浪漫的八十年代"，文学创作真的将一个被不公正的历史打入暗井几十年的知识分子，顺利地送到了新时代的地面。问题随之出现，如果说张贤亮再次从事文学创作的原始动机，

① 张贤亮:《满纸荒唐言》,《飞天》1981年第3期。

只是为了引人注目并改变自己身处底层的生活命运，那么，他的下一步文学之旅将走向何方？其实历史已经提供了答案。1980年之后，张贤亮的创作一直呈现井喷的态势，他在长篇小说、中篇小说、短篇小说创作领域皆大显身手，佳作迭出。《邢老汉和狗的故事》《灵与肉》《土牢情话》《绿化树》《肖尔布拉克》《河的子孙》《初吻》《男人的一半是女人》《习惯死亡》《普贤寺》《我的菩提树》《青春期》等等，在风起云涌的二十世纪八十到九十年代，张贤亮以他人无可复制的创作，营造了中国文坛的特殊景观。他是“反思文学”的健将，将极“左”政治的反人道本质揭露和批判得体无完肤；他是新时期涉性文学的开创者，其甘当先锋的创作勇气令人瞠目；他又是一个极端重视小说的艺术品质的作家，他创作的《初吻》《普贤寺》等短篇小说有着极高的艺术水准，可以毫无愧色地进入中国当代小说的经典行列。回顾张贤亮一生的文学创作，我现在想要探讨的问题是：在二十世纪八十到九十年代，是什么样的心理动机在支撑着他的创作？除了报答和回应那个给他带来新生和欢欣的新的历史时代，还会有别的心理动机吗？当我再一次捧读张贤亮的那些写于二三十年前的作品，我确信：张贤亮的创作，尤其是小说作品，不仅是为了报答时代所给予的拯救与恩惠，从深层的创作动机而言，它们是张贤亮用以治疗内心伤痛的最佳手段和方式。我们都知道，张贤亮的那些最著名的小说，皆本于作家自身的经历。无论是许灵均还是章永璘，当年都被不少评论家和读者认为是张氏本人的化身。阅读一下张贤亮新世纪以来所发表的长篇散文、访谈录，诸如《一切从人的解放开始》《美丽》《雪夜孤灯读奇书》《张贤亮：一个启蒙小说家的八十年代》[①]等篇，不仅会发现许灵均、章永璘们的生活确乎有着张贤亮自身经历的影子，就是那个享受过短暂的家庭温暖、最终却又坠入孤苦伶仃境地的邢老汉的悲惨故事，又何尝不是张贤亮四十一岁时与一女“坏分子”短促的同居生活的真实写照？实际上，从二十世纪七十年代末期重新执笔写作，一直到辞世的前一年发表《雪夜孤灯读奇书》，张贤亮始终在反复讲述自己的人生故事。二十世纪八十年代，他用的是小说，是曲笔，有时还故意弄一点云山雾罩，让人莫辨真假、颇费思量；二十世纪九十年代之后，大概从《我的菩提树》开始，张贤亮慢慢变得不太喜欢用曲笔，他喜欢上了中国古代的作史传统，喜欢秉笔直书了。于是，他的那些已经流传于世二三十年的小说开始浮现真实的底本——素材本。我们在他的一系列长篇散文当中，读到了完全发生于张氏身上的真实和生动的故事。自然，他的新世纪以来发表的长篇散文，因为有对历史的深入思索和人生的沧桑感，虽然已经没有二三十年前的完全属于那个时代的强劲的抒情，也依然动人心弦。一个成名已久的作家，为什么内心的情感要反复被苦难岁月所缠绕？为什么要固执地一而再、再而三地书写自己的不幸？九十年代以来，一些评论家和读者要么认为张贤亮已经文思枯竭、江郎才尽，要么认为作家已无可逃遁地陷入题材重复衍生的创作“牢笼”。我认为，当张贤亮不再把文学创作当作敲开命运之门的重锤的时候，应该说他已经走上了以文学创作来治疗个人曾经的内心创伤之路。过去所受的心灵之痛实在太深太重，他连在睡梦中都会被过去所袭扰。对于一

① 张贤亮:《美丽》,《亲历历史》，中信出版社 2008 年，第 1-33 页;《张贤亮：一个启蒙小说家的八十年代》，马国川《我与八十年代》，生活·读书·新知三联书店，第 88-113 页。

个作家而言，摆脱黑暗历史强加于心灵苦痛的便捷方式只有一条，那就是：说出来。1987年10月，身在美国爱荷华写作中心的张贤亮在回答“我为什么要写作”这一问题时，毫不掩饰地说：“‘犯人’所受的折磨除了物质条件的困苦和失去自由外，最主要的就是孤独感。孤独感比物质的匮乏更令人沮丧。而消除孤独感的最好方法便是倾诉，向亲人倾诉。我为什么要写作呢？我就是要向亲人倾诉我过去没有机会倾诉的感受、想法和心里话。但我后来又发现，我用笔倾诉出来的声音并不完全被大家所理解。这样，我的孤独感并没有因生活条件和社会地位的变化而消除。于是，我只有不断地倾诉下去。”当然，张贤亮是何等具有智慧的一个作家。他知道早些时候，有些话还不能说，于是他借许灵均、章永璘们来说事。后来，他发现中国社会的政治天空正在变得晴朗，虽时有烟云但阳光强烈。这样的时刻，他不能总是吞吞吐吐地说话，于是，他把话说得越来越明白，也越来越具有勾魂摄魄之力。

张贤亮的文学遗产

张贤亮的一生堪称传奇。他的前半生受尽磨难，一个人可能遭遇的坎坷和不幸，他都无可逃避地迎头撞上了。四十三岁之后，他因文学而由命运的底层逐渐攀上人生的高峰，曾经的荒村野屋忽然变幻为舞榭歌台，曾经的衣衫褴褛、食不果腹忽然变化为华服盛装、钟鸣鼎食。作为一个思想和行动都具有超前性的异常敏锐而又取得了巨大成功的企业家，他的从商经历故事多多，让人叹为观止。我无意对张贤亮的传奇经历做全面的追踪与分析。作为一篇褒扬其文学成就的文章，我更愿意探究的问题是：这样一个巨人式的作家，他给当代中国文学留下了怎样的遗产？

最先进入我的意识中心的两个字是“宽阔”。张贤亮是大作家，大作家的最根本的特质是“宽阔”。他的人生经历是宽阔的。这种宽阔是他身处的时代所提供的。我经常想，如果没有时局的变化和政权的更迭，他可能只是一个富人家的子弟，禀赋不差，书会读得很好，教养也不错，长大以后会出国留学，也会娶妻生子，其生活状态可能一直富足而平安。然而，他却偏偏降生于烽火连天、国破山河在的岁月，从少年时代起人生之路又被强行“改道”，进入到另外一个人生天地。二十二年被监控的生活，二十二年深入命运最底层的生存，使他对中国社会，对知识分子和农民这两个最亲近的群体，有极端深刻而透彻的了解，也使他对人性本身有着别人难以企及的洞察与穿透。正是基于人生的多灾多难和对社会与人生的不倦思索，张贤亮才孕育了他的一系列杰作，打开了通向世界与人性的一扇别致的文学窗户。我无意于提倡大家都像张贤亮那样生活，但是我必须说，因为一直处于被呵护被夸赞的生活状态之下，也因为自身生活的单调性和狭隘性，以及浮躁年代简单阅历所导致的思维的狭窄和无深度，中国当代文坛年轻一代作家的创作正在失去丰富性和深刻性。多年以来，我们已经在我们的当代文学作品当中，看不到像张贤亮那样的宽阔和深邃。所以，张贤亮留给我们的第一个文学遗产就是：大作家从来都是宽阔的。这种宽阔可能是命运所造成的人生的跌宕起伏和波谲云诡，更应该是内心的宽阔和思想视野的广阔。

张贤亮留给当代文学的第二个遗产是：思想上和艺术上永远不甘平庸的创新精神。与张贤亮有过比较深入接触的人们都知道：张贤亮的一生就是与平庸搏斗的一生。在文学创作上，从重新出道到走完一生，张贤亮从来都是“惟陈言之务去”。同是描写伤痕，反思历史，张贤亮的写作不仅与其他“归来的一代”有艺术风格的充分差异度、区分度，就是与同为创作“大墙文学”的新时期作家丛维熙相比较，也有着无法混淆的色调差异性。当回顾成就斐然的新时期文学的时候，我们发现，从为当代中国文学提供新鲜独特的文学创作风景的角度而言，张贤亮的杰出贡献起码表现为三个方面：第一，张贤亮是二十世纪八十年代最重要的中国作家，他的那些取材于自身苦难经历的小说，提供了非常年代里当代中国知识分子受难者最真实的生活图景和最真实、隐秘的心理感受，他所描写的“饥饿心理学”（《绿化树》）和“性心理学”（《男人的一半是女人》）在同时代作家的创作中不仅独特而且深刻；第二，他如实描绘了苦难岁月里知识者和劳动者两组人物形象，在严酷的生存环境的考验中，在知识者与劳动者的彼此对比中，他画出了特殊年代知识者原始本真的生存状态和人格状态；第三，他以西部人的目光呈现了黄土地上的特殊人文景观，他对宁夏平原独特的自然风光和社会风情的艺术描写，不仅具有风俗画意义，更具有高品位的审美价值。

张贤亮的艺术创新勇气和超凡能力也值得我们不断地咀嚼和回味。我们阅读他的代表作，从《灵与肉》到《绿化树》，从《男人的一半是女人》《习惯死亡》到《一亿六》，会明显感觉到：他总是在新的写作征程开始之前，在深思熟虑之后，力图以全新的艺术视角、方式和手段，再一次潜入生活与人性之河的最深处，经过一番艰辛的寻觅和挖掘，将被艺术化和“陌生化”的生活与人重新呈现于我们眼前，让我们在大吃一惊之后陷入对社会和人的命运的深长思索当中。读者们的心中能够留存许灵均、章永璘、马缨花、李秀芝、海喜喜等文学人物形象，恰恰是因为那是张贤亮在内心沉淀多年、思索多年、孕育多年的来自于广阔的黄土地上的人物形象。这些人物曾经与他的生命相交集，与他的命运同生死，甚至是与他在西北荒村的一盘土炕上共同打过滚。所以，他们是张贤亮内心深处流淌出来的文学形象，是有着生活的温度和生命的自然芳香的人物。

2014 年 10 月

风正一帆悬

——略说陈继明和他的小说创作

陈继明的名字正在被越来越多的人认识和熟悉。前几年，在宁夏文学圈内，提起陈继明，人们会说那是个有点名气的写小说的人，但仅此而已。到了今年，陈继明一鸣惊人。仿佛在一夜之间，陈继明冷不丁地让全国搞文学的人都知道了他的存在。他发表于本年度《朔方》二月号的短篇小说《月光下的几十个白瓶子》一经刊载，便赢得喝彩，很快被《中国文学》（1996 年第 2 期）、《中华文学选刊》（1996 年第 3 期）、《小说月报》（1996 年第 4 期）等美誉度很高且拥有大量读者的文学选刊相继转载。中国作家协会创研部主任、资深评论家雷达先生更是在一篇评论近期小说创作现象的文章中不惜篇幅，郑重向全国读者推荐《月光下的几十个白瓶子》。雷达将陈继明的这篇小说称为“一个罕见的好短篇”，“堪称是研究当前社会心理，或者说研究最近期的‘集体无意识’的佳作”。[①]显而易见，雷达的这篇文章向我们表明了这样一个事实：宁夏的小说创作在沉寂和徘徊多年之后，终于又出现了可以走向全国的作家与作品。从这个意义上说，陈继明的成功无疑是整个宁夏文学界可喜可贺的一件幸事。

---

① 雷达：《不回避姿态与文化体验——近期小说述评》，《中华文学选刊》1996 年第 4 期。

陈继明1984年毕业于宁夏大学中文系。毕业分配时，他主动要求去了宁夏南部山区的泾源县，在一所中学里一干就是五年。也许，对许多人来说，毕业分配去了宁南山区，将意味着积极进取的人生态度和事业的丧失。陈继明则不然，他当“孩子王”，读书，写作，接受退稿，再投稿。1988年1月，他终于在《朔方》文学杂志上发表了他的小说处女作《那边》。他的第二部作品——短篇小说《一个少女和一束桃花》发表于1990年3月，不久，便被《小说月刊》转载(1990年第6期)。再以后，陈继明调动工作回到了银川，每年以一到两篇的速度发表着小说，虽然作品的质量稳步提高，但也只是在宁夏文学圈内被人议论和叫好。进入1993年，陈继明在经受了一次商潮的猛烈冲击后（他差点成了一个商贸公司的“经理”），忽然顿悟：与其“下海”，不如攀登。于是，他变得异乎寻常地勤奋起来，每天凌晨三四点钟便起床写作。他觉得有一种巨大的责任感在支撑着自己。1994年以后，陈继明以每年写作三至四部中、短篇小说的速度进入创作的一个小高潮期。从那时至今，陈继明已经写作并发表了十四五部中、短篇小说，其作品，不仅刊载于西北地区的文学杂志（《朔方》《飞天》《延河》等），还被远在广东、广西的《作品》《漓江》所接纳。很显然，陈继明正以自己旺盛而强劲的创作实力引来各地文学杂志的编辑和评论家的深情注视。

迄今为止，陈继明已创作和发表了中、短篇小说二十余篇。就其作品的题材来看，大致可分为三类。第一类是写乡土生活的，通常称之为“农村题材”。陈继明自小生长于西北农村，贫瘠荒凉的黄土高原哺育了他的身体，也塑造了他的灵魂。对于这片土地的深深依恋，对于生活于这片土地上的父老乡亲的难以割舍的柔情，这些都给予了陈继明创作的冲动和灵感，促使他力图写出他们灵魂的坚忍与强悍。在陈继明创作的乡土小说中，以1991年发表的短篇小说《村子》（《朔方》1991年第3期）和1995年发表的短篇《骨头》（《作品》1995年第5期）最为出色。《村子》叙写一个小山村的一次送葬过程。于人物心理的精雕细刻和葬礼前后的气氛渲染中见出生命的起伏波动，闪烁无常。《骨头》一篇则讲述了一个家族的“历史故事”。给人们留下深刻印象的并不是爷爷、奶奶和伯父的凶险死亡，深深打动我们的是当年仇杀事件中的唯一幸存者“我父亲”。这个一生当中不停地向儿女们诉说家族痛史，不是为了激励复仇的勇气，而是为了消弭冤冤相报的屠杀的倔强老人，他的身上所体现的涵纳一切的气度和胸怀，确实给予读者以强烈的冲击和震撼。笔者始终认为：《骨头》是陈继明到目前为止写得最好的小说之一，它在艺术上的精致与优美是他的其他小说所难以望其项背的。

1994年以后，陈继明将创作重心转移到对当下城市生活的描写和对城市人心灵的刻画上，这便构成了他创作题材的第二大类：“城市小说”。1994年4月，陈继明在《朔方》文学杂志上推出中篇小说《邪恶一次》和短篇小说《东西》。前者写了一个城市里的绑架凶杀案；后者则讲述一个男子近乎无耻地抛弃妻子的故事。两篇小说的表现内容颇为惊世骇俗，其旨归意在揭示社会转型时期某些人价值观念和行为方式的颠倒与错乱，可称之为“暴露小说”。这两篇小说引起了一定的社会反响，在宁夏文学圈内也引发了一些争论。坦率地说，陈继明的这两篇小说还写得不那么得心应手，带有风格转变时期不可避免的生涩与紧张。标志着陈继明的“城市小说”走向成熟的作品是作者今年发表的两篇小说《月光下的几十个白瓶子》和《街上的人》（《延河》1996年第8期）。《街上的人》讲述了一个生性敏感脆弱、不谙世事的青年知识分子俞铁如何在病态现实中屡遭重创，最终被逼疯的故事。小说在冷静的叙述中，满含着对于“真诚”与“善良”这些仿佛已经远离了我们生活的人类美好情感的热切期待。它向我们发问：在邪恶面前，我们是否已经变成了一只蜗牛？在《月光下的几十个白瓶子》中，作者以深刻的洞察力敏锐准确地捕捉到了当前社会生活中一种带有普遍性的消极心理（小说当中称之为“集体无意识”）——“烦着呢”，并揭示出这种消极心理所潜藏的巨大危险性和可能带来的社会灾难。小说一经刊载，便以逼视现实的勇气和思索生活的特殊深度而备受好评。

陈继明小说表现内容的第三类可称之为“惯常的人生故事”。作者在创作这一类题材的作品时，写作心态似乎比较放松，不那么剑拔弩张，这便使得他的这一类作品艺术上颇给人以回味之处。《一个少女和一束桃花》讲述少女菲菲因为一次意外事故失去双手几乎失去生存的勇气，而后又在一种信念的激励下顽强活下来的故事。这篇作品虽是陈继明创作的第二篇小说，但小说在人物心理的刻画、语言表达及内在意蕴的追求上都显得不同寻常，这大概与作者写小说之前的写诗经历有关。《列车》（《朔方》1992 年第 2 期）叙述了一个伤感的初恋故事。诗意缤纷的少年情怀与突然死亡的人生悲剧缠绕在一起，读罢令人心绪难平，欲说还休。同一年发表的短篇《椅子》（《朔方》1992 年第 9 期）是一篇耐人寻味的作品。它讲述了一件凡人小事：某中学教导处的老干事老慕如何在一种特殊的情境下异常执着地希望当上教导处的主任，人物内心世界的波浪翻涌最终导致行为的乖张与失措。小说结尾处更是出人意料，颇有欧·亨利小说的风味。这篇小说显示了陈继明对于人情世态的精微审查，我们甚至能够觉察到作者写作小说时颇为超然的“狡黠一笑”。另一个值得一提的作品是《母亲二题》（《朔方》1996 年第 8 期）

之一的《招魂》一篇。这篇小说所着力塑造的那个乡村母亲的形象令人感动不已。这位一直到死都将一块招魂砖带在身边以寄托对于亡子的思念之情的中国母亲身上所放射的母性的光芒，可以完全与日月同辉。她使日渐寡情的现代人异常清晰而深刻地懂得了什么叫做“情深似海”！

陈继明为我们编织了多彩的人生故事。在他所构筑的艺术王国中，我们会不无惊奇地发现诸多堪称独特的人生风景和人性奥秘。同时，我们也将发现，对于人的内心世界的格外关注和刻意表现似乎是陈继明小说的写作兴趣所在。专注于向人的心灵深度挺进使陈继明的小说直接蒙上了“心理分析”的色彩。虽然我们难以将陈继明的所有小说都归于“心理分析”的名下，但他的几乎所有重要作品都涂染有“心理分析”特色却是真的。陈继明初写小说时，直接体验型小说偏多，近年，他的文学观念及艺术思维有所调整和拓展，虚构型作品数量明显增多。陈继明这两年小说创作数量稳步提高，一方面当然得益于他的勤奋；另一方面，艺术虚构能力的突然被唤醒，则为他的创作安上了另一只翅膀。在如此纷纭变幻、大气磅礴的时代，在人生如此繁复、人情如此绚烂的年代，陈继明的小说创作仿佛只是刚刚开了一个头。我们衷心希望这位朴实而有为的年轻作家能够继续开辟新的人生和文学航道，从而在更广阔的水域劈波斩浪，一显身手。

“潮平两岸阔，风正一帆悬！”

1996 年 11 月

苦土上的岁月与人生

——石舒清小说创作论[①]

宁夏的“西海固”地区作为一个通常的地理学名词，有着太多的令人感伤的内容。这个曾经创造过辉煌业绩、有过灿烂文化的历史悠久的地域，近代以来，在天灾人祸的反复包围和袭扰下，已经变得满目疮痍。由于贫穷、荒瘠、苦焦、孤寂，“西海固”似乎常常被世人遗忘。它像一个居住在深山谷里寂寞的老人，带着曾经的苦难和忧患，长久地默默注视着高天上的万千流云，满腹心事，不知向何人诉说。局外人很难知晓，在它那颗表面渊默而内里波翻浪涌的瀚海一样的心灵世界深处，到底积聚了多少渴望和力量——那片贫瘠而敏感的土地上几乎一百年的热情和想象。也许，以艺术的方式自由地“诉说”是这片土地至为迫切的心理愿望，这片饱经沧桑的土地从来不缺乏传奇故事，更不缺乏激情和梦想，它唯一欠缺的是深情的讲述和诉说。由于它的长期沉默，这片土地之外的世界似乎难以听到它的独特的声音。人们只能凭借臆想和猜测，用感觉去触摸这片看似荒凉神秘的地域。毋庸讳言，“西海固”在很漫长的一个时期之内被种种传说和臆测所包围和深深误解，这当然缘于某种傲慢与偏见，更缘于它的本应该气势充沛、丰厚嘹亮的嗓音不

① 本文所论石舒清小说，主要见于他的两本小说集《苦土》(“21世纪文学之星”丛书)，百花文艺出版社1994年;《暗处的力量》，花山文艺出版社2001年。

被世人所知。而我们都知道，“西海固”完全有能力让它以外的世界听到它的声音，这片神奇的土地上毕竟年深月久地回荡着响遏行云的灵魂之歌——“花儿”。应该说，让外界认识和知晓“西海固”的方式可能是多样的，但文学代言人的出现，其意义和价值常常难以估量。古老神秘的“西海固”在不算短暂的一段历史时期，缺乏一个可以走出那片土地的神圣的行吟“歌手”，这个歌手应该以自己区别于他者的声音和旋律，向整个世界宣告和挑战。“歌手”的出现，将在某种程度上结束“西海固”被人遗忘和随意想象的尴尬局面；“歌手”的出现，将使“西海固”的异常博大和丰富以前所未有的清晰面目，呈现于世人的眼前。令人欣慰的是，在寻觅和奋斗多年之后，从“西海固”的大山的褶皱里终于走出了一位深情荡漾的“歌手”——石舒清。石舒清以他的弥漫着生命的元气和强力的文学，诉说着“西海固”的苦难、沉重、内心的长久隐痛和渴望摆脱孤独、融入时代的不懈追求。是否可以这样说，石舒清以他的文学世界，唤起了世界对这片焦渴土地的关注和深入索解的兴趣。石舒清也以他的文学世界，营造了西部文学中的一处别开生面的迷人风景。

一

石舒清的文学世界，来源于他生于斯、长于斯的“西海固”的土地，来源于一直与他相依相伴的父老乡亲，也来源于弥漫于这片土地上的特殊的精神世界和情怀。一句话，他的十余年的文学创作无一例外地来源于他的“本土经验”，来源于他对“西海固”生活和命运的静观默察，是“西海固”的表层荒凉而内里丰厚的黄土地，给他提供了永不枯竭的创作资源和令人激动的文学想象。也因此，这片土地上的无言的大山、干涸的河道、废墟一般的村庄，以及苦焦的人民，无一不在他的小说世界中如实映现，其指示着这一特殊地域生活和命运的古老、沉滞、苍凉和坚忍，同时，也相当深刻地表现着民族心灵深处的历史积淀和纯美追求。

石舒清的文学世界是苦涩的。这种“苦涩”的情调，直接对应于石舒清所亲身感受到的这片土地上现实人生的多灾多难。众所周知，“西海固”是一个苦甲天下的所在，生存环境的严酷和惨烈，人民命运的艰难困苦，往往难以催生过于浪漫的文学歌唱。石舒清出生于贫苦的农家，童年和少年时期又是在共和国政治动荡、混乱，经济极其萧条的年代里度过的。与内地广大乡村相比，“西海固”在二十世纪的六七十年代的生活，更显得异常艰辛和备受煎熬。石舒清在他的散文《童年纪事》中说：“我是一个农民的儿子，整个童年在荒凉和饥饿中度过，从生下到十一二岁，不曾吃过花生、西红柿，甚至很大了还光着屁股，没裤子穿。”因为没裤子穿，石舒清在七岁那年，玩耍时被村子里的一只恶意的老猫咬了屁股。也就在这一天，母亲将自己的一件花颜色衬衣改做成一条“童裤”。七岁的石舒清第一次穿上这条裤子，竟然禁不住得意，月光下在小村子里游玩了好长时间。是的，石舒清是多少带着一点甜蜜的伤感来回忆这桩往事的。然而，它不也真切地记录着那个年代西北乡村生活的极端贫困和窘迫吗？从自己的人生经验和特殊的宗教情怀出发，石舒清早早便打开了同情与关注底层生活的心灵之窗。当他长大成人，接受了知识和智慧的哺育，成为一个来自于苦难乡村的知识分子时，诉说的愿望如此强大和迫切。他几乎是本能地用整个心灵去回忆和感知曾经有过的苦难和沉重。这一刻，“西海固”的神秘面纱被一支充满灵性的文学之笔揭开了，惊人的真实裸露出来，使我们对于一个民族的命运与灵魂第一次这样接近地发现和感知。

阅读石舒清的作品，二十世纪六七十年代的西北偏远山乡的历史生活，鲜明地跃动在我们眼前。在这片贫瘠苦焦的土地上，当年也曾上演过大背“毛主席语录”、“批林批孔”等等政治滑稽剧，并因此培养出像马如龙和三舅爷这样的“运动专家”（《苦土》）；因为缺粮，几个乡村少年几近儿戏的偷豆子几乎酿成两个村子的血腥仇杀，虽然最终集体性械斗得以避免，十二岁的舍巴还是被自己的父亲用石块击倒，终至伤重而亡（《牺牲》）；一个已经生下十五个娃娃的小个子女人，仅仅因为燎牛头时，不小心燎坏了一块，便被婆婆和丈夫无情毒打，而这个女人却在想要为其伸张正义的工作组面前死活不承认挨了打（《牛头》）。石舒清冷峻而清醒地书写着已成往事的乡村故事，内里却涌动着难以掩抑的忧伤。石舒清有一组采用童年视角叙事的小说，包括《暗杀》《残片童年》《伊哈的母亲》《乡土一隅》等，题旨与上述几篇作品颇为接近。在这些作品中，二十世纪六七十年代的西北农村的困苦生活虽然不是表现的重点，但农村的破败、荒凉、缺衣少食以及极“左”思潮对农民命运的肆意干扰，依然清晰可辨。当我们看到仅仅因为还不起生产队的八九十元钱，家中院子里两棵已经生长了百年的老榆树（荒年，这两棵树上所生长的榆钱是村人的救命之物），竟被队长指挥人无情砍倒（《两棵树》）；当读到始终生活在被侮辱、被损害境地的牛儿掉进那个此前已经吞噬了许多人生命的废井，并使伤心欲绝的牛儿妈从此疯掉时（《暗杀》），读者心里充满的只能是悲愤。我们承认，关于二十世纪六七十年代中国农民所经受的苦难，已不是新鲜的话题。早在二十世纪八十年代，这一类故事便被反复诉说。石舒清的意义在于，他以一个来自山野民间的回族作家的身份，如实记录了他所生活其中的民族在极“左”思潮泛滥的年代里，遭受的物质生活的磨难和心灵的压抑。而这些描写和叙述，揭示的是“左”的思潮的无孔不入。当“左”的思想以一种眩人耳目的面孔出现于一个物质贫困、精神闭塞的环境时，它同样可能对一个有着特殊精神信仰的民族带来无穷灾难。

事实上，对特殊地域农民精神苦难的描画和刻写始终是石舒清看取生活、解剖民族灵魂的焦点所在。对于像石舒清这样的生长于苦难和忧患之中的作家来说，鲁迅的思想和精神几乎是天然地流淌在他的血液当中。这种对于鲁迅精神的由衷亲近和继承，使石舒清对正在行进着的中国西北地区的乡土生活有着不同于他人的认识和理解。当这种认识和理解化为作者笔下的独特的艺术世界时，石舒清的小说便具有了相当的思想锐气和穿透力。

我们发现，从创作数量而言，石舒清描写现实农村生活的小说相当多。尤其是二十世纪九十年代中期以来，他的一些重要作品几乎反映的都是正在发生和演变着的黄土山乡的现实社会人生。与一些作家相异的是，这些作品不仅描写新的社会情势下偏远山乡的农民物质生活发生的可喜变化，更启人深思的是，石舒清在飞速旋转的时代生活的大背景之下，富有力度地描写了民族心灵深处的某些“病灶”。种种精神弱点的集中展示，说明着在我们这样一个幅员辽阔、经济发展水平极不均衡的国度，精神生长和存在方式同样有着极大的差异。与此同时，它也提醒着我们，鲁迅等“五四”文学的先驱者所开创的文学启蒙事业远远没有完成。

《选举》是石舒清近年创作的最具思想穿透力的写实小说。它描写的是一个几乎可以被从地图上抹掉的鸡肠子河村的选举风波。三个发了点财的村子里的“有头脸”的人，觉得自己应该在政治舞台上一展身手了，于是策划于密室，点火于基层，以一种揭竿而起的蛮勇方式，集合村人把村长“巴掌脸”选掉了。然而，这是一场非法选举。揭竿而起的代价是或逃逸，或被抓了进去，最终以闹剧收场。表面上看，这是一个涉及乡村民主意识觉醒的题材，而实际上，小说深刻地写道，无论是“巴掌脸”为保住权力的奋力抗争，还是刘有财、李志生、李志龙合谋搬倒欺人太甚的“巴掌脸”，出发点却惊人地相似，那就是他们都懂得：权力就是压迫，有了权力就可以拥有一切。三个“有头脸”的人之所以要搞掉“巴掌脸”，是因为此人不知道“利益均沾”的权力游戏规则，而刘有财们却早已迫不及待地想要坐到利益的餐桌上去分享盛宴，因为他们已经认为自己是村子上具有“话语权”的人物了。《选举》使我们自然联想到阿Q，那个时刻幻想革命成功之后“喜欢谁就是谁，想要什么就有什么”的流浪者的阴魂，至今不散，“改造民族灵魂”的社会和思想实践确实任重而道远。

人格的孱弱、卑微，精神的贫困、病态，似乎并不只是个别的现象。当政治的狂热逐渐消退，对金钱的疯狂追逐与及时享乐人生的精神病毒，一夜之间也在这个民族的一些人身上突然发作。石舒清在一系列小说作品中，对金钱腐蚀人性这一现实景观进行富有力度的批判。《深埋树下》通过父子两代人价值观念的尖锐冲突，愤怒谴责了尤素夫的见利忘义、游戏人生的思想和行为；《贺禧》以村人对暴发户牛蛋态度的微妙变化，写出金钱力量与传统道德观念的正面冲突。小说的最终结局是，村里人由对牛蛋的妒忌、羡慕，到最后蒙昧了良知去趋奉那用金钱包装了的败坏与邪恶。在其他一些小说，诸如《节日》《留守》《招魂》等作品中，石舒清几乎是不自觉地描写了金钱对于乡村新一代人心灵的戕害，而这新一代的年轻人恰恰成长于现代教育远远没有普及的乡村。也许，这个民族中的老一代人尚有宗教信仰可以支撑自己的精神大厦，使个人面对强大的世俗欲望的洪波巨浪时，还不至于乱了方寸。而对成长于政治动乱年代的乡村新一代人来说，由于远离知识和信仰，相当漫长的一个历史时期的普遍的精神贫困病症在他们身上不仅没有减轻，反而旧伤未去，又添新痛。如此沉重、严峻的对乡村现实的描写，表明石舒清是清醒的“五四”现实主义精神的绝佳传人，石舒清不留情面地“揭出病苦”，其旨归自然是“为了引起疗救的注意”。[①]

一个无法回避的文学话题是，在石舒清近年创作的诸多深切关注现实的小说中，农村基层干部的腐败现象是颇为重要的一个表现内容。《选举》中的“巴掌脸”利用手中小小的一点权力，便肆意侵吞国家拨给贫困山村的救济财物；《搭皮》中的那个柳姓村长，借给村中“特困户”麻旦一家要救助之名，居然把要来的粮食让弟弟去喂了牲口。至于《群众演员》中那个玩弄村民于股掌之间的村长；粗暴进入木匠马八斤的正常生活，还以为给马八斤一家人带来了多大的恩典的刘乡长、刘村长（《恩典》）等等，都如实映现着西北边鄙之地的现实风云，展示着当前农村生活的艰难性和复杂性。或许，上述作品想要告诉读者的是：农村基层干部灵魂世界的改造，应是当务之急。

二

在石舒清所构筑的文学天地之中，实际上存在着隐隐相对的两

① 鲁迅:《我怎么做起小说来》，载《南腔北调集》，人民文学出版社1980年，第101页。

个世界。一个世界是写实的、纷扰不宁的世俗世界。这个世界充满着现实的苦难、人生的困境和欲望的挣扎。而另一个世界则是写意的、和谐宁静的精神世界。这个世界里弥漫着圣洁纯粹的信念、善良美好的人性和坚忍超脱的情怀。这是一个令人感动的诗意缤纷的世界，人居于这个世界当中，此生虽陷于苦难却可以自由欢喜地仰望遥远的灿烂星空，此身虽渺小如沧海之一粟却与无穷的天地宇宙共生存。很多时候，石舒清借助于他笔下的两个彼此对立的世界，书写着对沧桑人世的感悟，对生与死的不停追问。可以看出，石舒清笔下的这个写意性精神世界，是融人生、审美、宗教信仰于一体的艺术世界。这个世界是他灵魂的家园，是他超越苦难的现实人生，进行思想和艺术提升的策源地。

似乎很难说清楚石舒清心灵深处两个世界的彼此搏斗究竟始于何时，是与生俱来的夙缘慧根，还是在现实和人生的磨难中突然降临？我们只是知道，这个自小病弱、敏感、内向的作家，在登上文坛不久，便在作品中袒露了自己的灵魂。1993年，二十四岁的石舒清在《逝水》的开篇中说："不知始于何时，青年的我竟漠然于谋求生计，却无缘无故地、徒劳地冥想生命与死亡一类。越想越糊涂。越糊涂越绝望。绝望成了一道厚实而不可逾越的障蔽，使我几至窒息。我时常含泪回顾自己走过的这二十余年，竟是那样那样的无聊，那样那样的遥远而漫长。"《逝水》是一篇回忆性的自传色彩很浓的小说，如果不算臆测，我想起码在1993年，石舒清就已经开始了自觉的灵魂自我审问。不难看出，对此岸世界的某种虚幻和厌倦感已初露端倪。只是，我们也应该看到，这种人生的虚幻感鲜明地带有青春期的心理特征，那是一个多激情、好玄想、心灵动荡不安并且不惧怕生命死亡的人生多事之秋。因此，青春期的思绪显然带着某种不确定性和夸张色彩。此后，在小说中如此直白地对生命和死亡进行探究的文字逐渐减少。石舒清把灵魂告白的任务，交给了他的散文创作。而在小说之中，石舒清将两个世界的纠缠、冲突和彼此对比艺术地引入作品的深层，它们成为整个作品艺术世界的内在背景和参照物。伴随着年龄的增长和创作风格的趋于成熟，石舒清逐步告别了青春期的过度感伤，而开始锋芒内敛，真气内含。他显然知道，在小说中，丰富的耐人寻味的故事和人物，力透纸背的刻画和描写，比滔滔不绝的说教更具有征服人心的力量。

石舒清对现实人生的叩问，对生命终极价值的追寻，鲜明地体现在他的小说当中对老人系列形象的精心刻画上。在他的许多小说中，他总是不自觉地将秉性善良、宽厚，具有强大坚忍的生命力量的老人与懵懂无知的少年人放在同一个现实世界中来进行艺术对比。通常的结局是，在少年人那双浑茫天真的眼睛里，爷爷和奶奶一辈人活得那样的纯粹、高贵，人格饱满而丰赡。他们朴素的生命和多灾多难的人生之间并没有形成无边浩荡的悲怆之海，相反，以欢喜之情看待人生的平静心态，超脱人世苦难的执着信念，使他们面对任何社会灾难和人生命运的惊涛骇浪时都能镇定自若，神态安详。那个红颜薄命、进入生命老境时终日枯坐的姨奶奶，究竟是咀嚼着怎样一种生之况味才活到九十余岁？（《逝水》）那个同样老得像一段老榆树根的姑太太，吃着苦菜团子仿佛在吃点心。她的“吃”的哲学是：人要带着欢喜心去吃五谷杂粮，只要香香地吃，啥东西都会香起来（《小青驴》）。柳述增天生就是盲人，但他靠着爷爷临终前传授的“招魂”之术，硬是在黑暗中摸索了苦难的一生（《招魂》）。在小说《残片童年》中，爷爷从狱中回来的第二天，便领着父亲和叔叔进山去挖野菜。设若爷爷不回来，家里是会饿死人的。

爷爷是家族的根，像得到根的滋润一样，“我们”这些枯干的枝叶，渐渐地泛出一些淡淡的新绿。石舒清总是不自觉地在小说中由衷地赞美着回族当中的老一代人，在这些“老人”的艺术形象之上，无疑寄托着作者对现实人生的某种思考。是否可以这样说，石舒清更愿意用想象去激活老人们的历史，在老一代人的命运书写中，人的生命被灿烂的阳光所照射，仿佛镀金一般；而老人们的子孙的所作所为，却只能让他们高贵无比的先人蒙羞。无论是父亲一辈人在极“左”年代里所呈现的生命之孱弱，还是“我”这一代人在欲望之海中的苦苦挣扎，生命本质的高贵华美、自由洒脱早已经无可避免地离之远去。作为石舒清笔下的极富魅力的想象性境界，作者对爷爷一代人的刚强、侠义、坚忍、向善之精神性格始终抱着“虽不能至，而心向往之”的创作心理，这造成了他小说中老人系列作品艺术情调上总体的温暖和清新。比之描写现实的作品，笔者以为石舒清这一类小说更具艺术上的独特之处，更值得珍视。

与在老人形象刻画上的深情灌注相映成趣的是，石舒清的作品之中经常出现一个颇耐人寻味的意象：“坟院”。这个十分回族化的、有着深厚的伊斯兰文化积淀的文学意象，实际上也透露着作者对人生以及人的生死问题的诸多思索。

我们知道，在传统的汉族文化观念之中，“墓地”（回族的说法是“坟院”）总是与人的死亡、巨大的悲痛以及难以消除的对人生命运的无常感和恐惧感紧紧联系在一起。除却规定的特殊时日，汉族人很少有人愿意前往墓地。那是一个令人悲伤得无以自持的所在。但是，在石舒清的小说之中，我们却屡屡发现，“坟院”常常成为作者乐意描写的一个艺术所在。那是一个神圣的洗涤人的灵魂、给人纯洁的思想和抵抗世俗力量的所在。《残片童年》中有《上坟》一节，虽然“我”只是一个稚嫩的孩子，但我以亡人之名发小小的不义之财，今天想来依然不可饶恕；《出行》中，作为知识分子的“我”，长时期处于焦虑不安之中，疙瘩山拱北掌柜看出我内心的不宁，特意邀请我上拱北走走；《节日》中，环环媳妇的万千思绪是在去拱北的路上展开的；石舒清最动人的小说《清水里的刀子》中，送走亡人的马子善老人，在最后走出坟院时，觉得这个地方才是自己的“家”，与喧嚷不休的尘世相比，坟院毕竟要宁静得多。显然，“坟院”这一意象在石舒清的艺术体系中，已经不仅仅是一个具象所在，毫无疑问，它已具有了象征和隐喻意义。它是人的物质生命的终点，又是更为漫长的精神旅程的起点。石舒清在此展开和升华着人间的生与死、灵魂的幸福与不幸等等的形而上话题。它表明，石舒清的小说思想中，存在着一定的宗教情怀，与普通人相异的是，这种宗教情怀被他审美化和艺术化了。这也使得石舒清的小说艺术，蒙上了别样色彩。

三

追踪和探索一下石舒清十几年来小说创作的艺术发展之路，是一件颇有意味的事情。石舒清的小说创作从二十世纪八十年代末起步，经过了差不多十年时间的艰苦磨砺，最终形成了自己比较成熟的艺术风格。清代文学批评大家金圣叹在总结《水浒传》成功的创作经验时认为，《水浒传》的对于社会人生的深刻出色的描写，无疑是作者长时期观察复杂的社会生活、刻苦砥砺思想和艺术的结果，所谓“十年格物而一朝物格”。石舒清的艺术创作之路，也正是由“十年格物”和“一朝物格”两个创作阶段构成。正因为有了长期的艰苦的思想和艺术的不懈追求和反复磨炼，石舒清才有了对于小说创作艺术规律的独特而深刻的理解和把握，有了今日创作上的“一树繁花”。可以这样说，经过十多年的艰辛跋涉和攀登，石舒清在小说创作上，正在由艺术的必然王国向自由王国高速挺进。

石舒清以小说而登上文坛，他的早期作品，反映的生活领域虽然独特（宁夏南部山区回族特殊的生存景观），但艺术风格和特点还不是非常鲜明。也就是说，那时的石舒清看取生活的眼光还不完全是极其个人化的，他在对社会历史的深微体察上，在对人本身的理解和认识上，在艺术表现、语言风格的独辟蹊径上，还没有建立起自己的优势地位。是否可以这样说，石舒清九十年代初走上宁夏文坛，更多的靠的是他的小说题材的特殊性。毕竟，由生长于回族山乡的“本土作家”书写回族生活命运的作品，数量上还比较稀少。因了题材的特殊性，石舒清后来逐渐显现的完全个人化的艺术感知能力和文学想象能力还处于被他所描写的社会人生遮蔽和压抑状态，他那时的小说多少给人“思想大于形象”的感觉，虽有艺术的灵光偶现，却总是燃不起冲天大火。翻检石舒清早期作品集《苦土》，我们发现，集中的多篇小说，叙述和描写上似乎采用的是一种诗体的分行。然而，作者笔下的生活却是那样的沉重、滞涩、艰辛，是一种非常有密度的生活。诗体的语言形式和密度很大的生活，形成了一种无法融合的紧张局面。仿佛一只精致的空箱子，无法装进去身躯庞大的大象。或许，采用诗体式的语言形式叙述描写生活，作者的本意大概是想节省语言，意在言外。但是，由此带来的消极后果是，作为小说语言本身的丰富性和内在张力却被忽略了。于是，小说对社会和人性的穿透力被不经意地减弱和损失了。《招魂》是石舒清早期创作的一篇相当出色的小说，但今天看来小说的艺术描写还比较单调稚嫩，个性化因素相当弱小。比如，小说中有两处描写：

> 很偶然。说是一天，柳阿訇来为某大户的儿子叫魂，其时正值黄昏，寒鸦飞空，秋风过树，大庭一派肃穆。

> 柳述增的坟头，已生着很高的草了，晚风徐来，那草如泣似咽。

在作品当中，头一段叙述和描写是为三十七岁的柳阿訇突然在“叫魂”生涯中遇到意中人而张目的，但小说写得却极其匆忙和草率。丰富无比的细节和场景描写以及叙述和描写的内在情韵消失了，只剩下旧小说中陈旧的程式化的模仿：寒鸦、老树、秋风。这样的叙述和描写，仿佛一段风干的木头，无新鲜感可言。后一段描写，说的是蒲阿訇因无法完成柳阿訇生前的嘱托，心情复杂地跪在坟院里的情形。由于作者过于追求事物的外在描写（而且还不是新鲜别致的叙述和描写），所以蒲阿訇内心感觉的丰富性以及心灵深度到底几何，读者不甚清楚。同样，场景描写的随意，也使作品审美的丰富性大大打了折扣，读者难做玄远之想。

进入九十年代中期，石舒清的创作视野逐渐拓展，思想和艺术的精进给他的小说作品带来了崭新的面貌。可以明显地看出，他已经可以用独特的“腔调”在艺术讲坛上发言。他调整了自己的艺术思维，挣脱了禁锢自己思想的绳索，驱散了遮蔽自己艺术个性的浮云，从而走入一个创作的丰收期。大概从 1994 年开始，石舒清开始对九十年代初期的小说叙事方式进行改造。他的早期小说，叙事成分和抒情成分纠缠在一起，两方交杂。有时，为了说明自己的某些人生观点，作者甚至“赤膊上阵”，大发议论。结果，叙事被削弱，议论又被认为是吃力不讨好。1994 年，石舒清在《朔方》和《飞天》上分别发表短篇小说《斯文》和《杨德宗》。这两篇作品，虽不是石舒清最出色的小说，但对作者寻求小说艺术转型和突变，意义重大。从这一年起，石舒清的小说艺术发展走上了两条彼此配合的道路：一方面，石舒清采用严格的写实手法，执着而真实地书写着西北乡村农民的生活命运和心灵苦难，抒情和议论成分在这类写实性作品中几乎销声匿迹，更多时候，作者的思想感情是从小说故事和对人物命运的书写中自然流露出来的，这类作品的代表作是《选举》和《搭皮》等；另一方面，石舒清又发展了早期小说中的抒情成分，形成了一种带有散文化倾向的写意小说，这类小说有相对简单的故事情节，多采用童年视角叙事，主旨多为探讨人生命运的不可测度，力图索解人间生死荣枯的奥秘，明显地带有形而上色彩，代表作有《暗杀》《残片童年》《伊哈的母亲》等。

从艺术风格来看，石舒清的写实类小说具有凝重和冷峻色彩，对农民命运的深切关注以及“哀其不幸，怒其不争”的复杂心态，使作品时露批判锋芒。这使我们认识到，柔弱的石舒清，其心灵深处其实时常怒刮着感情风暴，这种内心风暴带来了他创作的紧张感和焦虑感，尖锐的讽刺和批判由此而生。坦率而言，读石舒清的《选举》《搭皮》《牛头》等作品，有读鲁迅“鲁镇”小说的感觉。当鸡肠子河的村民们糊里糊涂地举起“粪叉儿”一般的胳膊和手时，我们内心涌动的只有悲凉。石舒清的写意类小说，总体风格为沉郁、多思、灵气内蕴。这一类作品多以儿童的眼睛看世界与人生，表现着作者本人对浑茫世事的浓厚探索兴趣，与作者本人所具有的宗教情怀甚为合拍。需要指出的是，1998 年以来，石舒清的写意类小说发生了非常独特的艺术新变。在《乡土一隅》《开花的院子》《小青驴》等新近创作的小说中，童年视境中的生活大大被拓展了，一种单纯明朗的温和“诗意”弥漫其中。像牛儿那样的横死的故事不再出现，噩梦缠绕一般的情绪已经淡出，无论是那个不被乡村人理解的“情种”老勉，还是那个老而又老的小脚姑太太，给人的感觉已不是压抑和伤感，而多少有一些人生的温暖。石舒清的另外两部小说名篇《清水里的刀子》和《节日》，其艺术变化与上述作品类似。《清水里的刀子》写马子善老人对生死的感悟，是一种超脱复杂人世的清静情怀；《节日》写一西北乡村回族青年妇女的现实心态，对丈夫的怨艾中有许多依恋和温情。概而言之，石舒清新近的小说创作正在摆脱九十年代前期的紧张和滞涩，而变得自由和洒脱。由于创作心态的放松，他的小说艺术水平开始跃上新台阶。具体表现在小说内涵突然间变得丰富和博大，他已经可以颇为自然地将对西北回族聚居地的乡风乡情的描写，从容转化为对人的“生存”的领悟和发现。他的作品的艺术描写更为精湛和到位，叙述和描写已不再草率和随意。打一个不甚恰当的比喻，石氏小说以前的某些场景和心理描写，只仿佛投石入水，可闻“扑通”之声，不见水花波纹。近几年不同了，我们不仅能闻其声，而且能清楚地看到湖面平静被打破之后，激起的浪花和那一圈又一圈细密的波纹。我们有时发现，石舒清的观察力陡然间有了惊人的提升，他的精确的观察就像昆虫吸附着枝叶和花瓣那样紧紧地贴着他所描写的对象。与描写的精湛到位相和谐，在语言的运用上，石舒清更加注意语言的张力，讲究和注意小说叙述描写语言的象征、暗示和耐人寻味，他将新鲜、新奇的比喻引入作品，自觉地创造性地把许多伊斯兰教经堂语和西北方言引入作品的叙述和描写，从而产生了特殊的审美艺术效果。种种迹象表明，石舒清的小说创作已经进入一个艺术的成熟期，在宁夏文坛，甚至在全国文坛，石舒清正在发出自己独特而响亮的声音。

纵观石舒清的小说创作历程，我们可以清晰地看到他所迈出的每一个坚实的艺术脚步。石舒清不是那种完全靠灵气写作的创作者，在艺术追寻之路上踏出的每一步，都饱含着他的心血和汗水。在文学创作上，许多时候他更像是一个固执的老农夫，常常有不惜力气、累死拉倒的想法。他对创作的虔诚和敬畏之心，对写作的认真执着之心，在当今的文坛上，已成独特而稀有的风景。1997 年，在从事创作差不多十年的时候，他在一则创作谈中说："写作逐渐成了一种艰难而又冒险的事情，如对绝壁的攀援。每有一个新的构思就像面临一个新的绝壁……写下去似乎成了一条绝路……每一篇作品都似乎硬着头皮才能写成。最艰难因而也会最振奋，最难测因此常常会柳暗花明、好景迭出。而难度就在于对下一个好景的探索与发现。不硬了头皮干，恐怕会一事无成。"[①]是的，人生和艺术永远不可穷尽。对于严肃的小说家来说，艺术从来都是不停的心灵搏斗和对困难的克服。小说家的命运确实与田径场上的跳高运动员颇为相似，生命在一次又一次起跳，已经跃过的高度，既是光荣又是致命的阻碍。好在，石舒清凭借自己"农人的固执"，坚决而勇敢地翻越了一座座峭壁。也许，抵达现在的文学山峰，还只是一个小小的胜利，艺术的无限风光永远存在于不倦的搏斗和难以停止的攀援之中。

2000 年 7 月

① 石舒清:《随笔两则》,《朔方》1997 年第 4 期。

漠野深处的动人诗情

——漠月小说创作论

认识漠月已经有些年头了。印象中的漠月，沉默之时多，开怀放胆之时少。他是那种讷口少言的创作家，锦心常在，“绣口”却不大能够感觉得到。漠月自小生长在内蒙古自治区西部阿拉善盟的农牧之家，以后又长期在这片被大漠包围的偏远而寂寞的土地上奔波、劳苦。虽然，他在城市曾有过四年大学求学的经历，也曾做过多年行政秘书工作，如今又在城市里当着文学编辑，但是，论精神气质，他依然是一个真正的来自漠野的汉子。应该说，是辽阔而孤寂的大漠塑造了漠月的性格和心灵，也是这片表面荒凉而内蕴丰厚的土地给予他创作的灵感和动人的诗情。观漠月之人之文，心中总抹不去沙漠英雄——骆驼的影子。据漠月说，他从小是在骆驼背上长大的。于是我突然想到，漠月仿佛就是一峰来自西部大漠深处的骆驼，他执着、坚忍，沉默而壮健。在宁夏小说创作界，他不算是名气最大的，然而，他的“漠野小说”却是宁夏文坛不可多得的一处文学新景观，其别开生面的题材选择和艺术呈现方式正引发越来越多的议论和评说。

一

漠月的小说创作开始于二十世纪八十年代末，距今已经有十多年的光景。像许许多多的小说创作者一样，从能够写出小说到能够创作出动人的“好小说”，这一过程，漠月用了差不多十年时间。哲人常说，“十年磨一剑”。对创作家而言，漫长的十年实际上“磨”的是心性和韧劲。十年磨砺，锻炼的是对社会和人生的灵敏感受力和思想的穿透力，是艺术的独特知解力和圆融境界。如果说，十年前漠月的小说创作还不能使我们惊喜莫名，那么，今天，当我们面对漠月创作的纷至沓来的小说佳作，我们便不能不去细细探寻这位创作家的创作轨迹，用心地进入他以心智和才情所构建的独特的艺术天地。

毫无疑问，漠月近年小说创作的独特性首先表现为他的小说视阈的特殊。他总是能在西部偏远寂寥之地，在被风沙和干旱肆意围困的漠野深处，从平静和寻常的生活状态中，发现和呈示动人的诗情。于是，一向被认为是枯寂、无趣、地老天荒之所在，突然孕育并生机盎然地呈现了人间的诸多欢喜与温情。显然，这种对于西部荒漠地域生活的审美发现，对近些年以来过于甜腻和过度私语的大陆文坛，无异于吹来一股清新凉爽的风。这风来自于中国西部漠野的深处，也来自于我们民族灵魂深处的向善向美之力。

漠月小说的取材几乎都来源于他所经验过的生活和世界。大漠深处的孤独人家，日出而作、日入而息的农牧生活，成人社会的种种忧患和恩怨，少年人的联翩心事和向往。从题材上说，他的小说内容难称丰富和复杂。然而，正是在某种似乎是有意为之的单纯之中，漠月相当完整地表现了西部生活当中的欢乐精神和内在情韵。他在小说中几乎颠覆了“苦难”的西部生活，而以艺术的力量告知天下，在一向被认为是环境酷烈、生存严峻的中国西部，同样有着动人的诗情，也有难以言说的人间欢乐。《湖道》叙述两个家庭之间的爱恨情仇，于历史恩怨的纠缠和并不艰难的化解当中显现两个青年男女至真至纯的美好人性。这是漠野深处的人生故事，因为世界的空阔、寂寞，因为沉闷的日子如同久旱无雨的单调的天空，所以当一场秋雨浩荡而来，在电闪雷鸣的时刻，曾经美好的过去突然间复活，“湖道”将两颗本应该紧紧相连的心终于连在了一起。这里，没有都市青年男女恋爱时节的刺探、窥测和虚与委蛇，没有病态的自虐和心灵受到伤害之后的肆意宣泄，有的只是漠野小儿女的爱怜、尊重和一往情深。《锁阳》也是一篇写得情深意长的作品。简单的生活故事并不能遮蔽男女主人公火热的情思。状如春笋并现出妖冶亮色的锁阳，是写实也是写意。它所暗示的人间幸福岂是少年闰子所能深切体悟得了的？漠月的另一个名篇《放羊的女人》，同样洋溢着人间的温馨之情。那个放羊的女人，因为怕当司机的丈夫被漠野小镇上的开放风流女子勾去了魂，硬是将他拉回大漠深处。然而，丈夫的暂时回归只是一个小小的阴谋，当乏羊们终于长成膘肥体壮的家伙，丈夫便又一次成功逃离女人温柔的包围，而走入更广大的世界。与许多叙写夫妻离别的作品形成明显差异的是，《放羊的女人》并不显现悲苦情调。相反，当知道自己已经怀孕，一个新的生命正不可阻挡地要来到这个多彩世界，放羊女人竟然像得了宝贝似的终日欢笑不止。这显然构成了这篇作品的欢乐气质和内在情韵，仿佛北方中国漠野深处的异常干燥而敞亮的阳光打在你的脸上，生疼，但使你幸福得眩晕。

细读漠月的小说作品，我们发现他的小说与生活之中的“苦难”总是保持着一定程度的疏离。在他的小说中，描写生活苦难和人间悲剧的作品总是少而又少。即使是一些叙述过去年代人们的生活困境的作品，作者也总是着力彰显苦难当中的美好人性和人情，并不对人间悲苦过度渲染和着色放大（比如小说《人亲》系列）。这样的创作旨趣，并不表明作者没有经历过苦难的生活。事实上，像漠月这样出生于二十世纪六十年代初期，又长期生活在偏远的西部牧区的作家，苦难常常是与生俱来，如影随形。在相当长的一个历史阶段，它几乎成为生活的唯一馈赠。然而，在漠月的笔下，苦难却并不被随意地叙述和描写。在对人间苦难的书写方面，他显得格外吝啬。形成这一取材特点的原因何在？我认为，只能从作家独特的感受生活和看取人生的审美心态上去寻找。

我们知道，生活当中的漠月是宽厚的、善良的。与他相识多年，很少发现他有言词激烈的时候。他似乎总是默默地用充满善意的眼光看待着身边的一切。应该说，长期的漠野生活培养了漠月粗犷豪放的气质和秉性，天宽地阔的西部风景养成了他豁达洒脱的文学眼光。也许，最根本的，是因为在漠月的心灵深处始终漾动着对于生活的善意和宽容，是一颗向善向美的灵魂导致了他的作品的融融暖意。在这一点上，漠月与已故的当代小说名家汪曾祺颇为切近。汪曾祺一生经历坎坷，磨难多多。然而，他的小说创作却几乎与生活的“苦难”无缘。他过滤掉乡村的苦难，构造出一片没有异在力量粗暴进入和浸染的纯然而宁静的乡土，从而呈现人生善良和美的一面。以汪曾祺的创作来对照漠月的小说取材，应该说颇有相似之处。然而，漠月和汪曾祺终究属于不同年代的作家，美学趣味的接近并不等于风格的完全一致。漠月的“漠野小说”虽然有着温情脉脉的情愫，但毕竟不似江南水乡的小桥流水人家。在《湖道》《锁阳》《放羊的女人》《五月沙枣花》等作品中，北中国的干燥刚硬气息是那样的浓酽，与烟雨迷蒙当中的江南柔媚之情相比，漠月的小说散发的是北方的柔情，是回荡在《走西口》和《兰花花》里的黄土地上的让人心疼的柔情。

漠月小说对于“善”和“美”的偏爱，还体现在他在作品当中对柔美女性形象的倾注深情与精心塑造和刻画上。不可否认，文学史上有一类作家在创作旨趣的追求上颇多“唯美”心态。他们乐于把女性形象想象为人间“善”和“美”的化身。因而，在他们的作品中，女性总是代表着温柔、善良、忍让、慈爱和对人世苦难的包容之心。以艺术想象的方式，将人间女性“唯善化”和“唯美化”，这样的文学创作传统可谓源远流长。就中国文学史而言，古代有《木兰诗》《西厢记》《牡丹亭》《红楼梦》等杰作，现代以来则有沈从文的《边城》、孙犁的《荷花淀》以及汪曾祺的《受戒》和《大淖记事》等诗情小说。从心灵的艺术积淀看，漠月对中国古代文学传统当中的诗性气质（女性形象塑造上的“唯善”和“唯美”，可以视作文学诗性气质的典型体现）汲取颇多，从审美心态和创作追求的角度看，漠月创作的路数比较接近于“五四”以来以沈从文等为代表的散文化小说一路。然而，任何独特的创作都不可能只是单纯地模仿和被影响。每一代作家的写作既是对传统的继承，更是一种全新的对生活和艺术的领悟与创造。细读漠月的代表作，我们还是可以发现，他笔下的那些动人的女性形象，诸如罗罗（《湖道》）、枣（《五月沙枣花》）、大嫂（《锁阳》）、放羊的女人（《放羊的女人》）等，与翠翠（《边城》）、水生嫂（《荷花淀》）、小英子（《受戒》）等人物形象存在着相当程度的差异。倘若说，像翠翠和小英子这样的艺术形象多少带有一点梦幻和写意的成分，那么，漠月小说当中的女性形象身上便多了一分来自漠野的地气和人间的烟火气。迄今为止，漠月似乎不大愿意书写纯美异常的少女形象，他更乐于描写来自生活底层的民族民间的成熟女性形象。这些女性形象身上，不仅集中着温柔、善良、慈爱等品性，更带有来自永远的劳动和生活磨砺当中的坚韧、隐忍和硬气。即使是那两个尚未嫁作人妇的年轻姑娘罗罗和枣，她们的身上散发的也依然是由严峻的生活所带来的成熟气息——一种由西部的人事风华所造就的柔情与刚硬奇妙地结合在一起的母性气息。这使我们情不自禁地想起了同样诞生在西部这片神奇土地上的两个动人的文学形象——张贤亮笔下的李秀芝（《灵与肉》）和马缨花（《绿化树》）。很明显，独特的带着西部风韵的女性形象的精心塑造和刻画，已经成为构成漠月小说审美魅力的一个重要创作因素。由于这些集“善”与“美”于一身的女性形象的存在，漠月的“漠野小说”便平添一份北方的娇媚。

二

阅读漠月的作品，我们会发现，他的小说从总的艺术倾向上看，表现的是民族的和传统的美学风貌，更多古典的情调和趣味。与过于冷漠阴郁的带有现代派色彩的一路小说相比，他的作品当中弥漫的是一种温和之气，呈现的是“哀而不伤，怨而不怒”的中和之美。如果借用一个美术术语来评价漠月的小说，我想，应该叫做“暖色调”。

这种我们姑且称之为“暖色调”的艺术追求，首先表现为作品取材上对于日常生活当中“诗性”的寻求以及叙述上的沉稳安详的“调子”。漠月小说的取材，并不刻意寻求人世间大起大落的喜剧和悲剧，人生的突然发迹和生活的“陡转”，这样的戏剧性叙事，总是很少出现在他的作品当中。与此相反，他更喜欢以一种悠长的、除却了人间火气的调子，娓娓讲述普通生活当中的喜悦与小小的不如意。诚然，命运也曾无常，生命的天空也会时常有暗影飘移，但一种浓浓的爱意却坚定地、恒久地缠绕在西部辽阔的漠野和它的人民身上。生活在漠月的笔下，是大漠当中的日出日落和风沙弥漫，是牧民对于雨的渴望和羊群与骆驼对于青草的热爱，是农舍屋顶上的炊烟和毡房里的奶茶，是男女之间永恒的爱情和牧人们古老神圣的约定。在他的小说世界中，生活从来就是寻常的劳作、生育、忍受、哭泣和歌唱，是一个又一个鲜亮的早晨和大漠深处静谧的黄昏。虽然散漫，但并不消极、无奈，它总是透露着世俗的温暖的意味，内里却不乏庄严品性。我们甚至能够觉察到，漠月是一个不喜欢描写“死亡”的作家。当小说中很不幸地出现了“死亡”现象，他会轻描淡写，甚至会使本来异常流畅的笔触变得格外黏涩和滞重起来。《墙上的裂缝》是漠月小说中比较罕见的一篇涉及“死亡”主题的作品，但是这篇作品对于死亡故事的处理和艺术描写却相当艰难，因而小说主人公根子的人生悲剧便显得迷雾重重。阅读时，使人颇感晦涩。坦率而言，这并非是作者笔力不逮之故，实在是因为作者不忍心面对“死亡”而使笔力锐减。也许，我们可以责备作家心太软，但是，我更愿意相信，一个不靠制造戏剧性的传奇故事，不靠描写非常和反常人生，而只将目光集中于寻常人性和日常生存的创作家，才可能是一个具有发展潜质的优秀小说家。张爱玲在谈创作的一篇文章中写道：“文学史上素朴地歌咏人生的安稳的作品很少，倒是强调人生的飞扬的作品多，但好的作品，还是在于它是以人生的安稳做底子来描写人生的飞扬的。没有这底子，飞扬只能是浮沫，许多强有力的作品只予人以兴奋，不能予人以启示，就是失败在不知道把握这底子。”（《自己的文章》）漠月的小说，讲述漠野深处的寻常人生故事，描摹西北边地的儿女之情，是张爱玲所说的歌咏“人生安稳”的作品。这样的作品，仿佛一团温柔的火，无灼目之光、无绚烂之色，却以一种深长的热力，缓慢地进入读者的心灵世界，逐渐聚集为烫人的潮水。

漠月小说的“暖色调”还表现为作者在作品当中对于西北边地自然风物和人物生活环境的饱含诗意的描写。这种对于自然风物和生活环境的描写，通常都能够与小说所叙述的故事与人物形成一种相当和谐的同构关系。有些艺术描写，对烘托气氛、暗示主题、表现人物心理都起到了至关重要的作用。我们来看一下漠月小说中的两个典型场景：

> 天还没黑。西边是一轮圆圆的夕阳，像个鸡蛋黄儿悬浮在一道沙梁上，看上去晃晃悠悠的。伸出根指头轻轻捅一下，就会流淌出浓稠的汁子。空气中游荡着井水的气息和羊身上的膻味儿，能让人毫不费事地体会到日子的温馨。

> 太阳白花花地照着。天上有大朵的云，像是谁随手丢弃的羊绒，洁净得很，这样的云是不会落雨的，却在无声地改变着形状，慢慢地淡了，最后剩下的还是天。屋前是沙梁，一道一道地铺展开去，天与地相交的地方就很不平坦，那里是白茨沟。再过些日子，白茨要发出细小的叶儿，抹上一层绿色。如果大哥还在屋里，就会去那里挖锁阳。锁阳长在白茨的根上，春月里破土顶缝儿，像极了一条蛇，身上布满密密麻麻金黄的鳞片，还有一股锁人嗓子的香气。

上面引用的两段文字，第一段是小说《白狐》的开篇段落，在诗意的颇带些童趣的描写中，将漠野深处农牧人家带有原始古朴色彩的生活情态和盘托出，同时也与以后漠野当中的罕见事物“白狐”的出现形成一种叙述情调的反差。第二段文字是小说《锁阳》故事叙述当中的一段场景描写，是一个十几岁少年的视角，依然是诗意的、似乎含着淡淡忧伤的“调子”。但是，由于这段描写当中的自然天色与事物介绍（关于“锁阳”这一植物）是与一个少年隐隐萌动的春情交融在一起的，所以看似简约的描写已不那么简单，它实际上已经暗含了某种隐秘和象征的诗情（“锁阳像蛇”的文学修辞在这里显然具有弗洛伊德精神分析学的某些影子），并且为小说故事的发展预设了某种特殊的情境。只是，漠月的描写“发乎情，止乎礼义”，读者只能在精细的阅读当中慢慢琢磨和体会他的艺术深心。

可以看出，漠月对于小说氛围的“静”与“美”有着特殊的喜爱之情。在他的许多小说当中，包括上引的两段文字在内的自然风物和牧人生活环境的描写都透露着难言的静寂。天地有大美而不言。人间虽不能不言语、不歌唱，但至少在漠月看来，说话是应该惜“墨”如金的：他小说中的人物能言善言者甚少，他的对话描写能短则短；歌咏则应在晴朗的夜空之下，满天星星，长长银河，与之相伴随的是舞台之上孤独的演唱。当张万凉和向红的那曲荡气回肠的《白毛女》演唱完毕，舞台上空汽灯的炸裂与雪花般飞舞的碎片，衬托的是更深更大的静寂（《三十年前的一次演出》）。也许，对于小说“静美”境界的追求，与漠月长期生活在漠野深处有关。在二十多年的岁月里，他一直生活在被大片大片的不毛之地所围困的星星点点的绿地上，孤村、孤镇、孤城以及三五成群的单门独院的农牧之家构成了他最主要的生活环境。可以说，在这样的环境中，与自然对话的时间似乎要比与人类对话的时间多。天地静谧，漠野无声。此时，个人对世界的感受是浑茫的，难以描述的。无言胜有言，一切都仿佛处于世界诞生之初，最深广的美质便是“静美”。多年后，当漠月作为一个小说家进入创作时，童年和少年时期的生活经验和对世界的原初感受会丝丝缕缕地出现在他的作品当中，从而氤氲出一片“静美”的诗意的天地。

倘若深究一下，我们还会发现，漠月小说的温暖情调还来源于他在小说创作中的童年叙事视角的反复运用和对回忆性的小说体式的热衷。

应该说，儿童的感官系统较少受到成人文明化意识的干扰，他们更多地保持着原始的敏锐、丰富和自由的状态，会更直接地向外部世界敞开。从本质上说，儿童的眼睛是艺术的眼睛。那些没有被污染和过滤的心灵常常会产生纯美的诗意，那些清泉般的生命感觉也常常造成鲜嫩欲滴的诗情与画意。巴乌托夫斯基说：“对生活，对我们周围一切的诗意的理解，是童年时代给予我们的最伟大的馈赠。”在漠月的小说中，采用“儿童的眼睛”叙事的不在少数。《白狐》《锁阳》《夏日的草滩》等篇完全采用童年视角，使小说的情节发展和场景描写颇多童年的机趣和艺术的新鲜情调。《白狐》当中的羊娃子把夕阳看作是一个“鸡蛋黄”，想象“伸出根指头轻轻捅一下，就会流淌出浓稠的汁子”；又把羊的乳房看作是饱满红润的桃子，而娘的挤奶动作很像是在“摘桃子”。这些描写都构成了小说明净的诗意。而在《锁阳》当中，由于童年视角的采用，一个本来可能会变得平庸的爱情故事突然增添了许多诗意的波澜。这使得这篇貌似简单的作品，因为所谓“懵懂的眼睛”反而产生了一层不易穿透的复杂意味。

与叙事的童年视角联系在一起的，是漠月小说当中的回忆的

“调式”。

仔细阅读一下漠月近年创作的小说，我们发现，他的那些最优美的小说一般都是在叙述“过去的故事”，是回忆“调式”的。即使是那些时代背景并不太确定的作品，凭借小说所提供的只言片语，读者也能够感觉到指涉的是“过去”。应该承认，对于像漠月这样的重情的作家而言，故乡是他永远的精神家园，童年是他永远的纯美梦境。汪曾祺说：“写小说就是写回忆。”莫言在《小说的气味》（《天涯》2002 年第 2 期）一文中说：“作家的创作，其实也是一个凭借着对故乡气味的回忆，寻找故乡的过程。”无论是把小说当作回忆往事的最佳方式，还是把创作视为对故乡的寻找，其实都在表明：小说与一个人过去的生活和世界的关系是多么的重要，从某种程度上说，它甚至会成为艺术创作的发生源。当漠月让他过去所经验过的生活和世界进入他的创作，重要的已不是他所经历过的事情，而是如何把回忆编织起来，使它们变得格外美丽和强大。显而易见，漠月在“回忆”当中重现了几十年前的充满诗意的“过去”。他凭借强有力的文学记忆将已经消逝的人与事重新唤回，让它们变为活生生的当下的存在，重新建构读者与这些人与事的关系。然而，当“过去”已经变成一个庞然大物，以至于它淹没了“现在”，遮蔽了作者对于正在行进的生活的注视和深切的追问，我想，那“过去”的生存就应该逐渐地退回到岁月深处。因为，我们毕竟生活在现在，每天都在吮吸着现实所提供的营养丰富的乳汁，而我们的创作所面临的最尖端的课题之一便是如何充满激情地呈现时代最真切生动的面影。如果作家们只是一味地纠缠于“过去”，那么文学与现实的关系将会变得十分可疑，文学也将丧失它永久存在的理由。

漠月已经以他持续而有效的辛勤劳作，在纸上建立了完全属于自己的审美“王国”。这“王国”里通常演出的是过去的戏剧和童年眼中的风景，从中传递出一种久违的声音和气息。我们的文学对于生活诗意的发现和对生活神圣性的张扬，确实已经到了岌岌可危的地步。在文学中过多地描写人性的卑贱和人生的挫败感和幻灭感，事实上已构成对庄严生活的重大伤害，造成普遍的对世界的不信任情绪。漠月的小说以对生活的温情和艺术超越，以对宁静安详的人生境界的执着书写，重新点燃了人类生存的热情之灯，对许多处于生活迷乱当中灰色和躁动的心灵无疑有着照亮和抚慰作用。这是漠月以不多的作品而被许多一流评论家和编辑家认可的关键所在。但是，作为一个热心的读者和评论者，我也愿意指出漠月小说的一些明显的缺憾。他的小说的题材明显地具有某种单调性；他对过去的痴情妨碍了作品对历史生活严峻性的发现和描写；他在城市已经生活了二十年，然而他对城市似乎是有隔膜的，读者难以发现他对城市生活的有力穿透；他对时代丰富性和复杂性的认识可能还没有达到被期待的高度。不可否认，许多在宁夏青年作家创作中共同存在的艺术问题在漠月的作品中也相应地存在着。而困难的克服和创作的更大超越显然需要更艰辛的努力、更深沉迫切的心灵投入。作家的角色就是这样，他就是东方古老传说中的那只不死之鸟，生命的华美和芬芳完全取决于一次又一次投入大火的勇气。投入了，便浴火重生，成为翱翔于天宇的凤凰；不投入，便低飞于草莽，变成一只居于人间屋檐之下的凡鸟。

附录

漠月主要作品目录

《五月沙枣花》，原载《青年文学》1997 年第 5 期，获得 1997

年全国“恒泰杯”乡土小说大赛优秀奖。

《无泪的倾诉》，原载《朔方》1998年第1期。

《白狐》，原载《朔方》1998年第8期，《小说选刊》1998年第11期选载，获得宁夏回族自治区第五次文学艺术作品评奖小说二等奖。

《夏日的草滩》，原载《少年文艺》1998年第12期，《儿童文学选刊》1999年第3期转载。

《荒地》，原载《飞天》1999年第7期。

《挽歌》，原载《飞天》2000年第4期。

《人亲》，原载《青海湖》2000年第4期。

《老家的二爹——〈人亲〉续篇》，原载《青海湖》2001年第5期。

《墙上的裂缝》，原载《朔方》2000年第9期。

《老满最后的春天》，原载《延河》2000年第10期。

《湖道》，原载《雨花》2001年第3期，《小说选刊》2001年第5期选载，被收入《2001年度小说佳作》（漓江出版社），名列“2001年中国小说排行榜”短篇小说第一名（中国小说学会主持评选）。

《锁阳》，原载《朔方》2001年第5–6期合刊，《小说选刊》第8期选载，被收入《2001年短篇小说精选》（百花文艺出版社），获得宁夏回族自治区第六次文学艺术作品评奖中短篇小说一等奖。

《放羊的女人》，原载《青年文学》2001年第7期，《小说月报》2001年第9期选载，被收入《2001年中国短篇小说选》（华夏出版社），入选“当代中国文学最新作品2001年下半年排行榜”短篇小说第一名（《北京文学》月刊社与老舍文艺基金会联合主持评选）。

《小说二题》，原载《四川文学》2001年第9期。

《搭救》，原载《小说家》2002年第1期。

《那年秋天》，原载《时代文学》2002 年第 3 期。

《父亲的树》，原载《中国作家》2002 年第 5 期。

《三十年前的一次演出》，原载《朔方》2002 年第 5–6 期合刊。

2002 年 5 月

悲悯的注视

——李进祥小说创作论[①]

我与李进祥见过不多的几次面。他在远离银川的地方生活和工作，平日里难得与之一聚。偶尔，李进祥来银川参加文学圈子里的会，我们又总是一照面便彼此散开。相比较而言，我对他的作品更为熟悉一些。他在一个小县城的机关里任职，繁忙的工作之余默默地创作着小说。自出道以来，他的写作数量一直不算很多，每年最多也就发表三四篇小说。但是，我要说，从阅读到他的第一篇小说《口弦子奶奶》(2003 年) 开始，我就对这位小说作家产生了浓厚的兴趣。李进祥的小说创作虽然并非始于 2003 年，但《口弦子奶奶》被《小说选刊》这样的全国“大刊”选载，显然使他逐渐具有了全国知名度。2003 年之后，李进祥还是不紧不慢地写作，《小说选刊》《小说月报》之类的“大刊”，每年也会选载上他的一两篇作品。然而，李进祥却始终保持着朴实的“低调”。是的，在名声逐渐显赫起来的宁夏青年作家群当中，李进祥不能算是最为引人注目的人物，但是，论及宁夏青年作家群，我们却难以忽略这位风格特异的作家。他的小说朴素、家常，像一个未施粉黛的乡村姑娘；然而，在朴素寻常的面貌之下，李进祥的作品却“言近旨远”，有着

---

① 本文所论作品，主要见于李进祥小说集《换水》。《换水》，漓江出版社 2009 年 9 月第 1 版。

让人不能不为之心动的穿透人生的艺术力量。那种对乡土的痴恋与悲悯，对人性的洞察与理解，对人的命运的格外关注与不倦的追问，都表明：李进祥的小说天地远比我们想象的要开阔和丰富得多。

翻阅李进祥的作品，发现他讲述最多的是“清水河故事”。清水河是李进祥家乡真实存在的一条河流，然而，这“清水河”三个字听起来蛮有诗意，实际上却是一条长久奔流着的苦涩之河。一河咸水，既不能饮用，也不能浇地——天不佑人。可是，清水河畔的人们，却一代又一代地生存了下来。只是，这生存确实不易，这生存带着永远流淌着的血和泪。在《想起了几个外乡人》中，在“清水河女人”系列中，我们感受到的何止是物质生活的极端贫穷与匮乏。在一个仿佛被世界早早遗忘掉的苦涩荒凉之地，心灵的封闭与狭窄，又给多少渴望生活热爱理想的人们带来人生的大苦痛！这大苦痛当然年深日久地折磨着世世代代生活于清水河畔的人们，同时，随着时代的变迁和个体意识的觉醒，这苦痛也使那些不安于贫困的清水河人自然产生了“冲出去”的渴望与信念。一时间，“生活在别处”成为清水河畔人们最切实的盼望和最美丽的梦想。令人惊讶的倒是，李进祥并没有充满激情地叙述清水河人“扑入”城市之后的“幸福”生活。相反，他如实描写了从清水河突围而出的马万成（《屠户》）、马清（《换水》）们在城市“丢失”自己的悲剧。马万成原来想以自己的卑微与忍耐换取儿子的尊严和新生，到头来，却把一个高高大大欢蹦乱跳的儿子变成了城里的一个坟堆；马清、杨洁带着满肚子的美好憧憬来到城里，却在金钱铁律支配下的城市遭受深伤剧痛，仓皇返乡。即使是在做了城市小老板的马成（《天堂一样的家》）那里，成功的喜悦也总是被创业的艰辛和到处磕头作揖的屈辱所冲淡。是的，清水河畔的人们无论是困守乡土还是进城搏斗，他们的所有付出似乎都带着那么一点悲剧的色彩。他们知道干活要下死力气，知道人前不可欺瞒，做事诚信为本。然而，古老的道德自守怎敌得过包围他们的洪水般肆虐的金钱欲望。于是，马万成在眼皮子底下痛失儿子，马清、杨洁被城市击打得遍体鳞伤；那个眼观六路耳听八方的瘸尔利（《遍地毒蝎》），则在他煽动起来的一村人闹腾着抓蝎子的热潮中，最终被蝎子给予了致命一击。在李进祥所讲述的清水河人的生活故事中，悲剧似乎无可避免地构成了寻常岁月里的某种常态。尤其是在涉及农民工生活和命运的书写时，李进祥的笔墨似乎格外地沉重和严峻起来。实际上，透过生活的表象，读者们会发现，与其说李进祥喜欢言说生活当中的悲剧，不如说作家更关注社会转型时期中国农民所付出的沉重的心灵代价，并一直为农民兄弟们道德上所面临的两难困境而扼腕叹息。那些脚上还沾有泥土的老实巴交的农民，怀揣着一颗忐忑不安的心，睁着一双迷惘的眼睛，一步三回头地进了城。他们本以为靠着一身的力气与满心的善意，便可以在人潮涌动的都市繁华之地觅得立足之处，可大多时候，他们却总是以丧失生命和尊严作为代价。于是，“逃离”成为李氏小说主人公共同的选择。应该说，诚实的农民们逃离眼前的城市生活，不是因为无能，而实在是因为不忍——不忍做利益的爬行动物。李进祥怀着一种悲悯，注视着清水河畔的父老乡亲。他想要弄明白这样一个问题：是来自乡土的农民的淳朴害了他们，还是善良者的不幸从来都别有原因？这一问，就使得他的那些叙述农民工生活的篇章，具有了超出一般同类小说的思索的力量。而这思索的力量，在这个普遍地追风逐流、过于“平面化”的时代又是多么的难能可贵。

翻阅李进祥的作品，当然也会发现这位作家对于女性的“痴情”——他是一个喜欢书写女性命运、善于刻画美丽女性形象的小说家。从他的成名作《口弦子奶奶》开始，李进祥的最具代表性的小说中，总是闪动着一些让人不能轻易忘怀的女性形象。羞答答的阿依舍（《女人的河》）、神秘的花样子（《花样子》）、性格和人生理想各异的桃花与杏花（《害口》）、心中长存恨意却在最后时刻原谅了曾经的情敌的兰花（《扯脸》），甚至那个影子一般的林娴儿（《天堂一样的家》）和捏了打工儿子递上的钱便立马长了精神的婆婆（《害口》），莫不是令人过目难忘的动人形象。李进祥平静地书写着乡村女子的命运荣枯，细心地描摹着她们的心灵悸动——思念、渴望、酸楚、原宥、小小的算计和痛彻肺腑的悲哀。在对清水河女人的生活命运和心底波澜的艺术展示中，他在深深地叹息，也在不停地追问。也许，对耽于沉思的李进祥而言，关注女性命运、刻写动人的女性形象，只是他探寻生活与人性奥秘的一个特殊的视角。女性在人类文化史上，总是代表着温润、宽厚、善良、忠贞、坚忍等等美好的人类精神价值的坚定持守。李进祥喜欢描写美好的女性，一方面，显示着他对女性命运深切关注的人道主义的情怀；另一方面，他也是想借女性这一文化符码，赞扬与呼唤千百年来人类社会曾经拥有的那些美好的生存信念和价值情怀。从这个角度而言，李进祥的“清水河女人系列”与前述的书写农民工现实生存的小说，题旨应该说是相一致的，是所谓的“殊途同归”。

一位出色的创作家能够被读者们喜欢并留存于记忆深处，当然与创作家所提供的作品的艺术力量有关。李进祥以不多的小说作品而征服了许多读者（他创作于2007年的小说《狗村长》获得《小说月报》举办的“最受读者欢迎小说”奖），足以证明这位小说家的写作才能是优秀的，也是独特的。卓越的作家从来如此：他的文学提供的是新鲜的、特异的感受，既涌动着来自生活和生命深处的鲜活的汁液与饱满的声音与色彩，又升腾着作家永远的悲悯与无尽的追问。我不能说，李进祥的小说创作已经臻于化境了，但是，我得承认，这位思索时间远远大于写作时间的作家，确实已经走在了一条值得期待的创作道路上。仔细阅读李进祥的小说，首先会发现，他是善于以“小”见“大”的。说得更明白一些，李进祥通常写的都是小故事，而故事背后的思想和意蕴却是颇费思量的，是一些“大”的东西。优秀作家的任务就是这样，人们熟视无睹的生活因为他（她）的重新描写而变得既熟悉又陌生。整个生活被艺术的摄像机推近了，放大了，许多此前看不清的、模糊的内容因为放大而让我们触目惊心。比如《屠户》，它的表层叙事是一个进城的农民因为贪婪而痛失所爱，而其深层却是对现代人类的“反天道”行径深怀忧惧。事实上，我们的人性当中从来就具有一些“恶”的因子，“文明”的功能就是要适时地控制它，阻击它。然而，现代文明却在某些时候召唤和“喂养”我们内心的阴暗与邪恶。于是，人类的悲剧便不可逃脱。李进祥的其他小说，《遍地毒蝎》《狗村长》《害口》《扯脸》，也都是以小见大的作品。《害口》《扯脸》两篇小说，描写的岂止是家常事、儿女情！在桃花的无处诉说和兰花的化敌意为怜悯当中，乡土女子人性的高贵跃然纸上。阅读李进祥的作品，还会发现，这位小说家的作品里是常常流淌着“诗意”的。严格地说，李进祥不能算是“浪漫派”的作家，他的小说一直走的是写实之路。然而，我们阅读李进祥的小说，却常常被那些穿插于作品中的感伤而优美的叙述和抒情段落深深打动。口弦子奶奶揪心扯肺般的口弦子声，花样子出嫁当日大肆盛开的妖艳桃花，阿依舍眼里既苦涩又甜蜜的清水河，上述描写相当突出地显示了作家出色的观察和想象生活的能力。它表明，如果一篇叙事类作品充满了叙述者个人的种种新鲜而独特感受，读者们就会像享受水分充盈的果实一样享受作品。当然，提及李进祥小说的“诗意”，便不能不涉及他作品中那些“沉郁的诗意”。前面我已经说过，李进祥小说所叙述的故事以悲剧居多。实际上，除了多写悲剧，李进祥还是一个擅长在小说中营造神秘和不安气氛的作家，这种神秘的不安的气氛，我把它称为小说中“沉郁的诗意”。《屠户》《遍地毒蝎》《狗村长》三篇小说的艺术描写，最为典型地体现了李进祥对“沉郁的诗意”的寻求与理解。我认为，正是因为有了对小说总体氛围的刻意追求和精心书写，李进祥的许多小说才具有了某种现代艺术品格，才拉近了与更为年轻的一代读者的心灵距离。

2008 年 6 月

写作是为时代作证

——序吴江长篇小说《咀嚼荒谬》[①]

我不大知道现在还有多少读者会对四五十年前的事情感兴趣。身边的朋友们告诉我说，这是一个复杂而匆忙的时代。纷至沓来的新事物、新景观、新情调早已占据了人们的心灵空间，没有人会对半个世纪以前的陈年旧事感兴趣。我心有不甘，向我的学生和孩子询问。结果，二十多岁的大学生们对几十年前的“过去”是一脸的茫然——他们对那段遥远的已无法触摸的“历史”因不得其详而不知道说什么好；而我正在上初中的孩子则根本地丧失了探究“过去”的兴趣，他和他的伙伴们正沉迷于网络游戏CS和《传奇》等所刻意构造的“打杀”世界当中。我们的时代是这样的倏忽变幻、一日千里，我们所生活其中的世界每天都在卖力制造新的时尚景观和新的消费情感。在这个唯新是举的年代，拼了老命一个劲地向前奔跑尚且赶不上潮流，谁还会有闲工夫停下来回顾从前的又老又旧的风景呢？然而，总是有一个声音在提醒我：历史是昨天的太阳。忘却过去毫无疑问将意味着丧失将来的阳光。这个声音仿佛一柄重锤，它不时敲打着我的心灵。它使我对并不遥远的“过去”产生了浓厚的亲近感和探究的兴趣。也许，对于像我这样的二十世纪六十年代

---

① 吴江：《咀嚼荒谬》，宁夏人民出版社2004年。

出生的人来说，对历史和过去的尊重是与生俱来的情感和意识。这不仅因为我们的父辈曾经是从历史的风暴中穿越而出的，他们的心灵天空至今仍然飘荡着“过去”的阴云；更因为我们这一代人的少年时光是与十年“文革”年代相伴始终的。那段混乱而贫困的岁月是我们生命时光中难以抹去的真实记忆。于是，当吴江先生所作自传体小说《咀嚼荒谬》呈现在我的面前的时候，我是怀着一种急切而隐秘的心情来阅读这本书的。此前，我已经知道这位文学前辈的大半生是在困顿和艰难中度过的。然而，是怎样的艰难，又是怎样的困顿，却一直欲闻其详而不能。现在，吴老先生的命运沉浮和心灵激荡以一种极其率真的文学方式裸露在我的眼前。面对这部沉甸甸的命运之书，我的思绪和情感开始穿行于半个世纪以前的风雨雷电之中。在那里，我看见了艰难岁月当中人性的高贵和华美，见识了知识分子的不懈抗争；同时，我也听到了浊世中恶人的咆哮和庸众无边的嘤嘤嗡嗡之声。是的，这本书给我的心灵带来诗意和温暖，也使我的心灵常常备受煎熬。

毫无疑问，《咀嚼荒谬》是一本书写知识分子命运史的小说。应该说，描画知识分子的命运沉浮的文学作品，如今在小说题材的选取上已经没有优势可言。然而，阅读《咀嚼荒谬》这本长篇小说，我却不时感觉到它的扑面而来的新鲜情调。与二十多年前文坛风行一时的“伤痕”“反思”文学相比，这部书似乎除去了火气，更多的是一种因岁月的历练而生成的神闲气定的超脱情怀。更重要的还在于，这部书所描述的一切过往的人生故事皆是作者亲身经历而非刻意“虚构”！这显然使包括我在内的许多读者大跌眼镜。没有人会想到这本书里的“吴江”真的就是站在我们身边的和善小老头吴江，也没有人会想到眼前的此吴江是由书中那个受尽人间的冤屈、压抑、磨难、奔波之苦的彼吴江变化而来。在吴江的这部小说中，艺术创造与真实人生显然已经消弭了惯常的界限。我们在几十年前的乱世人生中读到了那么多的“传奇”。这些“传奇”隔着久远的时空，不时向我们发射着令人回味的新鲜信息。

吴江的人生“传奇”始于一九五七年。对当代所有的中国知识分子而言，这一年都是刻骨铭心的特殊年份。话说一九五七年六七月间，“反右”运动开始，吴江因为替被打成“右派”的时任人民文学出版社社长的著名文学评论家冯雪峰说了几句公道话而遭受“下放”边疆的厄运。昆明、银川随他挑，吴江挑选了当时煞是荒蛮的西北小城银川。下放银川只是吴江厄运的初始，仿佛一截肯定要被吃掉的香肠，此时只被切下了小小的一片。一九六〇年，在银川某报社，吴江因为一时的疏忽，错拆了一封所谓“机密”信件（其实是一纸调整物价的通知书），结果，被报社副总编揪住不放，穷追猛打一通，直至开除出了新闻队伍才算罢休。一九六五年，已经不再是文人的吴江在他供职的某商业单位，因为一句牢骚话而捅了“马蜂窝”，受到领导和群众的上下围攻，最终丢掉公职被“迁赶”回了老家——江西省上饶地区的农村。在农村，拉家带口的吴江为了解决吃饭问题，劁猪、夜钓、织布、做裁缝。其间，他屡屡来往于西北和江南之间，多次向原单位申诉冤情而不果。一九七三年，破釜沉舟背水一战的吴江重回银川试图讨回公道。然而，直到一九八二年，正义而仁爱的阳光才真正洒在他和他的家人身上。我之所以不厌其详地复述吴江的命运史，是因为吴江命运遭际当中充满了荒谬的意味。如果说，为冯雪峰辩护而导致“下放”边疆还只是一个可以接受的命运安排（当时，许多为冯雪峰辩护的人早已沦为“右派”，遣送回原籍）。那么，此后的所谓“窃取国家机密”和

“四清”运动中的“坏分子”等罪名，对吴江来说实在是“欲加之罪，何患无辞”了。是的，今天当吴江写下他几十年前的辛酸往事时，他会被一种渗入骨髓的荒谬感所包围。同时，他的这种难以抑制的心理荒谬感也会传染给我们。让我们伤感的倒是，明明是荒诞不经的事情，为什么会真实地发生在并不遥远的过去？我们承认，在那个并不遥远的年代，极“左”思潮曾经为许多罪恶的实施提供了荒谬绝伦的理论依据。然而，我想追问的是，为什么偏偏是白总、宁其佐、吴亨们自告奋勇地冲杀在前，将人间的刻薄、恶毒、邪恶发挥到了极致？倘若我们承认人性确实存在着善恶美丑正邪之分，那么，对那些天性中恶的因素异常强大的“兽人”，我们该怎样防范和抑制？或者，干脆就坚决地予以正义的痛击才是？也许，我的上述想法只是十足的幼稚。一九八〇年，杨绛先生在痛悼死于“文革”期间的著名翻译家傅雷时说：“可是，智慧和信念所点燃的一点光明，敌得过愚昧、褊狭所孕育的黑暗吗？对人类的爱，敌得过人间的仇恨吗？向往真理、正义的理想，敌得过争夺名位权利的现实吗？为善的心愿敌得过作恶的力量吗？”[①]读罢《咀嚼荒谬》，读者们或许会有像杨绛先生一样的疑问。看来，改善我们人性当中的恶质已经关系到这个国家和这个民族的生存和命运，关系到这个民族是否能够摆脱周期性的狂乱动荡而走向光明的未来。我说《咀嚼荒谬》是一本给我们带来新鲜感的书，看重的恰恰是它对非常年代里人性的出色描画和透视。应该说，《咀嚼荒谬》是悬挂于我们社会生活中的一面镜子，它会时时提醒着我们注意中国历史深处的非人道的暗影；同时，它也是一面“照妖镜”，会让那些妄图在阳光

① 杨绛：《傅译传记五种·代序》，生活·读书·新知三联书店1983年，第10-11页。

底下喷发毒液的丑类们不敢再随意胡为。

说《咀嚼荒谬》是一本耐人寻味的书，还在于这本书中展现了人间那么多美好动人的温情和诗意。当年，这些温情和诗意给我们的小说主人公吴江提供了艰难岁月当中的心灵抚慰，给了他活下去的勇气和力量；今天，当这些美好的人情与诗意以一种艺术的方式重现时，它们共同构成了这部长篇小说令人难以忘怀的“暖色调”。吴江的命运曾经是凄苦的。然而，在遭受无妄之灾的那些岁月里，家庭却给予他那么多的同情、理解、关爱、体贴。妻子竹萍是这部小说当中最让人感动的人物形象之一。她的动人不在于她为国家和民族做出了多么大的贡献，而在于，在一个漠视甚至仇恨善良的年代，这位温柔而坚强的女性一直在以她柔弱的肩膀扛住黑暗的闸门，让美好人性的光辉始终照射在命运多舛的男主人公的周围。她以她的伟大的母性拯救了一个陷入灭顶之灾的男人，并使这个男人坚强而自豪地活下来。我想，如果我们认定在我们的生活中确实存在着一些伟大的女性的话，那么，这些女性的伟大更多地来源于她们心灵深处的那种真情充沛、元气淋漓的爱。这种爱不带任何杂质，没有被任何“文明的思想”所污染。它出自本能，柔软深厚，它似寒冬烈火，又如暗夜明灯。它照亮了人类生存的暗影，为遭受心灵冬天折磨的我们带来期盼已久的温暖抚慰。亲人之爱不仅体现在妻子竹萍身上。在这部小说中，小弟老皮也因为充满爱意而让读者由衷地喜爱。与竹萍的形象稍有不同，这个老皮简直就是个民间的“侠士”。他机智、乐观、豪情四溢、义薄云天。他不仅是哥哥吴江的“生活导师”，某些时刻，他甚至成为哥哥的精神支柱。这一人物形象在小说当中的出现，既拓展了人间的深情与爱意，也使小说具有了更多的生活着陆点，无形中增加了小说的厚度。作为“爱的弥漫”的产物，小说中也描写了吴江父母对落魄儿子的关爱和体贴。只是由于对父母故事的书写过于简略，这“爱”便只是一些粗线条。这构成了小说书写的缺陷，也使读者常常生出许多阅读的遗憾。

从文体上说，《咀嚼荒谬》是一本具有浓重的自传色彩的长篇小说。基于可以理解的原因，书中所涉及的众多人物大半隐去了真名，然而小说所叙述的人生事件却几乎“无一字无来历”。由于讲求“亲历性”“体验性”，这部小说写得朴实、真率、自然、亲切，阅读时常常会使人有身临其境之感。又因为作者是站在今天的时代高度来重新审视过去的生活，加之乐天知命的人生哲学贯穿其中，小说当中时常回荡着一种“反讽”的调子（所谓“咀嚼荒谬”）。这就使得《咀嚼荒谬》在艺术上明显地与二十多年前的“伤痕文学”“反思文学”区别开来，呈现一种古人所谓的“力全而不苦涩，气足而不怒张”的艺术风貌。值得一提的还有，吴江先生有非常好的文字功夫，小说中的一些场景描写也是相当出色的。诸如深夜时分，投宿金华农家，青灯木鱼、尸床老妪一节的叙述；又比如月黑风暖，河滩捉鳖一节的描写，都给人留下了极为深刻的印象。只是，受制于作品的“实录”原则，这部长篇小说也表现出情节张力不够、缺乏灵动的艺术缺点。据我的猜测，作者也许是有意地不在艺术上纵横跳跃，因为在吴江先生看来，写出最真实生动的人生，便是为那个逝去的时代作了最好的文学证言。诚如加西亚·马尔克斯在一九八二年的诺贝尔文学奖受奖演说中所言：“总之，我们，一切隶属于这个非同寻常的现实的人，很少需要求助于想象力。因为对我们最大的挑战，是我们没有足够的常规手段让人们相信我们生活的现实。”

2004 年 4 月

黄河岸边的哀婉青春

——序查舜长篇小说《青春绝版》[①]

当我们读到查舜新近创作的长篇小说《青春绝版》的时候，人类社会的又一个新千年已经开始。放眼我们生活的周围，一种巨大的“城市喧哗”之声正在不可抑制地奔腾翻卷而来。从生活的表象上看，中国社会正在急速进入所谓“城市时代”。钢筋混凝土的森林和无所不抵达的电波，正大面积地覆盖着地球上人口最多的国家。在一些沿海发达城市，据说消费和享乐主义正变得日益时髦，灯红酒绿的城市欲望迅速进入创作家的视野，有关土地的故事和诗情早已成为明日黄花。无可否认，在经历了几乎一个世纪的困惑和挣扎之后，中国社会终于坚定不移地向现代性的城市工业文明迈出了坚实的第一步，我们强大深固的文化构成中终于增添了一些新的质素。这无疑是值得欣喜和激动的事情。然而，因为某些地区城市化浪潮的汹涌澎湃，进而断言广袤、深邃的“乡土中国”已经不再具有创作的诱惑力和审美价值，这样的创作判断显然是站不住脚的。我想，只要稍微静下心观察一番，就会发现，我们实际上依然生活在一个乡村人口占绝对多数的农业国家，中国的现实情形还是“农村包围城市”。在这个乡土血缘十分深厚的国度，“乡土中国”特有

① 查舜:《青春绝版》，上海文艺出版社 2001 年。

的文化传统、人文精神、想象力、乡土情怀和审美理想等等共同构成了一种独特的“乡土文本”，它自身所具有的宏大、深重、稳定的“叙述”，现代以来一直规约和限制着作家们的文学叙事。更不要说，在幅员如此辽阔的国度，东部与中、西部地区，在社会经济、文化发展等方面，一直存在着因历史差异等因素所导致的现实行进的不协调。在遥远的西北，临近二十世纪末，仍然有相当数量的人在为基本的生存而苦斗。这样的现实存在，显然是“乡土文学”得以存在和生长的最大理由。从文学的角度而言，“乡土中国”从古代到现代，千百年来一直是激发中国作家创作想象力的所在。中国作家与乡土社会千丝万缕的精神联系和心理上天然的亲近感；乡村在审美上所可能提供的心灵庇护和“梦中家园”功能，都提示着“乡土文学”在新的世纪不可能一下子就销声匿迹。相反，在一段时期之内，“乡土文学”依然是一个可资开采和挖掘的文学富矿，是一个积聚和蕴藏着巨大创作能量的文化符码。基于上述理由，当我们阅读到查舜的长篇新作《青春绝版》时，我们依然能从作品所讲述的乡土故事当中，感受到前所未有的心灵激荡和审美愉悦。

一

《青春绝版》叙述的是民国年间西北乡村的人事沧桑。从小说的叙事容量来看，这部作品称不上是“宏大叙事”。自一九九三年《白鹿原》一出，长篇小说的“宏大叙事”仿佛一时间成为时尚。这显然给一些写长篇的作家带来创作压力。然而，这种压力也促使许多作家产生寻找新路的念头。事实上，谁也没有说过长篇小说只能有一种写法。查舜的《青春绝版》走的就是一条可称别致的新路。

这部近四十万字的长篇小说所跨越的时间长度只在短短的几年之间，小说故事所涉及的贯穿性人物也屈指可数。然而，就是这样一部貌似“单纯”的作品，却给予我们巨大的阅读快感，常常让读者不忍释卷。我想，究其原因，首先是小说的故事具有相当大的吸引力。

作为叙事体的长篇小说，充满悬念和张力的故事应该是它最为基本的艺术要素之一。小说来源于原始人篝火旁的夜晚讲述，从一开始就注定了故事是小说不可分离的部分。我们很难想象，原始人在与自然搏斗了一个白天之后，毫不奇特的生活叙述能引起他们的格外兴趣。只有神奇的讲述（当中可能不乏虚构和幻想），才可能使他们因为恐惧而颤抖或者因为同伴对自然事物的出色征服而欢呼。事实上，在小说漫长的发展过程中，“可听性”和“可读性”一直是它重要的文体特点。中国古代的白话小说直接来源于市民云集的“说书场”，就再好不过地证明了小说与大众的亲和力。简言之，小说是一种因为拥有好故事而吸引读者从而最具大众性的文体。它对广泛的生活情景和人生事象的写实性叙述，它对人性本身的刻意关注，它的扩展我们的人生经验和带读者进入令人惊奇的世界的艺术功能，都使小说成为一种易于与我们沟通的最受欢迎的文学样式。现代学者梁实秋在一篇《现代小说》的文章中说：“一般民众之所以要读小说，是因为要读故事……故事是需要的，尤其是在小说里，故事是唯一的骨干，没有故事便没有小说。”

《青春绝版》为我们讲述了一个感伤的人生故事，这个伤感的故事不仅好读，而且颇耐人寻味。虽然就这部小说的情节线索而言，并不显得繁多庞杂，然而，就在书中那些看似单纯的叙述和描写中，人生命运的复杂难测，人性深处的善恶搏斗，却如此清晰地进入读者的视野，逼迫着我们对生活本身和人的复杂性进行深入的思索。小说叙述的是半个多世纪以前西北黄河岸边的一户农家的生活命运。主人公是一对刚刚结婚的回族青年男女乐文村和林淑虹。小说以一个极富戏剧性的开头引入故事，并渐次展开二十世纪四十年代西北边地的乡村生活和兵营景观。在写实的背后，升腾的是作者对于苍茫世事的玄思默想。乐文村与林淑虹的新婚之夜，两位新人肌肤未曾相亲，保长吴玉成便领人“抓丁”来了。尽管一家人苦苦哀求，乐文村还是被连夜绑进了军营。从此，乐文村与林淑虹咫尺天涯，中间虽然也曾短暂相聚，但毕竟天各一方，欢娱之日极少，愁恨之日苦多。而因为时事的剧变，乐文村最终死于战场。于是，一场苦苦相思、一段梦魂萦绕的青春岁月便猝然终止，留给读者的是无尽的沉痛和人生如梦的感伤。应该说，《青春绝版》将关注的焦点对准了小说中人物的生活命运。对人生命运的精心描绘和书写是这部小说最用力因此也最为动人的篇章，而人物命运的升降浮沉又直接导致了小说故事性的极大增强。小说的叙事线索有两条：一条是乐文村与扎木苏在军营的生活；另一条则是林淑虹与公公婆婆在月亮湖畔的乡村生活。两条线索齐头并进，彼此缠绕交织，但分明又保持着相对的独立性。这就使得军营和乡村的各自生活景观判然有别，绝不混淆。而军营的肃杀和西北乡村的宁静便在对比中突出地显现了出来。相比较而言，对军营生活的精心描摹是这部小说最抓人的部分。在军营这一堪称特殊的人生舞台上，作者展开了种种人间的悲欢离合故事。这些故事与军营外的世界颇多纠缠，而又充分显现出军人气质和军营特色。读者们可以看到，在环境相对封闭和气氛相当肃杀的军营，实际上仍然有着如火的激情。乐文村对林淑虹的刻骨思念，乐文村的战友们为苦难当中的乐文村补办婚礼等故事，都形象而生动地表现着军人们的人间情怀。但是，在不幸与死亡的阴影笼罩之下，军营里的激情和喜悦也只能是昙花一现。更多时候，我们在这个封闭的天地之中，看到的是人世间的许多阴暗、冷酷和丑恶。在这里，贪赃枉法是公开的秘密。海耀来连长可以轻而易举地走私鸦片、收受贿赂、买卖“壮丁”，并且拿巧取豪夺来的不义之财去买通有关人物，以便做更大的官。在这里，因为要隐瞒罪恶，所以草菅人命便司空见惯。孙灵娃和荀铎至死不知道自己到底命丧何人之手。而小说中三位正直的军人乐文村、扎木苏、李启先的最终死于非命，则清楚地表明了这支正在逐渐腐烂的旧式军队难以摆脱的历史宿命。乐文村等三人不过是这部已经坠落山崖的破车上的殉葬品而已。

通常说来，杰出的故事性小说往往与出色的人物形象的刻画关系紧密。某些时候，叙事性文学正是因为有了动人的人物形象的刻画，才变得熠熠生辉起来。我们应该承认，小说是写人的艺术。把人摆放到中心的位置，费大力气刻画血肉丰满、内涵深厚的人物形象，是一个小说家的中心任务，也是考验艺术家才情的重要时刻。一句话，由“人物”体现的人性洞察力与世情知解力，应该被看作小说家最重要的艺术禀赋。《青春绝版》这部小说的另一个动人之处，恰恰在于它写活了人物。我们甚至可以说，如果没有人物性格的鲜明刻画和人物心理的深度挖掘，《青春绝版》这部小说有可能会失去它艺术生命力的大半。读这部小说，能够给读者留下深刻印象的人物很多，最令人难忘的是乐文村、扎木苏、李启先和林淑虹四个主人公，甚至对那个反派人物海耀来，以及良心发现的保长吴玉成，也刻画得相当有深度，显示了作者对于人性善恶的高度关注和深入索解的兴趣。我们看到，查舜在塑造人物的时候，既注意把握和展示人物的心理、性格结构中的矛盾、复杂的方面，又不是静态地去写，而是在符合生活逻辑的前提下，在曲折、起伏的情节中，充分揭示人物身上潜在的各个层面。在查舜的笔下，你很少看到以某种抽象概念为依据而塑造的性格单一的人物形象。作者更像是一个潜入人生命运之河的探险家，在色彩斑斓的人性河床，他不时可以发现一些平时深潜的隐秘的底色。由于深潜，所以在这位创作家的眼里，绝对的好人和绝对的恶人是不存在的。更多的人物都是在善与恶的交替之中，在慈悲与邪恶的对立之中，在人间的生老病苦灵魂动荡当中，完成着自己复杂而丰富的人生。造化弄人。在命运和现实巨轮的碾压下，人仿佛一团稀软的泥土，很难保持一种固定的形状。而人性的高贵和丑陋，又往往因环境等外在因素的制约，常常发生意想不到的变化。如果就心理分析的深度而言，我以为《青春绝版》中对排长李启先和保长吴玉成的灵魂解剖最为出色。当作为保长的吴玉成和作为地方旧军队的排长的李启先，在小说中初次与读者见面时，坦率地说，我们有些许的失望。在一对有情人的新婚之夜率领一帮打手去抓“壮丁”和毫不留情地毒打文弱书生乐文村，都使我们对这两个人物产生憎恶之情。同时，我们也会自然联想到已经见到过的“反动保长”和“反动军官”的惯有形象。这样的形象早已由我们的早期阅读和国产影视片所提供，以至于我们的审美意识中对此明显地具有了抗拒心理。然而，出乎读者意料的是，随着小说故事的全面展开，尤其是对两个人物内心世界的深入挖掘，我们终于开始喜欢上这两个“人物”。显然，他们以性格的复杂与丰富给了我们以心灵的极大震动，他们最后意外死亡，留给我们的是深深的叹息。至此，我们读到了作者的悲悯：你很难简单地说哪一个人物是纯粹的圣者或是十足的邪恶之人。每一个人物身上都有着一些耐人寻味的东西，都有着如此行事的充足理由。当人性当中的光明与黑暗、高贵与卑劣、善良与罪恶如此不分你我地彼此纠缠在一起的时候，你只能发出唏嘘和感叹。于是，一种对于人的尊重和怜悯，一种对于人的命运的同情和感伤便从作品当中自然生发出来，它长久地盘旋、弥漫在读者的心头，驱之不散。

二

《青春绝版》的艺术情调，从总体上说是伤感的。男女主人公聚少离多的新婚生活，两处相思的哀婉情怀，直至乐文村最后死于黎明前的黑暗时刻，这一切都使小说蒙上了一层颇为低回的感伤色彩。但是，作为一部近四十万字的长篇小说，它在艺术上不可能只呈现一种色调。长篇小说所应该涉及的相对广阔的生活面，小说结构上的相对复杂，小说对人生命运的静观默察和对人性的锐利透视，以及长篇小说对地方风物和特殊民俗风情的描绘，上述的一切，都提醒着创作者：一部长篇小说的思想和艺术容量应该是巨大而复杂的。阅读《青春绝版》这部长篇小说，我们发现，虽然“史诗”风格不是它所追求的艺术目标，但是长篇小说本身所具有的文体特征还是使它呈现出了丰盈多样的姿态和色彩。

首先，从艺术描写的笔调来看，《青春绝版》实际上交织着两个“声部”，回荡着两种旋律。这两种“声部”和旋律分别对应着男女主人公的不同生活和命运。第一种旋律是属于乐文村和整个男性世界的。它急促、紧张、沉重，不时有暴戾之气、杀伐之声。这一种旋律与整个兵营的男性气质相对应。小说中的第二种旋律则是属于女主人公林淑虹的。这一种旋律舒缓、温和、灵动，充满了似水的柔情。由于作者在创作时有意采用不同的艺术旋律陈述故事，描摹人生，所以我们阅读小说时的艺术感觉也是不一样的。可以发现，作者在描写林淑虹的生活和情感波动时，文笔是细腻、温柔的，那种得之于月亮湖的“水”气，如轻烟薄雾一般，笼罩着黄河岸边的西北乡村。在这里，小儿女的娇羞之态、天真之情被充分写出，流溢着人生的诸多情味。这类文字仿佛童谣，即使世界早已浑浊不堪，它所呈现的天真美丽依然动人。与此相对而言，当我们阅读到涉及军营生活的章节时，会惊异于作者的用笔何以会突然间变得沉重和紧张。显然，军营对温和恬静的乡村来说是一种异在。这个以男性为主的社会存在，毫无疑问代表着强权和某种难以控制的力量。与宁静、温馨、和谐的乡村生活和女性心灵世界相比，军营总是埋伏着许多狰狞和躁动。所以，尽管有乐文村的伙伴们为他补办婚礼的热闹喜庆故事在军营附近的河西湾村发生，也依然难掩悲凉之气从流经河套平原的黄河深处升腾而来。小说从“欲言又止”一章起，叙事猛然间变得急促，故事的演进宛若奔马。人生的谜底一层一层地揭开，主人公的悲剧命运已经箭在弦上，不可阻遏。这时，诗情的描画已逐渐隐退，对于命运的严峻思考和书写庄严地出现。很明显，查舜是想把这部长篇小说写得尽可能多姿多彩、摇曳生辉，他毕竟已经是一位征战文坛多年的“老将”了。事实上，多年来的艺术积累和曾经有过的多种文体的创作，锻造了他的艺术知解力和成熟的语言驾驭能力，因此，当我们看到兼有“两副笔墨”，并且轻松自如地将它们统摄在同一个艺术天地时的查舜，我们并不感到惊讶。

一般说来，涉及乡土生活的叙事文学（尤其是长篇叙事作品）总是与特定地域的风土人情的描写有着天然的亲近关系。这是现代以来中国乡土小说的艺术传统，也是许多作品获得独特优美的民族风格和产生强烈的艺术感染力的奥秘之一。就《青春绝版》而言，我们可以说，这部长篇有着相当独特而成熟的西北边地的风俗画的出色描绘。这种对于特殊地域风俗旨趣的追求，构成了小说又一重别致色彩。大家看到，小说故事发生的具体生活环境是黄河流贯其中的宁夏平原。这个处于西北腹地的高原上的绿洲，历史上一直是农耕民族和草原游牧民族长期拉锯的所在。近代以后，更是中华民族多种文化相互交流、碰撞、融合的地方。其中，回族是生活在这片神奇土地上的重要民族，回族文化也是宁夏平原最具代表性的文化。在《青春绝版》当中，通过作家极富艺术魅力的描写，西北边地的回乡风情、绿洲风光、沙海驼铃、沙枣花开，莫不以生动鲜活的形象和声响丰富着读者的视听感受。至于漂流于大河之中的颇为惊险的羊皮筏子，塞上乡村流行的“瘸腿斗鸡”游戏，甚至包括含有性启蒙意味的花样离奇的“闹新房”等等特殊风物人情，以及在小说中创造性地使用经过加工的充满浓郁地方风味的陕甘方言，更是以令西北地区以外的读者感到陌生和新鲜的姿容进入他们的审美视野。应该承认，风俗画描写已经成为《青春绝版》这部长篇小说艺术整体的一个有机组成部分。它不仅提供了有关西北地域文化、回族特殊生活风情的多色画面，更重要的是，它与小说人物活动的背景和天地结合为一体，成为人物生活命运的潜在依据和某种支配力量。如果说人是一种文化动物，首先是因为他生活在一种特殊的地域文化当中，这种文化可能决定着他的人生价值观和行为选择，并最终决定着他的命运。

从艺术继承的角度来看，我们可以明显感觉到《青春绝版》的“中国气息”。一方面，我们发现这部长篇小说对于中国古典小说的民族传统有着继承关系。无论是故事的婉转多致，还是人物形象的对比性设置（比如同是军人的乐文村和扎木苏就显然有性格对比的意味），都可以视为对中国古代长篇白话小说艺术经验的有效借鉴。另一方面，作者显然对民间艺术方式相当熟悉，对阅读者的心理期待相当重视。因此，这部小说明显在可读性方面下了功夫。体现在小说中，便是重视小说故事的传奇性色彩和不断制造悬念。仿佛书场之中艺人的说书，查舜在故事的紧要关头，总是宕开一笔，按下不表。情节却急速转入另一个天地。这种“横云断岭”的写法，民间说唱艺术最为拿手，查舜把它应用到自己的创作中却毫不费力。可以看出民族民间艺术对他的滋养。再一个值得读者注意的方面是，小说中扎木苏这一人物形象的塑造，也明显地具有民间传奇的色彩。这一类侠肝义胆的英雄形象，一直是民间文学和古典文学（比如《水浒传》）中最为大众熟知和爱戴的人物形象。扎木苏身上所体现的侠骨柔情和正义精神，他的超越狭隘的民族意识的人道情怀，既是民间的向往，也是小说读者的至爱。对于生活于人情逐渐淡薄的城市社会的读者来说，扎木苏的精神境界，我们虽不能至，而心向往之。

强调《青春绝版》这部长篇小说的“中国气息”，并不意味着否认作者在创作中的艺术多元化追求。实际上，明眼人都可以看出，《青春绝版》的艺术色调并不单纯。在比较浓重的中国底色之外，小说也颇为成功地采用了西方文学的一些艺术手段，以丰富作品的艺术表现力。最明显的例子便是，小说当中大量人物复杂心理的分析性描写，鲜明地带有异域文学的色彩。另外，象征手法的运用，小说写意性的自觉追求，故事神秘气氛的营造（月亮湖的神秘之声到底来自何方，似乎一直是一个巨大的悬念），都可视为作家力图打造文学精品的艰苦而卓有成效的努力。因了它们，小说的色彩便日渐绚丽起来。

查舜的文学创作生涯已有二十多年，《青春绝版》是他经过一段时间的创作总结和文学新探索之后，而精心结撰的作品，标志着他的文学创作已经迈上了一个新的台阶。他从西北边地的宁夏平原走出，他的灵魂、思想、情感、意识，由这片土地给予。他对这片土地的思索与开掘，也是揭开一层又是一层，呈现逐渐深化的态势。仔细想来，查舜仿佛一个不知疲倦的西部灵魂地层的探险家和考古者。他年复一年地开荒深耕，把血汗全部洒在了西北的土地上，当然，他也在这片神奇浪漫的土地上获取了动人的果实。《青春绝版》就是这动人的果实之一，笔者希望它能给读者们带来难以忘怀的阅读享受。

2001年3月

西北悲歌歌一曲　狂飙为我从天降

——序马濯华长篇小说《碧血1940》[①]

马濯华先生倾注极大热情和心血而创作的长篇小说《碧血1940》，我已经细细阅读过两遍。每一次阅读，心灵都会受到冲击与震撼。这部以“西军”（宁夏军队）抗日为主要书写内容的文学作品，不仅以比较严谨的史笔，披露了抗日战争时期，西北著名军事将领马鸿宾所统率的国民革命军八十一军三十五师之一部，于内蒙古自治区包头市南部库布其沙漠中的恩格贝台地，与数倍于自己的日伪军殊死搏斗的史实，更为重要的是，它以异常生动的笔墨多角度地描画了六十多年前西北各族人民不畏强敌、誓死抵御外侮的历史画卷。这是一曲岁月深处的民族悲歌，也是一曲令人感奋的爱国主义和英雄主义的颂歌。是的，距离恩格贝台地上所发生的那场惨烈的敌我力量对比悬殊的战役已经六十多年了。在一个不算短暂的历史时期，人们甚至有意无意地忘却了这场“我以我血荐轩辕”式的战役。然而，岁月的尘沙怎能掩埋烈士的碧血与忠魂！英雄们的一腔浩然正气终将冲破历史迷雾与世俗偏见的包围而与天地相激荡。现在是河清海晏的承平年代，可是有谁可以宣称，我们生活其中的和平宁静岁月将会一劳永逸地永远延续下去？在对和平崛起的

① 马濯华:《碧血1940》，宁夏人民出版社2008年。

中国的猜疑声和指责声中，我们难道没有觉察出那些别有用心者的异样情怀？在这样的历史时刻，阅读马濯华先生充满悲悯之情写出的《碧血 1940》，重新抚摸六十多年前中华民族身上曾经布满的斑斑血痕，感受西北大地上曾经跃动的不屈的灵魂，应该说，内心的情感悲怆而昂奋。

一

从作品的题材和内容来看，《碧血 1940》是一部讴歌西北人民以鲜血和生命奋力抗击敌寇入侵从而粉碎了日本军队妄图征服中国西北腹地图谋的“抗战小说”。小说以 1940 年 2 月 1 日绥西草原上的乌不浪口战役为始，以同年旧历四月二十八日的恩格贝战役为终，细致而生动地描绘了国民革命军中一支驻扎于宁夏省的团级建制的部队训练、休整、行军、打仗，直至全军覆没于远离家乡两千里外的恩格贝台地的全过程。小说中的一〇六团是一支训练有素、人称“精锐”的部队。在这支部队当中，军官清廉，正气凛然，士兵勇武，敢于用命。然而，就是这样一支军纪严明、铁血豪情的威武之师，在不到半年的时间里，却被轻而易举地从这个世界上“抹”掉了。那义薄云天的白武耕何在？那足智多谋的“小诸葛”刘子斌何在？那手舞大刀令凶悍的日寇闻风胆寒的金虎彪又将魂归何处？小说以沉痛的笔墨书写抗日战争时期的“痛史”，其哀怜惋惜之情常常溢于言表。应该承认，“落后就要挨打”已经成为近代以来中华民族中那些仁人志士们共同的清醒认识。然而，面对十九世纪中叶以来中国人民所持续遭受的罕见的磨难和被杀戮、被欺凌的历史，所有有良知的中国人仍然会一遍又一遍地反复追问：曾经以汉唐气象而闻名于世的中华民族为什么近代以来却突然间坠入无底的深渊？也许，战争的胜利与失败已不能用单纯的战争逻辑来说明。在国与国的侵略与反侵略的战争较量之中，胜利与失败的原因总是远远复杂于战争本身。正是基于这样的思想意图，作者在描写一〇六团官兵的战斗生活之外，才有意识地展开了对二十世纪四十年代前后的西北河套地区各社会阶层生活的精细状绘。而恰恰是这一全景式的描写，才构成了这部小说更为广阔的艺术视野和生活含金量，并使小说的思想容量有了扩大，思想品质得以提升。

中国曾经是一个对全球文明史做出过不可磨灭的杰出贡献的东方大国。我们的祖先凭借着无与伦比的聪明才智，不止一次地改变过人类历史的行进轨迹。但是，近代以来，中华民族在世界军事和经济竞技场上却力量尽失、屡战屡败，饱受西方列强的宰割与欺侮。究其原因，无非是政治腐败，百姓愚昧。我们都知道，自1840年的鸦片战争之后，中外多次交战，莫不以中国失败、朝廷割地赔款而告终。中华民国成立之后，人们都以为中国这艘古老的航船会自然进入现代社会的河流，乘风破浪而上。可是，这艘船实在是太古老了，它已经经不起一丁点儿的现代风浪！日本列岛在中国人眼里一直是一个弹丸之地，然而，就是这样一个弹丸小国，却在不到半个世纪的时间里凭借着强大的国力，数度派遣军队侵入中国，大肆屠杀中国人。1894年到1895年，中日之间发生甲午战争，由于海军经费被挪用和军事指挥不当，中华北洋水师全军覆灭。1940年旧历四月二十八日，一支中国军队因为孤军深入和装备极端落后，在包头黄河南岸的恩格贝台地遭受灭顶之灾。当强敌已经杀到中国人的家里，取我们的性命之时，我们用以抵挡利器袭来以保护我们生命的盾牌何在？答曰：国家已经拿不出钱来购买“盾牌”！是的，那些用以建设国防的财物已经被那个凶蛮的慈禧太后用作建造私人花园了；它们也被“宁夏王”马鸿逵送给四姨太、五姨太、六姨太们开公司，办“慈善”事业和买高档首饰了。我相信，马瀣华先生描写恩格贝之败，不仅仅是在使一个尘封土埋了几十年的往事重见天日——在他的内心深处，任何为了民族的尊严而血洒疆场的英雄都应该在阳光底下得到高声赞颂；更为重要的是，他是想借伤心往事诉说一个具有责任感的中国作家的忧患情怀：当我们只是一味地沉湎于灯红酒绿的承平年代的逍遥生活，而置民族曾经的苦难和耻辱于不顾时，我们真的能够不再重蹈覆辙吗？

也许，与腐败的上层社会相比，正义的民间才是民族伟力得以诞生和壮大之所在。《碧血1940》在展开西北各社会阶层的生活全景图的同时，富于深情地塑造了几个底层人民的动人形象，并从这些普通人物身上，挖掘出民族精神的不屈不挠和伟大强悍之处。无论是“唢呐王”王福禄、草原英雄巴特尔，还是“散班阿訇”尤素福、风尘女子马兰草，甚至一〇六团里的那两个“暂时的”逃兵何贵和纳三娃，在这些身份不高贵、相貌不堂皇的普通人身上，实际上正蕴藏着民族的大义和毫不伪饰的敢生敢死、敢爱敢恨的强者情怀。他们都曾经拥有过和平安宁的生活，他们对未来也都充满着梦想和期待。但是，日本人打进来了，这些强盗无理地侵扰了他们的正常生活。于是，他们毫不犹豫地反抗了。反抗可能付出惨重的代价甚至于鲜血和生命，然而，“宁可站着死，不愿跪着生”的古老信条如此坚定地扎根于他们的灵魂深处。在恩格贝台地的黄沙之上，“唢呐王”和巴特尔等人既完成了“一个人”的庄严的使命，也完成了源远流长的民族不屈精神的凄美呈现。

二

任何一部叙事体的长篇小说，都不可能只是社会生活景象的单方面反映。长篇小说的文体特征，决定了它对生活的深度进入和多侧面展现。《碧血1940》的情节主线是一〇六团的训练与征战，但是，军人的生活总是与社会各个阶层有着割不断的千丝万缕的联系。于是，小说在讴歌壮士血洒黄沙的间隙，以一支不凡的彩笔，展开了对二十世纪四十年代前后河套地区社会生活的相当全面的描绘。从某种程度上说，正是作者出色的文学描写，才使得《碧血1940》具有了河套社会风俗画的审美价值。举凡宁夏城里的“走会”，五原城中的繁闹，旧式官场上的贪赃枉法，老茶馆里的明暗交易，作者信笔写来，从容不迫。至于草原英雄斗野狼，黄河岸边走纤夫，那达慕赛会露峥嵘，承天寺里探虚实，小说亦娓娓道来，如数家珍。对社会风俗画的描绘，使这部以描写战事为主线的长篇小说，似乎平添了些“闲笔”。然而，正是这所谓的“闲笔”，才显示出小说作者神定气静的创作心理，从而使作品多了些不慌不忙的艺术气质。这艺术上的“不慌不忙”，调和了小说的节奏和步调，增添了作品的韵味和厚度。

从艺术角度说，《碧血1940》在人物形象的塑造上也显现出不凡功力。可以看出，作者对于小说人物形象的塑造，多得中国传统文学的滋养。我以为，《水浒传》《三国演义》《说岳全传》等中国古典的英雄传奇小说，不仅在艺术方式上——《碧血1940》采用的就是章回体的结构方式，更在精神气质上影响了马濯华先生的小说创作。关于这一点，作者有过夫子自道。马濯华先生在致笔者的信中这样说："在对中国历史的洞察和感悟过程中，我对中国社会有一种心得：由于战乱、改朝换代、灾害等原因，中国'四书五经'、唐诗宋词元曲的教育是在少数人中进行的。在中国民间社会，影响广大民众精神的却是上溯宋、元，兴盛于明清的英雄传奇和讲史小说，如《三国演义》《水浒传》《说岳全传》《说唐》和《杨家将》等，也包括《七侠五义》等武侠小说和《施公案》等公案小说。几千年来，中国人的'忠义观'和侠义情结是浸染在骨子里的，它几近就是中国几千年来的价值观，也可以说是中国人的文化传统。"（见2007年10月6日马濯华先生致笔者的信）当小说中的白武耕、刘子斌、金虎彪、巴特尔等人向读者走来的时候，我们难道没有发现在这些抗日军人的身上，是怎样地流淌着古代英雄的一脉血流？即使是那两个女流之辈——周嫣红和马兰草，在她们的精神气质里，不也闪现着古代侠女的动人风采吗？说马濯华先生的小说艺术深得中国古典文学之妙，还因为在这部小说的创作中，作者喜欢用"对比法"来刻画人物形象。比如，同是虎将，白武耕、刘子斌、金虎彪三人的性格显然是有差异的。白是一团之长，自然威严而稳重；刘是参谋长，当然多智和深谋；而金虎彪作为始终冲杀在前线的基层军官，性如烈火是他最核心的性格体现。作者描写这三个抗日军官，各设计其不同的人生道路，以凸显白的忠诚、刘的执着于理想和金的用情专一。正是因为有了对民族的大爱，对理想永不停止的追求和对亲人的深情关爱，才铸就了永不言败的"军魂"，才成就了一段惊天地、泣鬼神的英雄业绩。白、刘、金的精神底色应该说是相同和一致的，而其性格气质又有着个性间的明显差异，因此，才构成了"同中有异"的艺术上的参差对比关系。另外，小说中的女主人公周嫣红和马兰草，也有着比较清晰的对比关系。同为侠女，因出身和教养的不同，周在“侠气”之外有着一些柔气和书卷气；而马兰草，沦落风尘多年，频遭人间的磨难和心灵打击，性格中刚硬的地方似乎更多了一点。其他的人物形象，如主持宁夏军政事务的马鸿宾和马鸿逵兄弟，敌酋野田花部和川板英夫，读者从中也可以看出，作者是有意将其作为对比性人物设置来塑造和刻画的。

《碧血 1940》是马濯华先生费时经年而创作的长篇历史小说。在当今的宁夏小说创作界，这部长篇小说应该具有其独特的价值和意义。宁夏处于西北偏远之地，幅员不广大，经济欠发达。局外人论及宁夏，总是猜测想象多于亲历亲见。可是，人们哪里知道，在这方偏远的土地之上，同样上演着精彩绝伦的人生的活剧，而在这方黄土地的地层深处，又埋藏着多少壮阔的历史大戏和色彩斑斓的文化史诗！马濯华先生以他的才华和坚韧精神，以他的卓越的文学创作，已经开始了“发现”宁夏历史和文化的新旅程，我衷心地祝愿马先生的这一次“发现”只是更为壮观的万里长征的第一步。

2008 年 1 月

青春之河，为谁奔流？

——序升玄长篇小说《徒步穿梭》①

青春岁月，是每一个生命个体最难以忘怀的有着太多的人生情韵的一段时光。在这一段失去了就永不再来的岁月当中，生命宛若一轮朝阳，一树桃花，一朵早霞，一声云雀。在青春气息弥漫的岁月里，心灵的一切都是敞开的，呈现诗意的放射情状：感情、意念、憧憬、向往，统统向缤纷喧闹的世界打开。谁也不知道，究竟是哪一件事物、哪一个异性最先闯入无所不想拥抱的心灵。谁也不知道，究竟是哪一件事物、哪一个人在无意之间伤害了那颗年轻而敏感异常的心。青春的时光是值得永久怀念和留恋的。不管青春以后的岁月怎样的悲凉萧瑟，也不管青春以后的命运怎样的风沙扑面，坎坷蹭蹬，然而，当我们回望青春时光，所有的人都会对那一段人生岁月依恋不已。不是因为那一段青葱的岁月我们收获了多少人生甜美的果实，实在是因为那样的感觉、意绪，甚至嗅到的田野里的芬芳，校园里树叶的气味，异性的体香，都是完全新鲜的和异常撩人心绪的。如果把青春岁月比作不舍昼夜奔流不息的河水，那么，这一条河是鲜活的、喧哗的，渴望抚摸河岸边的一切事物的。青春的时光是如此的刻骨铭心，对于一个经历过青春岁月的“过来

① 升玄:《徒步穿梭》，宁夏人民出版社 2002 年。

人”而言，重返青春的冲动常常不期而至，我们时常被怀旧的情感所笼罩。然而，身边长大了的孩子却用那双明澈的眼睛清楚地告诉他的父辈：你们已经不再年轻。于是，我们借助于文字这只上帝之手，奋力打开记忆的闸门。此时，时光重新复活，青春之河带着曾经拥有的全部的声音和色彩奔涌翻卷而来。

我们可以把升玄的长篇小说《徒步穿梭》看作是对青春岁月的又一次深情造访。明白这一点，读者也许将掌握解读这部作品的一把“金钥匙”。我们看到，尽管这部作品的篇幅不算短小，但人物和事件却并不十分复杂。实际上，读者完全有理由把它视为小说主人公胡玄的青春期“备忘录”。在这部小说中，故事的推演和人物的塑造都围绕着青春岁月的感伤而迷茫的特殊生活情境与思绪展开。举凡二十世纪八十年代大学校园的喧哗与骚动，一个来自偏远山乡的农村青年初入城市时的紧张、焦虑与不适，身不由已地卷入单位是非之争时的惶惧与无奈，都因了青春期的背景存在而显得格外动人。理由似乎不难理解，生活的神秘之门刚刚打开，扑面而来的一切都带着新鲜的色泽与情调。天地、人物、情感，完全显现着原初的不加刻意修饰的面目。自然，这新鲜当中不时透露着青春期的天籁，生命的一次又一次隐秘冲动和羞涩的欲望。一切梦幻的花朵都在人生这个忘情季节的和风中开放，又在布满星星的黑夜里低回、缠绵。

与许多长篇小说相异的是，《徒步穿梭》的叙事文体相当特别。从某种意义上说，我更愿意把它视作一种自我抒情式的“青春体”小说。这种“青春体”小说不外乎这样几个文体特点：首先，它是一种基于个人经验与记忆而写作的小说，是心灵回顾和往事“重现”。虽不能断定小说的“本事”与作者的生活经历完全吻合，但小说素材十之八九来源于创作者独特的人生经历和体验，却是不争的事实。因此，这一类小说显然属于现代小说名家郁达夫提倡的所谓“自叙传”体式。其次，“青春体”的小说一般都具有非常强大的抒情因素。这显然与青春期的心灵悸动和急于向世界“打开”与倾诉的愿望有关。对于一个生活在青春期的人来说，取之不竭的恰恰是罕见的灵性和激情。这时，心灵还未曾受过巨大伤害，世俗的风尘还未曾压身，包围着那一段年轻时光的是以欢欣为主的心海潮音。当然，感情的放纵奔流，抒情因素的过于强大，对小说的叙事显然形成了一定程度的干扰和制约。有时，过于高涨的青春的热情会使作品当中的人与事显得格外飘忽不定，甚至一下子变成叙事天空中“断线的风筝”。这也使得读者阅读作品时常常不明所以，犹如坐在游乐园中急速翻转的“过山车”上，诸多人与事刚一谋面便忽然被抛到了身后，有的还消失了踪迹。再次，由于“青春体”作品主要以展示青春期的心灵世界为焦点，因此，许多时候这样的小说便呈现叙事和抒情的“内向性”特征和耽于沉思的艺术面貌。它的叙事视角一般掌握在小说主人公的手中，主人公既是小说的中心人物，也是故事的讲述人。主人公与叙事者的重合，使得主人公的情绪和心理很大程度上影响到作品的情调和风格。因此，“自言自语”和“自说自话”成为“青春体”小说共同的艺术特征。读者们不妨把这类“青春体”小说看作是一种青春期“内心的独舞”。

我们知道，作者升玄是一名二十世纪八十年代的大学生，在他的心灵深处，“浪漫的八十年代”是如此清晰而深刻地打下了难以磨灭的印记。他的小说当中充满了完全属于二十世纪八十年代的激情和向往，声息与色彩。当然，小说毕竟是文学创作，时代的声音和曾经的生活经验对于写作者而言，只是构思和创作的事实种子，日后种子如何发芽、开花、结果，那就要看创作者心灵的丰富投射了。也就是说，一样的“种子”有可能开放异样的花，结出异样的果。事实上，读《徒步穿梭》，我看重的不是这部小说讲述了一个多么完美动人的故事，显然，这不是作品的所长。明白地说，小说打动我的是它的优美而感伤的抒情气质。应该说，这一因素恰恰是小说的“卖点”。我是一个与作者年龄相仿的二十世纪八十年代的“老”大学生。当我初次读到这部长篇小说的时候，一种重返青春的甜蜜和伤感竟那样强烈地袭上心头。也许作者所描写的具体的生活场景和生活经历与包括我在内的许多人的生活命运并不完全一致，但是，由偏远之地进入大都市时的惊惶，与来自大都市同学相处时的自惭形秽，对心仪已久的异性的无可措手，简言之，所有青春期的紧张、焦灼、忧伤、甜蜜，想说爱你不容易的迟疑和“此情可待成追忆”的怅惘，通过作品的描述，都异常鲜活地奔涌而来，仿佛时光倒流。我知道，青春已经一去不复返。然而，在升玄的笔下，青春正在被回忆的嘹亮号声唤醒，它重新神奇地聚集在我们面前，带着青春期的纯净底色和永恒的情韵与风味，鲜嫩欲滴地呈现！于是，我们发现，青春是一种可以预约的力量，是一坛陈年的老酒。当岁月如一江春水般流去，当生活不再是曾经憧憬的浪漫青春的颜色，我们却可以在回忆当中感受青春的蓬勃生机和纯洁优美的力量。这种生机和力量，虽然来自已逝的遥远岁月的深处，然而，由于它以“心露”制成，所以会使人陶醉，会使人在漫长的人生跋涉中，因了曾经的激情和梦幻而勇往直前。

2002 年 1 月

成长的疼痛与忧伤

——序张学东长篇小说《给蝌蚪想象一种表情》[1]

每一个进入成年期的生命个体实际上都对自己的少年时代怀有复杂的情感。无论幸福还是不幸，生命所经历的早期时光总是难以忘却。应该说，在人生的任何季节，完全单一的生命感受和心灵悸动似乎是不存在的。我们总是被各种丰富的人生感受和复杂意绪所包围，所纠缠，灵魂在一次又一次的波翻浪涌中起伏、喘息，才上峰顶却又跌入谷底。而少年时代，又是怎样的一段交织着难言的欢乐与忧伤、狂喜与痛楚的人生岁月！许多人，一旦长大成人，童年和少年时代的往事虽不能相忘，情感的记忆强度却是在逐渐降低。慢慢的，“过去”终于成为一张被岁月风雨吹卷打湿了的泛黄的书页。而在另外一些人的心灵深处，“过去”却是如此强大，在某一个时刻，它积聚成为一种足以摧毁一切的洪波巨浪，带着原始的蛮野的力量，万马奔腾一般呼啸而来。它漫上心灵的堤岸，热切地亲吻和拍打你的情感、意绪，使脆弱的理智忽然之间发冷发热。我想，我所描述的这个心灵不停地柔弱颤动，身体老是发寒热、“打摆子”的家伙就是所谓的“作家”。由于他的多愁善感、顾影自怜，也由于他的沉湎于打捞记忆、释放激情，我们便不期然地读到许多

---

① 张学东:《给蝌蚪想象一种表情》，宁夏人民出版社 2003 年。

"成长的故事"。这些故事充满少年人的感伤、寂寞、寒冷、疼痛、初次闯入成人世界时的惊讶和对人间爱恨情仇的迷惘。简言之，这些"成长的故事"以艺术的方式引领读者再次走入一个既熟悉而又陌生的审美世界，在这个布满过去的阳光和灰尘的世界当中，我们闻到久违了的青春的气息，重新听到了那些曾经使我们心旌摇荡的动人的歌谣。

一

就小说的题旨而言，张学东的《给蝌蚪想象一种表情》是一部讲述"成长的忧伤"的小说。在这部二十万字的长篇作品中，一个男孩子在少年时代所可能经历的生活的苦难和心灵的迷惘几乎都描写到了。在西部一个偏远的小城，这家人以及周围的人们艰难而坚韧地生存着。父亲因为爱好艺术（具体表现为喜吹小号）而与毁灭文化的时代气氛格格不入，于是被无端地投入监狱；哥哥因了父亲暗淡命运的惊吓，人格发生裂变，成为一个善于见风使舵的"两面人"；姐姐蓝丫天生丽质却缺少心眼，混混沌沌地活着；性意识过早觉醒的四孬仿佛一蓬生机旺盛的野草，在缺乏修剪的时光中，恣意地生长……小说所叙述的所有的事情都呈现着生活本身的毛茸茸的质感，繁杂而丰富。这里，有属于成年人的感情游戏，刘庆福差点为此丢掉了性命；这里，有少年人危险的生命悸动，小镇包子店江南女孩林秀秀的死亡，给本来应该澄澈美丽的青春期带来了难以抹去的人生阴影。在单调压抑的生存环境中，每一处生命领地，似乎都会成为一片需要艰难跋涉的沼泽地。沼泽地的上方是时代的天空，天空的阴与晴实在无法预料。而更为凶险的是，你不知道眼前这片生活和命运的沼泽地当中到底隐藏着多少致命的陷阱。也许，稍有不慎便会陷入泥沼，不可自拔。生命因为软弱和过于寻常，而在无法变易的命运的铁的法则面前，常常黯然神伤。生命的发生与迷失，因为仓猝，时常使人双泪长流。正所谓“生年不满百，常怀千岁忧”！

实际上，在《给蝌蚪想象一种表情》这部长篇小说中，始终回荡着两个非常强大的主题旋律，那便是：爱与死。只是，这“爱”的主题常常是以“无爱的生活”来反衬和映射的。我们看到，因为家庭无法提供丰沛的爱意和心灵的充分抚慰与强大帮助，一向被认为是脑子“进了水”的姐姐蓝丫，很早就表现出一个“问题少女”的所有特征：讨厌学习、喜好打扮、藐视师长，刻意追求无约束的快感。于是，在许多纷乱和纠缠反纠缠之后，她终于与另外一个“问题少年”四孬厮混在了一起。四孬此人，是我们在少年时代见惯了的那种“阿飞少年”。他们缺乏应有的教养，举止粗鄙，为人嚣张。在危险的少年时代，他们常常表现出过度的叛逆性和反抗性，其铤而走险的诸种行为往往为社会规范和秩序所不容。然而，当我们长大成人之后，能够用一种宽容和理性的目光重新打量与审视我们经历过的少年时光和曾经接触过的许多“问题少年”（那些人曾经是我们的邻居和小伙伴）时，我们当然会明白，他们举止的放纵和灵魂的粗鄙，恰恰是因为缺少爱意的滋润！在二十世纪六七十年代，有多少中国的普通家庭存在着爱的缺失与极端匮乏。在所谓“文化大革命”的风暴中，爱的学说早已经被野蛮和暴力的狂风吹散。社会的动荡和对人道准则的公然践踏，都使中国的社会生活空间充满愚昧和狂暴的喧嚣。在一个视爱和同情怜悯为洪水猛兽的时代，当然只能产生行为乖张、心灵浅薄而粗鄙的一代人。小说当中的四孬便是生活于艰难时世的一个再典型不过的文学形象。只是，《给蝌蚪想象一种表情》这部小说对于时代飓风的渲染采用的是侧面透露的方法，“爱的缺失”这一主题更多表现在对家庭亲情淡漠的描写上。这一点，小说在对曾经的好女孩罗扬的故事的叙述当中也充分地显现了出来。当罗扬的父亲是一个被人巴结的厂长，她生活中的风雨全由父母来遮挡时，小女孩罗扬是幸福的、可爱的；而一旦家庭破灭，父母离散，罗扬便全然生活于风刀霜剑之中。无爱的生活是人间最悲惨难耐的生活，一个家庭的毁灭和曾经的灾难甚至会使孩子们失掉此生的幸福。罗扬在父亲被抓、母亲意外死亡之后，一步步走向生命的委顿枯败，便是明证。而小说当中，“我”的父母由长期冷战到逐渐回归夫妻本位、家庭本位的描写，在笔者看来，又何尝不是作者对充满爱意和温馨的家庭生活的某种深情呼唤。

在一个懵懂的少年的心灵世界当中，死亡往往被认为是一个神秘的生命流程，其中充满了不可知和令人不安的因素。说实话，当自身的生命正在抽芽生长并逐渐显现强大的时刻，少年对死亡虽然充满疑问和不安，但还不至于极端恐惧。在那些心事拿云的少年的心目中，生命的消亡和生命的诞生似乎都属于寻常事物，它们就像太阳落山和月亮升起一样朴实无华。然而，当死亡不再作为一种传说和发生在遥远地方的事情，而是突然而坚硬地抵达和进入了少年具体的生活空间，少年还能保持住心灵的应有沉静吗？答案显然是否定的。实际上，直面死亡的情境是少年精神成长的一种特殊的契机。它使少年在巨大的人世惊讶之后，开始了对生命的首次沉思与追问。死亡是生命的必然归宿，根据精神分析学大师弗洛伊德的理论，人在出生之时是不知道死亡的存在的，而人的最初的意识也是对死亡采取排斥态度的。但是，随着生命的成长和意识的完善，每一个人都开始领悟生命的有限性，真正感受到死亡的无所不在，从而产生潜在的对死亡的畏惧心理。人对死亡的第一次真正的深层思考与领悟，往往与个体的亲历性有关。与自己朝夕相处的亲人的死亡，或者个人遭遇死亡威胁时油然而生的危机意识等等，都会使人对死亡这一人生话题突然产生兴趣并引发长长的思索。事实上，生命个体对死亡的认真探询最终又会转化为对生的热爱和珍惜，它意味着人将勇敢承担自己的命运，并积极筹划他有限的一生。在《给蝌蚪想象一种表情》这部作品中，“死亡的故事”是小说的重要叙事线索之一。无论是明媚的江南女孩林秀秀因情而死，还是那个可爱的小男孩大头因追逐美丽的蝴蝶而意外身亡，甚至是罗扬母亲因精神受到打击之后的疯癫而死，都指示着人间生存的某种巨大危险和难以排遣的悲情。它们在少年“我”的心灵深处所留下的创伤性刻痕仿佛此生也难以消除。这显然是成长的痛楚所在，也是生命的痛楚所在。曾经那样亲近和熟悉的人倏忽之间便离开了这个多情世界，留下了一个个无法填充的虚空。于是，少年和我们都想到，生命似乎是一个受损伤的过程，生命是时间长河里的漂流物。在逝者如斯的人生大河中，生命与生命偶尔相逢、碰撞，却必然分开。我们多么想挽留住那些与我们如此贴近的气息浓重的生命啊，可是我们不能。我们只能看着时间之河在天地间苍茫地流逝，任无情的风雨频频打湿我们不再澄澈的双眼。这应该是这部小说中的死亡故事给读者留下的生命和审美的感受吧。

二

《给蝌蚪想象一种表情》是一部文体特点相当鲜明的“成长小

说”。作为一部回忆体式的叙述少年故事和心事的长篇作品，小说涉及到少年“我”的成长环境，家庭的诸种不如意情状，性意识羞涩的觉醒，无疾而终的初恋，难以摆脱的死亡阴影等等青春期的纷乱人事。很明显，这些纷扰的生活情形和意绪，都是一个少年在成长过程中必然要遭逢的人世纠葛和命运“沧桑”。青春期的生命正是在与这些复杂人事的碰撞撕扯当中逐渐变得强健。然而，言说一个少年的成长故事，并没有构成《给蝌蚪想象一种表情》这部长篇小说最致命的艺术诱惑。笔者被它打动，是因为这部长篇作品的故事的讲述方式实在独特，极具个人化色彩。瓦尔特·本雅明说得好：“对于回忆者来说，重要的不是他所经历过的事情，而是如何把回忆编织起来。”(《作品与画像·普鲁斯特的形象》) 正是这一个“怎么写”，而不是“写什么”，使张学东的创作与这个年代的诸多“成长小说”划出了泾渭之别。

首先要提及的是这部长篇小说的叙述视角问题。毫无疑问，作品是以“我”的视角展开青春期世相和人事描写的。由于这个“我”在小说中不仅仅是一个单纯的叙事人，而且是一个最重要的小说主人公，所以这种叙事人与主人公相重叠的叙述机制，便造成了这部叙事体的长篇小说相当浓烈的个性化色彩：青春期故事的讲述与言说总是受制于个人情感的起伏波动；小说视境的美丽与丑陋也总是与个人丰富而复杂的心绪有关，所谓“境由心生”。于是，我们发现《给蝌蚪想象一种表情》是一部具有比较强烈的抒情气质的“成长小说”。少年时代的生活经历也许是有限的。无论如何，它都会局限在某一个经验领域；然而，渗透着强烈的主观情绪的回忆中的经验却可能是无限的。由于创作者生命和情感的深度投入，回忆当中的“过去”在人生的此刻仿佛被炽热的激情点燃和照亮了。当“过去”在鲜嫩欲滴的此刻映现出来时，是一种重返青春的狂喜与震惊把作者与我们紧紧联系在了一起。

然而，张学东的小说视境又确乎带着点变形与来自孩提时代的童稚思维和夸张意味。这使得作品当中充满了意绪性的描写和灵动特异的想象。在“我”的眼睛里，哥哥会是一只深通狡诈之术且面貌上与真实的动物颇有些形似的“狐狸”；在少年的感觉里，父亲酒后吹奏小号，吹出的曲调时时透露出火辣辣的味道，家便有被点燃的危险。甚至，父亲对擅自闯进这个家庭的偷情者刘庆福的惩罚也带有几分儿童式的“恶作剧”意味：那个可怜的偷情人被脱光了下身，强迫性地跪在一只积满白雪的洗澡盆中，不久便变成了离不开拐杖的著名瘸子。张学东在小说中构筑了一片又一片意象丛生的地带，在这些情绪纷扰的地带，不停闪烁着少年童蒙初开时的惊讶、忧伤、困惑、烦躁、罪恶感、羞耻感的萌生与叛逆的激情。显然，因为创作者情绪的复杂与纷扰，小说的叙事气氛某些时候显得黏稠而滞重，甚至不无压抑感。然而，少年的天空又是多么地喜欢敞亮啊！当“我”与大头为了躲避人间的冷漠而躺在巨大、空洞的水泥管中笑看夕阳西下，彩霞满天；当一直生活在阴郁心境当中的父亲终于在孩子面前露出愧疚的神情和流出感伤的泪水时，读者又确实会感受到来自生活深处的脉脉温情。生活从来就是如此，我们必须承受它的全部激情、困难、蛊惑、重压、阳光的温度和黑夜的阴冷。我们热爱它、痛恨它，拥抱它而又不停地试图绝情地推开它。正是这种复杂的情绪，才导致了我们对生活的态度与评价是不统一的，甚至是矛盾的。然而，也正是这种矛盾的心态在创作中造成了审美的某种参差感。而这种参差之感又恰好形成了许多文学作品意蕴的丰盈。在《给蝌蚪想象一种表情》这部小说中，情绪动荡所造成的意象的丰饶正可以以此来解释。

张学东是近年崛起于中国大陆文坛的宁夏青年作家群中的一员。从1999年开始发表处女作到近期写作第一部长篇小说《给蝌蚪想象一种表情》，在短短的四五年之内，他已经创作了五十多万字的作品，数量惊人，质量也呈现上升势头（他的中短篇小说集《跪乳时期的羊》入选2002年度的“21世纪文学之星”丛书，即为明证）。在人才济济的宁夏青年小说家队伍中，他的小说创作正在逐渐显现相当独特的才情与风貌。然而，作为一名有着早熟的才能和聪明的直觉的“七十年代以后”作家，他的艺术之路还相当漫长。还是那句老话：真正要做到出类拔萃，障碍和困难会紧跟着出现在眼前。好在，张学东已经有了一个不错的开头，以他的勤奋和灵慧，加上更为深沉的生活与心灵的磨砺，他会给所有关心和喜爱他的读者带来一份可以预见的惊喜。

2003年5月

生活温情和现实焦虑

——读吴善珍小说集《粉红漆》[1]

吴善珍从事小说创作，算来已经有二十年的时光了。对一个小说家而言，这显然是一段不短的文学里程。其中的激动、喜悦、困惑、焦虑，“心潮逐浪高”的澎湃与“一寸相思一寸灰”的凄苦，种种心理情状，实在难以用一句话说得清楚。也许与柔弱的个性有关，吴善珍的小说创作似乎是低调的，颇为沉默的。她的为人和为文始终保持着相当完美的和谐。然而，就在我们几乎要淡忘这一位小说家的时候，她的小说集《粉红漆》却在不期然中出版了。于是，《粉红漆》给了我们一个检视和理解这位女作家创作得失的难得机会。

一

《粉红漆》收录了作者创作于二十世纪八十年代初期直至今日的二十四篇小说作品，写作的时间跨度大约是二十年。这二十年间，中国社会的政治、经济、文化面貌发生了极其惊人的改变，文学也由二十世纪八十年代初曾经占据的文化中心位置而逐渐退向了边缘状态。应该说，时势的变化对吴善珍的小说创作产生了影响，

① 吴善珍:《粉红漆》，宁夏人民出版社 2002 年。

这从作品取材和写作风格的某种差异可以明显感觉出来。然而，无论这二十年间发生了多少足以震撼我们心灵和改变我们生活轨迹的大事，对吴善珍这一代作家而言，曾经建立的精神信念和文学观念并不会轻易被丢掉。当吴善珍这一年龄段的作家走上文坛的时候，他们生活的社会空间正充满着奋发有为和乐观明朗的时代气息，文学既是生活浪漫美好的放大镜，也是引导国民精神前进的灯火。于是，吴善珍此时的小说取材便多描写生活的明净与诗意，呈现生活当中默默流淌着的动人温情；而当整个社会发生重大转型，人们的价值观念变得紊乱，世情也变得异常纷扰，作家此时的小说创作便显示出忧伤情怀和焦虑心态。仔细考察其创作题材和风格的变化，我们发现无论是对生活充满温情，还是对现实怀有焦虑，实际上吴善珍的小说创作始终贯穿着一条思想的红线，那就是对于生活当中真、善、美的大力弘扬，对于假、丑、恶的严厉批判。说得更明白一点，对像吴善珍这样经受过理想主义气息熏陶的作家而言，文学写作总是天然地具有社会责任感和净化灵魂的功能，具有干预现实的作用。哪怕是描写个人情感，也是与时代风云相依相伴，并不可能只是个人隐秘生活的无聊讲述和情绪的病态发泄。而这一点恰恰是读解吴善珍作品的关键所在。

吴善珍曾经在西北一座小城的一个歌舞团中工作和生活多年。这段人生经历给她的心灵留下了深深的烙印。当她走上文坛，这段艺术生涯便当然地成为她最初的选材对象，成为鼓动她的创作激情和想象力的所在。小说集中唯一的中篇作品《粉红漆》描写的就是歌舞团中演员们的情感生活。这里有两对青年人的恋情，有已有家室的男人对虽然遭遇生活不幸但娴静依旧的已婚女子的痴情，也有演员在生活和工作中星星点点的风流挥洒。一个“情”字贯穿着作品的主要情节，也呈现着人性的善与恶、高贵与凡俗。我们为栗子对李杜的那一份深情所感动，为齐凤来对陈天的缺心眼的爱而叹息，为魏金声对何照云的无望之爱而黯然神伤。从题材角度而言，以如此篇幅反映艺术团体当中演员们的感情生活，这在宁夏新时期小说创作领域相当罕见，这篇小说获得宁夏回族自治区第五次文学艺术作品评奖小说二等奖，便在意料之中。除了《粉红漆》之外，这部小说集中的《蔡叔叔编的歌儿》《北塔轶事》《文之清》《斯特拉女神》等篇也是描写歌舞团人生的。只是与内容相对丰富的《粉红漆》相比，这几篇作品构思上更精巧一些，是从“小”处落笔的文章。其中，给人留下深刻印象的是《蔡叔叔编的歌儿》和《斯特拉女神》。前一篇撷取歌舞团乐队排练时的一段“小插曲”，描写一段美妙音乐对一颗透明如水晶的童心的吸引，于风趣中不失对生活美和诗意灵魂的呼唤。如今读来，读者也会被小说当中所洋溢的“浪漫的八十年代”的时代气息所感染。后一篇小说刻画了一个对艺术痴情到病态的小提琴手对于提琴“技艺”的完美追求。技艺不达顶峰则琴“亡”人废，决绝当中透着艺术家的刚硬气质。这可大大超乎我们普通读者对通常温柔的艺术家和永远风光旖旎的艺术界的想象，阅读的错愕当中无疑使我们领略了艺术世界的一处“险峰”。我想，使许多人迷醉的恰恰是那位“女神”身上的侠士风采。应该说，吴善珍笔下的“歌舞团系列”是新时期宁夏小说创作界一处难得的艺术风景，只是这歌舞团风景到了后来却渐渐地消失了踪影。是因为这一题材领域再也写不出新意了，还是时移世变让作者早已经失去了当初创作时的那一份心境？“歌舞团系列”的戛然而止，留给读者的是持久的疑问和遗憾。

也许，文学创作从一开始就意味着不断地创新和面临挑战。某一个小说题材由写作的相对集中到逐渐淡出，是正常的艺术选择，也是迎接挑战的一种方式。阅读《粉红漆》这部小说集，我们发现作者的创作视野是相当开阔的，作为一个女作家，吴善珍的小说内容似乎与“单调性”无关。这使我在阅读其作品时，不由得猜测：外表柔弱的吴善珍，内心其实藏着几分硬气和大气。这“硬气”和“大气”的创作表征便是，她的小说取材挣脱了女性作家通常的狭窄视角，而具有某种社会和人生丰富性，甚至在对现实的关注中，有着一些急切。《找不见方伯言》和《车走西亮镇》是二十世纪九十年代后期同时发表的两篇描写“当下”生活的小说，虽然技巧上颇给人生涩之感，但对现实的忧愤之情还是能够从字里行间明显感觉得到的。尤其是《车走西亮镇》一篇，于一个似乎是司空见惯的生活事件的状绘当中，不动声色地刻画了国人的精神麻木和性格软弱。细读之下，悲从中来。《拆不去的故事》《月亮鞋》《经典戏剧》等篇描写的是过去的生活，可以看出是作者曾经经历的某些人生经验的生发和再现。无论是成官大哥哥难以逃脱的人生宿命（《拆不去的故事》），还是中学时代女孩子们对老师的那一份难得的温情，抑或是由冰冷严峻的命运而导致的人性变异（《经典戏剧》），吴善珍把生活的诸多方面展示给了读者，让我们感到温馨，也使我们感觉到了人生的复杂和诸种无法言说的苦痛。我愿意说，小说《经典戏剧》给予我的震撼是强烈的。那个曾经聪慧异常的何小莲最终被悲惨的生活塑造成“恶之花”，既让人震惊，也使人恐怖。我以为，《经典戏剧》是这部小说集中最耐人寻味的篇章之一，不是它表现了生活的欢乐，恰恰相反，它描写了生活当中的“恶”。福克纳有言：“有时候，人需要被提醒罪恶的存在，需要去改正，去变革。他不应该只记得善与美。”对《经典戏剧》可作如是观。

在《粉红漆》这部小说集中，有一个篇幅颇长的短篇小说《辉地》值得读者注意。与上述的偏重于叙述故事、刻画性格的作品相比，这篇作品显现了吴善珍小说创作的另一路数，是一篇内心独白式的心理小说。这篇作品打动我们的并不是故事本身，此类题材在二十世纪八十年代，女作家张洁似乎已经写到极致。使我们难以忘怀的，是小说将一个婚姻失败的女人所遭受的心灵磨难，细腻而真切地呈现在读者面前。而如泣如诉的讲述风格，又体现了一个女作家特有的人生和人性情怀。读《辉地》这类小说，我们会发现，女作家有关婚姻和爱情题材的作品，总是满怀着人类的这一半对另一半的猜想。曾经的沧海，并不能浇灭对世界的浪漫想象和美好期待。所以古人才说："问世间情是何物？直教人生死相许！"（元好问:《迈陂塘》）只是，《辉地》的故事结局似乎过于突兀了一点，如果让"他"活着，应该说更合情合理一些。我从来认为，生活的过于戏剧化总会使人疑窦丛生，小说中的人生也当如此。

二

《粉红漆》这部小说集中的作品所呈现的艺术面貌是多色彩的。我已经说过，作为一个女作家，吴善珍的小说表现内容可称丰富，而她对小说艺术的苦心经营之痕迹，也是能够从作品中非常清晰地看到的。

吴善珍的小说创作跨越二十世纪八十年代和九十年代。二十年间，江山依旧，人事已非。"文变染乎世情，兴废系乎时序"（《文心雕龙·时序》）。时代的推移，社会风气的变化，对作家的创作毫无疑问会产生制约和影响。综观吴善珍的小说创作，会发现她的创作风格走过了一个由清新明丽到冷峻沉郁的转变过程。这显然与近二十年间中国社会的生活转换有关。时代的精神气氛总是弥漫和渗透在作家创作的空间，并逐渐进入你的心灵。自然，也和创作个体的艺术追求和调整有关。

当吴善珍以一个文学新兵的姿态走上文坛的时候，她奉献给我们的是生活的甜美和芬芳。她创作于二十世纪八十年代早期的代表作《蔡叔叔编的歌儿》，情节虽然非常简单，但那种纯美的诗情，那种春风拂面般的清新，确实是九十年代的小说不能给予的。我个人认为，这篇小说应该是她的最好的创作之一。与《蔡叔叔编的歌儿》的艺术风格接近的另外两篇小说《月亮鞋》和《拆不去的故事》，同样有着“宁静的单纯”。尤其是《月亮鞋》一篇，艺术水准与《蔡叔叔编的歌儿》不相上下，可视为吴善珍小说当中的并蒂莲。已故的小说名家汪曾祺曾经说过：短篇小说是删繁就简的艺术。笔者推崇这两部短篇小说，恰恰是因为这两部作品叙事简洁，行文不枝不蔓，并非“肉多于骨”，实在是典型的好短篇。后来，吴善珍的小说艺术逐渐向“繁复”一路发展——这显然值得理解：她力图摆脱创作的定型化和模式化。哪一个创作家不愿意尽量使自己趋向更阔大的艺术境界？她的小说视野变得开阔，风格逐渐走向冷峻沉郁，艺术手段也变得繁复。比如她的另一篇代表作《粉红漆》就使用了相当繁复的描写手段，多变的叙事视角使小说内容变得丰富，同时也使作品产生了些许的艺术迷雾。由《粉红漆》开其端，《找不见方伯言》《车走西亮镇》《遭遇先生》《不意上网》等篇，构思讲究翻空出奇，叙事追求制造悬念，颇运用了一些二十世纪西方文学颠覆了传统方式的新技巧。可以看出，这些作品的创新度得到了加强，然而行云流水般的明净的诗意却不大能见到了。也许，是艺术的“繁复”

妨碍了小说被更大范围的人群所接受。这可能是小说家吴善珍所面临的创作难题，也是她寻求更强大的艺术征服的阻碍之一。

似乎没有必要怀疑吴善珍的艺术禀赋，这位女作家毕竟曾经创作出了非常优秀的小说。她的艺术感觉和文字呈现也是杰出的，不妨读一读以下两段描写：

> 蘑菇形小台灯的光照，在寂寞的单身小屋里挥洒出一团温暖的圆形。当巨大的夜幕将大世界遮盖，包容，人们就进入自己的小世界。台灯是什么呢？台灯就是每个人的小世界，人的内心世界在小小台灯制造的属于个人的舞台上被凝聚、照亮，被发现、扩展，被创造得光华耀眼……连台灯的底座、旋钮、灯罩、花纹都成了舞台上精致添彩的道具。是谁发明了台灯？可真是个有情之人。
>
> ——《粉红漆》

> 这是一个阳光充足得像梦一般的小城市。几乎每一天小城都把老天爷给得太多的用都用不完的阳光酿造成为酒，使得本来属于普天下所共有的阳光成为小城的特产。在下午四点钟以后，这一大缸酒的成色就恰到好处了，街道、人和房屋，俊秀的城市林带与茂盛多姿的藤蔓植物，都让自己遍身抹上浓稠的阳光，眯起眼睛品咂着金黄色的醉意。
>
> ——《经典戏剧》

相信细细读过这两段文字的人都会吃惊。将一盏台灯刻画得如此物我同一、情意绵绵和将小城的阳光渲染得如此香气浓郁、沁人心脾，这样的创作家肯定非等闲之辈。于是，我们有理由相信，对于吴善珍而言，更为动人的收获会在不远的将来。

2002 年 8 月

张贤亮的另一类小说

——读张贤亮短篇小说《初吻》

《初吻》是一篇被人们忽视和遗忘的作品。这篇发表于二十多年前的短篇小说似乎有点“生不逢时”。1985年是“寻根文学”和“先锋派文学”风起云涌的时刻，没有人会格外注意到这篇言说性情的文字。或许，当时的读者还会满腹狐疑，不知道以书写苦难和血泪而著称的张贤亮何以突然在创作上“转了向”？是啊，我们都读过并且能够清晰地记起《灵与肉》《绿化树》《男人的一半是女人》等张氏佳作。温柔而善解人意的李秀芝、美丽而泼辣的马缨花是多么令人心旌摇荡的女性形象，而那“就是钢刀把我头砍断，血身子还陪着你呢！”的如火歌谣又确乎把西北边鄙之地粗粝到惊人、美丽到残忍的民间情怀热辣辣地呈现于我们面前。我们说到张贤亮，总是会自然想到他的“大墙文学”，想到他对极“左”政治的尖锐批判。在壮怀激烈的二十世纪八十年代，张贤亮以幸存者的身份，用文学诉说了一代知识分子艰辛的命运和备受煎熬的心灵痛史。于是，“反思文学”之健将的标签就被贴到了这位作家的头上。我在大学里教文学课，知道给作家贴标签和归类是多么重要的事情——无法归类的作家，除非你已经成为大师了，否则，一般的文学史是不大会提到你的。张贤亮被归入“反思文学”作家之列，当然有它的好处，这使得任何想言说新时期文学的人，都不可能不说到张贤亮。然而，对一个作家的归类式评价，总是以牺牲某些创作特例为前提的。张贤亮以“反思小说”而名世，就让许多人想当然地认为张氏只会书写苦难、倾诉冤情。实际上，张贤亮的小说才能是巨大的。当他不再沉浸于牢狱生活的悲情回忆之时，当时代气氛允许他能够比较自由地书写一些非主流的时代生活时，张贤亮是能够奉献出经典式的小说的，比如我下面要分析的《初吻》。

实在说来，《初吻》的内容不算稀奇。现代以来，此类有关少男少女的情窦初开故事一直有人在书写。远的不说，单说二十世纪八十年代，汪曾祺的《受戒》就是一篇清新脱俗的描画少年心情的小说。《初吻》也写少年心情，然而风格与汪氏却大异其趣。倘若说《受戒》的基调是明朗的、欢快的，那么，《初吻》的基调则是忧伤的、复杂的。人们都云《受戒》的如诗如画，可是谁人能够懂得《初吻》的意绪丰饶！

读《初吻》，会始终被作品所弥漫的伤感的情绪牵着走。一个郁郁寡欢的初中生，一段无疾而终的初恋。男孩子山间溪流一般明澈的心和女孩子美丽的外表包裹下的任性与喜怒无常。生活原本是这样，从一开始就隐藏着某种秘而不宣的玄机。谁会想到，那个孤零零地坐在窗台上的容貌姣好的女孩子，会是一个瘫子呢？然而，发现了真相又能如何？男孩子不是照样一往情深地痴迷着女孩子吗？而且，正是这个女孩子，帮助男孩子完成了人生的第一次觉醒。我读《初吻》，心里总在想，张贤亮笔下的这个“知慕少艾”的故事，说的仅仅是少年的生活与世界吗？我们成人又何尝不是如此！张爱玲论及人的一生，曾经十分悲哀地感叹道：长的是磨难，短的是人生。然而即便悲观如张爱玲者，一生当中不也轰轰烈烈地爱过一场吗？所以，人类的命运确实有如那个推巨石上山的西西弗斯，明知巨石会再次落下，但你还是要永远推石上山。那显然是你的宿命。你有生活的欲念，你就不能不忍受没来由的打击和灾变。你有梦想，你就不能不淡看风云变幻，岁月沧桑。张贤亮以饱经忧患的人生经历来写少男少女故事，除却感伤，显然还有着一份异于常人的旷达与超脱。正所谓："青山依旧在，几度夕阳红。"

我说《初吻》是经典文本，还因为小说叙事极其简洁、朴素和节制，显示出作者对短篇小说这门艺术的娴熟的控制能力。短篇小说要求写得简洁有力是常识，然而有多少人不会写得简洁啊。这么多年以来，我们看到了多少废话连篇的短篇小说！自小说写作焦点对准世俗化人生之后，我们的大量小说当中就充满了絮絮叨叨、拖泥带水和披头散发的叙述风格。小说网络化之后，情形更糟。那些所谓的短篇小说，几乎被不着边际的无聊口水所淹没，何谈经典短篇小说的"清、通、雅、洁"四个字。张贤亮的《初吻》，叙事线索单纯：上学路上的偶遇所带来的两情相悦；场景描写集中而有重点：路边与花园景色以及红色洋房是故事的主要发生地，重点描画，其他则一笔带过，绝不左逸旁出。由于作者知道小说重心之所在，所以小说最核心的书写内容便落在了"我"眼中的残疾女孩和"我"心中的青春萌动。于是，那个任性得颇有几分病态的女孩子的形象便呼之欲出了。毫无疑问，这是简洁叙事和笔墨集中所带来的艺术的光辉。如今许多短篇小说不动人、塑造不出栩栩如生的人物形象、没有征服力，最直接的原因我以为恐怕是作家们不会用"减法"。不知道短篇小说真的是"删繁就简的艺术"（汪曾祺语）。铁凝在一篇谈论短篇小说创作的文章中提到一个故事，说是有位作家在给亲人的信中说："请原谅我把信写得如此冗长，因为我没有时间写得简短。"（铁凝：《诱惑我一生的体裁》）显然，短篇小说不能再现二十多年前（二十世纪八十年代）的荣光，最根本的原因是没有人能够再像张贤亮和汪曾祺那样，用一颗沉静的心像雕琢玉器一样来打磨小说了。这个时代提倡奔跑，迟缓被认为是傻子做派。可是，经典真的是在奔跑当中产生的吗？

2007 年 4 月

别一种叙事方式

——读金瓯的三篇小说

读《前面的路》[①]

应该承认，金瓯给了我们一个意料之外的惊喜。这位许多年前就已“上路”的年轻的创作者，在沉潜和探索数年之后，终于以出色的短篇小说《前面的路》，使相当多的文学圈内之人对其刮目相看。

《前面的路》是一篇言说“寻求自由”话题的小说。尽管天和地束缚着你鲲鹏展翅的雄心壮志，尽管平庸的世俗生活日复一日地以一种漫不经心的随意姿态，腐蚀着你奔向旷野、追求自由的高贵意志，但是，两个年轻的主人公还是义无反顾地“上路”了，欣然体会“在路上”的自由旷达情怀。是的，上路的人因为无所凭依，所以难免狼狈。他们没有携带人们通常出门时习惯携带的古旧“指南针”，因此常常迷路，并且很耽误工夫地走回头路。有时，路上的情形实在凶险，老龙潭的那眼神秘之潭有可能使你大受诱惑，以至情不自禁地想跳下去；走在秦岭的边上，忽然就赶上滔天的洪水了，洪水虽然颇为慈悲地给刘老五留下一条性命，可是它却把刘老五的头发几乎全部拔光。然而一切的已知和未知的凶险与危机都不

---

① 金瓯:《前面的路》，原载《人民文学》1999年第6期。

可能扼杀年轻人对远方的渴望，在跋涉者的意念中，“前面的路”永远充满着言说不尽的奥秘和动人诱惑。

坦率而言，有关“自由”故事的文学言说不是一个十分新鲜的话题。在文学史上，许多关于人类诸多情形的话题都是老而又老。然而，话题虽古老，言说的方式却往往各不相同，于是，“说话”的方式就不仅仅是所谓文学技巧问题，通常的说法是，“说话”的方式关涉到创作主体对社会人生的看法，关涉到每一代人文学审美的特殊精神方式。

金瓯是出生于二十世纪七十年代的年轻作者。这一代创作者对人世、对生活的看法显然有别于他们的兄长——“六十年代出生作家”，更有别于“知青作家”群以及他们的父辈作家。与上述各代作家的重大区别是，金瓯这一代作家给人的感觉是，仿佛在我们的不经意当中，他们就将许多前几代作家视若“神明”和生命的文学理念轻易地割舍了。随后，在我们的错愕中，他们扮一个鬼脸，然后大笑而去。他们不再想让文学承担过多的非文学重负，他们担心那会把膀不大腰也不圆的文学压垮；他们也不太热衷于（有人干脆严词拒绝）在作品中追求社会和时代的宏大叙事，他们认为那不是他们所钟情的“文学”；“历史”叙述在这一代人的作品中全面退隐，像是一个被富贵人家丢弃在黑屋子里的已经停摆的古老挂钟。二十世纪七十年代出生的年轻作家们似乎更热心于诉说“成长的烦恼”和灵魂“漂浮”的痛苦。“自由”的言说当然也是他们喜欢书写的文学母题之一。我们虽然一时还无法确定“七十年代出生作家”最终会在文坛占据怎样的一席之地，但是我们应该肯定，像《前面的路》这样的作品肯定是独特的文学之声。那种精神的内敛，那种超越苦难的从容，那种骨子里的幽默，都不是勉强为之。《前面的路》

实际上昭示着一种崭新的文学的叙事方式。这种叙事精神不欣赏呼天抢地式的狂情四溢，不故作高深地谈玄说理，不小女人式地泪眼婆娑，而是“不愿被感动”地叙述故事，评说人生。这种异常冷静的叙事姿态清楚地表明，巨大的历史苦难精神正从这一代人的心目中悄然滑落，由于不再承担前辈们的“遗产”，他们便可以自由自在地浪迹天涯。

读《刀锋与伤口》[①]

金瓯的《刀锋与伤口》是一篇真实刻画少年心灵的情调颇为感伤的小说。就小说内容而言，这篇作品实际上涉及到一个人们熟视无睹的社会人生话题：男孩子是如何长大的？这个问题也许是老生常谈，但《刀锋与伤口》以其缤纷之色仍然让我们感动不已。

少年的成长经历是一个许多作家已经写过，并且依然有生命力的文学话题。人生的尴尬处在于，尽管人类一代又一代地重复着相同的生命故事，然而新一代人并不一定会变得比前一代人聪明多少。真实的情况是：糊涂处继续糊涂，伤心处依然伤心。我们都知道少年的心灵是多么脆弱，多么稚嫩，但是，社会又总是在漫不经心当中，无情地伤害着那么多稚嫩无瑕的心灵。我们都知道要主持正义和公道，却在许多时候，并不理直气壮地弘扬正义，而是麻木和冷漠地对待正义。《刀锋与伤口》以一个十二岁男孩子的眼睛，窥破了成人社会的种种虚伪和“无情”，其中流露着这个男孩子的“深深的失望”。坦率而言，这种失望之情也应该是作者金瓯的。

---

① 金瓯：《刀锋与伤口》，《朔方》1999年第5期。

在小说当中，十二岁男孩的少年世界与父母、教师等共同组成的成人社会构成了一种相互对比和映照的关系。我不知道这是否是金瓯的一个“叙事策略”。在这隐约对立的两个世界中，美丽和正义仿佛只属于少年世界，而成人社会好像正变得“谜”一样分外“古怪”。要揭破这一奥秘，我想还是有必要简单叙述一下故事：十二岁的男孩是班长，一次放学带领着全班同学刚出校门，就遭初中生抢劫，“我”为了保护女同学苏红而负了重伤。结果，“我”在家躺了两个星期，只有苏红前来厮守安慰。伤好以后，“我”就在“打人”和“挨打”之间周旋，一点一滴地学习生存。或许，读者应该注意以下的一段文字：

> 月白如昼，斑驳的树影落在她脸上，那面容端庄而凝重，我真该好好看着这张脸，能看多久就看多久，因为这已是世间所剩无几的美丽之一。

文字显而易见是伤感的。一个十二岁的男孩子居然有如此苍老的心境，只能理解为曾经遭受过巨大的伤痛。当一个十二岁的孩子因为“拔刀相助”而经历磨难之时，本来应该挺身保护孩子的大人们却奇怪地退隐了，面容变得模糊而可疑。这样的生活情形无疑会像一把利刃刺伤了正义善良之心，十二岁的男孩子在成人社会难觅真情援助，只好去痴恋少年伙伴苏红那张美丽动人的脸。应该说，关于苏红那张“美丽之脸”的描写是《刀锋与伤口》中最撼人心魄的艺术描写之一。

就今年以来的金瓯小说创作而论，可以看出这位年轻的创作者在小说语言上颇下功夫。经过几年的摸索和调整，金瓯小说的语言运用正越来越强烈地呈现个人风格，当然这种风格还不甚稳定。读者在其小说中，可以看到他想要追求一种洁净、硬朗的语言风格特点，力图在相当节制的叙述中传达更为深厚的语言内涵，在有所遮蔽中释放更多的能量。为此，他便信手拈来“陌生化”等语言手段，并且创造了一些佳句，比如：“我的头上戴了一顶只有稻草人才愿装备的草帽。”又比如：“身后翻飞着那个断了带子已经死去的花布书包，如同一个永远飞不起来的风筝兜满了风。”在这两个句子中，“稻草人装备的草帽”是一个脱俗而机智的说法；而“死去的花布书包”则对应着一个少年在实施报复之后的绝望感、罪恶感，都可看作苦心经营所致。

读《鸡蛋的眼泪》[1]

《鸡蛋的眼泪》是一篇格调特殊的小说。说它“格调特殊”，基于两点理由：其一，我们很难用一句话来说清楚这部中篇小说的题旨所在。由于作者特殊的思想艺术追求，这篇作品的题旨颇有几分朦胧和晦涩。阅读时，你会为作品当中一些精彩的不乏机智的叙述和描写所打动。然而，当你通读全篇，试图理出一个清晰的思路时，却发现并非轻松之举。借用一句音乐上的说法，《鸡蛋的眼泪》是一部“无主题变奏”。其二，构成这部中篇小说错综复杂之处的，恰恰是作品的叙述方式。我们甚至可以说，正是作品所采用的多重叙事视角，才使得小说蒙上了一层不易被我们通常的阅读经验所能穿透的迷离之色。是否可以这样说，在这部作品中，独特的叙述方

---

① 金瓯：《鸡蛋的眼泪》，《人民文学》2000年第4期。

式已经成为阻挡阅读者马队前进的“铁蒺藜”。很明显，阅读《鸡蛋的眼泪》这样的作品需要足够的耐心。我想，倘若读者能够拥有相当的耐心，《鸡蛋的眼泪》似乎并不让人畏惧，我们甚至可以在这个“拟童话”当中，读出世俗风景中的诸多被艺术“着色放大”之处，从而会心一笑。

解读《鸡蛋的眼泪》的关键，是弄清楚小说主人公嘀咕和蒋勇的“长不大”。这一点非常重要。嘀咕十七八岁，蒋勇二十来岁。根据通常的社会学经验，二十岁上下的孩子已经被称为“青年”，应该有比较成熟的心智，足以对复杂的人世进行有效的判断和回应。但是，小说中的嘀咕和蒋勇却是身心“两张皮”。老成的大公鸡认为：依它的见解，蒋勇的智力比一只蚂蚱强不了多少。而嘀咕，居然把三只鸡蛋捂在胸口，最终硬是孵出了小鸡！两个二十岁上下的青年，自始至终在用一双懵懂的眼睛看世界，这一看，便看出成人世界的许多令人发笑之处来。嘀咕在火车上逃票的经历，嘀咕在广州挂在摩天大楼上擦玻璃时的所思所想等等，貌似稚拙、懵懂，却写出了人间种种可笑情状。实际上，故意让主人公“长不大”，应该说是作者有意为之。我们在金瓯的许多小说中已经发现，金瓯是一个喜欢采用童年（少年）视角叙事的作者。也许，童年（少年）视角之下的世界，更带有原初的、不能涂饰伪装的本真状态。童年的思维虽然幼稚，但是它有趣、生动、鲜活，它重新打开了艺术地认识人间世界的一扇美丽的窗户。将童年视角与被描写得充满复杂机巧的现实人生构成对比，这一叙事策略的背后显然藏匿着许多东西。然而，金瓯可能更喜欢意在言外。法国象征派的说法是：说出来就是破坏。

与嘀咕、蒋勇的“长不大”相对应，《鸡蛋的眼泪》中的几只鸡，大公鸡、母鸡黑黄等，却有着跟蒋勇妈妈一样成熟的智力，甚至有点老谋深算。与其说这是童话，不如说是反讽。读者们应该注意到，在这篇小说中，大公鸡们的心智成熟发达得令人吃惊，它们不仅会察言观色，而且懂得调情技巧，甚至知道电视剧中小流氓韦小宝的“名言”：男人笑眯眯，不是好东西；女人面孔红，心里想老公。由于小说中家禽的人类化以及高智商化，就使得从人生早期就已亲近的曾经令我们心驰神往的那些古老童话顿失光彩，我们对于童话的若干经验正在变得有几分可疑。最后，我们终于明白：《鸡蛋的眼泪》告诉我们的是一个真实的“成年人的童话”。这个“成年人的童话”已经完全变换了原有的色彩和情调。

1999 年 8 月至 2000 年 4 月

沧桑人生　笔底温情

——序刘和芳诗文集《回眸》[①]

即将进入耄耋之年的刘和芳先生终于要出版他的作品集了。捧读他的诗文集，心中漾动着的是一种超乎寻常的欣喜之情。

我与刘和芳先生一家人，可谓渊源甚深。二十多年前，当我还是一名满脸稚气的中学生时，刘先生的夫人王广慧女士便做过我的老师。王老师那语速稍快、带有南方口音的普通话，至今想来，依然亲切。刘先生的二公子刘屹与我都毕业于银川一中，并且都当过宁夏高考的文科“状元”（1980 年和 1981 年）。以后，我在北大读中文系，刘屹读法律系，共同聆听过未名湖畔春的歌谣，感受过博雅塔旁浓酽的秋色。研究生毕业以后，我回到宁夏，服务于第二故乡；刘屹则出国留学，学业既成，又归国效力。因了这样的原因，我把刘和芳先生是当作父辈来看待的。然而，我和刘和芳先生的深入接触却是近五六年间的事情。像一些从事文字工作的人一样，我们先是认识了各自的文章，然后才见了面。于是，在无拘束的倾心的交谈中，有了彼此珍爱的忘年的情谊。也因此，当看到刘和芳先生这本题名为“回眸”的文集时，心中欣喜的潮水便奔涌得格外欢畅与迅急。

---

① 刘和芳:《回眸》，宁夏人民出版社 2006 年。

已经去世的老作家孙犁有一个说法，他认为，散文是最适合于老年人操作的一种文体，而且比较容易创作出精品来。原因在于，对于许多进入人生晚境的创作者而言，几十年人生的沧桑忧患常常构成了不可多得的生活、感情的丰厚积累以及审美的积淀，一旦发之为文，往往自成佳构。以孙犁的说法来解读刘和芳先生的散文，信然。仔细阅读会发现，收在这本诗文集里的绝大多数作品，都是刘和芳先生近二十年间创作的。刘先生是1927年出生人士，以此推算，他的创作的高潮期是在接近于六十岁的时候出现的。不排除动荡的时代和长期的编辑生涯（他是怎样的一个甘愿为他人做嫁衣裳的好编辑啊！）对他的创作冲动的阻遏，但是，我更愿意相信，刘先生早就超越了“为文造情”的创作年代，他的散文创作是一个经历过历史沧桑和生活磨炼的老人的心声的自然流露，是阅尽人间春意和秋色之后的回头一望。于是，回忆性的叙事文便成为这部作品集中内容最多，也最耐咀嚼的篇章。我们看到，浩渺的江上奔走的各种船只是怎样地给一个少年带来欢乐和遐想（《江边》），安庆长江边的河滩地又怎样地成为祖母的乐土和孩子的天堂（《祖母的乐土》）。少年人眼中姑姑的小花包是神秘而充满诱惑的，然而，一道浅浅的海峡却使亲人间的再次聚首晚了几乎半个世纪（《相见时难别亦难》）。一张旧八仙桌，一家四代人用过。那上面，记载着母亲青年丧偶的悲痛，也刻写着三代人灯下苦读的身影（《方桌情结》）。对许多人而言，回忆是我们重回往昔的一次充满深情的旅行。在回忆中，我们不仅重现了那些鲜嫩欲滴的往事，同时，因了心灵的变幻，曾经的岁月也会在回忆中变得前所未有的明净与安详。仿佛一坛年深日久的老酒，岁月已经过滤掉了它曾经的喧哗与浮沫，余下的，是沁人心脾的甘美与醇厚。读刘和芳先生的那些情深意长的回忆性文章，我想，得到的常常是这样的审美感受。

在刘和芳先生的内容涉及过去生活的作品当中，有两组文章值得读者格外关注。第一组文章可称之为“皖南忆旧”系列，包括《峥嵘岁月话当年》《梦回少年忆同窗》《承天寺前忆故人》《人间自有真情在》《以文会友话当年》《情凝笔端任挥洒》《一支史笔写春秋》《我和〈星之海〉的始终》等。这组文章主要回忆作者少年时代在皖南名城屯溪所度过的一段难忘时光，尤其是创建和编辑出版文学刊物《星之海》的始末，不少文章应该说带有史料的价值。然而，这些文章不仅仅具有“史”的价值。在我看来，这些文章所灌注的深情，所书写的抗战岁月热血青年的情怀，所散发的理想主义与乐观主义的气息，都足以使今天的我们由衷地感动。《回眸》当中另一组值得关注的回忆文章是“文坛忆旧”系列，包括《夏衍同志二三事》《我所认识的夏衍同志》《忆夏衍》《三访冰心》《我和周而复先生的交往》《由一篇文章引起的——忆戈宝权先生》《谈茹志鹃及其作品》《重读遗稿悼幼京——〈春花秋叶〉读后随想》等。这组文章，或回忆作者与文坛大家的亲密接触，或描写当年作者筹办大型文学刊物《女作家》时与冰心等女作家的相当深入的交往，或为文坛白发人送黑发人扼腕而叹。作者写这组文章时，感觉并不怎么用力，只是娓娓道来，仿佛朋友间的围炉夜话。可是，我愿意说，上述作品是最能打动我的篇章。因为，它们以相当真实而生动的笔墨写活了冰心、夏衍、周而复等文坛重镇。于是，冰心的真诚与慈爱，夏衍的兴趣广泛、多才多艺，周而复的儒雅风采便不期然地进入我们的眼帘，深入读者的内心。古人论文有“深衷浅貌，短语长情”之说，“文坛忆旧”系列，当得起这样的评价。

刘和芳先生一生所从事的职业是编辑工作。据我的观察，宁夏人民出版社里“埋伏”着一批优秀的老编辑，刘先生可以毫无愧色地名列其中。我以为，一位出色的编辑工作者不仅应该拥有杰出的创意和选题的敏感，他还应该具有相当深厚的学养和充分的写作能力。证之以刘和芳先生，我发现，这部文集中有关鲁迅先生的一组文章（包括《喜读〈鲁迅诗稿〉》《鲁迅与集邮》《许广平与〈鲁迅研究年刊〉》《许广平与〈鲁迅回忆录〉》《鲁迅与插图艺术》《鲁迅与儿童读物》《鲁迅与黎烈文》《鲁迅与〈中流〉》《鲁迅和茅盾的战斗友谊》等），就显示了刘先生深湛的学问积累。1949 年之后，“鲁迅研究”一直是“显学”。有关鲁迅先生生平事迹、思想发展和文学创作的研究文章，可谓汗牛充栋。作为一个专注于中国现当代文学的研究者，应该说对有关鲁迅研究的学术论文，我已经有了一定的阅读积累。然而，收在《回眸》中的刘先生的这一组小文章，依然让我产生喜爱之情。不为别的，只因为它们的“小”，小得可爱。多年以来，学术研究领域有一种风尚，大家都喜欢做“大”文章。尤其是研究鲁迅这样的文学“大人物”，似乎更要在“大”字上做足功夫。谁愿意去充当那个不起眼的“小”呢？刘和芳先生则不然。作为一个鲁迅先生和他的文学事业的崇拜者与研究者，他的研究心态是放松的，他的研究思路是独出机杼的。他谈鲁迅先生爱好集邮，对插图艺术有深入研究，对儿童读物的创作与出版倾注大量心血；他谈鲁迅先生与《申报》和文学杂志《中流》的关系，谈鲁迅先生与二十世纪三十年代著名编辑家黎烈文的友情……刘先生的这些研究文章是短小的，在许多喜爱“宏大”的人看来，也许是难入其“法眼”的。然而，它们却相当出色地勾画了鲁迅先生丰富而可爱的性格，显示了他兴趣的广泛和浓浓的人情味。我以为，研究鲁迅应该是多角度多侧面的。刘先生从“小”处和“细”处下功夫，不失为一种有特色的研究路径。在宁夏学术界，应当说刘先生的鲁迅研究是别开生面的。

现在我要来说说刘和芳先生的诗歌创作。刘先生的诗歌创作始于他的少年时代（这可以被看作他的文学创作生涯的正式开始），刘先生夫子自道："十五岁便误入诗途，不能自拔。"（《门外乱弹——答友人》）收在这本文集中的《歌女》就是他十五六岁时的作品。进入青年时代，因为时移世变，也由于职业之故（他先是在上海市人民政府文艺办公室担任行政工作，以后又"支边"来到宁夏担任出版社的编辑），刘和芳先生的诗歌创作处于停顿状态，直到进入社会主义新时期，刘和芳先生才又恢复了诗的创作。值得注意的是，收在这本诗文集里的绝大多数诗作，都写于二十世纪八十年代以后，这和刘先生的散文创作的高潮期是同步的。与他的忆旧和怀念类主题占据主要篇幅的散文创作不同的是，刘先生近二十年来的诗歌创作内容更多的是对现实的热切关注和对人生的深长思索。于是，在北戴河的海滩上，我们读到一个渡尽劫波之后的知识者面对无边大海时的跃动的情思（《北戴河抒情》《北戴河抒情（续篇）》）；在朔方的黄河岸边、古塔之下，我们听到了传达着新时代心声的黄河涛声和悦耳的风铃之声（《朔方风情画》）；在小桥流水人家的姑苏城，我们看到了一幅幅浓淡相宜的水墨山水画（《姑苏行》）；在《无题》《我愿意做一棵小草》《人生咏叹调》《瞬间的沉思》等诗作中，我们读懂了作者对生活的新鲜总结和发现，领悟了人生的许多真谛。刘和芳先生是热爱生活的。他的心里满溢着老一辈知识分子对祖国、人民，对新的时代的感激和赞美之情。在他的诗里，看不到乌云密布的天空，听不到阴风凄厉的怒号。有的，只是发自肺腑的浓浓的爱意，是一片温暖如春的明丽与灿烂。不错，刘先生这一代人已经经历了过多的苦难和忧患。也许，相对于我们这一代人而言，他们更愿意面对太阳下的风景和春天生机勃勃的原野。不必责备他们对于苦难的超脱和某种程度的有意“忘却”，或许，这里面真的蕴藏着人生的大境界和难以言说的智慧。

我和刘和芳先生常常是在他的办公室里见面的。几年前，他在一间嘈杂的大屋子里占有一个小的角落。现在，他终于拥有了相对安静的一间办公室。每次到出版社去拜访他，寒暄之后，刘先生总是静静地坐在那里，很平和地说着话。我经常自问，在一间嘈杂的大办公室里，在电话铃声和进出的人们的频繁干扰之下，我能心无挂碍地埋头工作吗？答案是：不能。而刘先生就是在那样的环境中，默默地编辑着一期又一期的《出版动态》。于是，我明白了何以刘和芳先生的诗文当中总是弥漫着一种温和之气。是的，与我这一代人相比，刘先生这一代人经历了太多的人生沧桑与忧患。然而，当将自己的人生经验和心底波澜转化为文学创作时，刘先生这一代人的笔下却往往流淌着动人的温情。他们总是以敦厚之心去谛视生活，用一种感恩的情愫去叙述描写生活。在刘和芳先生的诗文中，没有我们这一代人独擅胜场的顾影自怜、灰色颓败，有的只是一颗善良的心所感受到的生活之美、人性之美。人生的生死劳苦在他的审美世界里缩小了，变淡了。所有的磨难、困苦、不幸、悲伤，都只是晴空里的一丝流云，阳光之下一株小树的阴影。于是，人生的沧桑忧患便不再是心灵世界的困扰，而是报告黑暗过去、曙光初现的晓声。

2005 年 10 月

知识者的哲思与深情

——序陈育宁散文集《永远的牵挂》[1]

差不多是在十年前，我所生活和工作的这座塞上古城新来了一位市委书记，姓陈名育宁。按理说，一座城市因为领导班子的自然换届而新上任一位市委书记，本是寻常的事情。然而，陈育宁先生的到来却着实让这座城市的人们颇惊奇和议论了一阵。不为别的，只因为这位陈书记是气质儒雅的典型的知识分子——一位学术造诣极深的民族史专家。此前，他曾经做过两个西部省区的社会科学院副院长、院长，写作有多部历史学专著，其中的代表作曾获中宣部颁发的“五个一工程”奖。人们的议论和舆论的喧闹终于渐远渐淡，我的心里却一直平静不下来。自己生活和工作的城市的最高领导人是一位出类拔萃的学者，这让我这个读书人由衷地对他产生了亲近之感。不久，我又得知陈育宁先生是我们北大的校友，1962年以宁夏文科“高考状元”的身份进入北京大学历史系读书。自然，内心的亲近感又平添了几分。然而，我却一直无缘与他相识。2001年5月，陈育宁先生受命来到重新组建的宁夏大学担任党委书记兼校长。此时，我才有机会近距离地与他接触。我知道他是一位出色的北方民族史研究家，也读过他的一些学术论文。但是，我确实不知

---

① 陈育宁:《永远的牵挂》，远方出版社2004年。

道陈育宁先生还是一位情感深沉、文采斐然的散文作家。前不久，当我读到他的散文选集《永远的牵挂》书稿时，在敬佩他的勤奋和才情焕发的同时，便也把这一次阅读当作是一个知识者对另一个知识者心灵的解读与探寻。

在所有的文学体裁当中，散文一般被认为是最易于操作却最不容易写好的文体。说散文容易操作，是因为散文文体特点鲜明，约束甚少。除了反对虚构，并不存在其他的文体禁忌。因此，无论哪个社会阶层的人士都可以进入这一领域从事写作。衣食无忧者可以在这片园地里吟风弄月、流连花草，引车卖浆者流也可以在此诉说自己的冻馁之苦、辛酸遭遇。一句话，在散文创作面前几乎可以称得上是人人平等。然而，散文的易于写作却并不意味着所有的创作者都能写作出散发着思想和艺术清香的文学精品。作为一种难以插上虚构“翅膀”的文学创作，散文有着非制作的味道。你很难想象一个散文作家能够在一段不长的时间里源源不断地生产出作品。从这个角度而言，优秀的散文创作总是与作家的“行万里路”和“读万卷书”大有关联。散文的写作永远和创作者的生活密度、思想磨砺、知识积累和情感深度等因素紧紧联系在一起。散文之树是原生态地扎根在写作者的心里，它们长得如何，完全取决于心灵的土壤有多深厚，养料有多丰厚。就譬如心灵是一片广阔的原野，只有经过时代阳光的照射，岁月风雨的吹打，上面落满命运的尘沙与霜雪，这才可能生长出一片蓬蓬勃勃的绿色来。简言之，散文的创作是一种心灵的事业，而非简单的文字表达。有生活阅历，没有才情和智慧写不好散文；有才情而阅历浅薄、识见平庸者也称不上是出色的散文家。只有将阅历和才情、思想结合得相当完美的作者，才可称得上是优秀的散文家。基于上述理由，多年来我一直喜欢阅读

“上了点岁数”的人所创作的散文。因为我相当看重“行万里路”和“读万卷书”对一个散文家的决定性影响。陈育宁先生1967年毕业于北京大学历史系，此后十多年，他一直生活在中国西部的基层社会。在风沙扑面的鄂尔多斯台地，在广阔的内蒙古高原，都留下了他奋斗的足迹和不倦的思索。二十世纪八十年代中期，陈育宁先生被任命为内蒙古自治区社会科学院副院长，从此由一个策马奔波的基层干部而成为潜心书斋的学者。以后，陈育宁先生奉调回他的出生地宁夏，既做过研究员、教授，也当过自治区人民政府的办公厅主任、首府的市委书记，直至今天他又担任了一所省级重点大学的一把手，行政工作与教书育人两不误。应当说，陈育宁先生的人生经历堪称丰富。几十年来多彩的人生际遇和工作角色的频繁转换，既磨砺了他的思想和品格，极大地增长了他的才干，也为他的散文创作打下了坚实的阅历基础和思想与艺术沉淀的基础。于是，当我们读到《永远的牵挂》里那些记录着他的生活足迹、渗透着他的哲思和深情的文章时，我们才会感觉到深沉的文学作品本身所应该具有的沉甸甸的动人的力量。

在陈育宁的散文作品中，动人的力量首先来源于他在追寻历史、叩问现实时的大视野和应有的思想深度。无论是《额济纳访古》中对“居延道路”的精细考察与探究，站在黑城废墟旁自然萌发的民族忧患之感（《黑城探幽》），还是《走近香格里拉》里对“天堂世界”的探寻与揭秘，《大汗安在》中对一个民族伟大历史人物的礼赞和对这个民族心灵世界的深度进入，它们都共同指示着一个学者散文家凝望历史的现代眼光和以文学的视角掌控、表现历史时的非凡功力。是的，“历史”构成了陈育宁创作散文的一个重要的聚焦点，然而，这并不代表这位历史学家出身的散文家只会从已经逝去的遥远的时空里去“讨生活”、寻灵感。作为一个有着多年的中国社会基层生活经验，又在相当重要的岗位上担任过领导职务的散文作家，陈育宁在他的作品中同样显现着异常炽热的现实情怀。内蒙古西部的鄂尔多斯和宁夏银川是他长期生活和工作过的地方，在这部散文集中，书写“鄂尔多斯情缘”和“银川情结”的文章有许多篇。无论是初到鄂尔多斯小镇时的懵懂，还是离开这片热土之后的魂牵梦萦；无论是对半个世纪以前的“老银川”的回忆，还是作为一个市委书记奋力书写“新银川”的华章，作者让我们清晰看到了一个从生活深处走出的散文家与现实人生的割不断的血肉联系，以及表现生活时的开阔视野与豁达胸襟。耐人寻味的还有，在陈育宁的散文中，深厚的历史感又总是与对现实的敏锐穿透力紧紧结合在一起，仿佛水乳交融。这使得他的那些游记体的散文作品往往摆脱了浮光掠影而具有了真正的哲思品质。《延边散记》本是一篇寻常的游记文字，可是作者以一个学者的敏感，偏偏在朝鲜族的家庭民俗博物馆里发现了可以提倡和推广的普及民俗学的最直接、简单的方式，思路不可谓不活跃。《访日见闻》叙述访日经历，在对日本人做事精细负责风格的赞赏中，寄寓着对中国“国民性”的忧思。《传统与现代结合的魅力——访比随记》一文，通过对比利时鲁汶大学学生公寓以及比利时人精心保护文化古迹事迹的描写，以为在尊重和保护传统文化遗迹方面，外国的先进经验值得借鉴。这里边有“他山之石，可以攻玉”的意思，更暗含着一个兼有人文学者和行政官员双重身份的现代公民对当今中国大陆城市改造热潮中急功近利，粗暴毁坏文化古迹现象的理性批判。坦率而言，上面所提到的这些散文作品并没有过多的惊人之语，但是作者由被描写的对象所引发的感受却是独特和崭新的。他把历史的对象与现实的情感、人生的感悟和清明的哲思有机地结合在一起，遂使他的历史散文和游记体散文超出了此类作品的一般趣味，而进入到相当高远的文章境界。

陈育宁散文打动人心的力量还来源于他的深情。这种深情，在他的文章中并没有表现为感情的随意喷发和文字的过分铺张。相反，作者的“情”，总是在深处。它们埋藏在他的叙事文字当中，也出现在自诉心曲的篇章里。仿佛一条深情流淌的河水，虽不闻喧哗之声，但内里的丰润与柔情却是能够轻易地感觉得到的。《初到巴音陶亥》是一篇回忆大学毕业后刚刚参加工作时的情景的作品。于“文革”岁月一个普通知识分子的生活描写中，表现着艰难时世当中的美好人情。细细读来，自有一种温馨之感。《永远的牵挂》书写的是作者的鄂尔多斯情怀，那种因生命曾经与这片土地相知相守而形成的难以割舍的柔情，虽经岁月的淘洗却丝毫不变，反而历久弥新。赏读之下，不能不为那一代人对土地和人民的痴情眷恋而感动。在这本散文集中，作者有三篇文章写到西北名城银川。角度虽有差异，对银川的深情却是一以贯之的。其中，《银川，我拿什么奉献给你》一文在陈育宁的散文中罕见地出现了许多抒情段落，是真正的情到深处，抑制也难，不如纵酒放歌，以抒怀抱。在一般人看来，陈育宁先生是一个做“大官”的人。做大官的人，似乎情感的流露上总会有一些拘谨。然而，读过收在《永远的牵挂》中的感怀文字《五十初度》和《五十五感怀》，读者们也许会改变固有的看法。在这两篇流露心曲的文章中，作者实际上让我们看到了一个高级领导干部复杂的内心世界。这里，有奋斗的激情和向往，有成功的喜悦和豪情，也有面对生活疑云时的沉思与忧患。尤其值得一提的是，这本散文集中所收入的《走出创伤——写在妻子汤晓芳伤病期间的几则日记》以及《汤晓芳与〈西夏艺术〉》两文，主要叙述的是作者的妻子汤晓芳的故事。前一篇属于一组日记体散文，比较详细地记录了汤晓芳因工致伤和与病魔抗争的过程，字字朴素，却难掩忧心如焚。其中，作者会为妻子的病痛伤心落泪，也会为小外孙的来到人世而喜不自禁。后一篇充满深情地描述了一个甘做“人梯”的老编辑家的工作和生活经历。字里行间有温情灌注。特别是文章开头的一段话：“在大书桌的对面，坐着我的老伴汤晓芳，她面容憔悴，头发零乱，戴着老花镜，手里还举着放大镜，正在聚精会神地审视着一张张图片，不时地作着记录，或修改文字。”这段话，并无一字多余的修饰，几乎是纯然的白描，但夫妻之间浓浓的怜爱之情却喷涌而出，读之，不能不使人感慨万端。另外，在《怀念翁老》《我遇到了两位好编辑》《末代王爷的新生》等篇章中，作者又让我们看到了一些格外看重人间友情的知识者的形象。文章中所描写的作者与朋友之间的超脱世俗利益而基于灵魂相知的君子之交，既来源于民族传统生活价值观念的影响，又是长期的基层生活和艰难岁月给予他们的丰厚馈赠。在“天下熙熙，皆为利来；天下攘攘，皆为利往”的商业社会，阅读这些篇章，被打动的同时，自会产生灵魂净化的感觉。

是的，现在我们有理由说，兼有多种社会身份的陈育宁先生不是一个趣味寡淡的人，这有他的众多作品为证。相反，从他的散文中，我们感受到了动人的哲思和深厚的人间情感。这种哲思和深情来源于他的并非寻常的人生阅历，来源于他的学者的多思品质，也来源于他对西部高原上多色人生和山河草木的持久的眷恋之情。一句话，多少年来，陈育宁与他笔下的历史与人生血脉相通，百感交集地交融在一起。于是，他有了创造和发现，有了思想的喷发和感情的奔涌。他用学者的清明理性征服了我们，他也用散文家的豪气与温情将我们带入到另一个令人心旷神怡的审美世界。这个世界与他的沉潜日久的学术世界相辅相成、相得益彰；这个世界展现着人生的晴朗与灿烂、温情与忧伤，同时，也以灵魂的舒展和真率拉近了我们与他的心灵距离。

2004年5月

负重的文学：承诺与忧患

——序余光慧作品集《创造平等》[1]

在中国新时期文学充满激情和创造性的发展进程中，报告文学创作因其强大的思想和艺术感染力量而引发的满城争说、天下争阅的文学的社会性轰动局面至今让人难以忘怀。在“浪漫的八十年代”，报告文学这一文学门类以其对现实的深切关注，对时代的热烈拥抱，对国家前途和人民命运的认真思索而赢得了社会各界的广泛赞誉。徐迟的《哥德巴赫猜想》、黄宗英的《大雁情》、张敏等人的《神圣忧思录》、赵瑜的《强国梦》等一大批杰出的报告文学作品，曾经是那样地激动了一个希望摆脱精神的昏迷和愚昧从而早日走向美好明天的民族的心灵。由报告文学创作以及新时期其他文学门类共同构成的新时期的文学精神：启蒙激情、反思意识、社会责任感和使命感、理想情怀等等，已经成为中国文学难以忘却的历史记忆和值得珍视的精神资源。进入二十世纪九十年代，中国社会的现实面貌发生了巨大的改观，生活的日益丰富多彩以及价值追求的多元化实际上为文学提供了更大的发展空间和更为酣畅淋漓的书写环境。然而，一些文学创作家在复杂的社会生活面前却渐渐失去关注现实，为祖国和人民命运“鼓与呼”的创作勇气和力量。相当数

---

① 余光慧:《创造平等》，作家出版社 1999 年。

量的文学作品正在变得无所承受，它不再对现实庄严承诺，不再对社会正义和理想大胆呼唤。轻飘飘的、“私语”的文学似乎正在一定范围内形成某种气候。但是，我们也应该看到，任何时候深刻和厚重的文学都不可能从文坛彻底地销声匿迹。热爱正义和关注世道人心永远是一些善良而正直的作家此生无怨无悔的创作追求。在由众多的文学“负重者”组成的创作队伍中，我们发现了一个来自中国西部的女作家的身影——宁夏报告文学作家余光慧。这位生活于西部，痴情眷恋于西部的作家，以她的《创造平等》等一系列沉甸甸的作品，为我们展开了西部的多色人生：它的苍凉、沉重、觉醒、奋斗，它的艰难困厄以及永不停止的理想追求。

《创造平等》是余光慧的第二部作品集，集中共收报告文学和散文作品三十篇。在这部作品集中，原载于《中国作家》1995 年第 5 期的《创造平等》一篇在几年前发表之时，就已经赢得了众多的称赞与喝彩。这是一部标志着余光慧创作取得重大进展的思想厚重、艺术描写堪称精湛的报告文学作品。《创造平等》反映的是中国西部众多贫困和落后地区女童失学的社会问题，并由这一具体的教育问题而生发出对于妇女争取解放与平等问题的深沉思索、对于中国以及世界上同样处于欠发达状态的国家未来命运的迫切追问。不难看出，以这样的视角来描写中国的西部，描写中国妇女的现实命运，取材上无疑显示出了独特性。更使我们感受深刻的是某种在女性作家的创作中颇为难得的大视野和深度理性思维成为这部报告文学的精神支撑点，并直接导致了作品向思想和艺术大境界的卓有成效的挺进。中国的西部，由于自然地理环境相对恶劣和封闭，由于历史的原因，近代以来经济和文化始终处于不发达和落后状态。在新的形势下，西部的封闭和落后状态实际上已经成为妨碍中国社会高速行进的严重制约因素。西部的发展缓慢而沉重，原因可能是多方面的，但对教育的忽视，尤其是对民族未来的另一半——女童教育的缺乏重视，显然是一个重要的原因所在。诚如作者在作品中引用的一位阿尔及利亚教育家所言：教育一个男孩子只是培养了一个人，而教育一个女孩，则关系到未来一个家庭，教育一代女孩，那就要影响到整个民族未来的素质了。应当说，《创造平等》所提出的问题带有全局性和尖锐性，作者所揭示的西部女童接受教育的历史和现状以及女童们的缺乏教育的母亲、姐姐们的命运也不乏严峻，但作品也令人鼓舞地写出了整个中国社会，甚至是异国他乡的充满良知和爱意的人们对于中国西部女童教育的热情关注和“正义的投入”。于是，辛勤劳作在穷乡僻壤的山村教师们、不知疲倦地奔波于黄土高原的教育研究工作者们、北京大学的女教授们、身在万里之遥却心向中国西部的异国的众多善良人士，便共同构成了一道困苦生活之中的春意盎然的美丽风景。这道风景放射着作品希望的亮色，也带给读者心灵的抚慰和审美的愉悦。

《春蕾》和《中国在行动》是两部多集同名纪实性电视专题片的解说词。从作品题旨来看，它们可以被称作《创造平等》的姊妹篇。《春蕾》以宁夏救助失学女童的“春蕾”计划的全面而有效的实施作为表现内容，真实地反映了宁夏南部“苦甲天下”的“西海固”等地的农民的生活境况，女童教育的长期被忽视以及宁夏社会各界为救助失学女童而进行的艰辛努力。由于立意的深刻和表现的真切，《春蕾》作为四集电视专题片在宁夏电视台和中央电视台多次播出，并赢得相当强烈的社会反响。相比较而言，《中国在行动》表现生活的视角更为开阔一些，中国西部更为辽远的区域：广西、四川、贵州、云南、陕西、甘肃、青海等省区的女童教育事业全都进入作品所反映的视野，这就使得作品具有了某种社会学和文献价值。

生活和成长于西部的余光慧显然有着一种“西部情结”。不仅西部女童的命运使她魂牵梦萦，西部贫困地区的人民如何将自力更生和争取国家支援有机地结合起来，从而摆脱贫困，早日走向富裕、文明的现代生活也是这位报告文学作家所热切关注的现实话题。《追寻持续》是一篇现实性和针对性很强的报告文学，它探讨的是“扶贫”资金怎样才能合理而有效地使用，真正造福于百姓的问题。事实上，关于“扶贫”资金的使用这类话题似乎已经逸出了文学所注视的范围，它更像是一个社会学和行政学话题。然而，强烈的社会责任感却促使作家拿起了本该“吟咏情性”的文学之笔。越俎代庖也罢，“犯规”也罢，文学如果仅仅是浅吟低唱、顾影自怜，而置民族命运、人民幸福于不顾，那么，这样的文学将是没有血性的、苍白的，它们终究会失去广大的读者。

改革年代的风云变幻、潮起潮落，中国人民在这一年代里的奋斗、思索、追求、创造的不平凡的经历，一直是近二十年来报告文学最为关注的透视焦点。这种关注毫无疑问渗透着中国作家感时忧国、以天下为己任的道德情愫。在《创造平等》这部作品集中，有两篇涉及西部改革“故事”的作品值得读者注意。它们分别是《话剧的脚步》和《火浴》。《话剧的脚步》讲述的是二十世纪八十年代中期以后直到九十年代初陷入困境的宁夏话剧团如何组建“大篷车”剧团，将话剧由城市推向农村因而绝处逢生的故事。这是一篇启人深思而又诗意纷呈的作品。在中国大陆的话剧创作和演出普遍陷于低谷的时刻，一个在全国毫不起眼的小小话剧团却开始了一场意味深长的艺术变革并最终取得成功，这一事件本身就带有文学的传奇性。而作者写来更是激情洋溢，浓墨重彩，时时闪烁着生活和艺术的动人光辉。难怪作品最初发表时，上海的《文学报》要用一个整版来登载它。《火浴》是一部描写西北地区的乡镇企业由白手起家到艰难守成的业绩的纪实性作品。在地理环境封闭、社会观念和意识普遍滞后的现实条件下，宁夏中卫县镇罗乡的农民们硬是凭着一股闯劲和科学严谨的思维，将一个乡镇企业——中卫铁合金厂办得红红火火，蒸蒸日上。哪怕在同类企业纷纷陷入绝境之时，它也依然“稳坐钓鱼台”。作品为我们描绘了改革年代黄土地上农民们的坚韧不拔的生活意志以及美好的理想追求，更难能可贵的是，作者敏锐地发现了存在于农民先进分子意识深处的完全属于现代社会的科学理性精神，而这种科学求真、一丝不苟的理性精神，恰恰是黄土高原的农民们走向更为辉煌的未来的必要保证。从这个意义上说，《火浴》就具有了不同凡响的思想和艺术价值。

在《创造平等》这部作品集中，描写改革岁月“时代之子”的人物传记体报告文学占有相当的比例。与前述的采用宏观视角、全景描述的“问题报告文学”作品不同，这一类以写人为主的报告文学风格上更注重于文学的“情”与“味”。如果说，《创造平等》等作品散发的是风云气，是大江东去的豪迈，那么，这一类报告文学作品则显现着抒情气质，是品味生活时的委婉、细腻韵致。在描写人物的作品中，《千万里，我追寻着你》是一篇颇能感染人的佳作。作品主要叙述享誉国内外的西夏史研究专家李范文进入六十岁之后的一段研究经历——考察西夏亡国以后其遗民的踪迹所向。通过对主人公这一人生断片的书写，作者将一个献身科学事业，视冷僻的西夏学研究为生命的可亲可敬的学者形象栩栩如生地塑造了出来。从艺术上说，这也是一部融历史、诗情、思想性于一体的报告文学。李范文追寻西夏遗民足迹的历程，是其学者性格和精神风采凸现其中的过程，同时它也是一位学者以及读者从华夏古老悠久、纷争交融的历史中深刻领会一部中华文明史实际上就是一部民族和文化的融合与创造史的精神旅程。

也许与自己身处的工作环境和所从事的职业有关，余光慧笔下的“焦点人物”以知识分子居多。上述的西夏学研究者李范文自不必说，《墨痕》中的著名书法家柴建方、《是诗人，更是战士》中的文坛老兵朱红兵、《文坛铺路人》中的老编辑路福增、《生命是什么》中的农科专家赵承炳，甚至资历尚浅的青年工程师谢宏等，都成为作者情有独钟的描绘对象。不难看出，在这些知识分子的代表人物身上，有着共同的理想、信念、追求、向往，但作者却着眼于同中有异，写来面貌各不相同。李范文的“倔”，柴建方的“痴”，朱红兵的敦厚朴实，路福增的童心未泯，赵承炳的执拗，谢宏的少年老成，主人公们性情的差异构成了作品思想和艺术意蕴的多姿多彩，也透露出余光慧看取人生的一份智慧。

这部作品集中还收有少量的篇幅相对短小的叙事和抒情体散文，其中不乏上乘之作。《那年去看万花山》是一篇诗情与画意结合得相当完美的“美文”，有轻灵之妙。《美丽，让人不能忘记》交织着青春的美丽和人生的些许感伤。《永远的理想主义》是一个“过来人”对于生活的感悟。在诸多的感悟当中，最为重要的一点便是对于理想的坚守和珍重。《“红色公牛”的暴怒》是一篇为人类生存环境的逐渐恶化而情不自禁地大声呼吁的忧世之文。而《1966：我们接受检阅》一文，笔者以为更具有其他文章无法替代的价值。这是一篇回忆性文章，描写“文化大革命”期间规模盛大的毛主席八次接见“红卫兵”当中的最后一次。关于毛主席1966年间站在天安门城楼上挥动巨手、接见百万“红卫兵”的历史场景，已经有当年的新闻纪录影片和新闻摄影为后人留下了清晰的“历史记忆”。但是这些当年的新闻“写真”却总是使我们感到某种缺憾。我们不知道，是不是所有在场的“毛主席的红卫兵”都幸福地、真切地看到了“伟大领袖”，因而涕泗滂沱；是不是所有的人在那一时刻都消失了俗人的应有气息而只有灵魂的飙升。《1966：我们接受检阅》不去描摹响遏行云的欢呼“万岁”声，不去刻画青春而狂热的面影，而是如实地书写了一个“大串连”中的中学生的懵懂、漫长的等待和被人流裹挟时的少女的惊慌失措。这是摄取历史的别一视角，一种也许更接近于“历史真实”的平凡叙述。于是，简洁的文体中我们读出了“青山依旧在，几度夕阳红”的人生感慨。

报告文学与新闻的特殊联系以及它的非虚构性特点，使得这种文体的艺术美学特征难以固定，而作家创作的个性风格也往往不易彰显。尽管如此，我们仍然可以从余光慧的诸多作品中梳理出属于这位女作家的独特的艺术追求。首先，拥抱时代、干预生活的创作激情熔铸成为一种直面人生、忧患现实的艺术勇气和写作姿态。这种艺术勇气和写作姿态使她的作品总是与人民的命运和祖国前进的步伐息息相关。很明显，这种紧贴大地和人民的创作激情来源于中国古代“穷年忧黎元，叹息肠内热”的文学传统，更来源于作家十年艰辛的知青生活的深刻体悟。对于社会底层人民的深切同情是十年知青生涯给予她的丰厚馈赠，并且已经成为不可锈损的心灵印记。其次，作品在表现、概括和熔铸生活时，常常表现出一种相当阔大高远的艺术气度，从而形成一种审美上的阳刚之美。我们可以把这种艺术追求归之于感受时代的浪漫情怀以及个人成长过程当中理想主义传统和精神的深厚积淀。再次，在描写生活、刻画人物、细节运用上，作者的艺术表现是真实、细腻的，在具体的艺术手法的选择上，作者又不乏创新意识。比如，在余光慧的众多作品中，尤其是人物传记体的报告文学中，电影蒙太奇手法的巧妙运用，使得生活剪裁、艺术呈现更富有诗意和活力。

余光慧在报告文学和散文创作园地已辛勤耕耘了十几年，并取得了相当突出的成就。时代的风云激荡和大西北的神奇辽阔给予她创作的激情，曾经经历过的中国社会的底层生活赋予她一双智慧而锐利的眼睛。显然，这位站在高原上的“歌手”将要一如既往地歌唱下去，我们期待她的更为嘹亮和动人的歌声。

1998年10月

诗意缤纷的写作与创造

——序哈若惠文集《一片冰心》[①]

与哈若惠女士相识已经二十余年了。哈女士曾经是我的同行——同在宁夏的高校任教，而且巧得很，她也从事着中国现当代文学专业的教学与研究工作，并且是颇受学生欢迎和爱戴的老师。大约十年前，哈女士突然由大学的中文系调往出版社工作。回忆当时的情景，初闻此讯，是有着相当的错愕和不解的。哈女士是学生喜爱的教师，又是宁夏文学圈内不多的富有才情的女批评家，为何放着熟悉的园地不继续春种秋收，反而人到中年却别开蹊径？估计像我这样的困惑者那时候非止一人。哈若惠女士却似乎不太计较旁人的猜测和疑惑，她在出版社凭恒心与毅力，用智慧和心血，渐渐地干得风生水起起来。之后，她所编辑的多种图书获得全国图书奖，她也以书籍“前言”与“编后记”的形式继续着她的文学评论事业。现在，哈若惠女士将她的二十多年来所写作的文学批评文章、艺术随笔以及有关探讨图书编辑工作的文章集为一册，题名《一片冰心》，嘱我写点什么。我认真读过文集，有以下的一些粗浅感受。

阅读哈若惠女士的文章，感受最深的是：这是一个诗情迸发、

① 哈若蕙：《一片冰心》，中央编译出版社2010年。

诗意盎然的文学写作者。我们单看她所写文章的题目，除了极个别篇目之外，几乎都含蕴着动人的诗意画意，是认真炼字、精心结撰的结果。无论是对中国古代和现代经典作家与作品的赏析，还是对宁夏作家作品的研读，也包括她对所责编的当代书籍的郑重推介，她的文章题目无一例外地抓人、吸引人，令人过目难忘。比如评论“七月派”小说家丘东平所作的“抗战小说”《暴风雨的一天》，作者的评论文字题名《血打的稿子　墨写的文字》，读者未读丘东平的小说原作，大概就会被这评论文章的题目深深吸引。又比如文集中有一篇评论文章《一片冰心在玉壶》，是为历经人生磨难的女教师张若冰的自传《我的岁月我的歌》所写的编后记。张氏一生命运坎坷蹭蹬，阅尽人间风霜雨雪。然张氏此生追求光明之心始终不改，虽九死而犹未悔。哈若惠女士借唐人诗句来概括张若冰一生的精神内核及不倦寻求，不仅文辞精美，而且深中肯綮。应该说，对文章标题的用心打磨和充满诗情还只是哈若惠女士写作的一个小小的诗意呈现。倘若真正地深入她的一些代表作，我们还会强烈地感受到她的来自心灵深处的对纯美诗情的执着追寻。这诗情，不狂放、不嚣张、不喧哗；这诗情，如风似雾，是月明星稀之夜静静流淌的小河，是初春时节十里杨柳岸上望之朦胧的柳烟。我读她的评论庐隐创作的文章、评论梅洁作品的文章，读她的被文学圈内人士叫好的《灵魂的告白——卢梭〈忏悔录〉与巴金〈随想录〉比较谈》《醉人的信天游——石舒清小说〈赶山〉漫议》《这一方水土这一方情——读李进祥的小说集〈换水〉》等作品，会被她文章的理性力量所征服，更会为文章所流贯的浓浓的优美诗情所陶醉。坦率而言，哈若惠是一个具有作家禀赋的评论家。她的精神性格当中所拥有的抒情气质，使她的评论文字别具一种温馨的情深意长的艺术力量。阅读她的自述文章《岁月就这样静静地流淌》，知道她的少年时代是在动荡暴虐的“文革”岁月里度过的。年少时的哈若惠曾经因为父亲莫须有的罪名而遭受歧视和打击。中学毕业以后，她也曾下过乡，做过知青。然而，生活的磨难并没有带来灵魂的扭曲和文章里的哭天抢地。事实上，严峻的生活没有磨灭她内心深处对人间社会的万般眷爱之情。哈若惠把人间的酸苦当作了此生必须坦然面对的“功课”。巴乌托夫斯基说过：“对生活，对我们周围一切的诗意的理解，是童年时代给予我们的最伟大的馈赠。”如果我们承认作家内心的诗意很多时候是来源于童年时代，来源于创作者对生活阳光和人间美丽的无尽追求，那么，我们就得承认，哈若惠是一个带有一点浪漫主义情结的写作者。这种长久地以“发现美丽”的眼光来看待生命和生活的审美心理机制，给她的文学评论文章带来了缤纷的诗意，也给读者的心灵带来温暖的抚慰。

在这本文集当中，还收有哈若惠女士担任出版社编辑期间，所写作的大量有关编辑理论的文章和责编笔记（编后记和出版前言）。阅读这些文章，可以明显看出她对编辑工作的投入和痴情。这种投入和痴情，既带来她工作上的具体业绩，也带来了她对书籍编辑的深度的理论思索。她的获奖文章《编辑原创简论》，她的感于时弊、立论谨严的《编辑的人文精神与理性品格》《论现代编辑的文化坚守》《编辑也要有代表作》等文章，是一个身处斗室、心忧天下的人文知识分子正义情怀的彰显，也是一个深谙编辑之道的优秀出版人的经验之谈。与持论公允的编辑理论文章相比，我以为，收在本文集中的编后记和出版前言，在文章气质上似乎更接近于她所写作的文学批评文章：感性、抒情、诗意缤纷。难能可贵的是，她在情之所至一吐心声的情境下所写作的这些编后记或者出版前言，不仅记录着书籍策划和出版的辛苦轨迹，还记载着一个具有良好的艺术素养的编辑家真切的心灵感受和清明的审美判断。这样的编后记和出版前言，应该说，就不单单是简单的工匠的笔记，而是美丽心灵的独特加工与创造了。

2010年2月

山水自有情　诗心独明澈

——读杨继国散文集《行走集》[①]

我与杨继国先生已经相识十多年了。这十来年，每一次到宁夏文联的办公楼里去开会，总是能够遇到这位谦和而又文雅的文联领导人。杨继国先生没有架子，看上去不大像是一方“诸侯”。通常，他的脸上带着些自然浮现的笑容，这使所有跟他打交道的熟人和陌生人都没有了紧张感和拘束感——大家更容易把他视作是仁厚的兄长而不是刻板的领导。杨继国先生同我一样，也从事文学评论工作。二十世纪八十年代，他是宁夏文学评论界叱咤风云的人物。虽然这些年因为行政事务缠身，他的作品数量减少了，然而，偶尔为之的评论和每每在文学会议上的即兴发言，却常常使我惊心和自叹弗如：这位毕业于国内名校中文系的文联领导人，其文学功底的扎实和深厚，其逼人的激情和才气，并非是每一个从事文学评论的人都能够轻易拥有的。现在，杨继国先生新近出版的散文集《行走集》就放在我的案头，仔细阅读之下，发现此前我对杨继国先生才情的认识是准确的。事实上，对《行走集》的阅读，不仅是对我的以往判断做了一个小小证明，从更深层次而言，它是一个读者与一个写作者的心与心之间的美好沟通与交流。在这个心灵普遍衰败且呈现

① 杨继国:《行走集》，宁夏人民出版社 2007 年。

沙漠化的时代，在灯下静谧的氛围中去感受一颗淳朴诗心的跳动，该是多么令人愉快的事情！

读杨继国先生的散文作品，首先感动我的是作者内蕴于文章当中的那样一种深情，一种对故土家园、对山水自然的浓情爱意。也许，有人会提出疑问：写散文没有感情的投入怎么行？而我要说的是，创作散文当然无情而难以成篇，更不要说去感动读者。然而，情的抒发和书写却是有讲究的，深深浅浅的刻度也是有差异的。有的人，走了些地方，看了些生活的浮华表象，稍微有些情感的冲动，未等到思想沉淀和心灵发酵，便迫不及待地一挥而就发之为文。结果，文章是见诸文字了，内蕴的情感却多少有些苍白和枯瘦，像是一锅过早跑了气而没有蒸熟的馒头。实际上，文章当中的情感并不是想深厚就能深厚的。作者的心情和思索，往往是要经过岁月的磨炼和时间的淘洗才能够变得异常醇厚的。当代散文大家吴伯箫有言："亲身经历的事，也要经过一番回味、洗练，把浮光掠影变得清晰明朗，片面感受汇成完整印象，才能构成一篇作品的雏形。真的写出来，最恰当的时机又不知等多久。"（《无花果——我和散文》）一句话，散文佳构，其为文写作的时间可能会不足三五个时辰，然而，其思想和情感的沉淀却可能要费去三年五载，甚至更长的时间。这就仿佛一坛酒，年深日久的藏品大多数时候会是绝妙的佳酿。我说杨继国先生的散文情感深厚，恰恰是因为他的许多山水书写，绝不是匆忙当中的应景之作。相反，它们带着他的多年的思想和艺术沉淀，带着他发自内心的亲近自然的喜悦之情、热爱故园的赤子之情以及感悟社会人生的率真之情。贺兰山和六盘山是坐落在宁夏境内的两座名山，歌咏书写者代不乏人。可是，我们看到的散文集中的两篇文章《踏访贺兰山》和《六盘山路行》却都不是泛泛的抒情写景之作。何以见得？我们来看杨继国笔下的贺兰山是怎样的面容："三关口的北边，是小滚钟口，俗称'小口子'，系当年西夏国王消夏避暑的地方。走进小口子，山凹处和山底平坦处流水潺潺，浓荫蔽日，诚如清人润光所写的'一路芳香都是药，千林老树尽生苔。浮云似水流将去，怪石如人立起来'。但纵目望去，四周的山峰和我们见惯了的南方的山大不一样，不但草木极少，而且每一块石头都是零碎而尖锐的，就像剑簇和刀丛一般，在灼热的高原阳光的照射下，呈现出狰狞的铁灰色，尽显其强悍和雄性之美。与南方阴柔的山形成了强烈的反差，给人以独特的感受。"这是夏日里的贺兰山，它的"流水潺潺"和"浓荫蔽日"确乎有江南山水之妙，然而，谁又见过有着"像剑簇和刀丛一般石头"的江南的山！如果没有对西部山水的浓情厚意，没有对家乡的深沉的情感做积淀，没有对北方的山的细致观察，又怎么能懂得尽显强悍和雄性之美的贺兰山！六盘山骤得大名与一代伟人毛泽东所作的词《清平乐·六盘山》有关。这使得许多人想当然地认为六盘山只是一座"英雄山"。杨继国的散文《六盘山路行》避开通常的颂歌写作路数，只记述了自己走过六盘山路的若干次经历。无论是目睹六盘山春天的风姿还是夏天的浓艳，是在六盘山下不知名的小店享受佳肴"羊肉小炒"还是于深秋季节拍摄一群回族姑娘，作者如实记录当时内心的欢喜与跃动，情感的真与纯于貌似平淡的描写和叙述中丝丝缕缕地呈现出来。读来，不能不使人回味良久。

杨继国先生毕业于国内名校复旦大学，曾经受过学院气氛的熏陶，走上工作岗位后，他又长时期地从事过文学评论工作和文艺领导工作，这使他的身上更多一些所谓的"文人气质"。读他的散文，会发现他是一个极其喜欢与大自然对话，与山水亲近的作家。也就是说，在他的精神深处，中国古代文人的那一份与山水相依相恋的情愫是始终存在着并时时准备迸发而出的。湘西名城张家界拥有中国最独特的山和最优美的景，杨继国先生雨中游览名山胜景，感觉此山此景仿佛处于青春时代的少女，似羞还怯（《雨中张家界》）；黄山为五岳之尊，在杨继国眼里，山景又像是一首首流淌着的诗、一幅幅飘动着的画（《再游黄山》）。其他如夜访留坝张良庙，于寒溪找寻萧何月下追韩信处，探秘古城瑶里，走进三江源等等，莫不是文人情愫的真实体现与张扬。我愿意把这种文人情愫视为一种文人的真性情，视作一种格物致知探究世界真相的求索精神和永远浓烈不易改变的知识分子的深沉情感。知识者因为这文人情愫而超越俗世日益沉沦的灵魂困境，杨继国先生因为这难以抹掉的文人气质而显得格外可爱。

古人论文有“修辞立其诚”的说法。诚者，心也，是说写文章者要有一颗真实、淳朴的心。优秀的写作者的灵魂从来都是清澈见底的，他们会在写作中自觉地排斥一切虚伪做作和不真实。台湾散文大家余光中在谈到散文创作时也说：“在一切文体之中，散文是最亲切、最平实、最透明的言谈，不像诗可以破空而来，绝尘而去，也不像小说可以戴上人物的假面具、事件的隐身衣。散文家理当维持与读者对话的形态，所以人品尽在文中，伪装不得。”（《散文的知性与感性》）读杨继国先生的散文作品，不仅会为其深情灌注所打动，更打动我们的，是他文章当中所流露出来的那样一种“明澈的诗心”——没有丝毫伪饰的真情的自然表达。这显然是散文创作特有的松弛和本真状态。从这个角度而言，《行走集》中的“性情篇”里所收的七篇文章就显得弥足珍贵。熟悉杨继国先生的人都知道，这位搞文学评论出身的文联主席，还是一名有品位的摄影家。

痴迷摄影的人成百上千，许多人能够道出这个行当的分外艰辛，可是有谁能够说得出摄影“发烧友”的巨大喜悦？杨继国在一次成功地拍摄了“长河落日圆”之后这样写道：“虽然是极度的劳累，但心里是极端的痛快。回来的路上，月亮已高挂在天上，无垠的沙漠如同镀了一层白银。月色如霜，好风如水，清景无限。我们都歪歪斜斜地行走在沙漠中，大声谈笑，大声歌唱。这一瞬间，我们都快乐得如同回到童真时代的一群小孩。”（《美丽瞬间》）在这里我们已经看不见哪怕是一星半点的伪饰，我们看到的只是作者一颗简单明澈的心。“人体摄影”是近些年来呈流行态势的一种艺术活动，透着那么一点神秘，也透着那么一点诱惑。某一周末，有同道电话相邀，要在荒野拍摄人体。杨继国先生闻讯，并没有摆出道学家的面孔，而是参与其中。何以能够坦然面对？杨继国自陈心迹：“我跟大多数正常男人一样，出乎天性，对人体摄影这样的事是既感神秘又感好奇的。有这样的机会，自然不会放过，遂跟着他们出发了。”（《初拍人体》）这话说得多么朴素而诚实，一点不忸怩作态，一点也不虚与委蛇，有的只是心灵的敞开和面对读者时的坦诚。现代作家张爱玲有言：散文是读者的邻居。我们对邻居能够说些什么呢？当然不可能是宏大话题。更多时候，所谈的无非是些家常的话，老婆、孩子以及物价涨幅。不是谈不了民族和国家，实在是需要那一份亲切而真实的心情和想法。读杨继国的散文，我常常感觉是在和一个邻家兄长“把酒话桑麻”。

在文章的最后，我还要向读者诸君推荐一下《行走集》里的“三记”（《寻石记》《搜玉记》《赏陶记》）。应该说这是一组表现作者人生情趣的好文章。我国的散文，事实上从来也不排斥“记闲”和“记趣”。我以为，“闲”和“趣”，貌似凡俗，实际上却是人生“味道”

的真实再现。不错，在风沙扑面、豺狼当道的年代，文学是抗争的、战斗的。然而，在和平年代，文学理所当然地要担当一份休闲的义务。休闲不是玩物丧志，不是避世出世，而是为了更好地工作和战斗。杨继国先生的“三记”叙述作者赏玉、搜陶、玩石之经历，如数家珍，情趣盎然。最难得的，乃是其中由对玉、石、陶的赏玩中所生发的一些动人心魄的哲思。而这些经由岁月风雨之吹打、人生阅历之锤炼、心灵世界之发酵和酿造的智慧之思，我以为，是上上品质的佳酿，饮上一杯当然会是余香满口、甘之若饴的。

2007 年 3 月

后记

这是我第一次编选个人创作的自选集，这些天虽然劳累些，心情却是愉悦的。这愉悦当然来源于自己的作品能够入选“文学宁夏”丛书，所以，首先应该感谢宁夏文联和宁夏作协对我的厚爱。

收在这本自选集中的文学评论作品最早的写于 1991 年，最迟者发表于 2017 年，时间跨度为二十六年。二十六年当中一个人的生命旅程里会发生多少事情？我年轻的时候属于懵懂之人，不曾想过这样的问题。现在，隔着二十六年的辛苦岁月回头望，真的有悲欣交集的心情。

我从小做着当作家的梦，最终却成为一名在高校任教的文学教授，于三尺讲台上耕云播雨。因为评职称的缘故，也因为真心喜欢文学，又受友人的鼓动催促，于是，从二十世纪九十年代中期开始，便逐渐利用授课以外的时间来写作文学评论，这一写就是近三十年。近三十年的时间，一共发表了一百多万字的文学评论（收在这本集子里的文章就是从一百多万字当中挑选出来的）。论数量，不能言多；论质量，可能也差强人意。然而，这些文章毕竟是用自己的心血和汗水孕育而成，写作的时候费过许多思量，熬过许多夜晚。因此，每每翻阅这些篇章，敝帚自珍的心情是有的。有时，这种心情还很强烈。

我写文学评论，一直奉行简洁明快原则。少掉书袋、不兜圈子，肚子里积存的高深理论在文章中尽可能以平淡之语出之，希望有化盐入水的功效。我们写的是文学论文，不是哲学系的高头讲章，也不是迷雾重重的玄学著作，所以还是不要故意端架子、玩花头、弄玄虚。有朋友看了我的评论，认为我的文字风格与讲课风格非常相像。我听了很欣慰——这确实是我追求的写作风格。汉语是世界上最伟大的语言之一，汉语的妙处终我的一生，可能未必揣摩得清楚，但汉语最根本的特质，作为中国人，我们一定要弄得明白，说得清楚。这根本的特质就是：语言和文字表述的简洁和有节奏感。从真挚朴实的《诗经》开始，汉语在诗的海洋中浸泡了两千多年，诗的气质已经深深进入汉语的血液当中，“深衷浅貌、短语长情”是多少中国古代作家孜孜以求的文章胜境。我们读《左传》《史记》，读“唐宋八大家”之文，哪一篇佳作是故弄玄虚、言不由衷的？我从事的是现当代文学学科的教学与研究工作，除却本专业的书籍之外，业余时间我最喜欢读的是唐诗宋词。读古诗词，可以培养我对汉语节奏感的格外敏感，促使自己写文章时，能够充分注意汉字与汉字之间、语句与语句之间的搭配要有音乐感，朗读起来要好听、有韵律。我当然愿意就这样陪着唐诗宋词慢慢变老。陪着李白、杜甫、白居易、韩愈、柳宗元、苏东坡、李清照们变老，是受服膺一种伟大文学传统的谦卑心态驱使，也是我的宿命所在。

选择从事文学评论工作意味着与寂寞相伴。有时，写作者还要有足够强大的意志力去和“孤苦”搏斗。我从事这个行当快三十年，欢愉喜悦之日少，寂寞前行之日多。好在，天性不喜热闹，加之年轻时心思单纯、对世界懵懂，这么多年也就不计利害得失地走了过来。如今，杂务缠身，奔波有日，写作成为奢侈的事情。自然，内心又别是一番滋味。

收在这个自选集里的三十多篇文章，大多数都是2014年以前写作的。写作这些文章的时候，妻子尹晓燕女士尚在世，我的几乎所有发表过的文章她都认真读过。有一回她忽然对我说，你的某篇文章是在某年7月份放假以后写作的，那年天热，你是光着膀子完成的。当时，我是怎样的惊讶和感动啊！因为，我真的不记得写作那篇文章时的具体情景了。妻子辞世已经四年零五个月了，我在编选这本评论集的时候，会时时想起她的面容，她的神情。如果说这本新书最想献给谁，那当然是献给她。同时，也献给她陪伴我的那些永远美丽的时光。

2018年9月于银川

图书在版编目（CIP）数据

守护风沙中的一盏灯 / 郎伟著. -- 北京：作家出版社，2018. 10

（文学宁夏丛书）

ISBN 978-7-5212-0173-4

Ⅰ. ①守… Ⅱ. ①郎… Ⅲ. ①文学评论 - 文集 Ⅳ. ①I06-53

中国版本图书馆CIP数据核字（2018）第197402号

守护风沙中的一盏灯

作　　者：郎　伟
责任编辑：苏红雨
装帧设计：意匠文化·丁奔亮
出版发行：作家出版社
社　　址：北京农展馆南里10号　　**邮　　编：**100125
电话传真：86-10-65930756（出版发行部）
86-10-65004079（总编室）
86-10-65015116（邮购部）
E-mail:zuojia@zuojia.net.cn
http://www.haozuojia.com（作家在线）
印　　刷：三河市北燕印装有限公司
成品尺寸：152×230
字　　数：259千
印　　张：22.75
版　　次：2018年10月第1版
印　　次：2018年10月第1次印刷
ISBN 978-7-5212-0173-4
定　　价：46.00元

“文学宁夏”丛书书目

《眼欢喜》 石舒清 著
《我们心中的雪》 郭文斌 著
《行行重行行》 季栋梁 著
《父亲与驼》 漠 月 著
《一条鱼的战争》 金 瓯 著
《换骨》 李进祥 著
《蛇吻》 张学东 著
《嘉依娜》 了一容 著
《头戴刺玫花的男人》 马金莲 著
《核桃里的歌声》 阿 舍 著
《稻草人》 赵 华 著
《塔海之望》 杨 梓 著
《西域诗篇》 杨森君 著
《篝火人间》 单永珍 著
《山歌行》 马占祥 著
《知秋集》 钟正平 著
《在一座大山的下面》 梦 也 著
《守护风沙中的一盏灯》 郎 伟 著
《张贤亮的文学世界》 白 草 著
《话语构建与现象批判》 牛学智 著